HEYNE <

Das Buch

Erst vor einem halben Jahr musste Dunai Marks den Mord an ihrer Mutter verschmerzen. Kaum zur Ruhe gekommen, soll sie jetzt ein vermisstes Geschwisterpaar finden. Als gleich zwei Geheimorganisationen ihre Hilfe anbieten, erwacht Dunais Misstrauen. Ist der Frauenbund Cerchio di Gaia wirklich so karitativ, wie er vorgibt zu sein? Und welche Gegenleistung verlangt der südafrikanische Geheimdienst? In dem Morast aus Korruption und widerstreitenden Interessen muss Dunai den Einfluss beider Organisationen nutzen – um die Kinder zu retten und um selbst zu überleben.

»*Stunde der Buße* hat alles, was einen guten Thriller ausmacht.« *Tagblatt*

Die Autorin

Tracy Gilpin, geboren 1970 in Kapstadt, absolvierte eine Journalistenausbildung und arbeitete für Magazine und Tageszeitungen. Sie war zudem als Projekt- und Kommunikationsmanagerin tätig, unter anderem für Museen in Kapstadt und Johannesburg, wie dem international bekannten Apartheid Museum. Seit ihrer Jugend engagiert sich die Apartheidgegnerin aktiv für die Menschenrechte. *Stunde der Buße* war der erste Roman um die mutige Privatdetektivin Dunai Marks. Tracy Gilpin lebt in Kapstadt.

Lieferbare Titel

Stunde der Buße

TRACY GILPIN

Schatten der Lüge

Roman

Aus dem Englischen
von Jens Plassmann

WILHELM HEYNE VERLAG
MÜNCHEN

Mix
Produktgruppe aus vorbildlich bewirtschafteten Wäldern und anderen kontrollierten Herkünften

Zert.-Nr. SGS-COC-1940
www.fsc.org
© 1996 Forest Stewardship Council

Verlagsgruppe Random House FSC-DEU-0100
Das für dieses Buch verwendete
FSC-zertifizierte Papier *Holmen Book Cream*
liefert Holmen Paper, Hallstavik, Schweden.

Vollständige deutsche Erstausgabe 12/2009

Printed in Germany 2009
Umschlaggestaltung: Nele Schütz Design, München
unter Verwendung eines Fotos von © shutterstock / Margaret M. Stewart
Satz: Leingärtner, Nabburg
Druck und Bindung: GGP Media GmbH, Pößneck
ISBN: 978-3-453-43350-2

www.heyne.de

1

Myasser und ihr Bruder verließen die verfallene alte Fabrik kurz nach acht und gingen in Richtung Railway Street. Obwohl sie schon fünfzehn war und weit hatte reisen müssen, um diesen Unterschlupf zu finden, war ihr eingeschärft worden, sich niemals ohne Begleitung eines Erwachsenen vom Gelände zu entfernen. In den Augen einiger Leute gehörte sie nämlich nicht hierher, und bei ihrem Anblick könnten diese Menschen wütend werden und, da sie allein war, sie zu schlagen oder sogar umzubringen versuchen.

Myasser war von Natur aus vorsichtig und hatte allen Grund dazu. Urplötzlich tauchten die Schreckgestalten ihrer Kindheit in Gruppen, paarweise auf Pferden oder in Jeeps auf, sie schrien und johlten, ihre Blicke schnellten hierhin und dorthin, und zu töten bereitete ihnen weniger Mühe, als ein Holzscheit zu spalten.

Die Straßen waren menschenleer an diesem Morgen. In der Ferne läuteten Kirchenglocken, sonst herrschte Stille. Obdachlose und Streuner, die sich gewöhnlich hier herumtrieben, hatten irgendwo ein schattiges Plätzchen gefunden, und selbst von einer ersehnten frischen Brise war nichts zu spüren.

Sie drückte die Hand ihres Bruders, der seinen Hals drehte, um zu ihr aufzusehen. So groß Myasser für ihr Alter war, so klein war Mawien für seine sieben Jahre. Er musterte das Gesicht seiner Schwester. Ihre Kommunikation war meistens wortlos, und sie achtete darauf, dass er stets in ihrer Nähe blieb. Sie lächelte, er lächelte zurück, eine zögerliche, immer noch unvertraute Geste.

An der Kreuzung Treaty und Spring bogen sie ab, und bevor sie die alte Frau in dem roten Kleid und der roten Strickjacke, die entschlossen auf sie zu marschierte, noch richtig wahrnehmen konnte, bemerkte Myasser den irren Ausdruck in den schwarzen Augen, die sie erst wütend anfunkelten, dann boshaft aufblitzten. »Kommst du etwa zum Baum, Kleine?«, fragte sie, als sie sich gegenüberstanden. Myasser verstand die Frage nicht. Sie schüttelte den Kopf und setzte ihren Weg fort.

»Moment mal, Kleine.« Die Alte griff nach ihrem Arm. »Du bis doch 'n schwarzes Moslemmädchen, richtig? Da is der alte Milkwoodbaum extra für dich.«

»Nein«, erklärte Myasser energisch und versuchte, die Finger der Frau von ihrem Arm zu lösen. Mawien begann, in ein leises, nervöses Keuchen zu verfallen.

Die Frau ließ Myassers Arm los, ging rasch ein paar Schritte weiter, bevor sie abrupt stehen blieb, den Rücken gegen einen Zaun presste, die Arme weit ausbreitete und die Finger in den Maschendraht hakte. »Hier is er«, rief sie. »Old Slave Tree. Unser alter Sklavenbaum.«

Myasser nahm Mawien auf den Arm, als sie auf eine Höhe mit der Frau kam. Die Alte lächelte.

»Hier hat man sie immer hingebracht«, sagte sie, legte den Kopf zur Seite und wirkte plötzlich beunruhigt.

»Menschenware. Hier hat man sie hingebracht, und gekauft und verkauft. Unter genau dem Baum da. Da war Mommy noch 'n kleines Mädchen.« Mit einer ausladenden Bewegung wies sie auf den stattlichen, eingezäunten Baum mit seinem dichten Blätterdach und dem mächtigen Stamm, der eigentümlich stark nach links abknickte.

»Hier hat man sie immer gehängt.« Sie hob ihre Stimme, als Myasser schnell an ihr vorbeiging. »Die Sklaven. An den Ästen von dem alten Milkwoodbaum hat man sie immer aufgehängt.«

Myasser glaubte an Omen, und gleich zu Beginn ihrer Unternehmung auf solch einen Irrsinn zu stoßen, war kein gutes Zeichen. Es machte sie nervös, und sie musste sich zwingen, nicht zu laufen, weil sie sonst ins Schwitzen gekommen wäre.

Am Abend zuvor hatte sie ihre hellblaue Tobe gewaschen und mehr Sorgfalt als gewöhnlich darauf verwandt, sie um Kopf und Schultern zu wickeln, von wo sie bis zu den Oberschenkeln hinabhing. Der Rock, den sie trug, war braun, alt und reichte bis kurz über ein Paar zerschlissene Sandalen, in denen nur schwach geschützt zwei Füße steckten, die so von Narben und Schwielen überzogen waren, dass sie sich kaum von den zerfurchten Lederriemen um sie herum abhoben.

Myasser drückte Mawien kurz an die Brust, bevor sie ihn auf den Boden stellte und wieder seine Hand ergriff. Sie liebte ihn mit der ungestümen, beschützenden Liebe einer Mutter und sorgte gut für ihn. An diesem Morgen trug er seine beste Kleidung, braune Hosen und eine dunkelgrüne Tunika, deren Stoff an manchen Stellen so dünn war, dass er dort bald einreißen würde. Aber sie verstand sich darauf, Dinge wieder zu flicken.

Sie schlug den Weg über ein brachliegendes Grundstück ein, ohne dabei auf den Sand, die Steine und die spitzen Zweige zu achten, die ihre Füße zwischen den ausgebesserten Sandalenriemen zerkratzten.

Gefahr war für Myasser jahrelang allgegenwärtig gewesen, Angst hatte ständig über ihrem Kopf geschwebt, aber hier war dieses Dauergefühl nach ihrer Ankunft bisweilen verschwunden. Für kurze Momente hatte das Mädchen zu einem klaren Himmel aufgesehen und seinen weiteren Weg nicht von Unglück zerfurcht gefunden. Dann war sie erregt und unruhig gewesen, voller Hoffnung. Unvermutet hatte sie sich in diese Empfindung richtiggehend verliebt, war von ihr gar nicht mehr losgekommen. Das bedeutete, sie musste einen Plan ausarbeiten, dann aufmerksam nach günstigen Gelegenheiten Ausschau halten und Entscheidungen treffen, die weniger instinktiv geschahen. Wie zum Beispiel die Entscheidung, heute Morgen ohne einen Erwachsenen wegzugehen.

An einer Stelle, gerade als der Freeway in Sicht kam, blieb Myasser plötzlich stehen. Mawien sah zu ihr auf. Sie drückte seine Hand, verharrte ansonsten jedoch reglos. Ihr Blick suchte die Gegend ab, konnte aber niemanden entdecken. Sie reckte ihren Kopf in die Höhe und blähte die Nasenflügel auf. Sie sog die Luft ein, die so gar keine Ähnlichkeit mit dem trocknen Wind in der Wüste und den leichten, reinen Gerüchen besaß, die er mit sich trug. Hier war die Luft schwer, und es stank nach Fisch und vergammelnden Dingen. Myasser drückte Mawiens Hand und ging weiter auf ihr Ziel zu.

Myasser versuchte sich aufzurichten, aber es gelang ihr nicht. In einiger Entfernung konnte sie Stimmen hören, und es kam ihr vor, als läge sie in einem Bett. Sie strengte ihre Erinnerung an. Was war passiert? Sie war mit Mawien ohne einen Erwachsenen losgegangen … Aber sie schien nur noch tiefer zu sinken. Die eine Hälfte ihres Gehirns wusste, dass sie einen unnatürlichen Schlaf schlief, während die andere Hälfte sie viele Monate zurückführte, zurück in den Regenwald Ruandas, wo sie zwischen Palmwedeln versteckt erschöpft döste.

Myasser war eingeschärft worden, keinen Laut von sich zu geben, andernfalls würde sie sterben. Die Rebellen kannten den Wald genau und nahmen das kleinste auffällige Geräusch sofort wahr. Im Falle einer Entdeckung würde man sie alle sofort in Stücke hacken. Myasser hatte gesehen, was sie anrichteten, aber diese Bilder schwirrten ihr nicht länger im Kopf herum. Es waren die Babys in den Bäumen, die sie auch lange nach ihrem Anblick nicht losließen.

Sie waren einen ganzen Tag durch den Regenwald marschiert und hatten erst bei Einbruch der Dunkelheit angehalten. Doch die Rebellen und der Hunger waren nicht die einzigen Gefahren. Wilde Tiere konnten schlafenden Eltern ein kleines Kind direkt aus den Armen reißen, daher wickelte die Lehrerin aus Nyala ihre kleine Tochter in ein Tuch und band sie an einen Baum hoch über ihrem eigenen Schlafplatz.

Myasser konnte sich noch gut an das Kind erinnern. Es war nicht einmal ein Jahr alt gewesen und hatte viel geschrien. Aber es war verstummt, als Myasser ihre kleine Stoffpuppe hochgehalten, damit gewackelt und dazu komische Geräusche gemacht hatte. Sie hatte dem Baby die Puppe geschenkt, denn Myasser würde das Spielzeug nur an ihr Zuhause erinnern, und inzwischen war sie für solche Kindersachen ja sowieso viel zu alt.

In dieser ersten Nacht im Wald hatte sie die Stimme ihrer Mutter geweckt. »Lauf«, hatte sie gesagt. »Lauf ganz schnell, Myasser, und was immer du auch hörst, schau nicht hinter dich zurück. Und lass auf keinen Fall die Hand deines Bruders los.« Myasser begriff sofort, dass die Rebellen in der Nähe waren, und tat, was ihre Mutter ihr gesagt hatte.

Sie entkamen in dieser Nacht, indem sie sich am Ende einer Schlucht unter umgestürzten, verrotteten Bäumen versteckten. Bei Sonnenaufgang geriet die Lehrerin aus Nyala völlig außer sich. Sie müssten zurückgehen und die Stelle finden, wo sie ihr Baby in den Baum gehängt hatte, bevor sie vor den Rebellen geflohen waren.

Einige verschoben ihre weitere Flucht, um der Frau bei der Suche zu helfen, darunter auch ihre Mutter. Sie suchten den ganzen Tag, ohne jedoch auf eine ihnen vertraut erscheinende Gegend zu stoßen. Mit jeder Nacht, die sie länger im Wald blieben, gefährdeten sie ihr Leben nur noch stärker, daher bemühten sie sich am nächsten Morgen, die Lehrerin zu überreden, das Baby zurückzulassen und gemeinsam die Flucht fortzusetzen. Die Frau weigerte sich und so trennten sie sich von der allein weitersuchenden Mutter.

Am nächsten Tag entdeckten sie einen Säugling und ein Kleinkind, die in Tücher gewickelt in den Bäumen hingen. Beide waren tot.

Sie brauchten eine Woche, um aus dem Wald zu kommen, aber Myasser kam nie über das Bild dieser Babys in den Bäumen hinweg, tot, halb aufgefressen von den Geiern. Noch heute träumte sie gelegentlich von dem Baby der Lehrerin aus Nyala, und immer war das kleine Mädchen in sein Tuch gewickelt, baumelte tot in einem Baum und umklammerte noch die Puppe, die Myasser ihm gegeben hatte.

Myasser hörte Mawien neben sich wimmern. Sie kämpfte gegen diesen merkwürdigen Schlaf an, über den sie keine Kontrolle zu haben schien, konnte aber nur ihre Arme enger um den Jungen schlingen. Die wilden Kreaturen, die den schlafenden Eltern die Kinder aus den Armen rissen, kamen näher. Sie konnte sie hören. Dann fiel ihr ein, dass sie nicht im ruandischen Dschungel war, sondern in einem Bett lag. Eine Rolle spielte der Unterschied nicht, denn wer auch immer es auf sie abgesehen hatte, ihren Bruder loslassen würde sie auf keinen Fall.

2

Sonntag, 15. Dezember

Kaum hatte Dunai die Tür geöffnet, da wusste sie, dass etwas nicht in Ordnung war. Neben Dunais Nachbarin Barbara, deren kleine Gestalt mitsamt der stattlichen Afrofrisur ihr nur bis zu den Schultern reichte, wirkte Hatum in ihrem gewohnten kirschroten Gewand ganz besonders groß und verängstigt. Barbara hingegen war zwar angespannt, aber ruhig. »Wir müssen mit dir reden.«

Rasch trat Dunai einen Schritt zurück und zog die Tür weit auf. Hatum erstarrte beim Anblick des riesigen Hundes mit dem Namen Pferd, der auf sie zutrottete. Dunai trat Pferd in den Weg und packte ihn am Halsband. Sie zog den flandrischen Hirtenhund mit sich zum Sofa, wo sie sich abmühte, mit der freien Hand Perlenengel und weihnachtliche Pappmascheekugeln einzusammeln und auf eine Gartenbank zu verfrachten.

In seinem kurzen Winnie-Puuh-Schlafanzug und mit einer samtenen Weihnachtsmannmütze auf dem Kopf stand Jesse mit dem Rücken zu ihnen vor ihrem Weihnachtsbaum, einem ein Meter zwanzig hohen Orangenbaum in einem Pflanzenkübel. Er wippte zu einem Afro-Dance-Mix von *White Christmas*. Dunai schaltete die Musik aus, und die plötzlich eintretende Stille ließ den Dreijährigen herumfahren.

Er bemerkte Hatum, rannte quer durch den Raum und blieb direkt vor ihr stehen. »Wo's Mawien?«, wollte er wissen. Hatum entfuhr ein leiser, hoher Seufzer der Verzweiflung, und in Dunais Magen krampfte sich etwas zusammen.

»Schmückst du den Baum?«, fragte Barbara und ging vor ihm in die Hocke. Barbara war eine ehemalige Kindergartenbetreuerin, die sich jetzt ganz um ihren eigenen dreijährigen Sohn kümmerte und fünf Tage in der Woche auch auf Jesse aufpasste.

»G'rade angefangen.«

»Ich seh schon, du kannst das wirklich gut. Die Erwachsenen müssen sich über etwas sehr Wichtiges unterhalten, meinst du, du kannst allein weiterschmücken, während wir das tun?«

Jesse nickte, wandte sich ab und rief sofort laut »Nein, Herr Nilsson!« in Richtung des Graupapageis, der zielstrebig auf die pinkfarbenen Popcorns zuwatschelte, die mithilfe von Angelschnur zu einer Kette aneinandergereiht waren.

»So ein Quatsch!«, kreischte der Papagei zurück und setzte seinen unbeholfenen Sprint fort.

Dunai gelang es, ihm zuvorzukommen. Sie stopfte das Popcornband in ein Kästchen mit Deckel, das auf der Gartenbank stand, was wiederum die schwarz-weiße Katze aufschreckte, die daneben auf einem Haufen Lametta geschlafen hatte. Seufzend trottete Jesse zurück zu dem Baum. Annika setzte ihr Nickerchen fort, während der gelb-braune Tommy einer Weihnachtskugel hinterherjagte und Herr Nilsson mit einem gedämpften »So ein Quatsch!« zurück zu seiner Stange schlenderte.

Trotz der vielen Meter Stoff, die kunstvoll um ihren Kopf, unter ihrem Kinn hindurch und über ihre Schultern geschlungen waren und die bis zu ihren Knien hinabreichten, wo ein dunkelbrauner Rock die Beine weiter bis zu den ramponierten Sandalen bedeckte, bewegte sich Hatums große, hagere Gestalt überaus geschmeidig auf das Sofa zu. Dunai war mit ihren gut eins siebzig keineswegs klein, aber diese Frau überragte sie deutlich. Ihr fiel auf, wie Hatum mit ihrem Daumennagel an den anderen Fingern knibbelte. Die Haut um die meisten Nagelbetten ihrer linken Hand war aufgerissen und blutig.

Barbara ergriff zuerst das Wort. »Seit heute Morgen hat keiner mehr etwas von Myasser und Mawien gesehen, und ich dachte, als Privatdetektive wüssten Carl und du, was in diesem Fall zu tun ist.«

»Waren Sie schon bei der Polizei?«, fragte Dunai die Flüchtlingsfrau aus dem Sudan. Hatum schüttelte ihren Kopf.

Die Frauen hatten Hatum kennengelernt, da sie immer, wenn sie mit den Jungens spazieren gingen, eine Straßenecke weiter bei deren kleinem Verkaufsstand auf dem Bürgersteig anhielten. An den meisten Tagen war es Barbara, ein- oder zweimal die Woche auch Dunai. An einem Samstagmorgen war Dunai aufgefallen, dass sich Hatum in der Hitze nur mit Mühe auf den Beinen halten konnte. Anfangs sträubte sich die Frau zwar, aber nach einiger Überredung nahm sie Dunais Einladung zum Mittagessen in ihrem Haus doch an. Myasser und Mawien waren dabei gewesen, und Dunai hatte angeboten, den Nachmittag über auf die Kinder aufzupassen. Jesse und der schüchterne Mawien hatten sich rasch angefreundet. Die sympathische Myasser war neugierig auf alles um sie herum gewesen, und die Art, wie sie sich um ihren kleinen Bruder kümmerte, machte offensichtlich, wie stark sie sich für das Wohlergehen ihrer Familie verantwortlich fühlte.

»Wir müssen das der Polizei melden«, erklärte Dunai.

»Obwohl Hatum bereits vor vier Monaten ihren Antrag gestellt hat«, erwiderte Barbara, »kann es sechs bis achtzehn Monate bis zur Genehmigung des Asyls dauern, und in der Zwischenzeit darf sie keine Arbeit annehmen und weder in Wohnungs- noch in Schulfragen staatliche Hilfe bekommen.«

Barbara, deren zierlicher Körper wie immer vor überschießender Energie strotzte, schnellte nach vorne bis zur Sofakante. »Sie hat schon jetzt Ärger mit den Händlern und Behörden hier bekommen. Weil sie ihre Süßigkeiten und Spielsachen auf der Straße zum Verkauf anbietet. Sie arbeitet härter als die ansässigen Händler, verkauft mehr und deshalb wäre sie vergangenen Monat fast verhaftet worden, als einer der hiesigen Händler sie beschuldigte, seine Waren zu stehlen. Der Ausweisung ist sie nur entgangen, weil sich irgendeine amtliche Projektgruppe gegen Fremdenhass eingemischt hat.«

»Aber ihre Kinder sind verschwunden«, sagte Dunai. »Das hat nichts mit ihrem Flüchtlingsstatus oder mit einer ausstehenden Aufenthaltserlaubnis zu tun. Die Polizei muss ihr helfen.«

»Huh!«, meinte Barbara mit weitaufgerissenen braunen Augen skeptisch, während sich ihre hellbraune Haut um einen Ton verdunkelte. »Die Cops sind doch genauso fremdenfeindlich. Hatum verstößt tagtäglich gegen das Gesetz, nur um ihre Kinder zu ernähren. Sie haust illegal in einem verlassenen Gebäude. Wenn die Cops das herausfinden, wird sie da rausgeworfen und kann dann nirgends mehr hin. Hatum hat große Angst vor der Polizei, aber sie macht sich irrsinnige Sorgen um ihre Kinder.«

Dunai musste unwillkürlich in Jesses Richtung sehen. Er stand gerade auf Zehenspitzen, um eine Perlhuhnfeder an einen Zweig zu stecken. Sie riss den Blick von ihm los und spürte, wie sie in Hatums Leben gezogen wurde. »Mawien ist sieben, ja? Und wie alt ist Myasser noch mal?«

»Ja, Mawien sieben, Myasser fünfzehn«, sagte Hatum.

»Vielleicht sind sie ja gar nicht verschwunden, Hatum. Myasser könnte Mawien mit zu einer Freundin genommen haben, und dann haben sie nicht gemerkt, wie spät es schon ist.«

»Myasser keine Freundin. Sie nicht allein weg. Mit anderen gehen, schnell zurückkommen.«

»Wann wurden sie denn zuletzt gesehen?«

»Morgen«, sagte Hatum. »Ich Arbeit gehen um acht.

Andere sie nicht sehen. Denken, Mawien und sie bei mir bei Arbeit. Aber nicht.«

Dunai warf einen Blick auf die alte Uhr. Seit neun Stunden wurden sie also bereits vermisst. Wenn sie entführt worden waren, bestand eine vierzigprozentige Wahrscheinlichkeit, dass sie bereits tot waren, es sei denn, es handelte sich um eine innerfamiliäre Entführung. In diesem Fall waren die Überlebenschancen der Kinder etwas größer. Dann fiel ihr etwas ein, von dem Barbara ihr erzählt hatte. »Der Vater von Myasser und Mawien kam im Sudan um, das stimmt doch, oder?«

»Ja«, kam die Antwort.

Mist, dachte Dunai. Aber es bestand immer noch die Möglichkeit, dass sie sich nur verirrt hatten und ihren Heimweg nicht finden konnten, da sie nicht nach der Richtung fragen konnten oder eine Auskunft falsch verstanden hatten.

»Wissen Sie, wie sie angezogen waren? Haben Sie vielleicht nachgesehen, welche Kleidungsstücke von ihnen fehlen?«

Hatum nickte und beschrieb, was sie trugen.

»Was haben Sie inzwischen getan, um sie zu finden?«

»Wir alle suchen, aber vorsichtig. Wenn wir gehen zu Leuten in Nähe, sie vielleicht rufen Polizei und die uns werfen aus Gebäude.«

»Sie leben in Woodstock draußen vor der Stadt, richtig?«, fragte Dunai.

Hatum nickte. »Nicht Township. Zu gefährlich.«

»Was haben Sie denn heute Morgen zuletzt zu Myasser gesagt, bevor sie gegangen sind? Hat sie vielleicht etwas falsch gemacht und Sie haben mit ihr geschimpft und dann war das Mädchen wütend auf Sie?«

»Nein, nein. Sie immer gut. Sie hart arbeiten und auf Bruder aufpassen. Nie schimpfen. Sonntag guter Tag für Arbeit. Ich allein auf Straße bei Verkauf. Verdienen mehr Geld, kaufen Fisch. Myasser reden und reden, wenn ich gehe, weil vielleicht wir haben Fisch.« Hatum verkrampfte ihre Finger fest ineinander, sodass die Fingerspitzen sich in die Knöchel gruben. »Etwas Böses geschehen. Etwas Böses.«

»Wer hat sie zuletzt gesehen?«, fragte Dunai.

»Mit uns wohnen.«

»Andere Flüchtlinge in dem Gebäude in Woodstock?«

Hatum nickte.

»Und Ihre Religion, Hatum? Sie sind Muslime, oder?«

»Ja.«

»Haben Sie ein Foto von Myasser oder Mawien?«

Hatum drehte sich ein wenig zur Seite und betrachtete die zahlreichen Fotos von Jesse, die dort an der Zaunlatte über dem halbmondförmigen Telefontischchen hingen. Sie schluchzte kurz und kaum vernehmbar auf und schüttelte den Kopf. Der Ausdruck auf ihrem Gesicht ließ Dunai zusammenfahren.

Sie stand auf. »Ich werde Carl anrufen. Das ist der Detektiv, für den ich arbeite. Ich muss erst mit ihm reden, bevor ich einen Fall annehme.« Die Erleichterung und Dankbarkeit in Hatums Miene festigte Dunais Entschlossenheit noch. Sie ging in die Küche und rief Carl von ihrem Handy aus an.

»Was macht das Schmücken?«, fragte er. Seine tiefe

Stimme mit dem leichten Anflug von Afrikaans bewirkte, dass Dunai an der Leitung des elektrischen Wasserkochers herumzufingern begann.

»Aufgeschoben. Wo steckst du?«

»Im Büro.«

»Ich komme mal rüber. Ich muss mit dir reden.«

Am anderen Ende trat eine Pause ein. »Alles okay mit dir?«

»Klar. Ich komm dann jetzt vorbei.«

Dunai ging in ihr Zimmer und tauschte ihre Shorts gegen Jeans und ihr T-Shirt gegen eine ärmellose Baumwollbluse aus. Sie schlüpfte in Flipflops, packte Sicherheitskarte, Schlüssel und Handy, ging zur Frisierkommode hinüber, wo sie eine Bürste durch ihr schulterlanges Haar quälte, und strich zum Abschluss ihr Pony zur Seite. Sie hatte es bis unter ihre dichten dunklen Augenbrauen wachsen lassen. Einige Wochen nach Sommerbeginn hatte ihre helle Haut inzwischen einen golden schimmernden Ton angenommen, und ihre Wangen waren von der Hitze gerötet. Große, schiefergraue Augen blickten sie aus dem Spiegel an, und einen Moment lang fragte sie sich, wie wohl Carl sie sehen mochte.

Hatum fing Dunai vor der Hautür noch ab und legte eine Hand auf ihren Arm. »Bitte. Ich nicht sicher in Kapstadt. Meine Kinder nicht sicher in Kapstadt.« Ihr Mund verzerrte sich, und ihr Blick huschte unschlüssig über Dunais Gesicht wie ein erschöpfter Vogel, der nach einem ungefährlichen Landeplatz Ausschau hielt. »In ganz Afrika ich nicht finden können Ort für uns. Ich fürchten, wir niemals sicher.«

Die nackte Angst, die in Hatums Augen lag, veranlasste Dunai etwas zu tun, von dem Carl ihr gesagt hatte, dass ein Ermittler es niemals tun sollte: Sie gab einer potenziellen Mandantin ein Versprechen, von dem sie nicht wusste, ob sie es halten konnte. »Wir werden alles in unserer Macht Stehende tun, sie zu finden, Hatum. Und ich verspreche Ihnen, wir werden sie finden.«

3

Ließen Stadtviertel sich mit Familienangehörigen vergleichen, dann würde Bo-Kaap in Dunais Augen jener exzentrischen Tante entsprechen, die zum Nachmittagstee in einem unmöglichen knallbunten Outfit erschien, deren Farben zu mischen niemandem sonst jemals in den Sinn käme. Ein starker Duft nach allerlei Gewürzen würde sie umgeben, und in ihren Taschen hätte sie Süßigkeiten und kleine Geschenke versteckt, die sie dann überraschend verteilte. Sie würde auf Arabisch singen, Afrikaans sprechen und Geschichten von englischen und niederländischen Handelsschiffen und Schlachten auf hoher See erzählen.

Bo-Kaap lag seit zwei Jahrhunderten eingebettet zwischen dem Zentrum Kapstadts und Signal Hill. Einen halben Kilometer mal zwei Kilometer groß, bestand es aus etwa sechshundert Häusern, die meisten von ihnen quaderförmig und mit Flachdach. Violett, lind- oder mintgrün, blau, gelb oder orangerot gestrichen reihten sich diese Häuser in durchgehenden Bändern aneinander und drängten sich mal asphaltierte Straßen hinauf, mal Gassen mit Kopfsteinpflaster hinunter. In aller Regel waren diese Gebäude hübsch herausgeputzt, ein paar nur wirkten armseliger oder waren marode und standen leer. Außerdem gab es im Viertel noch dreihundert Apartments, zehn Moscheen sowie überall verstreut kleine Lebensmittel- und Kramläden, Gewürzeshops, Familienbetriebe und Designerstudios.

Vom hochgelegenen Tana-Baru-Friedhof aus glitzerten unten die Tafelbucht, der Hafen von Kapstadt und die Victoria & Alfred Waterfront, während ein Schwenk um hundertachtzig Grad zeigte, wie sich tausend Meter unter dem Gipfel des Tafelbergs die City Bowl ausbreitete. Im Westen kauerte sich die Atlantikküste unter die sphinxgleiche Gestalt des Lion's Head.

In östliche Richtung die Chiappini Street hinunterlaufend, ließ Dunai ungeachtet der herrschenden Temperaturen, die das Leben im alten Malaienviertel fast zum Erliegen gebracht hatten, das Gefühl nicht los, sich beeilen zu müssen. Die meisten Menschen in ihrer Nachbarschaft hatten mittags ihre Hauptmahlzeit eingenommen, und nun hing noch immer der Geruch nach Zwiebel, Schmorfleisch, Chilies und dem Piment von Denningsvleis und Tomaten-Bredie in der Luft. Mittlerweile hatten es sich die Leute auf den Vortreppen ihrer Häuser gemütlich gemacht, wo sie träge und mit schweren Augenlidern auf eine erfrischende Abendbrise warteten, die sich bislang allerdings noch hinter der drückenden Hitze verbarg.

Nur drei Straßenecken von Dunais Haustür entfernt drängten sich auf dem Greenmarket Square zehn Tage vor Weihnachten einheimische Käufer, Touristen und

Flüchtlinge, die zwischen den vielen Ständen durch die Gänge bummelten oder sich mit kalten Getränken oder Eistüten unter den Bäumen versammelten.

Dunai eilte die Nordseite des Platzes entlang, als ein Kind an ihr vorbeischoss. Seine Hast hatte etwas Verdächtiges an sich, und Dunai blieb für einen Moment stehen und sah ihm nach. Das Kind – schwarz, vielleicht sechs, bekleidet mit einem schmutzigen T-Shirt, zu kleinen Hosen und zu großen Sandalen – trat mit bittend geöffneter Hand an die Restauranttische, während es zugleich zwei berittene Polizisten im Auge behielt.

Eine kräftig gebaute Blondine mit großer Fendi-Sonnenbrille gab ihm einige Münzen, die er in die Hosentasche steckte, bevor er zu der Gruppe zurückkehrte, aus der er gekommen war. Einer der älteren Jungen packte ihn am T-Shirt, boxte ihm, ohne eine Gefühlsregung zu zeigen, gegen die Brust und verfolgte dann ausdruckslos, wie der Kleine nach dem Geld suchte und es ihm aushändigte.

Der ältere Junge reichte ein paar Münzen zurück und stieß den Kleinen von sich. Dessen Kinn nahm einen trotzigen Zug an, dann trat er in die Mitte der Gruppe, ergriff die Hand eines noch jüngeren Kindes und marschierte mit diesem auf den Stand mit den kalten Getränken zu.

Dunai wartete, bis das Kind hinter einer Platane vor dem Rest der Gruppe verborgen war. Mit einem Zwanzig-Rand-Schein in der Hand ging sie auf ihn zu. Der Junge musterte sie erst überrascht, dann voller Misstrauen. »Nimm es«, sagte sie, »aber du musst es vor den älteren Jungs verstecken.«

Das Kind wirkte zwar noch immer misstrauisch, nickte jedoch und zerknüllte den Schein in seiner rechten Faust.

»Wie heißt du?«

Der Junge antwortete nicht.

»Ich werde dich nicht in Schwierigkeiten bringen«, sagte sie. »Ich bin selbst Mutter, und der Gedanke, dass du nicht zu Hause in Sicherheit bist, macht mich traurig.«

Das Kind sagte: »Jongilizwe.«

»Wie alt bist du denn, Jongilizwe?«

»Sieben.«

»Und du kümmerst dich um diesen kleinen Jungen hier?«

Er nickte. »Mein Bruder, Tsepo.« Das kleinere Kind sah zu ihr hoch. Eine zentimeterlange sichelförmige Narbe schwang sich von einem Augenwinkel zu seinem Wangenknochen hinunter.

»Wie alt ist Tsepo?«

Wieder musterte der Junge sie argwöhnisch, antwortete dann aber: »Vier. Ich kümmere mich gut um ihn.«

Dunai betrachtete den Vierjährigen. Er war sauberer als sein Bruder, seine Kleidung in einem besseren Zustand, und während Jongilizwes Frisur die Form eines Afros anzunehmen begann, musste Tsepo erst kürzlich jemand die Haare geschnitten haben.

»Es gibt Leute, die euch helfen könnten. Nicht weit von hier ist ein Aufnahmeheim für Kinder, wo ihr etwas zu essen und ein Bett bekommen könnt. Wenn ihr hier auf mich wartet, bring ich euch nachher hin.«

»Nein«, sagte Jongilizwe und schüttelte den Kopf.

»Warum nicht?«

»Da wurd ich noch schlimmer geschlagen«, erklärte das Kind. »Und sie nehmen mir Tsepo weg.«

»Ich bin mir sicher, dass sie das nicht tun werden, Jongilizwe.«

»Haben sie aber«, erwiderte der Junge aufgeregt. »Aber ich bin ihnen entwischt, und dann sind wir getürmt.« Er schien stolz auf diese Tat zu sein.

»Siehst du das gelb-weiße Gebäude da?« Dunai zeigte auf das vierstöckige Haus. »Da arbeite ich. Wenn du einmal Hilfe brauchst, bittest du den Sicherheitsmann einfach, Dunai zu rufen, okay?«

»Dunai«, sagte das Kind, wandte sich dann ab, trat, ohne die Hand seines Bruders loszulassen, an die Platane, sah sich kurz um und stopfte den Schein rasch in einen Spalt, den er anschließend mit Blättern tarnte.

Dunai verdrängte das kleine Brüderpaar aus ihren Gedanken, als sie das Sicherheitsgitter des gelb-weißen Gebäudes aufsperrte und die Treppe zum zweiten Stock hinaufstieg. Oben schloss sie am Ende des Flurs die Gitterschutztür vor dem letzten Büroeingang auf. Die Glastür dahinter war offen gelassen worden, um für ein wenig Durchzug zu sorgen. Sie trat in den dämmrigen und muffigen Empfangsbereich von Carl Lambrecht Investigative Services.

Im Korridor vor dem eigentlichen Büro blieb sie stehen. Carl saß an seinem Schreibtisch, den Kopf über Akten gebeugt, und plötzlich stand ihr wieder jener sieben Monate zurückliegende Nachmittag vor Augen, als sie ihn um Hilfe gebeten hatte. Seinerzeit war sie verblüfft gewesen von der aufwendigen Afro-Chic-Einrichtung, die so gar nicht ihren Erwartungen entsprochen hatte.

Sie betrachtete Carl, wie er in seinem Bürosessel mit der hohen Rückenlehne hinter dem polierten Schreibtisch saß. In seinem üblichen Outfit aus Jeans und weißem T-Shirt ähnelte er den Räumlichkeiten, die er hier angemietet hatte, denn wem es gelang, den abweisend wirkenden äußeren Eindruck zu überwinden, der entdeckte einen inneren Reichtum, mit dem er nicht gerechnet hatte. Niemand hätte davon stärker überrascht sein können als sie, schließlich hatte alles, was sie vor sieben Monaten noch von ihm gewusst hatte, perfekt einem Klischee entsprochen: hochdekorierter Ex-Polizist, der Privatdetektiv geworden ist, geschieden, Ende dreißig, ein Meter neunzig mit einer gehörigen Ladung Sex-Appeal. Sie hatte sich damals erfolgreich einreden können, dass er abgesehen von seinem einschüchternden Auftreten wenig Wirkung auf sie erzielen konnte. Die Erinnerung daran ließ sie lächeln, während ihr Blick über sein dichtes, zerzaustes dunkelblondes Haar wanderte, weiter über sein Gesicht, die leicht gekrümmte Nase, die eindringlich leuchtenden Augen und eine ausgesprochen hübsche Kinnpartie, vorausgesetzt sie war nicht von Bartstoppeln übersät, was vielleicht zweimal im Jahr der Fall sein mochte.

»Keine Eintrittsgebühr. Du kannst also ruhig reinkommen.«

Dunai schreckte auf. Er hatte noch immer nicht von seinen Akten aufgesehen.

»Scheiße. Ich kann es nicht leiden, wenn du das machst.«

»Was?« Er sah auf, und sie trat in das Zimmer.

»Na, wenn du so Augen an der Seite deines Kopfes hast. Es ist unheimlich.«

»In der Tür stehen und jemanden anstarren ist unheimlich.«

»Ich habe dich nicht angestarrt. Ich war in Gedanken.«

Carl sah sie an. Das Grau seiner Augen war von einem ungewöhnlich hellen Ton. Er besaß eine ungeheure Meisterschaft im Vernehmen von Leuten, was ihrer Meinung nach zu wenigstens fünfzig Prozent auf seine Augen zurückzuführen war, die eher *in* als auf sein Gegenüber zu blicken schienen. Die anderen fünfzig Prozent hatten zweifellos mit seiner Persönlichkeit zu tun.

»In Gedanken worüber?«, fragte Carl.

»Dich.«

»Und?«

»Und nichts.«

»Keine Lügenmärchen. Du hast herumfantasiert über mich.«

»Und über die Größe deines besonders gewaltigen Egos.«

»Sie haben eine schmutzige Fantasie, Mrs Marks. Nehmen Sie doch Platz.«

Dunai setzte sich, während Carl langsam aufstand und um den Schreibtisch herum ging. Er hielt neben ihr, lehnte sich mit dem Hintern an die Tischkante und schlug die Knöchel übereinander. Seine Waden befanden sich nur wenige Zentimeter von den ihren entfernt.

»Hör auf, mich zu veralbern«, sagte Dunai und deutete

auf seinen leeren Stuhl. »Ich muss über etwas sehr Wichtiges mit dir sprechen.«

Carl zog die Augen zusammen, richtete sich aber auf und ging zu seinem Sessel zurück. Sie besaßen nur eine feste Absprache hinsichtlich ihrer Beziehung: keine Körperkontakte im Büro. Ursprünglich hatte die Regel noch gelautet: keinerlei Techtelmechtel im Büro. Aber dann hatten Fingerspitzen, die einander beim Reichen eines Stifts trafen, oder kurze »Entschuldige bitte«, wenn Körper sich aneinander vorbeischoben, zu einer Reihe höchst befriedigender, aber dem Arbeitsablauf unzuträglicher sexueller Zwischenfälle geführt, weshalb es notwendig geworden war, die Vorschrift zu modifizieren.

Dunai schilderte ihm ihren Nachmittag.

»Rein formal gesehen gilt die Fünfzehnjährige als Ausreißer«, sagte er, als sie mit ihrem Bericht zu Ende war.

»Myasser ist keine gewöhnliche Fünfzehnjährige. Als Flüchtlingskind weiß sie genau, wie gefährlich und hässlich es auf dieser Welt zugehen kann. Außerdem hat sie eher konservative Wertvorstellungen und ist erst seit vier Monaten in Kapstadt, kennt sich in der Gegend also nicht sonderlich gut aus. Laut Aussage ihrer Mutter hat sie keinen Freund und auch keine Bekannten außerhalb der Flüchtlingsgruppe, mit der sie zusammenleben. Und es scheint auch keinen Streit oder Ärger vor dem Verschwinden der Kinder gegeben zu haben.«

»Was man nie mit Sicherheit weiß, solange nicht übereinstimmende Aussagen anderer Zeugen vorliegen, und die einzuholen, könnte in einem Fall wie diesem schwieriger sein, als du denkst.«

»Wenn Myasser wirklich geplant hätte abzuhauen, warum hätte sie dann ihren siebenjährigen Bruder mitgenommen?«, fragte Dunai.

»Wenn sie beispielsweise vor einer Situation flüchtete, in der es zu Misshandlungen kam.«

»Ist doch jetzt unerheblich«, sagte Dunai und begann nervös an einem Blusenknopf zu spielen. »Sie sind sieben und fünfzehn, haben sich noch nie ohne einen Erwachsenen weggetraut und werden seit mittlerweile neun Stunden vermisst. Möglicherweise haben sie sich verirrt, können sich nicht nach dem Weg erkundigen oder verstehen die Auskünfte nicht, oder sie haben sich irgendwo verletzt.«

»Und wenn keines dieser Szenarien passt?«

Dunai nickte. »Vor einem Monat hat ein Händler in der Gegend Hatum beschuldigt, seine Waren zu stehlen, in der Hoffnung, sie würde verhaftet und ausgewiesen werden und könnte ihm dann nicht länger die Kunden abspenstig machen. Damals hat sich irgendeine amtliche Projektgruppe gegen Fremdenhass für sie eingesetzt, aber was, wenn sich dieser Händler aus Rache Hatums Kinder geschnappt hat?«

»Das sollten wir herausfinden können«, erklärte Carl. »Aber was, wenn es eher aus purem Zufall zu einer Entführung kam, wenn irgendein Mistkerl sie geschnappt hat, weil die Gelegenheit gerade günstig war?«

»Zeugen ausfindig machen und befragen, dann sollten sich erste Anhaltspunkte ergeben.«

Carl zuckte mit den Achseln. »In dieser Art von Fall funktioniert das häufig nicht.« Er ließ sich plötzlich nach vorne kippen und legte seine Unterarme auf den Schreibtisch. »In einem Land mit achtundvierzig Millionen Einwohnern werden jährlich gegen zweihundertsiebzigtausend Kinder Straftaten verübt, und dennoch verfügt, wie der nationale Rechtsausschuss Südafrikas es formuliert hat, Südafrika über keine klare Strategie für einen angemessenen Umgang mit den jugendlichen und erwachsenen Opfern von Sexualverbrechen, weder auf einer ersten präventiven Ebene noch auf einer zweiten Ebene von Schutz und Betreuung. Wie weit es gelingt, die Gemeinschaft – wenn man von einer solchen überhaupt reden kann – mit einzubeziehen, wird in diesem Fall zusätzlich beschränkt durch den allgegenwärtigen Fremdenhass«, führte Carl aus. »Schon ihr Verschwinden zu melden, könnte dafür sorgen, dass sie ihre Bleibe verlieren, denn sie leben in diesem leerstehenden Gebäude ja illegal. Es gibt keine Fotos von den Kindern, keinen direkten Zugang zu Fingerabdrücken oder zu allgemeinmedizinischen oder zahnmedizinischen Unterlagen, und wahrscheinlich gibt es auch kein hübsches kleines Kinderzimmer, das zur Sicherung von Spuren versiegelt werden könnte. Darüber hinaus musst du noch versuchen, einen Einblick in das interne Beziehungsgeflecht einer Familie zu bekommen, die einer Kultur entstammt, die von deiner grundverschiedenen ist. Ich würde dir raten, die Finger davon zu lassen.«

Dunais Unterkiefer spannte sich an. »Mawien hat mit Jesse zusammen gespielt. Er hat auf meinem Teppich gesessen, und ich habe ihm Brote geschmiert. Vor zwei Wochen hat er mir einen Blumenstrauß gebracht. Alles natürlich bloß Unkraut, das er an irgendeiner Straßenböschung gepflückt hat, aber du hättest mal sein Gesicht sehen sollen, als er mir den Strauß überreichte. Er und Myasser sind irgendwo da draußen, stecken womöglich in ernsten Schwierigkeiten, und Hatum hat niemanden, an den sie sich sonst wenden könnte. Ich muss zumindest versuchen, ihr zu helfen.«

Sie stand auf, aber Carl blieb sitzen. »Hast du überhaupt eine Vorstellung davon, was eine solche Ermittlung kostet?«

Dunai schob die Hände in die Taschen ihrer Jeans. »Nehmen Detektive oder Anwälte nicht in besonderen Situationen auch mal Fälle an, für die sie nichts berechnen? Betrachte es als Teil meiner Ausbildung. In den vergangenen sechs Monaten habe ich nichts anderes gemacht, als durchgebrannte Ehemänner und Telefonbelästiger aufzustöbern mit ein bisschen Scheckbetrug dazwischen. Ich brauche deine Hilfe, Carl, deshalb bin ich hier. Allein kann ich das nicht schaffen, aber machen werde ich es trotzdem. Wenn Geld der entscheidende Faktor ist, dann werde ich schon einen Weg finden, für unsere Unkosten aufzukommen.«

Carl betrachtete sie eine Weile nachdenklich, dann meinte er: »Das wird nicht nötig sein.« Er stand auf und griff nach seinen Schlüsseln. »Ich arbeite ab Montag an einem Fall von Industriespionage. Das sollte auch die Kosten hierfür abdecken. Aber eine Warnung vorweg.« Er trat um seinen Schreibtisch herum. »Dein oberstes Ziel ist es, die Kinder zu ihrer Mutter zurückzubringen, aber du musst auch daran denken, ausreichendes Beweismaterial zu sammeln, damit die Polizei ein wasserdichtes

Strafverfahren einleiten kann, sollte es sich um eine Entführung handeln. So etwas ist extrem schwierig, wenn du zugleich das Gefühl hast, dass die Zeit dir davonläuft.

Außerdem ist Ermittlungsarbeit, wenn es um Kinder geht, ganz besonders nervenaufreibend und zermürbend. Dieser Fall betrifft zwei Flüchtlingskinder, die erst seit vier Monaten hier im Land sind, keine Schule, kaum feste Gewohnheiten, dazu die Sprachbarriere, Misstrauen und Angst vor allen Behördenvertretern, keine verzweigte Verwandtschaft, keine Bekannten, kein vertrautes Netz an sozialen Kontakten. Ich möchte, dass du dir bei diesem Fall, der hoffentlich nur ein paar Stunden, mit großer Wahrscheinlichkeit aber eher Tage oder sogar Monate dauern wird, bis zum Ende im Klaren darüber bleibst, warum es dir so wichtig war, ihn zu übernehmen.«

4

Busi Gomedi war ebenso rund wie klein. Während des nationalen Ausnahmezustands 1985 hatte sie in der landeinwärts liegenden Township Langa dennoch in Sekundenschnelle eine ein Meter achtzig hohe Mauer erklommen und mit einem Metallrohr, das fast so groß wie sie selbst gewesen war, auf zwei Polizisten eingeschlagen, die dahinter mit Schlagstöcken und Sjamboks auf eine in die Ecke getriebene Gruppe von Kindern einprügelten. Selbst nach einem Schuss in den Oberschenkel war es Busi noch gelungen, einem Polizisten einen Schädelbruch beizubringen und dem anderen die Finger der rechten Hand zu zertrümmern, bevor aus der Nähe herbeigerufene Verstärkung eintraf und sie überwältigte. Es folgten neun Jahre Haft ohne Prozess, durchsetzt von Phasen der Folter und der Einzelhaft, bis sie 1994 von der neuen Regierung freigelassen wurde.

An diesem Abend hatte Busi neue Informationen, die nicht bis zum nächsten Morgen warten konnten. Daher fuhr sie zu dem gläsernen Haus, machte sich mit einem eigenen Schlüssel die Tür auf und durchquerte die stillen, fast reinweißen Räume mit ihren hellen Wänden, transparenten Vorhängen, glänzenden Böden und hohen Decken. Wegen ihres Gewichts und der Kugel, die ihren Oberschenkelmuskel durchschlagen hatte, fiel es ihr schwer, die offene weiße Treppe im Zentrum des Gebäudes hinaufzusteigen. Oben betrat sie ein paar Stufen, die zu einer gemütlichen Sitzecke führten. An einem heißen Sonntagabend würde Busi sie hier bestimmt am ehesten antreffen.

Sie saß in einem geflochtenen Hängesessel auf einem großen weißen Kissen, ein Bein angewinkelt unter sich gezogen, das andere baumelte über den Rand. Bekleidet war sie mit einer weißen Kordelzughose aus Leinen und einem hellen, fast pinkfarbenen T-Shirt. Lang und schmal ragten ihre nackten, weißen Füße aus den Hosenbeinen, und ihr gewelltes braunes Haar hing ihr offen bis zu den Hüften hinab. Die haselnussbraunen Augen blickten, wie nur wenige Leute es jemals bei ihnen erlebt hatten: sanft und gedankenverloren.

»Ja, Busi, was gibt's?«

Sie drehte das blasse, faltenlose Gesicht mit den kantigen Zügen in Busis Richtung, ohne sie jedoch direkt anzusehen. Busi hatte keine Ahnung, wie alt genau sie war, schätzte sie aber auf etwa zehn Jahre jünger als sie selbst, also irgendwo in den Vierzigern. Allerdings hatte sie sich noch nie gut darauf verstanden, das Alter von weißen Leuten zu schätzen. Wegen eines Mangels an Melanin in der Haut neigten weiße Frauen dazu, schneller zu altern als ihre schwarzen Schwestern. Busi sah darin die Strafe dafür, dass deren Vorfahren vor Tausenden von Jahren ihren Mutterkontinent und das Land ihrer Ahnen verlassen hatten.

»Es haben uns neue Informationen über Dunai Marks erreicht.«

Die haselnussfarbenen Augen begegneten nun direkt Busis Blick, und eine Hand winkte sie zu einem der Korbsessel mit den weißen Sitzkissen. »Setz dich. Nimm dir etwas Kaltes zu trinken.«

Busi nahm Platz und goss sich aus dem Krug, der auf einem weißgestrichenen Stück Stamm auf einem Silbertablett stand, ein Glas Eistee ein.

»Rühr etwas Honig hinein, er ist ungesüßt.«

Busi blickte auf den Topf mit der köstlich-klebrigen bernsteinfarbenen Masse, dann hinunter auf die mit weißer Straßenfarbe gestrichenen Steinfliesen. »Für mich nicht«, erklärte sie knapp.

Die Frau setzte sich abrupt nach vorn, was den an einer Kette aufgehängten Korbsessel leicht ins Schwingen brachte. »Seit wann magst du es denn nicht süß? Ist dir nicht gut?«

»Zum ersten Mal in meinem Leben mache ich eine Diät«, sagte Busi und schüttelte bekümmert den Kopf.

»Ich halte das für eine gute Idee«, sagte die andere Frau und lehnte sich wieder in ihr Kissen zurück. »So lebst du wahrscheinlich länger, und wir brauchen dich hier, solange es nur geht.«

Busi nahm einen Schluck Eistee und sah dann in ihr Glas. »Dunai Marks hat einen Fall übernommen, der uns eine neue Chance eröffnen könnte.« Sie trank noch einen Schluck Tee und bemühte sich, nicht wie ein Kind die Miene zu verziehen.

»Weiter«, sagte die Frau.

»Die Kinder einer Asylbewerberin werden vermisst. Sie ist seit vier Monaten im Land, hat keine Aufenthaltsgenehmigung, betreibt einen illegalen Straßenverkauf und wohnt unerlaubt in einem verlassenen Gebäude. Ihre Kinder sind fünfzehn und sieben, sprechen nur wenig Englisch und sind seit etwa zehn Stunden verschwunden. Wenn sie nicht heute Abend oder morgen gefunden werden, dürfte es ein schwieriger, langwieriger Fall werden, bei dem sie auf unsere Hilfe angewiesen sein könnte.«

Die Frau lehnte sich in ihrem Korbsessel wieder nach vorn und fixierte Busi. »Gut.« Sie nickte. »Observierung intensivieren. Durchgehende Beschattung ohne Kontaktaufnahme, es sei denn, sie ist unabdingbar, und damit meine ich, völliges Ausblenden, es sei denn, es besteht unmittelbare Lebensgefahr.«

»Und die Form des Eingreifens?«

»Offen«, erwiderte die Frau.

Busi nickte und setzte ihr Glas auf einer Zeitschrift ab, die auf dem Tisch lag. Marion Martin, die geschäftsführende Direktorin der International Children's Charity, starrte ihr von der Titelseite entgegen. Busi und diese Weiße mittleren Alters mit den kurzen braunen Haaren und den grazilen Gesichtszügen waren Schwestern und Kampfgenossinnen, obwohl sie einander nie kennengelernt hatten. So viel konnte sie bereits an den Umrissen eines Anhängers in Form eines Doppelkreuzes ablesen, die für jemanden, der wusste, wonach er suchte, unter der Bluse schwach auszumachen waren.

Busi stellte das Glas mit dem enttäuschenden Getränk auf das Silbertablett und tastete zugleich automatisch unter ihrem braunen und orangefarbenen Kaftan nach dem eigenen Doppelkreuz, das dort auf ihrer Brust lag, so dicht an ihrem Herzen, wie die schmiegsame Weichheit der großen Brüste einer Afrikanerin es erlaubte.

5

Dunai und Barbara hatten eine halbe Stunde gebraucht, um Hatum davon zu überzeugen, zur Polizei zu gehen. Das Gesetz verlangte es, und sie benötigten die ermittlungstechnischen Möglichkeiten der Polizei so rasch wie möglich.

Jetzt saß Dunai auf dem Beifahrersitz von Carls silbernem Geländewagen und wartete auf Hatum, die noch einen Moment in dem türkisfarbenen Haus zurückgeblieben war, um ihren Schwager Yak auf dessen Handy anzurufen. Sie musste ihn davor warnen, hatte sie gesagt, dass sie zur Polizei ging, und ihn beruhigen, dass sie Leute bei sich hatte, die alles in ihrer Macht Stehende tun würden, die Gruppe zu schützen. Es sollte ein langes Gespräch werden.

»Und, glaubst du, dass du schon einen Eindruck von den Verhältnissen in der Familie bekommen hast?«, fragte Carl.

»Keine Ahnung. Hatums Leben unterscheidet sich so krass von allem, was ich mir vorstellen kann.«

»Sollen wir mal durchgehen, was sie dir erzählt hat?«

Dunai nickte.

»Hatum stammt aus einem Dorf, das seit Tausenden von Jahren auf Zaghawa-Gebiet im Darfur existiert. Das Bild, das sie beschreibt, wirkt noch einigermaßen vertraut, ähnelt dem, was man hier auf dem Land so findet. Kinder, die im Sand spielen, Mütter, die Kleidung ausbessern oder Getreide mahlen, Frauen, die mit wiegenden Schritten staubige Pisten entlanglaufen und dabei Wasserbehälter auf dem Kopf balancieren. Schafe und Rinder, die unter Schirmakazien dösen. Es ist mehr der Rest der Geschichte, der mir fremd ist.«

»Erzähl schon«, sagte Carl.

»Cousins, Brüder, zwei Ehemänner, alle tot. Sie gehörten einer Rebellengruppe an, die in Kämpfe mit Regierungstruppen geriet. Eines Tages wurde das Dorf von der Luftwaffe unter Beschuss genommen. Es kursierten Gerüchte, dass solche Regierungseinsätze immer Überfällen der Janjaweed-Milizien vorangingen.« Dunai stockte kurz. »Am nächsten Tag gegen Sonnenaufgang kamen sie tatsächlich. Die Kranken, Verletzten und Alten hatten sie nach einer schlaflosen Nacht in ein paar Hütten zusammengetrieben. Hatums Vater stellte sich schützend vor das Bett, in dem seine verletzte Frau lag. Sie hat mir geschildert, wie ihr Vater eine Machete packte, als der Lärm draußen bis zu ihrer Hütte drang. Johlen, AK-47-Salven, das Aufprasseln von Feuer und die Schreie sterbender Menschen. Menschen, die sie kannten und liebten.«

Aus den Augenwinkeln bemerkte Dunai, wie Carls Kopf sich in ihre Richtung drehte. Sie wandte sich ab, sah aus dem Fenster und fuhr mit ihrem Bericht fort, bevor er erneut Bedenken über ihre Art, mit solchen Dingen umzugehen, äußern konnte und sie wieder zurückgiften musste.

»Sie zerrten Hatum von ihrem Vater fort und erschossen erst den alten Mann und dann ihre Mutter. Hatum wurde zusammen mit anderen Frauen, insgesamt waren sie zu zwölft, auf Jeeps geladen und aus dem Dorf gebracht. Sieben Tage lang wurden die Frauen gefoltert und reihum vergewaltigt, während man sie zwischendurch zwang, für ihre Peiniger noch zu kochen und Wäsche zu waschen. Sie bekamen nichts zu essen, konnten aber hier und da einen Bissen oder einen Schluck Wasser klauen. Eines Tages wurden sie dann einfach aus dem Camp gejagt, da die Janjaweed zu einem neuen Überfall aufbrachen, um sich frischen Nachschub an Frauen und Mädchen zu besorgen.« Dunai verstummte wieder kurz und räusperte sich.

»Hatum war krank, ausgehungert und hatte viele Verletzungen. Es war ihr egal, ob sie starb, ja, sie wünschte es sich sogar, aber dann dachte sie daran, wie tapfer Myasser gewesen war. Wie sie Mawien, der sich an seine Mutter klammerte, in die Arme genommen, seinen Kopf an ihre Brust gedrückt und versprochen hatte, sich um ihn zu kümmern. Myasser war aus dem Dorf gelaufen, hatte sich dann noch einmal umgedreht und ihrer Mutter beruhigend zugenickt, obwohl sie doch selbst noch ein Kind war und entsetzliche Angst ausgestanden haben musste. So machte sich Hatum mit sieben anderen Frauen, die von ursprünglich zwölf das Camp überlebt hatten, auf den Weg. Drei Frauen starben auf dem zweimonatigen Marsch bis zur Grenze zum Tschad, und dort brauchte Hatum noch einmal drei Wochen, um Myasser und Mawien in einem dieser Flüchtlingslager zu finden, in denen die Menschen ständig Hunger litten und an Krankheiten eingingen. Die wenigen, die ihre traumatischen Erlebnisse und die Trauer nicht in den Wahnsinn trieben, beteten weiter um Hilfe, aber es kam keine.«

»Die Lieferungen der UNO und der Hilfsorganisationen kommen halt nicht immer durch«, sagte Carl.

»Und die Janjaweed töteten weiter Männer und vergewaltigten Frauen, die sich auf der Suche nach Feuerholz und Wasser zu weit vom Lager fort wagten. Auf diese Weise ist auch Hatums älteste Schwester umgekommen.

Hatum verließ das Lager gemeinsam mit ihren Kindern und begann wieder loszulaufen. Sie brauchten Monate, bis sie Südafrika erreichten. Sie kam nach Kapstadt, weil hier ihr Schwager inzwischen lebt.«

»Hast du rausgefunden, ob sie Geld an ihn abgeben muss?«, fragte Carl.

»Nein, hab ich nicht«, sagte Dunai und versuchte, möglichst unbeteiligt zu klingen. »Warum sollte ich mich danach erkundigen?«

»Weil«, sagte Carl ungeduldig, »männliche Flüchtlinge häufig Familienangehörige in ihre neuen Länder locken und dann von ihnen eine Rückzahlung des Geldes verlangen, die sie ihnen dafür angeblich schulden, gewöhnlich durch Prostitution.«

»Es sieht nicht so aus, als würde so was hier eine Rolle spielen«, sagte Dunai und blickte ihn mit finsterer Miene an. »Hatum spricht sehr freundlich von ihm. Sie sagt, er verkauft irgendwelche Kunstgegenstände, die er aus Dingen zusammenbaut, die er irgendwo herumliegen sieht, und er hilft ihr bei der Betreuung der Kinder. Den Erzählungen Hatums zufolge hätten sie und ihre Kinder wohl eher bitteren Hunger gelitten, wenn ihnen ihr Schwager nicht zur Hilfe gekommen wäre.«

»Wir werden später klären, ob das die Wahrheit ist«, sagte Carl mit Blick auf Hatum, die gerade das türkisfarbene Haus verließ und auf ihren Wagen zukam.

Die Polizeizentrale Kapstadts war ein vierstöckiger Backsteinbau mit blauen Lampen auf beiden Seiten des doppelflügeligen Eingangs. Schwere Eisengitter spannten sich über die Fenster, eine Erinnerung an die Apartheidzeit, als Polizeistationen gegen Angriffe befestigt wurden. Im zweiten Jahrzehnt der demokratischen Ära blieben die Eisengitter erhalten, allerdings schützten sie nun gegen Verbrecher, denen durchaus zuzutrauen war, in das Gebäude einzudringen und die Beamten um Geld und Waffen zu erleichtern.

Drinnen wurden sie gebeten, das Formblatt SAP 55(a) auszufüllen, dann schickte man sie in Raum 23, Vermisste Personen.

Dunai bemerkte, wie Carl sich mit Hatum gern an eine kleine, stämmige Beamtin gewandt hätte, deren dunkles Gesicht rund und sympathisch wirkte, doch die war leider bereits mit zwei Frauen beschäftigt, von denen die eine leise weinte. Daher trat er an Hatums Seite, nahm ihren Arm und führte sie auf die andere Seite des Raums zu einem männlichen Beamten.

»Guten Abend, Constable du Preez«, sagte Carl, nachdem er einen kurzen Blick auf die Schulterstücke und das Namensschild des Mannes geworfen hatte.

»Abend«, erwiderte der Beamte in starkem Afrikaans-Tonfall. Er war in den Vierzigern, wohlbeleibt, hatte dunkle Haare, buschige Brauen und kleine braune Augen in einem fülligen Gesicht.

Dunai zog einen dritten Stuhl an den Schreibtisch, während Carl dem Beamten das Formular reichte, das sie ausgefüllt hatten. Dunai und Carl setzten sich rechts und links neben die immer noch zitternde Hatum.

»Haben Sie Ihre vorläufige Aufenthaltsgenehmigung dabei?«, fragte der Constable, ohne aufzusehen. Als niemand antwortete, sagte er, während er weiter das Formular studierte: »Ich rede mit Ihnen … Hatum Ahir Bashir.«

Hatum hielt ihre Augen starr auf die Hände in ihrem Schoß gerichtet und schüttelte den Kopf.

Dunai spürte, wie es in ihrem Inneren gefährlich zu brodeln begann. »Dies hat nichts mit Hatums Asylbewerbung zu tun«, erklärte sie in ebenso knappem Ton. »Ihre Kinder werden vermisst.«

»Und wer sind Sie?«, fragte der Constable und sah zum ersten Mal auf.

»Dunai Marks. Ich arbeite für Carl Lambrecht hier, dem Chef von Carl Lambrecht Investigative Services.«

»Sie können sich einen Privatdetektiv leisten?« Der Mann blickte misstrauisch auf Hatums gesenkten Kopf. »Woher haben Sie denn so viel Geld? Geklaut? Drogengeschäft? Oder arbeiten Sie als Prostituierte?«

Hatum schien noch tiefer in ihre Tobe zu sinken.

»Sie sind hier, um den Bewohnern dieser Stadt zu dienen, Constable du Preez«, sagte Dunai und gab sich gar keine Mühe mehr, ihren Ärger zu verbergen. »Und Hatum Ahir Bashir und ihre Kinder zählen jetzt zu den Bewohnern dieser Stadt.«

Dunai sah zu Carl hinüber in der Hoffnung, als einst hochdekorierter Captain und Detective würde er sich einmischen, aber er lehnte sich nur in seinem Stuhl zurück, legte den linken Knöchel auf das rechte Knie und ließ seine Arme an der Seite herunterbaumeln.

Ich bin von lauter Riesenaffen umgeben, dachte Dunai. Sie atmete tief ein und versuchte, sich ins Gedächtnis zu rufen, dass auch der unsympathische du Preez eine Mutter hatte. »Wir helfen Mrs Ahir Bashir offiziell anzuzeigen, dass ihre beiden Kinder im Alter von fünfzehn und sieben seit heute Morgen um acht nicht mehr gesehen wurden, obwohl sie sich gewöhnlich nie weit von zu Hause entfernen und Ausflüge stets in Begleitung eines Erwachsenen machen.«

»Wahrscheinlich ausgerissen«, sagte der Constable und wandte sich nun zum ersten Mal an Carl. »Hatte sie einen Streit mit der Mutter? Vielleicht ist sie mit einem Jungen durchgebrannt.«

»Nein, ist sie nicht«, sagte Dunai, die den starken Drang verspürte, über den Tisch zu langen, den Mann an seinem gestärkten Hemdkragen zu packen und kräftig durchzuschütteln. »Wir haben bereits festgestellt, dass es vor dem Verschwinden keinen Streit und keinerlei Probleme zwischen Myasser und ihrer Mutter gegeben hat. Sie ist erst seit vier Monaten im Land und hat weder Freundinnen noch einen Freund.«

»Spielt überhaupt keine Rolle, wie lange die hier sind. Die bereiten Ärger, kaum dass sie angekommen sind.«

»Diese Kinder schweben in Gefahr, Constable du Preez. Sie sind allein irgendwo da draußen, und wir müssen sie finden, völlig unabhängig davon, welcher Nationalität sie angehören.«

»Jislaaik, Boeta, bist du das?«, dröhnte plötzlich eine tiefe Stimme hinter ihnen. Jeder der Anwesenden drehte sich nach der Quelle um, ein großer, massiger Mann, der in der Eingangstür stand.

Carl sprang auf, lief auf den Mann zu und die beiden grüßten sich auf Afrikaans mit einem: »Howzit going, old friend? No, good, man, good.«

»Na, dann erzähl mal, was los ist?«, sagte der Mann mit der freundlich dröhnenden Stimme.

Carl erklärte ihm kurz ihr Anliegen.

»Kommt mal mit«, erklärte der Mann daraufhin.

Carl wandte sich an den Constable, der einen leicht verlegenen Eindruck machte. »Captain Knowler wird sich weiter um die Sache kümmern«, sagte er. Dann machte er Dunai mit dem breitschultrigen Polizisten bekannt, der ihr herzlich die Hand drückte.

Dunai fand, dass er mit seinem nach hinten gekämmten dichten schwarzen Haar und dem breiten grauweißen Streifen, der sich von der Stirn bis zum Scheitel zog, starke Ähnlichkeiten mit einem Honigdachs hatte. Die Haut unter seinem Bart war von der Sonne gebräunt, er hatte braune Augen, einen kräftigen Körperbau und war etwa eins achtzig groß. Honigdachse waren in der Regel äußerst furchtlos und bekannt dafür, sich beherzt zu verteidigen, wenn sie geärgert wurden, selbst wenn es gegen Löwen ging. Dunai hatte das Gefühl, dass sie sich mit Captain Knowler gut verstehen würde.

In seinem Büro im ersten Stock bat er seine drei Besucher Platz zu nehmen, und ging dann zu seinem Stuhl hinter einem Schreibtisch, auf dem sich braune Hängemappen und weiße Schnellhefter türmten. Er lehnte sich in den Stuhl zurück, der beängstigend zu quietschen begann, als er ein Knie gegen die Schreibtischkante drückte. Carl setzte ihn von den Einzelheiten des Falls in Kenntnis.

Als er geendet hatte, kippte Knowler mit dem Stuhl nach vorn, stemmte seine Unterarme auf die Schreibtischplatte und begrub dabei einige der vor ihm liegenden Aktenberge unter sich. Hatum zuckte erschrocken zusammen und lehnte sich so weit wie möglich nach hinten. Ihre Arme verschwanden unter ihrer pinkfarbenen Tobe. Dunai streckte die Hand aus und tätschelte ihr Knie.

»Folgendes werden wir machen«, sagte der Captain. »Lasst euch von Mrs Ahir Bashir hier eine Vollmacht geben, die euch in Vertretung des South African Police Service in diesem Fall mit den Ermittlungen beauftragt. Du kennst das Spielchen ja, Carl. Es bedeutet nicht, dass wir nicht unseren Teil leisten werden, aber so könnt ihr gewisse Dinge einfach schneller erledigen.

Wie ich sehe, haben Sie das Formular für die Anzeige bereits da«, sagte er zu Dunai. »Wir werden also eine Akte anlegen und Sie dann zu dem für die Öffentlichkeitsarbeit verantwortlichen Beamten bringen. Im Anfangsstadium von Vermisstenfällen ist das der für Sie wichtigste Mann.

Er ist derjenige, der Flugblätter erstellt, den Kontakt zu den Radiostationen, Zeitungen und so weiter organisiert. Wir werden einen Code 6 ausrufen, das heißt, es wird stündlich über Funk eine Suchmeldung an alle Streifenwagen herausgehen, und Sie, Mrs Ahir Bashir«, sagte er und wandte seinen Blick der verängstigten Frau zu, »werden einem Beamten helfen, Porträts ihrer Kinder herzustellen. Wir benutzen da inzwischen neue Grafikprogramme, die uns erheblich realistischere Bilder liefern, als dies mit der alten Technik möglich war.

Im aktuellen Stadium des Verfahrens sind Bilder jedoch noch nicht so wichtig. Für den Code 6 und die Radiosender genügt uns die Beschreibung, dass es sich um eine große, mit einem langen hellblauen Kopftuchumhang bekleidete Fünfzehnjährige zusammen mit einem siebenjährigen Jungen in brauner Hose und dunkelgrüner Tunika handelt. Aber wir werden für Sie ein paar hübsche Bilder Ihrer Kinder machen, auf die wir dann zurückgreifen können, wenn wir sie zu einem späteren Zeitpunkt benötigen.«

Er trat um den Schreibtisch und ging neben Hatum in die Hocke. »Mrs Ahir Bashir«, sagte er mit leiser, freundlicher Stimme. »Ich habe selbst drei Kinder. Alles Mädchen, lieber Gott steh mir bei.«

Hatum wandte den Kopf ein wenig in seine Richtung.

»Ich wäre vor Sorgen wahnsinnig, wenn sie plötzlich vermisst würden. Daher können Sie sich darauf verlassen, dass wir, also die Polizei sowie Carl und Dunai hier, alles in unserer Macht Stehende tun werden, um sie so rasch wie möglich zu finden. Okay?«

Hatum sah ihm schließlich in die Augen und sagte kaum lauter als ein Flüstern: »Ich danke Ihnen sehr, Captain Knowler.«

Der Captain nickte und erhob sich wieder. »Ich werde mich jetzt mal auf die Suche nach einem Porträtisten machen.« Zehn Minuten später kehrte er mit einer Beamtin zurück, die sofort wieder mit Hatum im Schlepptau verschwand.

Dunai berichtete Captain Knowler von den Ressentiments, denen sie in Raum 23 begegnet waren.

»Der Freund von diesem Burschen hat letzte Woche ein Auge verloren, als er in der Nähe des Flughafens ein paar Flüchtlinge aus einem illegal besetzten Haus holen wollte. Die Leute haben versehentlich einen Brand verursacht, der außer Kontrolle geriet. Aber ich werde mit ihm reden.

Die Sache ist, sobald es um Flüchtlinge geht, wissen sie plötzlich alle nicht mehr, ob sie den Arsch in der Hose oder auf dem Hals tragen. Das ist die sprichwörtliche heiße Kartoffel, die keiner anfassen will. In den ärmlichen Gegenden, wo die Hauptwählerschaft der Regierung lebt, grassiert die Ausländerfeindlichkeit, daher vermeidet es jeder, als besonders großer Unterstützer der Flüchtlinge in Erscheinung zu treten. Auf der anderen Seite hat die Regierung sich als Teil der internationalen Gemeinschaft verpflichtet, den Flüchtlingsbeschlüssen der UNO Folge zu leisten und Asylsuchenden Schutz zu gewähren.«

»Mit anderen Worten«, sagte Carl, »Beamte, die zu den Flüchtlingen gehen und versuchen, etwas über verschwundene Kinder in Erfahrung zu bringen, würden mit größter Wahrscheinlichkeit leer ausgehen.«

»Fürchte, ja. Ich meine, jeder, der aus Flüchtlingsgruppen Informationen herausholen will, wird einen schweren Stand haben, aber Polizeibeamte haben da derzeit überhaupt keine Chance. Neunundzwanzig Somalis sind in den vergangenen drei Monaten in und um Kapstadt ermordet worden, dazu vier Angolaner in Joe-Slovo-Park. Eine amtliche Projektgruppe gegen Straßenkriminalität und Fremdenfeindlichkeit wurde eingerichtet, aber das ist ein kleines Trüppchen, und ich habe keine Ahnung, wie viel Erfolg die haben.«

Das Telefon klingelte. Knowler hob ab. »Einen Moment bitte«, sagte er, bevor er eine Hand über die Sprechmuschel legte. »Das Gespräch kann leider nicht warten, aber bevor ihr geht, wer von euch ist denn der Ansprechpartner in dieser Sache?«

»Dunai leitet die Ermittlungen«, erwiderte Carl.

»Glauben Sie, dass Sie damit zurechtkommen?«

»So ist es zumindest gedacht«, sagte Dunai, und es gelang ihr, selbstbewusster zu klingen, als sie sich fühlte.

»Ich werde den Fall im Auge behalten«, sagte Knowler. »Informieren Sie mich doch über mögliche Fortschritte und sagen Sie Bescheid, wenn ich Ihnen irgendwie helfen kann. Wir werden eine Hotline einrichten und alle Hinweise, die hereinkommen, an Sie weitergeben.«

Dunai und Carl dankten ihm und verabschiedeten sich, um ihn telefonieren zu lassen.

»Vielleicht sind sie ja einfach losgezogen und haben sich verlaufen«, meinte Dunai, als sie den Flur hinuntergingen.

»Glaubst du das wirklich?«, fragte Carl zweifelnd.

»Nein«, gestand Dunai. »Sie sind schon an ihrer Kleidung als Fremde zu erkennen, und überall scheinen sie derzeit Flüchtlinge zu hassen. Ich glaube, dass die Sache viel schlimmer steht.«

*

Sie borgten sich in der Anmeldung ein Telefonbuch, setzten sich auf eine Bank und begannen Krankenhäuser und Leichenhallen anzurufen, aber keine Kinder, auf die Myassers und Mawiens Beschreibung passte, waren eingeliefert worden. Es blieb dem Pathologen vom Salt River State Mortuary überlassen, Dunai unmissverständlich klarzumachen, worauf sie sich hier einzustellen hatte. Südafrika war im Umgang mit Kindern die gewalttätigste Nation auf der Welt, erklärte er ihr. Einundvierzig Prozent aller Toten unter neunzehn Jahren waren einem Gewaltverbrechen zum Opfer gefallen.

Carl hatte ebenfalls nichts rausgebracht. »Ich habe versucht, einen Kontaktmann bei der Stadtverwaltung zu erreichen, damit der mal im Händlerregister nach den Personendaten dieses Mannes sucht, der Hatum hatte verhaften lassen wollen, aber es ist einfach unmöglich, da sonntagabends jemanden zu erwischen.«

»Ich werde mal sehen, wie weit sie mit den Porträts sind, damit wir möglichst rasch hier rauskommen. Und ich werde Philippe bitten, uns bei dem Gespräch mit Hatums Flüchtlingsgruppe zu helfen.«

»Gute Idee«, sagte Carl. »Ich habe Aegi gebeten, uns dort zu treffen.«

Dunai zog ihr Handy hervor und gab auf dem Weg zu den Korridortüren Philippes Nummer ein.

Nach dem Tod der Gründerin Siobhan Craig vor sieben Monaten hatte Philippe Baobi die Leitung der von staatlichen Stellen unabhängigen Interessenvertretung STOP – Strategies for Targeting Over-Population – übernommen. Philippe war mit Siobhan, von der Dunai herausgefunden hatte, dass es ihre Mutter war, verheiratet gewesen. Wenn es ihr Job bei Carl erlaubte, arbeitete Dunai auch jetzt noch zwei Tage in der Woche für STOP.

Sie hielt Philippe für genau die richtige Begleitung, wenn es darum ging, Informationen aus Hatums verfolgten und extrem misstrauischen Mitbewohnern zu gewinnen. Philippe hatte die ersten Lebensjahre im westafrikanischen Benin verbracht, bevor seine Familie nach Marseille umzog, wo er in von Armut gezeichneten Verhältnissen als Immigrant aufgewachsen war. Heute, viele Jahre später, zählte er zu den herausragendsten Aktivisten der Antiglobalisierungsbewegung.

Dunai drehte das breite, dunkelblaue Armband ihrer Uhr und warf einen Blick auf das Perlmuttzifferblatt, während sie darauf wartete, dass Philippe ans Telefon ging. Es war halb acht. Hatums Kinder wurden seit fast zwölf Stunden vermisst. Dunai bemühte sich nach Kräften, nicht an die ihr bekannten Statistiken zu denken, aber es gelang ihr nicht. Würden Myasser und Mawien nicht innerhalb der nächsten zwölf Stunden gefunden, verringerten sich ihre Chancen, lebendig nach Hause zu kommen, um fünfzig Prozent.

6

An der Treaty Street bog Carl auf Hatums Weisung hin ab. Sie kamen in eine Gegend, die aussah, als wäre sie zusammen mit dem Müll hier abgeladen worden.

Die Uhr auf dem Armaturenbrett zeigte Viertel vor acht. Dunai konnte es einfach nicht lassen, ständig auf dieses Mistding zu blicken.

»Hier Zuhause ist«, sagte Hatum und deutete auf ein zweigeschossiges Gebäude, das ein Stück zurückversetzt von der Railway Street lag, so als hätte sich einst ein großer Parkplatz davor befunden. Erkennen ließ sich heute davon nichts mehr, da der Boden mit Unkraut überwachsen und voller Schlaglöcher war. Philippe wartete bereits auf sie in Siobhans altem blauen Renault. Carl parkte neben ihm, aber Hatum meinte: »Müssen zurück.«

»Den Weg zurück, den wir gekommen sind?«, fragte Carl.

»Nein, zurück von Gebäude.«

»Zur Rückseite des Gebäudes«, sagten Dunai und Carl unisono.

»Ja, bitte.«

Also fuhr Carl weiter zur Rückseite, die einst womöglich die Front gewesen sein mochte. Philippe folgte und parkte hinter ihnen auf einem sandigen, unkrautfreien Flecken. Ein mit Steinen und Gras bedeckter Hang führte leicht ansteigend zu einer alten Zufahrtsstraße und dem einzigen Gebäude in der Gegend, das keinen völlig verwahrlosten Eindruck machte, einem Laden mit einem großen, blauen Schriftzug über dem Eingang, der sich aus der Entfernung dank einer Straßenlaterne vage als »The Drive Dairy« entziffern ließ.

Hatums Gebäude mochte früher mal als kleiner Wohnblock oder als Fabrik gedient haben. Es war auf der einen Seite teilweise eingerissen, und rechts von ihm standen zwei rechteckige Baureste frei herum, die offenbar Eingänge gewesen waren. Das untere Stockwerk bestand aus Betonfertigteilen, das obere aus zerbröckelnden Mauersteinen, die an einer Stelle bereits ganz herausgebrochen waren. Dort klaffte nun ein großes Loch, das mit zusammengestückelten Brettern notdürftig zugenagelt war.

Carl ließ seine Scheinwerfer an, und sie stiegen alle aus dem angenehm klimatisierten Innenraum des Autos heraus in einen stickigen Abend, der nach Hitze und Abfall roch. Hatum verschwand, um mit den Bewohnern des Gebäudes zu sprechen.

Philippe, der seine hochgewachsene Gestalt klugerweise in eine cremefarbene Zugbundhose aus Baumwolle und eine Tunika gesteckt hatte, stand neben seinem Wagen und dehnte seine beiden muskulösen Oberarme über dem Kopf. Dunai musste sich auf die Zehenspitzen stellen, um ihn auf seine ebenholzfarbigen Wangen zu küssen.

Philippe fuhr sich mit einer Hand über seinen kahl rasierten Schädel und sah zu dem maroden Bau hinauf. Seine Stimme hatte einen französischen Akzent und schien aus einem Ort in seiner mächtigen Brust zu kommen, der ungeheuer tief und mit hervorragender Akustik ausgestattet zu sein schien. »Das ist eine schreckliche Sache, die da passiert ist, und für Flüchtlinge natürlich besonders gefährlich.« Er ließ seine Knöchel knacken, ein Geräusch, das in der sie umgebenden Leere jenseits des Scheinwerferlichts besonders laut wirkte.

»Du bist vielleicht unsere einzige Chance, diese Leute davon zu überzeugen, dass unsere Fragen nichts mit ihnen als Flüchtlingen zu tun haben«, sagte Dunai. »Wir wollen lediglich die Kinder finden und werden nichts tun, was dazu führt, dass diese Menschen ihr Zuhause verlieren.« Ihr Blick wanderte zu dem verfallenen Gebäude hinauf, und ein flaues Gefühl breitete sich in ihrem Magen aus.

»Vorausgesetzt wir werden überhaupt reingelassen«, sagte Carl und sah auf seine Uhr. Es war kurz nach acht. Vor zehn Minuten war Hatum in das Gebäude gegangen.

Dunai begann gerade zu überlegen, was sie tun könnten, sollten die Flüchtlinge es am Ende ablehnen, mit ihnen zu sprechen, als an der Seite des Hauses ein alter, aber liebevoll gepflegter dunkler BMW auftauchte, dem unmittelbar zwei weiße Polizeivans folgten.

Aegi stieg aus dem BMW und kam auf sie zu. Er trug schwarze Jeans und ein schwarzes T-Shirt. Carl heuerte den Privatermittler gerne zur Unterstützung an, nicht nur weil er ein geschickter Schnüffler war, sondern auch weil seine braune Hautfarbe, die krausen Haare und das breite Gesicht nicht erkennen ließen, ob er nun schwarz oder *coloured* war, und obwohl sein Akzent zur schnellen, kehligen Sprache der Coloured mit deren zahlreichen umgangssprachlichen Wendungen tendierte, beherrschte er auch fließend die isi Xhosa-Sprache, weshalb er sich unter beiden Bevölkerungsgruppen unauffällig bewegen konnte. Bei ihm bekam man zwei für den Preis von einem, wie Carl es ausdrückte.

Hinter Aegi entstieg jedem Kleinbus auf der Beifahrerseite ein Polizeibeamter, während die Fahrer am Steuer der Wagen blieben, deren Scheinwerferlicht auf das Gebäude gerichtet war.

»Sie haben nur zwei Wagen geschickt«, sagte Dunai.

»Eigentlich sind wir damit echte Glückspilze«, meinte Carl. »Wenn es nach dem Constable gegangen wäre, mit dem wir zuerst gesprochen haben, hätten wir morgen um die gleiche Zeit ein Fahrrad bekommen.«

Dunai hielt es zwar noch immer für unmöglich, mit nur zwei Streifenwagen ein solch großes Gebiet abzusuchen, aber als sie den Mund öffnete, um diese Zweifel auszusprechen, kam Carl ihr zuvor: »Denk dran, dass ein Code 6 an alle Polizeiwagen rausgeht, außerdem sind zwei Streifenwagen noch immer mehr, als die meisten anderen Leute bekommen hätten, also sag oder tu gefälligst nichts, um sie gegen uns aufzubringen. Wenn ich's mir recht überlege, lässt du am besten mich die Sache kurz regeln.« Mit diesen Worten marschierte er auf Aegi und die Polizeibeamten zu.

Gewöhnlich hätte Dunai sich das nicht gefallen lassen,

aber den Umgang mit der Polizei überließ sie eigentlich ganz gerne Carl. Sie stand sowieso in keinem sonderlich guten Ruf bei ihnen.

Carl sprach kurz mit den drei Männern, dann kamen sie alle zu Dunai und Philippe hinüber.

»Wir warten noch auf die Mutter, die unser Kommen drinnen gerade ankündigt«, erklärte Carl ihnen. »Sollten wir irgendetwas in Erfahrung bringen, werden wir es sofort an Sie durchgeben. In der Zwischenzeit können Sie schon mit einer Umkreissuche beginnen. Dabei«, erklärte er Dunai, »bewegt sich ein Streifenwagen in wachsendem Kreise um diesen Punkt.«

Er fragte den Polizisten. »Haben Sie eine Liste der unter Auflagen entlassenen Strafgefangenen aus der Gegend?«

»Zwanzig hab ich auf der Liste«, erwiderte der andere Polizist, ein korpulenter Schwarzer. »Wir werden auch zu den Firmen gehen, die Überwachungskameras installiert haben, und deren Sicherheitsleute bitten, sich die heutige Aufzeichnung anzusehen.«

»Sehr gut«, sagte Carl. »Geben Sie bitte an die Zentrale durch, wenn Sie etwas gefunden haben, und bitten Sie, uns Bescheid zu gehen, ja?«

Beide, der Constable und der Sergeant, nickten.

»Philippe wird Dunai und mir die Sache da drinnen zu erleichtern suchen. Aegi, du suchst bitte ebenfalls die Umgebung ab und zwar mit besonderem Gewicht auf verborgene Plätze, wo die Kinder eingeschlossen sein oder sich verletzt haben könnten.«

»Schon unterwegs«, sagte Aegi und steckte sich das Handy an seinen Gürtel.

»Ich finde, wir sollten versuchen reinzugehen«, sagte Dunai, als die drei Männer zu ihren Wagen zurückkehrten. »Es sind schon fünfzehn Minuten vergangen.«

»Wir haben keine Ahnung, was uns im Innern dieses Gebäudes erwartet«, sagte Carl.

Dunai öffnete ihren Mund, um zu widersprechen, aber erneut war Carl schneller: »Geben wir ihr noch ein wenig Zeit.«

»Es wird schwer sein, diese Leute zu überreden, uns reinzulassen«, pflichtete Philippe ihm bei. »Übt man jetzt zu viel Druck aus, steigt das Risiko, dass sie uns ihre Kooperation für immer verweigern.«

Also warteten sie weiter unter der Straßenlaterne, ohne viel zu reden. Außer etwas Hundegebell und einem Streit unter irgendwelchen Besoffenen drang aus der Dunkelheit um sie herum nichts an ihre Ohren. Die Luft hatte sich auf Körpertemperatur abgekühlt. Sollten die Kinder die heutige Nacht draußen verbringen müssen, würde zumindest das Wetter es gut mit ihnen meinen.

Es dauerte weitere fünf Minuten, bis Hatum wieder erschien und zu ihnen herüberkam. »Bitte«, sagte sie. »Sie kommen. Meiste Leute reden. Paar nicht.«

Carl trat an den Geländewagen und nahm einen quaderförmigen Werkzeugkasten heraus, in dem er seine kriminaltechnische Ausrüstung aufbewahrte. Dann führte Hatum sie durch einen der offenen Eingänge in das Gebäude, wo sie in der völligen Dunkelheit abrupt anhielt. Dunai rannte in sie und spürte, wie Carl ihren Arm packte, als er seinerseits gegen ihren Rücken stieß. Es folgte ein letzter Rumms. Philippe, der in Carl hineingelaufen war.

»Sorry«, sagte Dunai in die Runde.

»Auf Augen in Dunkelheit warten«, erklärte Hatum.

Sie verharrten alle reglos. Dunai hoffte, dass Hatum nur von ihren eigenen Augen gesprochen hatte, die sich an die Dunkelheit erst gewöhnen mussten, aber als sie ein Rascheln irgendwo im Raum hörte, war sie nicht mehr völlig überzeugt davon. Erleichtert spürte sie Carls breite Brust, die sich verlässlich gegen ihren Rücken drückte.

»Bergies«, erklärte Hatum und benutzte damit den umgangssprachlichen Ausdruck für Obdachlose.

Mit ein wenig Unterstützung des Mondlichts begannen sich ihre Augen anzupassen, und Dunai konnte einen großen Raum aus nacktem Beton ausmachen, der leer zu sein schien bis auf ein paar Kleiderbündel, die an der gegenüberliegenden Wand auf dem Boden lagen. Das mussten die Obdachlosen sein, von denen Hatum gesprochen hatte. Dafür sprachen auch die unverwechselbaren Umrisse von Einkaufswagen, jenem auf der ganzen Welt von Obdachlosen bevorzugten Transportmittel für Habseligkeiten.

Nach ungefähr einer Minute ging Hatum weiter, und der kleine Menschenzug hinter ihr folgte ihr zu einer rückwärtigen Treppe, die von einem mächtigen quadratischen Betonpfeiler verdeckt wurde. Dunai konnte die ersten drei Stufen erkennen, aber der Rest hätte genauso gut mit einem schwarzen Marker zum Verschwinden gebracht worden sein. Hatum begann hinaufzusteigen, und Dunai trat dichter an sie heran.

»Glauben Sie, das wird das Gewicht von Carl und Philippe aushalten? Ich möchte nicht, dass sie hier durchbrechen.«

»Nein, nein«, sagte Hatum. »Nichts brechen. Jacoub gut reparieren. Er Zimmermann.«

»Die Treppe wurde von einem Zimmermann repariert«, gab sie an Carl weiter, der zusammen mit Philippe noch immer am Fuß der Treppe stand.

»Und wir werden jetzt herausfinden, wie gut er ist«, sagte Carl und stieg zu ihr hinauf.

Es ging nur langsam voran in der Dunkelheit. Dunai tastete mit ihrer Fußspitze stets vorsichtig nach der nächsten Stufe, aber das Holz unter ihren Füßen war solide, es knackte nicht einmal. Sie schienen bereits minutenlang geklettert zu sein, als Hatum den Arm über ihren Kopf streckte und gegen eine Falltür klopfte. Sofort öffnete sich die Klappe und ein schwacher Lichtschein durchdrang die rabenschwarze Dunkelheit.

Dunai hievte sich in einen großen Raum, der mittels Abfallholz, Pappkartons und auf Drahtrahmen gespanntem Tuch in separate Bereiche unterteilt war. In manchen dieser abgetrennten Wohnräume war es dunkel, aber in den meisten flackerten noch Kerzen. Der offene Teil um die Falltür herum wurde von einer Gaslaterne beleuchtet. Hier saßen Leute auf Holzklötzen und großen Blechdosen in einem Halbkreis. Keiner regte sich, als sich Carl durch die Falltür schob.

Hier oben herrschte eine Hitze wie zur Mittagszeit. Da die Sonne den ganzen Tag auf das Blechdach knallte, war dies nicht überraschend. Dunai konnte keine Stelle ausmachen, an der auch nur ein Hauch Frischluft hereinkommen würde. Sie fühlte, wie der Schweiß ihr aus allen Poren drang und die Bluse an ihrer Haut festkleben ließ. Nicht lange, und ihr BH würde durch den dünnen Baumwollstoff deutlich zu sehen sein. Zum Glück trug sie heute einen, denn das tat sie im Sommer nur selten.

Sie löste den feuchten Stoff vorsichtig von der Haut und betrachtete die Umgebung etwas genauer, während Philippe sich durch die enge Bodenluke zu zwängen begann.

Das einzige intakte Fenster war geschlossen, wahrscheinlich damit es die Anwesenheit der Gruppe nicht verraten konnte. An dem großen Loch, wo die Mauer eingestürzt war, waren ein paar der Bretter entfernt worden, und die schmalen Öffnungen hätten bei einem kräftigen Wind für etwas Linderung sorgen können, aber an diesem Abend stand die Luft förmlich im Raum. Es roch schwach nach Schweiß, kräftigem Kaffee, Gewürzen und Weizengrütze.

Als sie alle drei durch die Falltür gestiegen waren, kam ein Mann auf sie zu. Dunai schätzte ihn auf um die vierzig. Er war sehr groß gewachsen, spindeldürr und trug weite Hosen und eine beigefarbene, halb über die Oberschenkel reichende Tunika. Seine Hautfarbe war eher schwarz als braun, seine Nase und seine Lippen schmaler als bei den meisten Afrikanern, die Dunai hier kannte, und obwohl seine Augen sehr tief lagen, waren sie in ihrer Eindringlichkeit und mit ihrem Feuer sein auffälligstes Merkmal.

Einen knappen halben Meter vor Philippe blieb er stehen. »Ich bin Yak Ahir Bashir, Sohn von Issam Ahir Bashir vom Volk der Bari im Sudan. Jetzt ich bin Flüchtling in der Republik Südafrika.« Es klang eher wie eine Herausforderung als wie eine Begrüßung.

»Ich bin Philippe Baobi, Sohn von Protogéne Baobi vom Volk der Edo aus Benin. Ein Flüchtling in der Republik Frankreich, jetzt Weltbürger.«

Philippe verbeugte sich leicht mit dem Oberkörper, wobei er seine Handflächen in Brusthöhe aufeinanderlegte. Der andere Mann tat ihm die Bewegung nach, ging dann zu Carl hinüber und wiederholte seine Begrüßungsformel. Dieser sagte: »Ich bin Carl Eugene Lambrecht, Sohn von Eugene Cornelius Lambrecht vom Volk der Buren aus Südafrika.« Die gleiche Verbeugung.

Als er zu Dunai kam, war die einzige Auskunft, die sie zu geben in der Lage war: »Ich bin Dunai Marks aus Kapstadt«, denn sie kannte ihren Vater nicht, besaß also kein Stammesvolk. Wie immer sorgte die simple Frage nach ihrer Herkunft dafür, dass ihre Hände schweißnass wurden und ihr Herz zu hämmern begann. Sie fühlte sich isoliert vom Rest der Menschheit und außerordentlich beschämt. Dennoch faltete sie die Handflächen vor ihrem inzwischen wahrscheinlich durchscheinenden Büstenhalter zusammen und verbeugte sich mit aller Würde, die sie aufzubringen vermochte.

Yak wandte sich von ihr ab und richtete seine Frage an Carl und Philippe: »Sie hier sind, um Hatum zu helfen?«

»Ja, Mr Ahir Bashir«, sagte Dunai, die es für besser hielt, irgendwelchen Unsitten lieber von Beginn an Einhalt zu gebieten. »Und ich kann Ihnen versichern, dass Ihr unbefugter Aufenthalt in diesem Gebäude keinen von uns interessiert. Wir wollen Myasser und Mawien rasch und sicher nach Hause bringen, und um das zu schaffen, müssen wir mit den Menschen reden, mit denen sie zusammenleben.«

Yak zog es weiterhin vor, auf eine Stelle über ihrer rechten Schulter zu blicken. »Warum?«, fragte er.

»Die ersten vierundzwanzig Stunden nach dem Verschwinden eines Kindes sind von entscheidender …«

»Warum Sie helfen?«, unterbrach er sie. Sein Blick ging noch immer an ihr vorbei.

Carl wollte etwas sagen, aber Dunai legte ihre Hand auf seinen Arm. Sie mochte eine Frau sein, und ihr BH mochte durchscheinen, aber sie hatte ihren enttäuschten Sohn, ihre Tiere, ihr Heim und einen halbdekorierten Weihnachtsbaum verlassen, um nach der Nichte und dem Neffen eines Mannes zu suchen, der sich nicht einmal dazu durchringen konnte, sie anzublicken. Yak würde sich mit ihrem Geschlecht, ihrer Jeans, ihren nackten Armen, ihrem unbedeckten Kopf und mit allem, was ihn sonst noch störte, abfinden müssen.

»Als sie Myasser und Mawien nirgends finden konnte, ging Hatum zu meiner Nachbarin, die sie vor einer Weile kennengelernt hatte, und meine Nachbarin brachte sie zu mir, da ich Hatum und die Kinder ebenfalls kenne und in einer Privatdetektei arbeite, die Carl Lambrecht gehört. Ich habe mich bereiterklärt, den Fall zu übernehmen, und obwohl ich noch keineswegs ausgelernt habe, verstehe ich mich auf meine Arbeit. Außerdem bin auch ich Mutter.«

Yak ließ seinen Blick von dem einen Mann zum anderen wandern und huschte dabei über die dazwischenstehende Dunai hinweg. Sie entschied, dass es Zeit wurde, nicht noch länger wertvolle Minuten mit diesem sexistischen Unsinn zu verlieren.

»Sehen Sie, Mr Ahir Bashir, im Augenblick spielt es überhaupt keine Rolle, aus welchem Land wir stammen, welcher Religion wir angehören, wie wir gekleidet sind und ob wir Männer oder Frauen sind. Heute Abend interessieren einzig und allein die Fragen, warum Myasser und Mawien verschwunden sind, wo sie sich aufhalten könnten und wie wir sie unbeschadet nach Hause bringen können, bevor ihnen womöglich etwas Schreckliches zustößt.«

Es entstand eine zehnsekündige Pause, bevor Yak sie schließlich ansah. »Setzen wir uns doch«, sagte er und deutete auf den Kreis von Mitbewohnern, die sich alle vergeblich bemühten, so zu tun, als würden sie nicht lauschen.

Plätze wurden getauscht und Sitze gerückt, sobald sie näher traten, und Dunai, Carl und Philippe hockten schon bald auf leeren Metalldosen, was für die muskulöseren Hinterteile von Carl und Philippe ein im buchstäblichen Sinne einschneidendes Erlebnis sein musste.

Hatum wirkte inzwischen ein wenig ruhiger und stand unmittelbar hinter Yaks rechter Schulter.

»Haben Sie vielen Dank für Ihre Bereitschaft, uns dabei zu helfen, Myasser und Mawien zu finden«, sagte Dunai und erhob sich kurz, um ein Notizbuch und einen Kugelschreiber aus der Gesäßtasche ihrer Jeans zu ziehen. »Zuerst möchte ich gerne von Ihnen wissen, ob jemand gesehen hat, wie die Kinder das Gebäude verlassen haben.«

Unschlüssige Gesichter ringsum. Yak übersetzte. Dunai sah sich im Kreis um, aber alle schüttelten den Kopf.

»Ich möchte Sie bitten, sich in Erinnerung zu rufen, wann Sie die Kinder das letzte Mal gesehen haben, was Sie selbst in diesem Moment taten und was die Kinder taten.« Sie deutete mit ihrem Stift auf einen alten Mann, der links von Yak saß. Er war die einzige Person über vierzig in der Gruppe.

»Jacoub«, sagte der weißhaarige Mann mit den eingefallenen Wangen.

»Der Zimmermann«, sprach Dunai ihm ermunternd zu. »Bei der Treppe haben Sie großartige Arbeit geleistet, Jacoub.«

»Dank, viel Dank«, sagte der alte Mann und lächelte sie an. Er hatte nur noch wenige Zähne.

Als er nicht weiterredete, hakte Dunai nach: »Wann haben Sie denn die Kinder zuletzt gesehen?«

Er zuckte ein wenig zusammen. »Hm … ich sehen … hm … Nacht, Nacht.«

Yak beugte sich zu dem alten Mann und sagte etwas auf Arabisch, woraufhin Jacoub mit beiden Händen gestikulierend antwortete.

»Er sprechen nicht viel Englisch«, erklärte Yak. »Jacoub zuletzt gesehen Myasser am Abend zuvor. Er Schmerzen hatte und am Morgen länger blieb im Bett. Kinder waren weg, als er aufstehen.«

»Um wie viel Uhr ist er denn aufgestanden?«, fragte Dunai.

Yak beugte sich erneut zu dem Alten und sprach mit ihm.

»Neun!«, sagte Jacoub, nickte einige mal und schien sehr zufrieden mit sich.

Dunai erkundigte sich nach der Schreibweise von Jacoubs Vor- und Nachnamen und schrieb sie zusammen mit dem Wort Zimmermann und der Zeit, zu der er die Kinder das letzte Mal gesehen hatte, in ihr Notizbuch. Im Uhrzeigersinn fortfahrend wandte sie sich dann an eine kleine Frau, deren Züge eher arabisch als afrikanisch wirkten. Wie sich herausstellte, handelte es sich um die Tochter des Zimmermanns, die noch gesehen hatte, wie die Kinder mit Hatum frühstückten, bevor die Mutter zur Arbeit ging. Anschließend war sie mit ihrem Baby hinter den Sichtschutz gegangen, um es zu stillen, und erst um neun wieder herausgekommen. Seitdem hatte sie keines der Kinder mehr gesehen.

»Was glauben Sie, ist mit ihnen geschehen?«, fragte Dunai.

Die Tochter des Zimmermanns schüttelte ihren Kopf.

»Ist Ihnen jemand hier in der Gegend aufgefallen, oder gab es gestern oder heute einen Vorfall, der Ihnen ungewöhnlich oder merkwürdig erschien?«

Yak übersetzte, und sie schüttelte wieder den Kopf. Dunai hörte ähnliche Geschichten und fast identische Antworten von allen anderen im Kreis. Zuletzt kam sie zu einem jungen Mädchen in einer braunen abgetragenen Tobe.

»Und wie heißt du?«

Das Mädchen zog den Kopf ein und spielte unsicher an

ihrer Tobe herum, wobei sie den Stoff über ihren Mund zog und gegen die Wange presste.

»Das ist Zahra«, sagte Yak.

»Wie alt bist du, Zahra?«

»Siebzehn«, antwortete Yak.

Dunai spürte zum ersten Mal ihre Anspannung steigen. »Na, dann bist du doch in Myassers Alter. Ihr beide seid bestimmt befreundet, oder?«

Zahra schwieg weiter, ja, sie zog das Tuch noch über ihre Nase.

»Komm schon, Zahra«, sagte Yak und tippte dem Mädchen auf das Knie. »Du musst reden.«

Langsam und zögerlich ließ sie den Kleiderstoff wieder über ihre Nase, über ihren Mund und über ihr Kinn herunterrutschen, und Dunai konnte eine große Narbe sehen, die von einem Mundwinkel bis zum rechten Ohr verlief. Sie war schlecht verheilt, und die dicke, runzlige Wulst zog die eine Seite ihres Munds nach oben. Dunai stockte der Atem. Es war nicht die Hässlichkeit der Narbe, die ihr Übelkeit verursachte, sondern die Brutalität, die das zustande gebracht haben musste. Sie lächelte dem Mädchen zu und hoffte, dass ihr Lächeln eher freundlich als mitleidig wirkte. Der Blick des Mädchens blieb jedoch starr auf die Dielenbretter vor ihren Füßen gerichtet. Eine Mischung aus Scham und Niedergeschlagenheit spiegelte sich in ihren bernsteinfarbenen Augen.

»Wann hast du Myasser das letzte Mal gesehen?«, fragte Dunai mit sanfter Stimme.

»Nachdem Hatum fortgehen.« Das Mädchen sprach so leise, dass einige der Versammelten sich auf ihren Blechdosen vorbeugten. »Ich gehe, um Milch von Ziege zu holen. Danach ich sie nicht mehr sehen.«

Dunai war überrascht, wie fließend das Mädchen sprach.

»Du hast eine Ziege?«, erkundigte sich Dunai. Zahra lächelte zum ersten Mal und nickte.

»Wo hältst du sie denn?«

»Tag draußen, Nacht drin. Sie gut klettern«, fügte Zahra hinzu. »Jetzt sie schlafen da hinten.« Sie drehte sich auf ihrem Sitz, um in die am weitesten entfernte Ecke des Raumes zu deuten. Dunai fiel auf, dass sie ihre Entstellung völlig vergessen zu haben schien. »Ich zeigen«, sagte sie und begann aufzustehen.

»Wir nicht reden über Ziege hier«, unterbrach Yak sie schroff, und das Mädchen sank auf ihren Sitz zurück.

Dunai nahm sich vor, Zahras Ziege auf jeden Fall noch einen Besuch abzustatten, bevor sie gingen.

»Was taten Myasser und Mawien, als du sie das letzte Mal sahst, Zahra?«

»Mawien sitzen auf Matratze und Myasser ihm anziehen Schuhe.«

»Du glaubst also, sie haben sich zum Weggehen fertig gemacht, ja?«

Das Mädchen nickte

»Hat Myasser dir erzählt, wohin sie wollten?«

Es folgte ein winziges Zögern, dann schüttelte Zahra den Kopf. Die Pause war eben lang genug, dass Dunais Herz für einen Schlag aussetzte.

»Kinder nicht dürfen allein weggehen«, warf Yak ein. »Myasser das wissen genau.«

»Nicht einmal, um etwas einzukaufen oder ein wenig spazieren zu gehen?«

»Dies keine sichere Gegend«, sagte Yak.

»Besonders für Flüchtlinge?«, fragte Dunai.

»Für jeden«, erwiderte er. »Wirklich nicht für Kinder.«

»Ist Myasser schon einmal allein weggegangen? Überhaupt einmal?«, fragte Dunai.

»Nein«, sagte Hatum, die noch immer direkt hinter Yaks rechter Schulter stand.

»Wohin geht sie denn, wenn sie mit Ihnen oder anderen Erwachsenen zusammen weggeht?«, sagte Dunai.

»Nur Stadt«, erwiderte Hatum. »Und Suleimaneyah-Moschee. William Street.«

Dunai ließ sich den Namen buchstabieren, während Carl Aegi anrief, um ihm aufzutragen, die Williams Street in die Suche einzubeziehen. Dann erklärte Dunai, was sie und die Polizei unternehmen würden, um die Kinder zu finden.

Hatum trat vor und zog einen Stapel Blätter unter ihrer Tobe heraus. »Wir geben diese hier«, sagte sie und teilte die Flugblätter aus. Die Porträts riefen ringsum Lächeln und beipflichtendes Nicken hervor. Zahra drückte sich die Blätter an die Brust.

Dunai erklärte, dass Carl und sie jetzt das Gebäude absuchen und anschließend den Teil, in dem Myasser und Mawien wohnten, genau unter die Lupe nehmen würden. Einige aus der Gruppe wollten unbedingt helfen, aber Dunai tat ihr Bestes, ihnen kurz auseinanderzusetzen, wie heikel das Sammeln möglicher Beweismittel war.

Philippe begleitete ihre gründliche Inspektion des Gebäudes noch und half dann draußen weiter, als Hatum Dunai und Carl zu dem mit Tuch verhängten Bereich führte, in dem sie mit den Kindern lebte.

Sie schlief auf zwei zusammengenähten Decken, die mit weichen Stoffknäueln ausgestopft waren, während das Bett der Kinder aus einer fleckigen Einzelmatratze bestand, an deren einem Ende zwei ordentlich zusammengefaltete Laken lagen. In einem Pappkarton, der etwa einen mal einen halben Meter maß, wurden in einer Ecke alle Sachen aufbewahrt, die nicht in täglichem Gebrauch waren. Ein Kindertisch aus lilafarbenem Plastik stand daneben, auf dem man unter einem Baumwolltuch etwas Geschirr und Besteck ausmachen konnte. Außerdem gab es einen Keramikkerzenhalter, einige Kerzen, eine Schüssel mit Wasser, dem als Mückenschutz und Duftstoff Kampfer beigemischt war, sowie eine Blechbüchse, die zwei Kämme, eine Nadel und braunes Garn enthielt. Ein leeres Erdnussbutterglas war mit dem gelb blühenden Unkraut gefüllt, das hier in der Gegend überall wuchs. Neben dem Tisch standen fünf Zweiliterflaschen mit Wasser und daneben sah Dunai einen Stapel Zeitschriften, auf dem oben ein Schulheft und ein Bleistiftstummel lagen.

Das Schulheft gehört Myasser und die linierten Seiten waren voller Zeichnungen von Häuserfronten. Die Eingänge waren alle bis in ihre Details ausgearbeitet: Profile, Ornamente, kunstvolle Klinken, Briefschlitze, Türklopfer, Hausnummern, Kübel und Krüge mit Blumen und sorgsam beschnittenen Pflanzen. »Myasser mögen Haustür«, sagte Hatum. »Sie gut zeichnen.«

Dunai betrachtete nickend die Seiten, die mit mehr Sehnsucht als Talent ausgefüllt waren, und fand sich in ihrer Annahme bestätigt, dass das Mädchen nicht weggelaufen war. Andernfalls hätte es gewiss seine wertvollsten Besitztümer mitgenommen und sie nicht in dieser provisorischen Behausung zurückgelassen.

»Hier gibt es keine Türen«, sagte Carl und sah auf den zurückgeschlagenen Vorhang, der in den Wohnbereich führte. »Myasser muss sich sehr stark gewünscht haben, in einem Haus mit Türen zu leben.«

»Großer Traum«, erklärte Hatum stolz.

»Es ist gut, dass Myasser etwas hat, auf das sie hinarbeiten kann«, sagte Dunai und klopfte Hatum beruhigend auf die Schulter. Dann ging sie in die Hocke, um Fotos von dem Raum zu machen. Sobald sie fertig war, half sie Carl dabei, ein paar Zeitschriften in Klarsichttüten zu packen, um an Myassers Fingerabdrücke zu kommen. Die Chancen hierfür standen gut, da die Druckerschwärze auf einem Cover von YOU verschmiert war und für ein paar deutlich sichtbare Abdrücke gesorgt hatte. Dunai hoffte, sie würden auch Mawiens Fingerabdrücke darauf finden, da Carl und sie ansonsten nirgends fündig geworden waren. Myasser habe morgens noch alles ordentlich sauber gemacht, erklärte Hatum.

Obwohl die Kinder gemeinsam einen Kamm benutzten, fanden sich darin keine Haare. Dunai bat ihn sich dennoch aus, um ihn ebenfalls auf Fingerabdrücke zu überprüfen. Carl untersuchte währenddessen sorgfältig die Matratze und die Decken, und es gelang ihm tatsächlich, zwei Haare zu finden, an denen noch Gewebeteilchen des Haarfollikels und der Haarwurzel zu hängen schienen. Er tütete sie gerade ein, als sein Handy klingelte. Dunais Herz tat einen Sprung wie ein stromaufwärts schwimmender Lachs.

»Ja«, sagte er und schwieg. Dunai wartete. »Das ist gut.« Er stand auf, und Dunai erhob sich ebenfalls. »Wir sind sofort drüben.«

Sie sah ihn fragend an, aber er schüttelte den Kopf. »Die Polizei hat bei einer Firma in der Roger Street das Band einer Überwachungskamera gefunden, auf dem zu sehen ist, wie Myasser und Mawien um neun Uhr zwei heute Morgen nach Südwesten in Richtung Zonnebloem laufen.«

Dunai erzählte Hatum von der Entwicklung und meinte dann: »Ich möchte mir noch die Ziege ansehen.«

»Hältst du den alten Bock etwa für eine vielversprechende Informationsquelle?«, fragte Carl.

»Da er ein Euter hat und Milch gibt, dürfte es sich bei ihm jedenfalls um eine Sie handeln, Detective Lambrecht.«

Zahra führte sie durch ein Gewirr abgeteilter Wohnquader, und während sie liefen, sagte Dunai so leise wie möglich: »Ich glaube, du weißt vielleicht, wohin Myasser heute Morgen gehen wollte. Ich verspreche dir, ich werde keinem der Leute, mit denen du hier zusammenlebst, etwas davon erzählen, wenn es nicht um Leben und Tod geht.«

Zahra hielt inne und scharrte mit ihrer Sandale über ein unebenes Dielenbrett. Als sie schließlich sprach, musste Dunai einen Schritt nähertreten, um sie verstehen zu können. »Ich weiß nicht, wohin sie gehen. Sie sagt, sie nach Arbeit suchen, damit sie helfen ihrer Mama und Mawien.«

»Hat sie nicht gesagt, wo sie nach Arbeit suchen will?«

Zahra schüttelte ihren Kopf.

»Bist du dir da ganz sicher?«

»Ja«, sagte das entstellte Mädchen und sah Dunai zaghaft in die Augen.

»Vielen Dank, Zahra. Ich weiß es zu schätzen, dass du mir das erzählst.«

Das Mädchen nickte und begann sich weiter zwischen den Trennwänden hindurchzuschlängeln, bis sie an einem kleinen, mit Holzlatten eingezäunten Pferch stehen blieb, in dem eine rundliche weiße Ziege auf einem Strohbett schlief. »Sie viel Milch geben«, erklärte das Mädchen stolz.

»Sie ist hübsch«, sagte Dunai. »Und man sieht direkt, dass du dich gut um sie kümmerst.«

Das Mädchen lächelte breit, die eine Hälfte ihres Lächelns bezaubernd, die andere Hälfte verzerrt durch diesen bogenförmigen Wulst. Dunai trat auf sie zu und umarmte sie, bevor sie den Rückweg antraten.

7

Jacob hatte sich als Tarnung einen weißen 94er Citi Golf ausgewählt. Auf beide Türen war das Logo der Stadtverwaltung *The City of Cape Town* aufgeklebt, darunter der Schriftzug *Solid Waste Department* der örtlichen Müllwerke. Seine mittelgroße hellhäutige Gestalt lehnte auf dem Fahrersitz gegen die Tür, der dichte dunkle Haarschopf diente dem Kopf als Polster gegen den Türrahmen, die Arme waren vor der Brust verschränkt und die ganze Körpersprache musste den beiläufigen Beobachter davon überzeugen, dass sich hier bloß ein weiterer gelangweilter Bediensteter der Stadt eine ungenehmigte Pause gönnte.

Er hatte oberhalb des leerstehenden Gebäudes, das die Flüchtlinge nun bewohnten, auf der alten, nicht mehr genutzten Straße in der Nähe eines Überlaufgullys geparkt. Sobald die Gegend um das Haus herum zuerst von Carl Lambrechts Kollegen und dann von Philippe Baobi abgesucht worden war, hatte er sich wieder näher herangetraut. Es war einfach gewesen, ihre Aktionen vorherzusagen, da sie bei ihrer Suche geradezu lehrbuchhaft vorgingen.

Jacob schätzte, dass er etwa neunzig Meter von der Rückseite des Gebäudes entfernt war. Damit befand er sich bequem innerhalb des Empfangsradius seiner modifizierten Autoantenne. Mithilfe moderner Paraboltontechnik wurde so jedes gesprochene Wort in die Ohrstöpsel übermittelt, die an einem iPod hingen, der sich ein wenig von denen unterschied, die überall auf der Welt in den Apple-Stores zum Verkauf angeboten wurden.

Gegen einundzwanzig Uhr tauschte Jacob seine Sonnenbrille gegen eine Brille mit vergrößernden Gläsern aus, die exakt seiner spezifischen Sehschwäche angepasst waren. Die Techniker in der Rüstungsschmiede Denel hatten aus dieser weit verbreiteten Sehhilfe allerdings ein Überwachungsgerät der Stufe fünf gemacht. Das Gestell war verbunden mit einer CCD-Kamera, die ein Sichtfeld von zweiundneunzig Grad erlaubte und die mit einem passiven Nachtsichtmonokular und einer Bildverstärkerröhre ausgerüstet war, wodurch sie selbst in tiefster Dunkelheit noch klare, gestochen scharfe Bilder erlaubte.

»Welche Firma in der Roger Street?«, fragte Dunai Marks, als sie das Gebäude hinter Carl Lambrecht verließ. »Unified Uniforms, am anderen Ende zur Stadt hin«, erwiderte Carl Lambrecht. Sie gingen gemeinsam zu dem Geländewagen, während Jacob ihnen über seine Ohrhörer lauschte.

Eine Stunde zuvor hatte ein Kontaktmann in den Reihen der Polizei die NJA, National Intelligence Agency, davon informiert, dass Dunai Marks auf der zentralen Polizeiwache in Kapstadt zwei Kinder als vermisst gemeldet hat. Dies war der erste wirklich bedeutsame Fall, den sie in den letzten sechs Monaten übernommen hatte. Jacob hatte sich sofort mit seinem Führungsoffizier in Verbindung gesetzt und eine lückenlose Observierung beantragt. Seinem Antrag war stattgegeben worden, und nun stand die NIA-Operation Sphinx wieder voll unter Dampf.

Drei Monate waren mittlerweile vergangen, seit Jacob sie zuletzt persönlich beobachtet hatte, obwohl er sich stets mit eingeschränkten Abhörmaßnahmen und Außendienstberichten auf dem Laufenden hielt. Ihre schlaksige Figur schien ihm gerade so viel fülliger geworden zu sein, dass man es bemerkte. Wie er wusste, joggte sie seit Monaten regelmäßig, aber dem Aussehen ihrer Schulterpartien nach zu urteilen, musste sie auch einiges an Krafttraining absolviert haben. Und Lambrecht hatte sie dazu angehalten, viele Stunden auf dem Schießstand zuzubringen. Die straffere Selbstdisziplin hatte ihr gutgetan. Sie war nicht länger die knöcherne, naive und radikale Freidenkerin wie vor sechs Monaten noch. Das ging Jacob gehörig auf die Nerven, denn schließlich kannte er ihr psychologisches Profil in- und auswendig. Mit einigen Punkten darin stimmte er überein, obwohl das meiste Material, das die Profiler erstellten, in seinen Augen für die praktische Arbeit etwa so effektiv war wie Pfefferspray bei der Brandbekämpfung.

Woran Jacob viel stärker glaubte, war das Tier im Menschen, seine Instinkte, seine Bauchentscheidungen. Jeder intuitive Impuls, den er in seinem siebenunddreißigjährigen Leben und während seiner jungen, aber erfolgreichen Karriere entwickelt und geschärft hatte, sagte ihm mehr oder weniger das Gleiche, wofür die Profiler endlos gebraucht hatten. Dunai Marks würde entweder eine äußerst gefährliche Gegenspielerin werden oder eine sehr nützliche Verstärkung, je nachdem, wer sie zuerst für sich gewann.

Jacob drehte seinen Körper kaum merklich, während Lambrecht seine Ausrüstungskiste im Fond des Geländewagens verstaute. Dunai beugte sich hinein, um den Fotoapparat obenauf zu legen.

Lambrecht schlug die Tür zu, und Dunai ging um den Wagen herum zur Beifahrerseite. Ihm gefiel ihre Art zu gehen, weit ausholende Schritte mit an den Seiten schwingenden Armen. Sie hatte sich von dem Trauma gut erholt. Aber daran hatte Jacob auch nie gezweifelt. Aus Narbengewebe konnte sich nur dann ein starker Muskel bilden, wenn der Muskel so hoher Anspannung ausgesetzt wurde, dass es zu winzigen Faserrissen kam.

Ungeachtet ihres ersten Sträubens gegen alle Anwerbeversuche der NIA – eine Reaktion, die im Übrigen, wie er seinem verärgerten Führungsoffizier erklärt hatte, genau ihrem Profil entsprach – glaubte er weiterhin an ein Gelingen der Operation Sphinx. Ihm war klar, dass die Zentrale die Sache längst abgeblasen hätte, würde Dunai nicht ihre einzige Hoffnung darstellen, in diese terroristische Organisation, die sich selbst als Cerchio di Gaia bezeichnete, einzudringen.

Jacobs forschender Blick ließ nun von Dunai ab und wanderte mit einer kaum merklichen Kopfbewegung zu der Frau hinüber, die in einem navyblauen BMW vor The Drive Dairy parkte, einem Laden am anderen Ende der stillgelegten Straße oberhalb des Flüchtlingsgebäudes. Das Autokennzeichen würde ihnen nicht weiterhelfen. Wahrscheinlich war der Wagen auf irgendeine gemeinnützige Frauenhilfsorganisation zugelassen, aber er würde es dennoch überprüfen.

Das schulterlange blonde Haar war falsch, wie er genau wusste, und angesichts der Professionalität, mit der diese Leute vorgingen, hatte sie möglicherweise auch die Farbe ihrer Haut und ihrer Augen verändert. Bis zum Einbruch der Dunkelheit hatte sie eine große Fendi-Sonnenbrille getragen, aber bestimmt befand sich irgendwo in dem Wagen eine Kamera, deren Aufnahmen in einem eingebauten Rekorder gespeichert wurden.

Sie trug eine touristisch wirkende Tunika mit üppigen Stickereien um den Ausschnitt herum, breit genug jedenfalls, um darin zumindest eine hochauflösende Acht-Millimeter-Kamera mit neunzig Grad Sichtfeld zu verbergen. Jacob sah sich ihre Hände genauer an, während sein Digitalrekorder die Bilder abspeicherte. Ihre Hautfarbe mochte sich geändert haben, aber letztlich war es unmöglich, diese großen, sehnigen Hände zu kaschieren, die einer Frau gehörten, die der Größe ihres Oberkörpers nach zu urteilen, mindestens eins achtzig maß, und deren muskelbepackte Arme auf ein Gewicht von wohl neunzig Kilogramm hindeuteten. Sie arbeitete als ausführende Hand, als eine Art Vollstreckerin für den Cerchio di Gaia.

Jacob hätte lächeln müssen, wäre er der Typ dafür gewesen. Die Ironie der Situation lag darin, dass er eigentlich lieber der verkleideten Frau in dem BMW gefolgt wäre. Sie stellte eine viel direktere Verbindung zu dem Zirkel dar, einer rasch wachsenden Organisation von Terroristinnen und radikalen Frauen, denen die NIA seit Jahren auf der Spur war, ohne jemals richtig an sie heranzukommen.

Aber er wusste, dass es keinen Sinn machte, dieser Frau zu folgen, da sie sowieso den gleichen Weg hatten: immer Dunai Marks hinterher, denn inzwischen war ein regelrechter Wettstreit darum entbrannt, wem es zuerst gelang, sie anzuwerben. Und selbst wenn er sich entschließen würde, Dunai vorübergehend zu verlassen und stattdessen der Exekutorin zu folgen, er konnte ihr so ausdauernd und dicht auf den Fersen bleiben, wie er wollte, konnte auch mit einem oder selbst mehreren Partnern zusammenarbeiten, und dennoch würde diese große, eindrucksvoll gebaute Frau irgendwann spurlos verschwinden. Dabei zählte Jacob zu den besten Observierungsexperten im ganzen Land.

Nein, mitunter ließ sich ein Umweg nicht vermeiden, und genau an diesem Punkt kam Dunai Marks ins Spiel. Sie war die Schlüsselfigur für die Operation Sphinx, benannt nach dem mythologischen Geschöpf mit dem Kopf einer Frau und dem Körper eines Löwen, das all jene tötete, die sein Rätsel nicht zu lösen vermochten.

8

In dem kleinen Wachbüro der Firma in der Roger Street drängten sich fünf Männer dicht um den Computerbildschirm. Dunai hatte den ihr angebotenen Sitzplatz akzeptiert und beugte sich zur körnigen Schwarz-Weiß-Aufnahme hinunter. Dort ging Myasser, den Blick starr nach vorn gerichtet. Dunai sah darin einen Hinweis, dass sie entweder ein ganz bestimmtes Ziel ansteuerte oder in besonders hoffnungsvoller Stimmung sein musste. Mawien hielt die Hand seiner Schwester und sah in regelmäßigen Abständen nach Ermutigung suchend zu ihr auf. Dunai musste daran denken, wie der kleine Junge umgeben von Jesses Spielzeug auf ihrem Wohnzimmersofa gesessen hatte, und es fühlte sich an, als würde eine Hand ihr Herz zusammenpressen. Er hatte nur selten etwas gesagt, aber seine Augen waren so ausdrucksvoll, und er hatte für einen Moment seine Schüchternheit überwunden und mit einem Blick voller Vertrauen zu ihr hochgesehen. Sie durfte ihn nicht enttäuschen.

»Aufnahmezeit ist 9:01:01 bis 9:01:15«, sagte Carl. »Das hilft uns bei der Rekonstruktion des zeitlichen Ablaufs und bei der Richtungsbestimmung.« Er breitete einen Stadtplan auf dem Schreibtisch aus. Dunai und die Polizisten beugten sich darüber. Sie waren um einen Sergeant von der Polizeiwache Woodstock verstärkt worden, den Dunai sofort den Goldenen Kompromiss getauft hatte, da er von Größe und Hautfarbe her exakt zwischen dem kleinen schwarzen Constable und dem groß gewachsenen Coloured-Sergeant lag. Trotz der traurigen Umstände schien der Goldene Kompromiss vor Enthusiasmus und optimistischem Tatendrang zu bersten.

»Am Eastern Boulevard gibt es keinen Bürgersteig«, bemerkte Dunai.

Carl nickte. »Legt man zugrunde, welche Richtung die Kinder eingeschlagen haben, müssen sie also entweder auf dieser Straße weitergelaufen sein oder auf einer der Nebenstraßen der Roger, womit wir insgesamt fünf Alternativen hätten: Roger, Queen, Gray, Philips und Springfield.«

Carl zeichnete den Suchbereich mit einem roten Marker ein. Das so entstandene, nahezu quadratische Kästchen endete am Eastern Boulevard. »Aegi, Dunai und ich werden dieses Gebiet absuchen«, sagte er.

»Dann werden wir die Russell Street bis hinunter zur Newmarket und den Central Business District am Hauptbahnhof vorbei übernehmen«, erklärte der große Sergeant.

»Mein Partner und ich haben eine Liste der meldepflichtigen Bewährungsfälle aus der Gegend«, sagte der Goldene Kompromiss. »Wir werden uns umgehend an deren Befragung machen.«

Carl rief Aegi und Philippe an, um ihnen mitzuteilen,

dass sie in den kleineren Nebenstraßen des Suchbezirks mit der Tür-zur-Tür-Befragung beginnen sollten. Dunai und er würden die Suche hier auf der Roger Street fortsetzen, wo die Kinder zuletzt gesehen worden waren.

Bei den restlichen Gebäuden handelte es sich meist um kleine Firmen, die keine Sicherheitskameras hatten und deren Wachpersonal sich nicht an die Kinder erinnern konnte. Alle Geschäfte in der Straße waren bereits geschlossen. Von den Anwohnern erkannte niemand die Kinder anhand der Porträtzeichnungen wieder. Im Grunde stießen sie aber auch nur in einem Waisenhaus namens New Horizons auf ein gewisses Interesse an dem Schicksal der Kinder.

Es war zwar bereits kurz vor zehn, doch die stark gesicherte Eingangstür wurde sofort von einer farbigen Frau in einer weißen Schwesterntracht mit rotbraunen Schulterklappen geöffnet. Sie stellte sich als Schwester Aucamp vor, und Dunai erklärte ihr Anliegen.

»Wir sind sehr froh darüber, Sie um diese Uhrzeit noch im Dienst anzutreffen«, sagte Dunai und folgte der Frau in einen heruntergekommenen schmuddeligen Flur.

»Unsere Kinder sind HIV-positiv, einige leiden sogar bereits an Aids, daher haben wir für Notfälle immer einen Bereitschaftsdienst.« Die Schwester führte sie in ein Büro, das rechts vom Flur abging. Ein kleiner schwarzer Junge von etwa fünf saß auf einem Sofa und trank ein Glas Milch. Unter Zuhilfenahme beider Hände stellte er das Glas vorsichtig auf einem Beistelltischchen ab, bevor er sich von seinem Sitz hinabschlängelte und mit glänzenden Augen und einem breiten Lächeln auf sie zugelaufen kam. Er streckte Carl seine Hand entgegen. »Mein Name ist Doctor, nach Doctor Khumalo. Wie geht es Ihnen?«

Carl nahm seine Hand und stellte sich vor. Das Kind wiederholte seine Begrüßung bei Dunai. »Sie wollen jemanden adoptieren?«, fragte er und sah mit seinem strahlenden Lächeln zu ihnen hinauf.

»Du hast deine Milch bekommen«, sagte Schwester Aucamp, »jetzt ab ins Bett.«

Das Telefon klingelte. Die Schwester entschuldigte sich, ging quer durch den Raum zu einem Schreibtisch und hob ab.

»Ich habe HIV«, sagte das Kind, »aber ich bin nicht krank. Ich tauge bestimmt noch für ein paar gute Jahre.« Er hopste dreimal auf der Stelle, um seine Fitness zu demonstrieren.

Es mag das fehlende Essen und die Erschöpfung gewesen sein, aber Dunai hatte das Gefühl, gleich in Tränen ausbrechen zu müssen. Sie blieb stehen, ohne den kleinsten Muskel zu regen, während Carl vor dem Kind in die Hocke ging. »Ich seh schon, wie stark du bist. Und wenn du nach dem tollen Fußballer Doc Khumalo benannt wurdest, dann bist du bestimmt auch ein Fußballfan.«

»Klar«, sagte der Junge, und sein Lächeln wurde noch breiter. »Ich spiele Fußball. Dann noch Monopoly und ein bisschen Cricket.«

»Klingt, als wärst du ein wirklich cleverer Kerl«, sagte Carl.

Das hoffnungsvolle Leuchten in den Augen des Kleinen verstärkte sich von Glühbirne zu Scheinwerferlicht, und er begann gespannt auf den Ballen seiner nackten Füße zu wippen. »Ich bin auch lieb«, sagte er. »Bin kaum mal ungezogen, und wenn, dann nie wirklich schlimm, nur Kleinigkeiten.«

»Gefällt es dir, hier zu wohnen?«, fragte Carl.

»Ich bin bloß hier, bis ich adoptiert werde. Das klappt bestimmt. Eines Abends werd ich einschlafen, und dann kommt eine Mutter und ein Vater, die mich adoptieren, und wenn ich aufwach, bin ich schon in meinem neuen Haus, wo ich mein eigenes Zimmer hab und Spielsachen und einen Dad, der Fußball mit mir spielt. So was passiert doch dauernd.«

Carl sah zu Dunai hinauf, als erwarte er, dass sie etwas sagte, und eigentlich hätte sie dazu in der Lage sein sollen. Schließlich war dies ihr Terrain. Von Waisenkind zu Waisenkind. Sie war in ebendieser Situation gewesen, kannte die Sehnsüchte, die das Herz dieses Kindes bewegten. Aber sie blieb stumm, gerade weil sie wusste, wie mächtig diese Hoffnung auf Adoption war. Mächtiger war nur noch der Glaube, dass deine wirklichen Eltern dich ohne eigenes Verschulden verloren hatten und nie aufgehört hatten, nach dir zu suchen, und eines Tages durch die Tür kommen würden, ihre Arme um dich schlingen und dich nach Hause mitnehmen würden.

Dunai blinzelte kurz, schluckte und wandte ihren Blick der graubraunen Wand über dem Sofa zu, die voller Kinderzeichnungen hing.

»Ich hab dir doch gesagt, du sollst schlafen gehen«, sagte Schwester Aucamp, als sie wieder hinter dem Schreibtisch hervorkam. »Er war die letzten Tage erkältet, aber heute ging es ihm schon besser.« Sie brachte den Jungen nach draußen.

Dunai erinnerte sich noch gut daran, wie sie sich auf dem Sofa im Büro der Ordensschwestern an die Seite von Schwester Raymunda kuschelte und wie die ihr aus den Abenteuern von Pippi Langstrumpf vorlas, weil Dunai von einem Alptraum wach geworden war und nicht wieder schlafen gehen wollte. Die Kleidung der Nonne hatte stets nach Maiglöckchen gerochen, da sie mit diesem Duft die Einlagen in den Schubladen ihrer Kommode parfümierte.

»Du verziehst sie noch völlig«, hatte Schwester Finley dann gesagt. »Sie ist auch so schon willensstark genug.« Aber keine der Schwestern hatte irgendwelche Anstrengungen unternommen, sie zurück ins Bett zu scheuchen.

Einige Minuten später kehrte Schwester Aucamp mit einem Tablett zurück, auf dem Kaffeekanne, Becher, Milch und Zucker standen. »Nehmen Sie doch Platz«, sagte sie. »Ich dachte, Sie könnten so etwas jetzt gut gebrauchen.« Jeder setzte sich und griff nach einem Becher.

»Die Anzahl der Kinder, die vermisst werden, ist erschreckend«, sagte die Schwester, als sie hinter dem Schreibtisch Platz nahm.

»Wissen Sie noch von anderen Kindern, die hier in der Gegend verschwunden sind?«, erkundigte sich Dunai und beugte sich interessiert nach vorn.

»Nein, nein«, versicherte die Schwester. »Ich meine das eher allgemein. Ein Kind zu verlieren, das ist etwas, das man sich gar nicht vorstellen möchte.«

»Werden viele von ihnen adoptiert?«, fragte Carl.

»Wir unterhalten das Haus seit nunmehr neun Jahren und bislang ist kein einziges Kind adoptiert worden. Sie sind alle schwarz oder wie ich coloured, und in diesen Gruppen ist das Interesse an einer Adoption sehr gering. Rechnet man dann hinzu, dass sie HIV-positiv, manche sogar schon Aids-krank sind, dann werden Sie den Grund verstehen.«

»Myasser und Mawien müssten an diesem Haus vorbeigekommen sein«, sagte Dunai und legte die beiden Porträtzeichnungen nebeneinander auf den Tisch. »Selbst wenn Sie die Kinder nicht gesehen haben, sind Ihnen vielleicht irgendwelche Autos oder Leute in der Gegend aufgefallen, irgendwas Ungewöhnliches?«

Schwester Aucamp betrachtete die Bilder, dachte eine Weile nach und schüttelte dann den Kopf. »Es gibt da ein Haus ein Stück weiter oben, wo die Straße an den Freeway stößt. Früher war das mal ein Schuhladen gewesen, aber jetzt steht das Haus leer, aber da gehen immer eine Menge Kinder ein und aus, vor allem Straßenkinder. Weiß Gott, was die da so treiben. Dort sollten Sie es einmal versuchen. Wird sowieso mal Zeit, dass sich jemand darum kümmert.«

Sie tranken ihren Kaffee aus, und Schwester Aucamp begleitete sie zur Tür.

»Ich werde die Augen offen halten«, sagte sie und entriegelte das Sicherheitsgitter. »Ich hoffe, Sie finden sie. Unsere Kinder leben in Zuständen in diesem Land, das bricht einem das Herz. Lassen Sie es mich doch bitte wissen, wenn Sie sie finden, ja?«

»Ganz bestimmt«, sagte Dunai und trat in die Nacht hinaus.

»Ich weiß, ich werde für die Frage eins auf den Deckel bekommen«, meinte Carl, als sie zum Wagen gingen. »Bei dir alles in Ordnung?«

»St. Mark's ist es nicht«, sagte Dunai. »Aber wenigstens machte das Personal einen netten Eindruck.«

Sie stiegen in den Wagen.

»Ich möchte, dass du im Auto bleibst, wenn wir den ehemaligen Schuhladen überprüfen«, sagte Carl.

»Auf gar keinen Fall. Ich komme schon zurecht.«

»Himmel, nimm doch nicht alles so verdammt persönlich, junge Frau. Ich brauche jemanden, der mir Rückendeckung gibt und Hilfe holt, wenn etwas schiefläuft.«

»Das hättest du doch direkt sagen können.«

Dunai vermutete, dass sie am richtigen Gebäude waren, als sie fast am Ende der Straße ankamen und das Scheinwerferlicht des Wagens auf den verblichenen Schriftzug »Uncle Salie's Shoe Emporium« fiel. Was einst als Schaufenster gedient hatte, war jetzt mit Wellblechplatten zugenagelt. Der Eingang war von abbröckelndem Putz und nackten Backsteinen eingefasst, hatte ein Vordach, das ebenfalls aus Wellblech bestand, und ein massives Sicherheitsgitter vor der Tür.

Dunai beobachtete, wie Carl an dem Gitter zog, es war verschlossen. Er fand eine Gegensprechanlage neben der Tür, und der Abstand zwischen den Gitterstäben reichte eben aus, um mit seiner Hand hindurchzugreifen. Er drückte zweimal auf die Taste. Keine Reaktion. Beim dritten Mal hielt er die Taste mehrere Sekunden lang gedrückt, dann kehrte er zum Wagen zurück.

»Mist!«, sagte Dunai, die Hände zu Fäusten geballt, als er neben sie ins Auto kletterte.

Carl schüttelte den Kopf und wandte sich zum Beifahrersitz um. »Ich weiß, es wäre übertrieben, von dir zu verlangen, bei diesem Fall alle persönlichen Gefühle außen vor zu lassen, aber irgendein Teil von dir muss unbedingt eine gewisse Distanziertheit wahren, denn ob diese Kinder gefunden werden oder nicht, wird davon abhängen, wie nüchtern du denkst und wie taktisch geschickt du vorgehst. Natürlich geht jedem das Schicksal von zwei verschwundenen Kindern schnell an die Nieren, aber du bist diejenige, deren Job es ist, sie zu finden.«

Dunai nickte. Leidenschaft versus Vernunft war nicht nur das beherrschende Thema der viktorianischen Literatur, genau dieses Spannungsverhältnis schien auch ihrem Leben zugrunde zu liegen und bildete einen ständigen Anlass zu Reibereien zwischen ihr und Carl. Leidenschaft war ihr Lebensmotor. Dank ihr bekam sie den Hintern hoch, wenn andere es vorzogen, bequem sitzen zu bleiben. Dank ihr machte sie den Mund auf, auch wenn es nicht immer schlau sein mochte, dies zu tun, und es ihr Nachteile einbringen konnte. Und dank ihr hielt sie oft auch dann noch durch, wenn andere längst aufgegeben hatten. Aber Carl hatte Recht. Sie musste einen Bereich in ihrem Innern finden, der kalt und berechnend war. Wenn sie an einem obdachlosen Kind einfach vorbeigehen konnte, wie sie es häufig tat, dann musste es diese Eigenschaft in ihr doch geben.

Es war kurz nach zwei, als Dunai und Carl zu dem halbverfallenen Gebäude abseits der Railway Street zurückkehrten. Philippe und Aegi warteten draußen auf sie, und die hängenden Köpfe und Schultern signalisierten deutlich, wie erschöpft sie waren. Das Absuchen der weiteren Umgebung hatte ebenfalls nichts gebracht, woraufhin die beiden Polizeivans vor einer halben Stunde zurück zur Einsatzzentrale gefahren waren. Der Sergeant von der Polizeiwache hier in Woodstock hatte mit einer Ausnahme alle in der Gegend gemeldeten, vorzeitig entlassenen Straftäter befragt, war dabei aber auf keine neuen Hinweise gestoßen, und auch die Kontrolle weiterer Überwachungsbänder hatte keine Treffer mehr ergeben.

»Einen Ex-Häftling gibt es da noch, mit dem wir sprechen müssen: Bhungani Tantsi, ein Sangoma, der acht Jahre bekommen hat für den Handel mit Körperteilen von Kindern. Aber der hat sich seinen Bewährungsauflagen entzogen, und jetzt dürfte es eine Weile dauern, ihn wieder ausfindig zu machen«, erklärte der Sergeant.

Bitte kein Sangoma, dachte Dunai. Vor ihnen grauste es ihr, solange sie zurückdenken konnte. Solche Leute hatten bei dieser Untersuchung nichts verloren. So etwas Schreckliches war Myasser und Mawien ganz bestimmt nicht zugestoßen.

»Sangomas sind Wahrsager«, sagte Philippe zu dem Sergeant. »Hexer, die schwarze Magie treiben, nennt man Baloyi.«

»Das könnte allerdings die Person sein, die wir suchen«, bemerkte Dunai, nur für den Fall, dass ihnen der mögliche Zusammenhang entgangen war.

Der Sergeant nickte. »Wir suchen bereits nach ihm, aber solche Typen sind nur schwer aufzustöbern.«

Nach der kurzen Besprechung sagte Philippe zu Dunai, dass er sich in der kommenden Woche um die STOP-Kliniken kümmern würde und sie so viel Zeit wie nötig auf die Suche nach Myasser und Mawien verwenden solle. Dann fuhren er und Aegi nach Hause, um noch ein paar Stunden Schlaf zu bekommen, während Dunai und Carl wieder die Stufen zu der Falltür hinaufstiegen, um Hatum mitzuteilen, dass ihre Kinder heute Nacht nicht mehr nach Hause kommen würden. Zwanzig Minuten später verließen sie die verzweifelte Mutter und versprachen, sich mit ihr über Yaks Handy, das einige in der Gruppe bei Notfällen benutzten, in Verbindung zu setzen, sobald sie etwas Neues von Myasser und Mawien erfahren sollten.

9

Montag, 16. Dezember

Dunais bevorzugte Technik der Selbstverteidigung war das Niederknüppeln. Die Vorstellung, auf jemanden einzustechen, war ihr zuwider, aber sie hatte ganz zufällig entdeckt, dass sie für das Zuschlagen mit einem stumpfen Gegenstand durchaus Talent besaß. Ihre Wahl war dabei auf einen zwanzig Zentimeter langen Fleischhammer aus Edelstahl gefallen, den sie in ihrer Küche entdeckt hatte, obwohl sie als Vegetarierin sich gar nicht daran erinnern konnte, ihn überhaupt gekauft zu haben. Sie hatte einen weichen Gummigriff über den Stiel ziehen lassen, und nun war dies ihr Äquivalent zu dem legendären Assagai des Zulukönigs Chaka.

Dunai zog sich fertig an. Ein weißes T-Shirt und beigefarbene Cargohosen. Sie verfrachtete den Fleischhammer von ihrem Nachttisch in eine khakibraune Segeltuchtasche, deren breiten Trageriemen sie über Kopf und Schulter streifte, sodass er ihr quer über die Brust lief. In ihre rechte Hosentasche schob sie eine kleine Digitalkamera, in die linke ihr Handy und anschließend Visitenkarten,

Taschentücher und Lippenbalsam in die aufgesetzten Seitentaschen.

Es war kurz nach sieben, als sie in der Küche die Hintertür öffnete, die in den kleinen Hof führte, den sie sich mit Barbara teilte. Ihre Nachbarin würde es auf der anderen Seite genauso machen, wodurch die Tiere tagsüber mehr Platz und mehr Gesellschaft hatten. Dann brachte sie Jesse nach drüben.

Barbara, die mit dem Sozialarbeitergehalt ihres Mannes über die Runden kommen musste, damit sie bei ihrem dreijährigen Sohn zu Hause bleiben konnte, hatte sich sofort bereiterklärt, für ein moderates Entgelt die Betreuung von Jesse zu übernehmen. »Was gibt's Neues?«, fragte sie, als Jesse zum Spielen verschwunden war.

»Die Streifenwagen haben auf ihren Runden nichts entdeckt, und bei der Hotline hat noch niemand angerufen. Von Krankenhäusern und Leichenhallen auch nichts.« Dunai warf einen Blick auf die Uhr an der Küchenwand. Seit dreiundzwanzig Stunden verschwunden.

»Ihr habt keinerlei Anhaltspunkte?«, fragte Barbara ungläubig.

»Ich werde heute zwei Befragungen durchführen, bei denen etwas herauskommen könnte. Es ist einfacher, bei Tageslicht zu suchen. Außerdem sind dann mehr Leute unterwegs, die den Aufruf im Radio hören.«

Barbara nickte. »Und wo fängst du heute Morgen zuerst an?«

»Bei einem ehemaligen Schuhgeschäft in der Roger

Street, das einigen Straßenkindern offenbar als Unterschlupf dient. Philippe hat eben noch angerufen und gesagt, dass er nicht mitkommen kann. In einer der STOP-Kliniken gibt es Probleme. Aber ich kann mir nicht leisten, noch mehr Zeit zu verlieren, daher gehe ich alleine. Davon werde ich Carl allerdings erst danach etwas erzählen.«

»Glaubst du nicht, dass das für einen allein zu gefährlich ist?«

»Es sind ja bloß Kinder, außerdem habe ich meinen Fleischhammer dabei.«

»Vergangene Woche ist eine Frau in der Innenstadt von einem Straßenkind in den Hals gestochen worden. Ich will bloß hoffen, dass du schnell genug bist mit diesem Ding.«

Roger Street lag bereits innerhalb der Grenzen von Zonnebloem, dem einstigen District Six, der in den Sechzigerjahren des vorigen Jahrhunderts zur »weißen Zone« erklärt worden war. Fünfundfünfzigtausend Menschen waren damals in die Cape Flats zwangsumgesiedelt worden, und diese mit Gewalt Vertriebenen hatten das Land verflucht. Abgesehen von einer Kirche und einer Moschee, die man stehen gelassen hatte, sowie dem Campus der Cape Town University of Technology war dieses Stück bestes Bauland in unmittelbarer Citynähe nie erschlossen worden. Es war ein brachliegender Streifen aus Gras und Gestrüpp geblieben, und einige behaupteten, wenn man auf diesem Land stand und nur lange genug still verharrte, würde man ein Echo des Gelächters hören, das der kräftige Südostwind herübertrug.

Dunai nahm lieber ein Taxi, als durch diese unsichere Gegend mit ihren eingeschlagenen Straßenlaternen und den von Kugeln durchsiebten Stoppschildern zu laufen. Sie bat den Fahrer vor dem Gebäude mit der kaum noch lesbaren Aufschrift »Uncle Salie's Shoe Emporium« zu halten. Zwei Halbwüchsige saßen an die Mauer gelehnt in der Sonne, die Baseballcaps tief über die Augen gezogen.

»Wenn's Ärger gibt, bin ich weg«, sagte der Fahrer, als Dunai ihn zu warten bat.

»Kann ich verstehen«, erwiderte sie und zog einen Geldschein aus ihrer Tasche.

Der Fahrer kratzte sich das graue Haar unter seinem Häkelkäppchen. »Ich bin hier in der Nähe aufgewachsen, daher weiß ich, was hier los ist.« Seine nussbraune Stirn runzelte sich zu vier waagerechten Falten. »Keine Ahnung, weshalb Sie da reingehen wollen, Lady. Sicher ist es nicht.«

»Mir bleibt keine andere Wahl«, sagte Dunai die Hand auf dem Türgriff. »Ich suche nach zwei Kindern, die seit gestern vermisst werden.«

»Scheiße«, sagte er. »Ich werde Ihnen meine Handynummer geben. Wenn ich wegfahren muss, werde ich einfach immer um den Block herum fahren, und Sie können mich rufen, wenn Sie fertig sind.«

Als sie das Taxi verließ und auf das Sicherheitsgitter zu ging, ließ sie die Hand in ihre Tasche gleiten und umfasste den Griff des Fleischhammers.

Einer der Burschen, der in der Nähe der Eingangstür auf einem Betonklotz saß, grüßte sie mit einem »Hey«. Sie steckte ihre linke Hand durch das Gitter und drückte auf die Gegensprechanlage. Ihre rechte Hand hielt noch immer den Fleischhammer umklammert. »Hey«, antwortete Dunai so selbstbewusst wie möglich. Sie warf einen Blick über ihre Schulter. Das Taxi war noch immer da. Sie drückte erneut auf die Gegensprechanlage. Der Jugendliche beobachtete sie weiter. Sie unternahm einen weiteren Versuch.

»Wird keiner antworten«, sagte er.

»Ich muss wirklich unbedingt rein.«

»Und wieso?«

Dunai versuchte sein Alter zu schätzen. Vielleicht um die sechzehn. »Ich bin Journalistin und arbeite an einer Story über Straßenkinder. Und ich weiß, dass da Kids drin sind.«

»Verdächtig aussehende Leute werden sie nicht reinlassen.« Er musterte Dunai von Kopf bis Fuß und stand dann auf. In diesem Augenblick wusste sie nicht genau, ob sie zum Taxi laufen, den Fleischhammer herausziehen oder starr vor Angst stehen bleiben und abwarten sollte, was als Nächstes geschah. Sie wählte die dritte Möglichkeit.

Der Junge kam auf sie zu und kratzte sich dabei unter seinem lilafarbenen Billabong-T-Shirt. Er trug ein Paar karierte Boxershorts, die deutlich sichtbar waren, da seine schwarze Jeans etwa auf Penishöhe hing. Dunai trat einen Schritt zurück, und er nahm ihren Platz am Sicherheitsgitter ein. »Tante Miena, is schon in Ordnung«, sagte er laut in die Gegensprechanlage. »Sie ist Journalistin. Schreibt was über Straßenkids.«

In dem Lautsprecher knisterte es, dann sagte eine Frauenstimme: »Jerome, wie oft hab ich dir schon … Sag ihr gefälligst, wir haben nichts zu tun mit Straßenkids.«

»Sie können anonym bleiben«, sagte Dunai und beugte sich gegen die Gitterstäbe. »Ich möchte nur ein paar Hintergrundinformationen, alles ganz inoffiziell.«

Pause. »Wir wollen Sie aber immer noch nicht hier.«

»Ach, komm schon, Tante Miena«, sagte der Junge in Richtung des unsichtbaren Mikrofons.

»Du hältst die Klappe, Jerome, kapiert?«, kam aus dem Lautsprecher zurück.

»Hören Sie, ich weiß, dass Sie Straßenkinder da drin haben«, rief Dunai. »Wenn ich Sie deshalb anzeigen wollte, hätte ich Ihre Adresse nur der Polizei geben müssen. Ich möchte aber nur mit Ihnen reden. Bitte.«

Schweigen. Dann hörte sie das Rasseln von Schlüsseln in der Tür. Sie wurde geöffnet von einer drahtigen Frau mit schwarzen Augen, hellbrauner Hautfarbe und schmalen Gesichtszügen. Das glatte, mit grauen Strähnen durchsetzte dunkle Haar wurde von einem Mittelscheitel geteilt und von einem blauen Tuch bedeckt. Sie trug feste braune Schuhe, einen schwarzen Rock und ein langärmliges blaues T-Shirt unter einem graublauen Kittel. Eine Hornbrille saß ihr auf der Nase, ein Ehering steckte an ihrem Finger, und neben einer Uhr baumelten einige Armreifen, die klimperten, als sie das Gitter aufschloss. »Kommen Sie«, sagte sie zu Dunai. »Und du.« Sie richtete den Zeigefinger auf den jungen Burschen. »Du stellst gefälligst nichts an, kapiert?«

»Klar doch, Tante Miena.« Er zog seinen Kopf ein und lächelte sie mit einem breiten Grinsen an.

Dunai trat in einen düsteren, fensterlosen Raum, in dem sie ein altmodisches Kommodenschränkchen mit einer Frontklappe sah, hinter der sich bestimmt ein Schallplattenspieler versteckte, außerdem standen dort ein Sofa, zwei große pinkfarbene Sessel und ein Couchtisch mit Häkeldeckchen. Ein abgenutzter rot-brauner Kelim verbarg den Großteil der blanken Betonwand.

»Also, was wollen Sie wissen?«, sagte die Frau mit in die Hüften gestemmten Händen, als sie mitten im Raum angekommen waren.

Ein Konfrontationskurs würde Dunai gar nichts bringen, und sie war fest entschlossen, hier erst zu gehen, wenn sie in allen Ecken und Winkeln nachgesehen hatte. »Ich weiß, dass man sehen kann, wie in diesem Haus Straßenkinder ein und aus gehen, und ich möchte gerne mehr über die Lage erfahren, in der sich diese Kinder befinden. Ich werde Ihren Namen ändern, das verspreche ich. Könnten Sie mir kurz schildern, was Sie hier tun?«

»Wir retten Leben.«

»Sie … okay … aber ich versteh nicht ganz.«

»Wie war Ihr Name noch?«

»Dunai.«

»Etwa D-o-o-n-i-e?«

Dunai buchstabierte den Namen.

»Hier kommen Kinder her, die sonst nirgends hin können. Wir versuchen ihnen einen Platz zum Schlafen zu geben, passen auf, dass sie anständig essen und die Finger vom Klebstoffschnüffeln lassen. Auf der Straße werden sie am Ende nur missbraucht und süchtig.« Die Frau verschränkte die Arme vor ihrer Brust und streckte das Kinn vor, als wollte sie Dunai herausfordern, ihr nun zu widersprechen.

»Sie sprechen von wir«, sagte Dunai. »Gibt es denn noch andere Erwachsene hier?«

»Bloß mich und meinen Mann«, erwiderte die Frau. »Kommen Sie mit.« Durch die Tür links von ihr führte sie Dunai in eine geräumige Küche mit einer großen Arbeitsplatte, die sich über mehrere Küchenschränke hinweg erstreckte, einer Doppelspüle, einem Herd und einer die gesamte Länge des Raums einnehmenden Reihe zusammengeschobener Tische. Von einem der Tische erhob sich ein Mann.

»Ich bin Tante Miena«, sagte die Frau, »und das ist mein Mann Leonard.«

Er war groß gewachsen, hager, besaß einen kleinen Mund, eine große Nase und schwarze Augen, die lustig und kurzsichtig wirkten. Ihm fehlten die Vorderzähne, was bei älteren Farbigen in der Kapregion häufig vorkam. Dunai gab ihm die Hand, und Miena erklärte ihm den Grund ihres Besuchs. Leonard nahm wieder Platz und lächelte zu ihr hinauf.

»Wir müssen uns unterhalten, während ich koche«, sagte Miena, trat an den riesigen, uralten Herd und rührte in zwei großen Töpfen mit Weizengrütze. Dunai stellte sich neben sie. Nach und nach kamen jetzt immer mehr Kinder in die Küche. Einige ignorierten ihre Anwesenheit, die meisten jedoch musterten sie aufmerksam. Ein Mädchen im Teenageralter begann in der Spüle Äpfel zu waschen.

»Wie viele Kinder haben Sie denn hier insgesamt?«

»Im Moment zweiundzwanzig.«

»Und wie erfahren die Kids von Ihnen?«

»Spricht sich halt herum«, sagte sie und goss zur Grütze noch etwas Milch. »Aber das Angebot besteht nicht für jeden. Hickhack dulden wir hier nicht. Wer Ärger macht, ist draußen.«

»Gibt's denn viel Ärger?«

»Manchmal. Wer nicht mitzieht, bleibt nicht lange, wie Jerome draußen. Gute Kids bleiben hier. Chardonnay dort an der Spüle ist schon bei uns, seit sie fünf ist. Jetzt ist sie fünfzehn.«

Chardonnay schien keiner speziellen Bevölkerungsgruppe zugeordnet werden zu können. Lockiges Haar von einem dunklen Beigeton lugte unter einem Kopftuch hervor und umrahmte ein gelbbraunes Gesicht mit sonderbar hellen, verwaschen-blauen Augen.

»Was hat Jerome denn angestellt?«

»Hat eins der Mädchen geschwängert, also musste er raus.«

»Mit anderen Worten, wenn das Mädchen an der Spüle fünfzehn ist und sie schon mit fünf bei ihnen war, gibt es Ihr Haus hier schon seit zehn Jahren, richtig?« Dunai war verblüfft. Sie zog einen Notizblock und einen Stift aus der Handtasche.

»Zwölf«, verbesserte Miena. »Bleiben Sie zum Essen. Die Rasselbande muss bald gefüttert werden, sonst gibt's hier noch einen Aufstand, und plötzlich wäre dann alles voller Tränengas wie in alten Zeiten.«

Dunai rief den Taxifahrer an, um ihm zu sagen, dass sie noch eine halbe Stunde bleiben würde, dann setzte sie sich an den Tisch.

»Für alle Gaben, die wir erhalten haben«, sagte Leonard mit tiefer Stimme, »möge der Herr uns aufrichtige Dankbarkeit empfinden lassen.« Und die Kinder sagten: »Amen.« Miena und Leonard begannen Grütze in die Schüsseln zu schaufeln. An jeden Platz war ein Apfel gelegt worden. Dunai aß den Apfel und ein paar Löffel von der Grütze. Sobald das Essen beendet war, räumten vier der Kinder den Tisch auf, während zwei andere das Geschirr wuschen und zwei weitere abtrockneten. Dunai blieb gemeinsam mit Miena und Leonard sitzen.

»Wie gelingt es Ihnen, sie alle zu versorgen?«

»Sie klauen«, sagte Miena, und ihr Mund verhärtete sich zu einem trotzigen Strich.

»Das würden sie doch sowieso«, sagte Leonard in seiner leisen, zögernden Art. »Wir achten darauf, dass sie keine Gewalt anwenden und vor allem Touristen und Reiche bestehlen. Möglichst Sachen, die versichert sind.«

»Sie schicken diese Kinder zum Stehlen raus und nehmen ihnen dann die Einnahmen ab im Austausch gegen ein Essen und ein Dach über dem Kopf?« Dunai war unfähig, sich ihr fassungsloses Staunen nicht anhören zu lassen.

»So stimmt das nicht«, erwiderte Miena abwehrend. »Wir führen genau Buch darüber, was jedes einzelne Kind abgibt. Natürlich befinden sich die Bücher an einem anderen Ort, wegen der Polizei. Wir verkaufen die Waren zu einem fairen Preis weiter, weil sie ja nur über's Ohr gehauen würden oder eine Kamera schon für einen Burger oder ein paar Süßigkeiten rausrücken würden. Fünfzig Prozent behalten wir für den Unterhalt ein, die anderen fünfzig wandern auf die Bank und bringen Zinsen. Sie bekommen ihren Anteil mitsamt allen Zinsen, wenn sie gehen.«

»Aber diese Kinder sollten eine Schule besuchen«, sagte Dunai. »Sie richten sie dazu ab, berufsmäßige Kriminelle zu werden, schließlich ist es das Einzige, was sie beherrschen. Dieses Mädchen, das schon seit zehn Jahren bei Ihnen ist ...«

»Chardonnay«, sagte Leonard.

»Sie hat zwar ein wenig Geld, wenn sie hier weggeht, aber sobald das ausgegeben ist, wird sie wieder eine kriminelle Karriere einschlagen müssen oder auf der Straße enden.«

Miena stand vom Tisch auf und trat an die Spüle, wo sie damit begann, geräuschvoll Schüssel und Löffel wegzuräumen. Die beiden verbliebenen Kinder hatten es bei ihrer Arbeit nicht eilig.

»Das ist nicht ganz richtig«, sagte Leonard leise. »Miena hat Chardonnay das Nähen beigebracht, und sie ist inzwischen wirklich gut darin. Sie wird noch bleiben, bis sie achtzehn ist, und dann mit dem Geld, das sie gespart hat, einen kleinen Schneiderladen aufmachen. Miena bringt den Mädchen Kochen, Stricken und Putzen bei, und ich habe früher als Mechaniker gearbeitet und unterrichte die Jungs, die bei uns längere Zeit bleiben. Auf dem offiziellen Arbeitsmarkt würden sie damit zwar keinen Job bekommen, aber kein Bereich wächst in unserer Wirtschaft derzeit so stark wie der inoffizielle Sektor, und genau dort werden sie eines Tages ihren Lebensunterhalt verdienen können.«

»Für Sie ist es natürlich leicht, hierherzukommen und uns zu verurteilen«, sagte Miena, die von der Spüle zurückgekehrt war. »Sie wissen ja nicht, was es heißt, gar nichts zu haben, und ich meine nicht nur Geld. Die Kinder hier haben keine Eltern, die meisten von ihnen wissen nicht einmal, wie alt sie genau sind. Einer unserer Jungs hat ins Bett gemacht, da hat ihm seine Mommy eine Stricknadel in den Penis geschoben, und nach einem Monat in einem Kinderkrankenhaus vom Roten Kreuz hat man ihn in ein Heim gebracht, wo ihn einer der älteren Jungs prompt vergewaltigte. Damals war er sechs. Solche Geschichten schleppen sie alle mit sich herum. Wir können ihnen natürlich sagen, geht gefälligst nach Hause oder in ein Heim. Bleibt in der Schule und lernt fleißig, wenn ihr zwischen den Misshandlungen dazu kommt, dann bekommt ihr auch einen guten Job. Aber das wären doch bloß Lügen.«

»Wie kamen Sie denn auf diese Sache?«, erkundigte sich Dunai, diesmal etwas zurückhaltender.

Miena wandte ihr den Rücken zu und begann die Arbeitsplatte zu wischen.

»Ich habe früher bei der Stadt gearbeitet«, sagte Leonard. »Aber dann bekam ich Probleme mit dem Ischiasnerv und wurde aussortiert. Miena hat die Angestellten in einem Bürogebäude mit Tee versorgt. Wir sind beide im District Six aufgewachsen und haben den Straßenkindern dort zwar immer mal etwas Kleingeld oder ein Sandwich zugesteckt, wenn wir über sie gestolpert sind, aber meist versuchten wir einfach nur, ihnen aus dem Weg zu gehen. Die Leute haben alle geschimpft. Denn je länger die Kids auf der Straße leben mussten, desto weiter wuchsen ihre Leiden und ihre Verzweiflung und alles endete immer in Gewalt und Drogensucht.

Also nahmen wir meine Abfindung und Mienas Frührente und machten aus unserem Haus ein Heim. Aber es gab halt dauernd bürokratische Hindernisse und Vorschriften. Soundso viele Toiletten auf soundso viele Kinder, Lernräume, Essenspläne, Schulnähe, medizinische Versorgung. Unsere Tochter ist Krankenschwester und hat nach den Kids gesehen, aber Miena und ich haben keine offizielle Ausbildung, und da haben sie uns die Kinder weggenommen.«

»Und dann haben sie einfach ohne Genehmigung weitergemacht«, fügte Dunai hinzu.

Leonard nickte. »Wenn unsere Namen in der Zeitung erscheinen, werden sie uns wieder schließen, und dann können diese Kids überhaupt nirgends mehr hin.«

»Ich bin keine Journalistin«, sagte Dunai. »Ich bin Privatdetektivin und suche nach zwei Kindern, die seit gestern vermisst werden. In dieser Straße wurden sie das letzte Mal gesehen.«

Miena unterbrach ihr Saubermachen und drehte sich zu ihr um. Ihr Gesicht war ausdruckslos. Leonard schüttelte seinen Kopf.

»Es sind Kinder einer Flüchtlingsfrau. Ihre Mutter hat

sie quer durch den ganzen Kontinent geführt, weil sie dachte, hier wären sie sicher, und jetzt sucht sie verzweifelt nach ihnen.«

»Wir haben keine ausländischen Kinder hier gesehen«, sagte Miena. Leonard schüttelte weiter den Kopf.

»Okay«, sagte Dunai, nahm die Flugblätter mit den Porträts aus ihrer Tasche und legte sie auf den Tisch. »Ich würde mich gerne kurz umsehen, nur um sicherzustellen, dass sie nicht hier sind, und wenn Sie oder eines Ihrer Kinder etwas hört, wäre ich Ihnen dankbar, wenn Sie sich bei mir melden würden. Ich werde Sie nicht bei den Behörden melden, und wenn ich die Kinder gefunden habe, werde ich mal sehen, ob ich irgendwie helfen kann. Ich bin selbst als Waise aufgewachsen, daher kenne ich ein paar Leute, die in diesem Bereich tätig sind.«

Sie ließ den Vorschlag für einen Moment einwirken. Miena trocknete sich die Hände ab und blickte auf die Flugblätter. »Okay«, sagte sie dann.

»Ja«, pflichtete Leonard bei.

»Die Kinder hier müssen doch viel sehen und hören, wenn sie … in der Stadt sind. Die Polizei würde gern einen Sangoma befragen, der kürzlich aus dem Gefängnis rausgekommen ist, wo er eine Haftstrafe wegen Handels mit menschlichen Körperteilen abgesessen hat. Sein Name ist Bhungani Tantsi. Vielleicht hat ja eines Ihrer Kinder von ihm gehört und weiß, wo ich ihn finden kann?«

»Ich werde mal rumfragen«, sagte Chardonnay. Sie hatte über Dunais Schulter hinweg die Flugblätter betrachtet.

»Chardonnay«, sagte Leonard, als das Mädchen den Raum verlassen wollte, »warum zeigst du nicht auch gleich der Dame hier unser Haus?«

Von cinem Flur gingen ein Badezimmer und fünf Schlafzimmer ab. Keine Spur von Myasser und Mawien. Chardonnay bat Dunai, in der Küche zu warten, während sie sich bei den anderen Kindern nach dem Sangoma erkundigte.

Fünf Minuten später tauchte sie wieder auf. »Der Sangoma hat ein Plekkie in der Newmarket Street in der Nähe der Eisenbahngleise. Und in der Seymour vierundvierzig arbeiten Mädchen, die dort auch wohnen.«

»Arbeiten?«

Chardonnay sah sie an, als wäre sie blöd. »Die dort ficken.«

»Chardonnay«, sagte Miena. »Wie oft soll ich dir noch sagen, dieses Wort nicht zu benutzen?«

»Aber das machen sie doch da, Tante Miena.«

»Ja, sie sind Prostituierte, aber deshalb musst du ja nicht gleich selbst wie eine reden.«

»Entschuldige, Tante Miena.«

»In der Seymour vierundvierzig gibt es ein Bordell«, unterbrach Dunai, »das junge Mädchen anschaffen lässt?«

Chardonnay nickte.

Als das Mädchen ging, wandte Dunai sich an Miena. »Haben Sie eigentlich keine Angst, dass ein Kind, das sich an Ihnen rächen will, weil Sie es herausgeworfen haben, zur Polizei gehen könnte und denen erzählt, was Sie hier tun?«

»Dass wir Kinder von der Straße holen, ihnen zu essen geben, sie vom Klebstoffschnüffeln und von Gewalttaten abhalten und dies auch noch in einem Haus, das uns ganz legal gehört? Solange so viel schlimmere Dinge draußen passieren, kümmert das die Polizei nicht die Bohne.«

10

»Wir haben den Händler ausfindig gemacht, der Hatum verhaften lassen wollte«, erzählte ihr Carl über das Handy. »Aegi wird um sechzehn Uhr an seinem Stand in der Castle Street mit der Observierung anfangen und ihn nach Ladenschluss beschatten.«

»Ist er befragt worden?«

Dunai bemerkte, wie ihr Taxifahrer interessiert aufblickte. Als sich ihre Blicke im Spiegel begegneten, wirkte er erst ein wenig verlegen und bot Dunai dann eine Flasche Wasser an. Sie war noch nicht angebrochen. Dunai wischte den Schweiß von ihrer Oberlippe und griff über seine Schulter nach der Flasche.

»Nein, das haben wir unterlassen, um ihn nicht aufzuschrecken. Wenn er wirklich etwas mit dem Verschwinden der Kinder zu tun hat und glaubt, verfolgt zu werden, wird er sich nicht in ihre Nähe trauen. Er wird erst befragt werden, wenn er heute Abend sofort nach Hause geht und morgen wieder ganz normal direkt zur Arbeit.«

»Es kann also noch weitere vierundzwanzig Stunden dauern, bis wir etwas aus ihm herausholen«, sagte Dunai und spielte dabei an dem Riemen ihrer Umhängetasche, der genau über jene Stelle lief, wo sich gerade die Frustration heiß und schmerzhaft fest in ihrer Brust zusammenzuballen begann.

»Fürchte schon«, sagte Carl.

»Dann werden wir achtundvierzig Stunden verloren haben.«

»Wenn er die Kinder genommen hat und Wind davon bekommt, dass wir ihm auf der Spur sind, wird er sich absetzen und sie zurücklassen. Dann besteht die Gefahr, dass wir sie überhaupt nicht mehr lebend finden. Wo steckst du jetzt eigentlich?«

»Ich muss los, Carl. Ich ruf dich später noch einmal an«, erwiderte Dunai rasch, bevor er merken konnte, dass Philippe nicht bei ihr war und sie allein Befragungen durchführte.

»Seymour vierundvierzig«, verkündete der Fahrer. Sie befanden sich in einer neueren Gegend von Woodstock, in einer Straße, deren kleine eingeschossige Häuser in gutem Zustand waren. »Macht ja einen ganz anständigen Eindruck«, sagte er. »Möchten Sie, dass ich warte?«

»Ich weiß nicht genau, wie lange ich brauchen werde«, sagte Dunai und griff in ihre Tasche nach ihrem Portemonnaie. »Kann ich Sie anrufen, wenn ich Sie wieder brauche?« Im Notfall befand sie sich hier auch nahe genug an der Innenstadt, um zurück zu laufen.

»Nein, ist schon okay, junge Frau. Ich warte hier auf Sie.«

Dunai zögerte. »Ich würde ungern Aufmerksamkeit erregen mit meiner Anwesenheit.«

»In Ordnung, also rufen Sie halt an, sobald Sie fertig sind, und wenn ich noch in der Gegend bin, hol ich Sie ab. Ansonsten kann ich Ihnen über Funk dann einen anderen Fahrer besorgen.«

»Oder ich laufe zurück«, sagte Dunai.

»Dafür könnte es ein wenig zu heiß sein.«

In diesem Punkt musste Dunai ihm beipflichten.

»Ich hoffe, Sie finden diese Kinder«, sagte er, als sie ihm einen Geldschein zusammen mit den beiden Flugblättern nach vorn reichte, bevor sie ausstieg. Sie steckte den Kopf noch einmal ins Taxi zurück und reichte ihm die leere Flasche Wasser. »Was schulde ich Ihnen hierfür?«

»Lassen Sie mal gut sein«, sagte er. »Mein Beitrag zu Ihrer Suche nach diesen Kids.«

Der Wagen fuhr fort, und Dunai warf einen kurzen Blick auf ihre Uhr. Es war halb elf. In der ganzen Straße waren keine Autos geparkt. Nichts Ungewöhnliches in einer Stadt mit der dritthöchsten Verbrechensrate der Welt. Neben dem Eingangstor prangten auf dem hellen Putz der zweieinhalb Meter hohen Mauer zwei große Messingziffern. Vierundvierzig. Keine Klingel, keine Gegensprechanlage. Wer keinen Termin vereinbart hatte und nicht zu einer bestimmten Zeit erwartet wurde, war hier offenbar nicht willkommen, dachte Dunai. Was nun?

Sie drückte gegen das schmiedeeiserne Tor, aber das war natürlich verschlossen. Die Mauerkrone war zwar nicht mit Stachel- oder Elektrodraht gesichert, aber zu hoch, um sich hinaufzuziehen. Sie ging zum Eingang des

Nachbarhauses. Die Mauer zwischen den beiden Grundstücken war nur etwa anderthalb Meter hoch, und es würde keine Probleme bereiten, über das breite Stahltor, das verschlossen, aber doch recht niedrig war, in die Einfahrt zu klettern.

Dunai kontrollierte kurz, dass niemand in der Nähe war, und schwang sich dann auf die andere Seite. Sie überquerte die Einfahrt und sprang an der Mauer hoch, die ihr etwa bis zur Schulter reichte. Die Hände über der Mauerkrone festgekrallt, zog sie sich nach oben. Einen Moment baumelte sie nur mit dem Oberkörper auf der gegenüberliegenden Seite, bevor es ihr gelang, erst ein und dann auch das andere Bein nachzuziehen. Am Ende hatte sie sich nur das Knie und den Oberschenkel ein wenig aufgeschürft, als sie auf dem Grundstück des Bordells landete.

Ein gepflasterter Weg führte links am Haus vorbei zum Vordereingang, an seinen Seiten nur Kies, keine Pflanzen. Rechts vom Gebäude kämpften dagegen noch ein wenig gelblich verdörrtes Gras und wucherndes Gestrüpp ums Überleben. Dunai lief zur Ecke des Hauses, wo zwei kleine Sträucher standen und begann an der Front entlangzuschleichen. Überall waren die Jalousien heruntergezogen, mit Ausnahme des letzten Fensters, das halboffen stand. Mit dem Rücken zur Wand schob sie sich seitwärts, bis sie hineinsehen konnte.

Ein stämmiger Mann mit hellbrauner Haut und dunklen, dünnen, schulterlangen Haaren saß an einem Küchentisch und schlürfte Frühstücksflocken aus einer Schüssel. Milch tröpfelte auf sein schmuddeliges Unterhemd. Er rieb an den Flecken und kratzte sich am Kopf. Dann legte er den Löffel in die Schüssel und fuhr fort, bündelweise Zehn-, Zwanzig- und Fünfzig-Rand-Scheine abzuzählen, die er in grünen, braunen und pinkfarbenen Päckchen vor sich auftürmte.

Dunai duckte sich unter dem Fenster hindurch und rannte gebückt zu den verwilderten Büschen an der anderen Seite des Hauses. Hier waren die Jalousien alle hochgezogen, und die Fenster mit den Schutzgittern gegen Einbrecher standen auf. Dunai klebte ihr T-Shirt mittlerweile am Rücken, und der Bund ihrer Cargohose war schweißnass. Sie hockte sich unter das erste Fenster, griff nach der Fensterbank und stand langsam auf, bis sie hineinsehen konnte. Stoffbespannte Stellwände, wie sie häufig in Büroetagen zu finden sind, unterteilten den Raum in kabinenähnliche Bereiche. Die Einrichtung der beiden Zellen, die vom Fenster aus einzusehen waren, bestand aus nichts weiter als einem Einzelbett. In den Betten schlief jeweils ein Mädchen, das mit BH, Minirock und Stöckelschuhen bekleidet war. Dunai schlich zum nächsten Fenster, wo sie genauso vorging.

Dieses Zimmer hatte man ebenso mit mobilen Trennwänden unterteilt. Dunai war zwar nicht in der Lage, das Alter der schlafenden Mädchen zu schätzen, hielt sie jedoch für eindeutig minderjährig. Eines der Mädchen wirkte deutlich mitgenommener als die anderen. Die Arme waren mit Blutergüssen überzogen, die sich schwarz auf braun abhoben. Die Mascara war ihr in breiten Tränenbächen die runden, kindlichen Wangen heruntergelaufen und hatte sich an ihrem Kinn mit rotem Lippenstiftgeschmier vermischt. Es war ein wirklich kleines Mädchen, dem Aussehen nach kaum älter als zehn. Dunais Fingernägel gruben sich in die Fensterbank. Sie war wütend, sehr wütend.

»Was zum Teufel machst du da?« Eine Hand packte sie von hinten um den Hals. Die von der Hand ausgehende Hitze brannte sich durch bis zu Dunais Hirn, und Angst breitete sich explosionsartig in ihrem Körper aus. Sie versuchte sich aus dem Griff zu kratzen und zu winden, aber als die Hand sich von ihrem Hals löste, wurde sie sofort hochgezogen. Ein Arm schlang sich um ihre Brust, und sie wurde mit dem Rücken gegen einen harten Körper geschleudert. Die Wange eines Mannes rieb sich an ihrer. Er keuchte heftig, und sein Atem stank. Er begann sie rückwärts wegzuschleppen, während ihre Turnschuhe hilflos über den Boden scharrten.

»Ich bin Privatdetektivin. Ich werde keinen Ärger machen. Ich möchte nur wissen, ob dieses Mädchen da drin ist.« Sie kramte in ihrer Tasche nach dem Flugblatt, zog es heraus und zerriss es bei dem schwierigen Unterfangen, es aufzuklappen, während sie rückwärts fortgezerrt wurde. »Es gibt Leute, die wissen, dass ich hier bin. Sie werden nach mir suchen, wenn ich nicht zurückkomme.«

Er blieb abrupt stehen, der Schraubstock löste sich von ihrer Brust, aber gleichzeitig packte er ihren Arm und wirbelte sie zu ihm herum. Es war der Mann, den sie beim Geldzählen in der Küche gesehen hatte. Er war einige Zentimeter kleiner als sie selbst. Die Vorderseite seines Unterhemds war schmutzig, und sein Körper verbreitete den Geruch von faulem Gemüse. Aus dieser Nähe konnte sie die feinen Narben ausmachen, die im Zickzack über seine braunen Wangen liefen. Sein schulterlanges Haar, schwarz und glänzend vor Pomade, hing strähnig um seinen Kopf. Dunai musste an die Mädchen im Innern denken. Sie hatte das Gefühl, würgen zu müssen, zwang sich jedoch, seinen Blick zu erwidern. Seine Augen betrachteten sie mit blanker, faszinierter Neugier. Seine Atmung beschleunigte sich, aber nicht vor Ärger oder Anstrengung, wie Dunai bemerkte, sondern vor Erregung.

Ihre Stimme klang viel zu hoch, als sie herausplatzte: »Ich möchte nur wissen, ob Sie dieses Mädchen gesehen haben, dann werde ich wieder verschwinden.«

Er legte den Kopf zur Seite, musterte sie noch eine Weile und sagte dann: »Fick dich.«

»Wenn Sie mir etwas tun, bringt das Ihnen bloß unnötigen … Aua«, rief Dunai aus, als er sie erneut herumwirbelte, sie von hinten an den Haaren packte und in Richtung Hauseingang dirigierte. Instinktiv überkam sie der Drang, ihre Fingernägel in die Hand zu graben, die ihr die Haare samt Wurzeln ausriss, aber sie widerstand dem Impuls. Stattdessen zog sie die khakifarbene Umhängetasche zu ihrem Bauch hoch und zurrte den Riemen über ihrer Brust fest. Sie geriet auf dem Weg ins Stolpern und wäre fast gestürzt, aber die in ihren Haaren verdrehte Hand hielt sie aufrecht. Schmerzvolle Stiche wie von einer Handvoll Nadeln durchbohrten ihre Kopfhaut. Die Kreatur hinter ihr stieß ein seltsam atemloses Kichern aus. Dunai traten die Tränen in die Augen. Sie zwinkerte, tastete nach dem Reißverschluss ihrer Tasche und fand ihn schließlich.

»Meine Nüttchen sind gerade läufig«, sagte er und keuchte erneut dieses hysterische Kichern eines Schwachsinnigen. »Erst werd ich dich mal ausprobieren, dann werd ich dich zu meinen Nüttchen geben.« Er kicherte wieder.

Zehn lange Sekunden benötigte Dunai dafür, den Reißverschluss an ihrer Tasche zu öffnen und den Griff des Fleischhammers zu finden. Sie schloss ihre Faust um den Gummigriff, zog den Hammer heraus und hielt ihn verdeckt vor sich. Dann holte sie tief Luft, drehte ihren Körper rasch ein wenig zur Seite und schwang nach hinten aus, von unten nach oben, ein Fleischhammer zum Nüsseknacken.

Die Wucht des Aufpralls erschütterte schmerzhaft ihr Handgelenk. Ihr Angreifer stieß einen Umpf-Laut aus und ließ ihre Haare los. Dunai schnellte herum. Er presste sich die Hand auf den Bauch und hielt den Oberkörper vornübergebeugt. »Oh Scheiße«, entfuhr es ihr laut.

Hätte sie ihn in die Geschlechtsteile getroffen, wie es ihre Absicht gewesen war, würde er jetzt hilflos auf dem Boden liegen. Er hatte kräftige Muskeln, daher dürfte der Bauch von allen Stellen diejenige sein, wo sie mit ihrem Schlag die geringste Wirkung erzielen konnte. Sie musste also noch einmal zuschlagen, aber wo? Dunai spürte, wie sie in Panik geriet. Nicht auf die Schädeldecke, die er ihr so verführerisch präsentierte, damit könnte sie ihn umbringen. Oh Gott, ihr lief die Zeit davon. Schon begann er sich aufzubeugen, den Kopf zu heben. Dunai schwang den Hammer erneut von unten, zielte wieder auf seinen Schritt, aber diesmal schoss seine Hand heraus und packte ihre Waffe, während er ihr mit der anderen Faust in den Magen schlug.

Zwei Sekunden lang fühlte sie keinerlei Schmerz, dann explodierte er förmlich in ihrem Bauch, strahlte nach außen und paralysierte sie, sodass ihr die Luft wegblieb. Schlimmer wurde es aber noch, als sie tief nach Atem rang und die Verbindung zwischen ihrem Gehirn und ihrem Magen wieder aufgenommen wurde. Die Arme auf ihren Bauch gepresst, klappte sie nach vorn und fiel auf die Knie. In diesem Moment interessierte es sie auch nicht, dass sein Knie auf ihr Gesicht zuraste, nahm sie nur vage ein Aufheulen wahr und sein Knie, das sich plötzlich wieder von ihr fort bewegte, während der Mann seinen Rücken nach hinten krümmte und die Arme weit auseinandergebreitet in die Luft riss, als wollte er ein paar Hampelmannübungen absolvieren.

Dunais Schmerz änderte seine Form und aus der Explosion wurde ein wellenartiges Dröhnen. Sie schnappte nach Luft, hob ihren Kopf und sah gerade noch, wie die Arme ihres Peinigers erneut in die Luft flogen. Jetzt erkannte sie auch die hinter ihm stehende Puppenspielerin und verfolgte mit großer Erleichterung, wie deren Knie sich in seine Niere bohrte und er gehorsam einen weiteren überschwänglichen Hampelmannsprung vollführte.

Bei der Frau hinter dem Mann handelte es sich in diesem Fall um ein Meter achtzig an Muskeln und schierer Kraft, gekleidet in Jeans und schwarzem, perfekt geschnittenem Jackett, die Haut leicht gebräunt und das dichte braune Haar straff aus einem Gesicht mit auffallend kräftigen Knochen nach hinten gekämmt. Ein goldener Anhänger mit zwei zusammengefügten Kreuzen funkelte auf dem weißen T-Shirt, das sie unter ihrem Jackett trug. In der Miene der Frau spiegelten sich weder Angst noch Anspannung. Wie gewöhnlich machte die Vollstreckerin des Cerchio di Gaia einen vollkommen gelassenen Eindruck.

»Hände hinter den Rücken«, sagte sie zu dem vor ihr liegenden Mann. Ihre Stimme klang ruhig, gefasst und kultiviert. Er reagierte nicht, daher stemmte sie ihren Fuß in seinen Nacken und drückte, bis seine Stirn Bekanntschaft mit dem Pflaster machte. Keine überflüssige Gewaltanwendung, lediglich ausreichend Druck, um das gewünschte Ziel zu erreichen. Der Mann kicherte, dann stieß er ein wütenden Schnauben aus. Sie legte ein wenig mehr Gewicht auf ihren Fuß. »Wie geht es dir?«, fragte sie Dunai, während sie wartete.

Dunai wusste es nicht genau. Also nickte sie nur, wobei sie ihren Blick nicht von dem Mann löste. Er gab einen Laut, halb Schluchzen, halb Knurren von sich, dann hob er seine Arme auf den Rücken und legte die Hände ineinander. Die Amazone – so die einzige Bezeichnung, die Dunai jemals für sie in den Sinn gekommen war – beugte sich nach unten, legte seine Handgelenke über Kreuz und nahm Plastikhandfesseln aus ihrer Tasche. Sie trug fleischfarbene Latexhandschuhe.

»Bist du verletzt?«, fragte sie mit Blick auf Dunai, während sie die Bänder über seine Hände schob und an den Gelenken zusammenzog.

»Ja, verdammt noch mal«, stöhnte der am Boden liegende Mann.

Die Amazone schüttelte leicht den Kopf, sah aber weiterhin nur Dunai an.

»Mir scheint, ich habe tiefe Wurzeln«, sagte Dunai und rieb sich den Hinterkopf, wo der Zuhälter sie an den Haaren gerissen hatte.

»Bauch?«

»Schmerzt«, sagte Dunai. Sie hielt noch immer eine Hand auf ihren Magen gepresst.

»Atme tief ein und beschreib den Schmerz«, wies die Amazone sie an, während sie den stämmigen Mann an den Oberarmen packte und ohne ersichtliche Anstrengung auf die Beine stellte.

Dunai holte tief Luft. Der Mann nutzte diesen Moment, um auszutreten, und traf die Amazone mit seinem Absatz am Oberschenkel. Ihr Gesichtsausdruck veränderte sich keine Spur. Sie trat einen Schritt zurück, einen zur Seite und ließ dann ihren Fuß mit großer Wucht gegen die Seite seines Knies knallen. Er jaulte auf und brach zusammen.

»Der Schmerz«, meinte sie auffordernd.

Dunai holte wieder tief Luft. »Ein wummerndes Klopfen.«

»Nicht scharf oder stechend?«, fragte sie, zog den jammernden Mann wieder auf die Beine und begann ihn zur Tür zu zerren.

»Nein, nur wummernd.« Dunai hob das zerrissene Flugblatt vom Boden auf.

»Dann sollte alles in Ordnung sein«, sagte die Amazone.

Dunai folgte ihr nach innen bis in die Küche, wo der schweißnasse Mann auf einem Stuhl landete. Sobald die Amazone sich zwei Schritte von ihm entfernt hatte, fing er noch lauter an zu jammern. »Du hast mir das Knie kaputt getreten, verdammter Scheiß«, heulte er.

Die Amazone achtete nicht auf ihn und ging zu Dunai.

»Hörst du mich, du verfickte Schlampe, du hast mir das Knie kaputt getreten. Mann, ich muss sofort ins Krankenhaus.«

Wieder wurde er ignoriert, woraufhin er beiden Frauen wüste Beschimpfungen an die Köpfe zu werfen begann.

»Ist das ein Bild der Gesuchten?«, fragte die Amazone und zeigte dabei auf das Blatt in Dunais Hand.

»Ja, das ist Myasser.« Dunai reichte ihr das Blatt. Der Mann spuckte noch immer Gift und Galle, und als die Amazone sich ihm wieder näherte, kreischte er: »Komm mir bloß nicht zu nahe, du Missgeburt.«

Sie nahm ein Geschirrtuch und führte es in aller Ruhe zu seinem Mund, den er sofort fest zupresste. Sie zog ein Taschentuch aus ihrer Tasche, legte es über seine Nase und drückte die Nasenflügel zusammen. Der Mann schüttelte den Kopf wild hin und her, aber die Amazone drückte nur noch fester zu. Langsam lief er dunkelrot an, bevor er seinen Mund öffnete und gierig nach Luft schnappte. Sie wartete einen Moment, dann stopfte sie ihm das Handtuch in den Mund und steckte das Taschentuch wieder ein. Tränen liefen ihm die Wangen herunter. Mit dem Flugblatt in der Hand verschwand sie im Haus.

Der Mann wandte sich Dunai zu und sah sie flehentlich an. Sie erwiderte nur kurz seinen Blick und verließ dann ebenfalls die Küche in Richtung Flur.

Vor sechs Monaten hatte Cerchio di Gaia versprochen, ein Auge auf sie zu haben. Es war eine Art postume Ehrenbezeugung Dunais Mutter gegenüber, die der Gruppe selbst angehört hatte, die von vielen geliebt worden war und die der Zirkel schließlich doch nicht schützen konnte. Bis zu dem urplötzlichen Eingreifen der Amazone jedoch hätte Dunai nie geglaubt, dass sie so eng beschattet wurde. Ein einziges Wort blitzte in Dunais Kopf auf – Warum nur?

Natürlich war sie ungeheuer erleichtert, dass die Amazone ihr das Leben gerettet hatte, zugleich aber auch reichlich verstört über die wiederholte Einmischung der Gruppe in ihr Leben. Das Motiv für das Bestehen des Zirkels – der Kampf gegen den allgegenwärtigen Missbrauch von Frauen – war vollkommen verständlich. Und sein weiter reichendes Ziel – diesen Missbrauch in der menschlichen Gesellschaft ein für alle Mal auszurotten – war durchaus ehrenwert. Der Zirkel hatte jedoch einen radikalen und gewalttätigen Weg zur Erreichung dieses Ziels gewählt und war im Laufe der Zeit – der NIA zufolge – eine äußerst gefährliche Organisation geworden. Dunai konnte sich fast wortwörtlich an die Beschreibung erinnern, die Jacob von dem Gaia-Zirkel gegeben hatte.

»Seit geraumer Zeit bereits vermuten verschiedene Geheimdienste in der Welt die Existenz einer radikalen feministischen Gruppe. Material wurde zusammengetragen, Querverbindungen hergestellt und eine Liste möglicher Mitglieder erstellt. Aber die Geheimdienste stehen vor einer Fülle ungewohnter Probleme, wenn sie es mit einer Gruppe zu tun haben, die keine Grenzen kennt, keine gemeinsame Sprache, Kultur oder Religion. Darüber hinaus scheint die Organisation der Gruppe keinem gängigen Aufbauschema, keiner vertrauten Struktur zu folgen. Offenbar handeln die Mitglieder ziemlich unabhängig voneinander, demonstrieren jedoch zugleich eine unerschütterliche Gruppenloyalität und scheinen alle einem gemeinsamen Ziel verpflichtet.

Das sind Fanatikerinnen, Dunai, und sie verfügen über Geld und über Einfluss, und zwar über eine Menge davon. Und das macht sie so gefährlich. Wir kennen einige der maßgeblichen Frauen in ihren Reihen gut genug, um zu wissen, dass sie sich nicht damit begnügen werden, hier und da einen Kinderschänder zu exekutieren. Worauf sie es abgesehen haben, ist ein weitaus größeres Ziel, nämlich eine neue Weltordnung.«

Und der Zirkel hatte das im Großen und Ganzen auch zugegeben, als er nach Siobhans Tod versucht hatte, Dunai anzuwerben. Dazu war sie damals aber nicht bereit gewesen. Was also mischten sie sich jetzt schon wieder in ihr Leben ein? Ihr Handy klingelte. Sie tastete danach und zog es aus der Hosentasche.

»Dunai. Hier Hatum. Hallo.«

»Hallo, Hatum, wie geht es Ihnen denn?«

Es folgte ein kurzes Zögern, dann kam die Antwort: »Ja. Sie Mawien und Myasser finden?«

»Noch nicht, Hatum. Wir arbeiten an ein paar Sachen, die unserer Meinung nach bei der Suche helfen können.

Ich ruf Sie um die Mittagszeit an und dann noch einmal heute Abend, um Sie auf dem Laufenden zu halten, okay?«

»Okay«, sagte Hatum, ihre Stimme kaum hörbar. »Danke, Dunai«, sagte sie. »Ich warten, dass Sie bringen nach Hause sie später.« Mit diesen Worten legte sie auf.

Die Amazone kam den Flur herunter auf sie zu und schüttelte den Kopf. »Hier ist sie nicht, und niemand hat sie gesehen.«

Dunai war recht erleichtert, Myasser nicht an einem solchen Ort gefunden zu haben, aber jetzt musste sie sich auch noch um die Seymour vierundvierzig kümmern.

»Ich muss zur Polizei gehen, um diesen Laden zu melden«, sagte Dunai. »Sie glauben doch nicht, dass er aufstehen und abhauen wird, bevor die Polizei hier ist, oder?«

»Kommt darauf an, wie lange sie braucht«, sagte die Amazone. »Ich habe den Mädchen gesagt, dass die Polizei unterwegs ist. Die werden also jetzt verschwinden. Dem Kerl in der Küche nehme ich das Handy ab. Er dürfte einen Bänderriss im Knie und eine Nierenquetschung haben. Aus eigener Kraft kommt er also nicht von hier fort.«

»Dann werde ich mich mal besser auf den Weg machen«, erklärte Dunai.

»Ich kann dich ein Stück mitnehmen.«

Einige der Mädchen hatten sich vorsichtig in den Flur hinaus gewagt. Sie gingen seitwärts, bereit, jederzeit wieder zurückzulaufen, wie Kinder, die sich aus ihrem Zimmer schleichen, wenn sie zur Strafe dorthin verbannt waren. Dunai fiel wieder das Mädchen mit dem rotschwarzen Geschmier aus Mascara und Lippenstift im Gesicht auf, ein Geschmier, das noch viel schlimmere Verletzungen bezeugte, als sie tatsächlich an den mit Blutergüssen überzogenen Armen davongetragen hatte. Während in den Augen der älteren Mädchen bereits ein abgestumpfter Ausdruck lag, strahlte dieses Kind noch immer trotzige Auflehnung aus.

Die Amazone ging zurück in die Küche, und Dunai verfolgte von der Tür aus, wie sie neben den Zuhälter trat, eine Hand vor ihm auf den Tisch legte, die andere auf die Rückenlehne seines Stuhls. »Ich werde jetzt den Knebel entfernen und Sie losbinden. Sie werden weder sprechen noch sich bewegen noch irgendwie versuchen, Hilfe zu bekommen, bis ich das Grundstück verlassen habe. Wenn Sie das alles nicht befolgen, werde ich Sie töten.« Der Mann nickte eifrig, während sie ihm das Handtuch aus dem Mund nahm und die Plastikfesseln entfernte, die sie in ihrer Tasche verstaute.

Dunai sah zu den Mädchen im Flur zurück. »Wir können sie nicht einfach hierlassen.«

»Das ist nicht Teil meines Auftrags«, erklärte die Amazone in sachlichem Ton. »Du meldest die Angelegenheit der Polizei, und die werden ihn verhaften, wenn sie schnell genug sind. Den Mädchen habe ich gesagt, wo sie Hilfe finden können, wenn sie welche möchten.«

»Selbstverständlich wollen sie Hilfe«, sagte Dunai.

Zum ersten Mal sah sie, wie die emotionslose Miene für einen winzigen Moment Risse bekam. »Ein Kampfgefährte darf auf dem Schlachtfeld nie im Stich gelassen oder unnötiger Gefahr ausgesetzt werden, nur um sich der Verletzten anzunehmen. Um die kümmert man sich, sobald die Gesamtsituation sicher genug ist.«

»Aber eines der Mädchen ist viel jünger als die anderen. Und sie ist voller blauer Flecken. Wenigstens sie sollten wir mitnehmen.«

Der Anflug von Betroffenheit hatte das Gesicht der Amazone verlassen. »Hat sie darum gebeten, mitgenommen zu werden?«

»Nein.«

»Entweder du verbringst den Rest des Tages damit, diesem Mädchen zu helfen, oder du findest die Kinder, zu deren Suche du dich verpflichtet hast. Für welchen Kampf du dich entscheidest, ist deine Sache, Dunai.«

Dunai sah über die Schulter zurück zu dem Mädchen, das sich ihr kein Stück weiter genähert hatte. Ein Loch schien sich in ihrem Bauch auszubreiten, als sie sich abwandte und der Amazone aus dem Haus folgte.

»Ich weiß nicht einmal, wie Sie heißen«, sagte Dunai, sobald sie in dem grauen BMW saßen und stadteinwärts fuhren.

»Mein Name ist Belinda.«

Schweigen füllte den Wagen. Dunai brach es erst, als ihr der Schrecken dessen, was sie erlebt hatte, richtig zu Bewusstsein kam. »Ich versteh gar nicht, wie so ein Haus mitten in einem Wohngebiet betrieben werden kann. Es waren doch wohl mindestens zwanzig Mädchen da drin, und keiner der Nachbarn hat etwas bemerkt?«

»Die Leute neigen dazu, Dingen keine Beachtung zu schenken, die sie selbst, wie sie glauben, nicht betreffen. Das gilt auch für Informationen, die für einen Einzelnen oder eine Gruppe materiell oder psychologisch schädlich sein könnten.«

Sie hielten um die Ecke bei der Polizeiwache auf dem einzig freien Parkplatz an, aber Dunai stieg nicht sofort aus. »Ich wusste nicht, dass ich so genau beobachtet werde.«

Belinda sagte nichts.

»Hat der Zirkel mich schon die ganze Zeit observiert oder erst jetzt? Und warum?«

»Diese Information wurde mir nicht zur Weitergabe an dich überlassen.«

Dunai hatte schon früher versucht, Auskünfte von Belinda zu erhalten, und nicht den geringsten Erfolg dabei gehabt. »Vielen Dank, dass Sie mich heute gerettet haben. Außerdem hatte ich auch noch gar nicht Gelegenheit, Ihnen dafür zu danken, dass Sie mir auch beim letzten Mal das Leben gerettet haben.«

»Gern geschehen, Dunai«, sagte Belinda, beugte sich vor und öffnete ihr die Tür.

Dunai nahm nichts von ihrer Umgebung wahr, als sie in der Mittagshitze von der Polizeiwache nach Hause lief.

Knowler war für die Nachtschicht eingeteilt, und der diensthabende Officer hatte einen ziemlich gelangweilten Eindruck gemacht, als sie ihm von der Seymour vierundvierzig erzählt hatte. Dunai hatte ein Formular ausgefüllt und eine Nachricht für Knowler hinterlassen, mit der sie ihn darum bat, doch zu überprüfen, ob etwas in der Sache unternommen worden war.

Sie war fast zu Hause angekommen, als ihr Handy klingelte. Sie gab Carl einen Überblick über die Ereignisse, ohne mit einem Wort zu erwähnen, dass sie angegriffen und anschließend von einer Amazone namens Belinda gerettet worden war.

»Ich finde es toll, dass Philippe sich einen Vormittag frei genommen hat, um dich zu begleiten.«

Dunai erwiderte nichts.

»Ist Philippe noch bei dir?«

»Nein.«

»Ist er zum Mittagessen nach Hause?«

»Vielleicht«, sagte Dunai.

»Hast du Philippe heute Vormittag überhaupt getroffen?«

»Nein.«

»Jetzt erzähl mir nicht, dass du ganz allein losgezogen bist, um potenziell hochgefährliche Verbrecher zu befragen.«

»Okay, ich erzähl's nicht.«

»Ach, Scheiße, Dunai. Das ist schlichtweg dämlich. Sogar schwer bewaffnete Polizisten führen solche Befragungen nur zu zweit durch. Hast du überhaupt eine Vorstellung, was dir hätte passieren können?«

Dunai betastete ihren schmerzenden Magen. »Ich hatte keine Wahl. Philippe hatte einen dringenden Notfall, daher konnte er nicht helfen, und ich konnte doch nicht den ganzen Morgen herumsitzen, während die Kinder irgendwo da draußen sind.«

»Ist es dir denn gar nicht in den Sinn gekommen, mich davon zu verständigen, damit ich jemanden besorge, der dich begleitet?«

»Doch, ist es.« Dunai bemühte sich, nicht die Beherrschung zu verlieren. »Aber ich wollte dich nicht schon gleich am ersten Tag deines neuen Falls stören.«

»Glaubst du nicht, dass es mich mehr gestört hätte, wenn dir etwas zugestoßen wäre?«

»Ich habe Barbara gesagt, wohin ich gehe, und ich habe meinen Fleischhammer mitgenommen. Ich bin kein völliger Trottel, und ich brauche auch nicht ständig ein Mannsbild, das mich beschützt.« Sie erinnerte sich an die Leichtigkeit, mit der Belinda den Zuhälter ausgeschaltet hatte.

Es trat eine kurze Pause ein. »Sieh mal, Dunai, es ist einfach ermittlungstechnisch nicht besonders clever, sich vorsätzlich in Gefahr zu bringen. Und eine Untersuchung auf diese Weise zu gefährden, wäre normalerweise Anlass für disziplinarische Maßnahmen.«

»Was wiederum ernsthafte Auswirkungen auf unsere Beziehung hätte.«

»Das hätte es auch, wenn du jetzt tot wärst«, erklärte Carl ruhig. »Ich dachte, wir hätten darüber gesprochen, wie wichtig es ist, seinen Partner ständig über all seine Bewegungen informiert zu halten. Wäre dir etwas passiert und du hättest mich nicht in ausnahmslos allem auf dem Laufenden gehalten, stünde die Untersuchung in diesem Fall wieder ganz am Anfang, und diese Kinder würden womöglich sterben, während wir noch rauszufinden versuchten, wo du gewesen bist und mit wem du gesprochen hast.«

»Ich ruf dich später nochmal an«, sagte Dunai. »Ich muss jetzt etwas zu Mittag essen, bye.« Ihr Ärger verrauchte schnell und wurde von Angst abgelöst, als ihr ein anderer Gedanke durch den Kopf ging. Wenn Carl schon so aufgebracht reagierte, bloß weil sie ihm nicht gesagt hatte, dass Philippe sie nicht zu Befragungen begleiten konnte, wie würde er dann erst auf all die anderen Geheimnisse reagieren, die sie vor ihm verbarg?

11

Auf einem brachliegenden Grundstück unmittelbar hinter dem Bahnhof Woodstock betrieb Bhungani Tantsi, der Sangoma, seine Geschäfte jetzt in einer aus Holz, Wellblechplatten und beigefarbenen Planen zusammengebauten Baracke, die sich an die Mauer einer leerstehenden Fabrik anlehnte. Die Hütte besaß keine Fenster, lediglich eine Eingangsöffnung und ein Loch im Dach, durch das dünne weiße Rauchfäden in den Himmel stiegen.

Dunai und Carl bahnten sich den Weg zwischen Steinen, Unkraut, verrosteten Dosen, leeren Chipstüten und benutzten Kondomen. Dunai wollten all die Horrorgeschichten nicht aus dem Kopf gehen, die sie in ihrer Kindheit gehört hatte. Afrika war uralt, die Glaubensüberlieferungen weit älter als irgendwo sonst auf der Erde, und egal, wie viele Autos, Mikrowellengeräte oder Handys auch immer gekauft wurden, die meisten Menschen orientierten sich weiter an dieser traditionellen Magie.

Je näher sie der Behausung kamen, desto besser gelang es Dunai, sich darauf zu konzentrieren, nicht in irgendetwas Ekelerregendes zu treten. Ihre Turnschuhe und die

Hosenbeine ihrer Jeans waren mit Staub überzogen. Schweiß lief ihr die Seiten hinab, und sie wünschte, sie hätte ein ärmelloses Top statt eines weißen Hemds angezogen. Ihre Haare hatte sie hinten mit einem breiten Clip hochgesteckt, sodass sie ihr nicht in den Nacken fielen. Es war vier Uhr nachmittags, und die erfrischende Südostbrise ließ weiter auf sich warten. Unter Carls dichtem Haarschopf rann ebenfalls der Schweiß auf den Kragen seines weißen T-Shirts herab.

Die Eingangstür bestand aus einem Stück Abdeckplane, dessen untere Ecke durchbohrt, dann diagonal hochgezogen und oben auf der anderen Seite an einen Nagel eingehängt war. »Juh-huh«, rief Carl laut durch die Öffnung. Es kam keine Antwort, also trat er ein, und Dunai folgte ihm. Es fühlte sich an, als würde man einen Ofen betreten. Der einzige Lichtschein drang durch den Eingang. Von der Decke hingen viele Sachen herunter, die Dunai sofort in völlige Verwirrung stürzten. Sie sah bündelweise getrocknete Kräuter, Schlangenhäute, Gerippe von kleinen Tieren, Ratten, Vögel, Kaninchen, einigen, die sie nicht identifizieren konnte und, oh Gott, von einer Katze. Dunai schluckte und spürte, wie ihr der Schweiß aus allen Poren trat. Sie atmete den Rauch eines Krauts ein, das in der Mitte des Raums brannte, und plötzlich schien ihr der Boden entgegenzukommen. Sie stellte sich breitbeinig hin, die Hände auf die Knie gestützt und begann in flachen Zügen zu atmen. Wieder einmal ließ sie sich von ihren Ängsten mitreißen, regte sich viel zu sehr auf. Sie musste eine professionelle Distanz bewahren, sich ausschließlich auf ihr Ziel konzentrieren. Carl hatte mit solchen Leuten schon früher zu tun gehabt.

»Bhungani«, dröhnte Carls Stimme durch den kleinen Raum. »Ich muss dir ein paar Fragen stellen, mein Freund.«

»Ah, ja«, sagte der alte Mann von seiner Matte neben der Feuerstelle aus. Es war ein winziges Männchen mit Haaren wie Stahlwolle und einem faltigen Gesicht, das trotz der entsetzlichen Hitze trocken wie eine Baumrinde wirkte. Diese Mischung aus einem verbrauchten, ausgemergelten Gesicht und einem kindhaften Körper ekelte Dunai mehr als alles andere, was sie bislang in diesem Verschlag gesehen hatte.

Carl trat zu dem alten Mann, der hinter einer mit Steinen eingefassten Mulde saß, die mit schwelenden Kräutern angefüllt war. Dunai konnte keine Flammen ausmachen, keine Funken, kein Glimmen, nur die beißend riechenden Rauchsäulen, die aus der Mulde im Erdreich aufstiegen und durch das Loch im Dach verschwanden.

»Schneidest du noch immer Kinder in Stücke und kochst sie?«, fragte Carl in unverändert lautem Ton.

»Nein, Baas. So was mach ich nicht, Baas«, sagte er, wobei er die alte Anrede aus Apartheidzeiten benutzte.

»Und weshalb hast du dann in Polsmoor zehn Jahre für den Handel mit Körperteilen abgesessen?«

»Das war ein Missverständnis, Baas. Bist du von der Polizei, Baas?« Der Alte kniff die Augen zusammen, starrte aber weiter nur in den Rauch.

»Du wirst mir helfen, Bhungani, oder muss ich deinen alten Hyänenarsch erst auf die nächste Wache schleppen?«

Die Augen des Sangomas wanderten vom Rauch zu Carl, der einen guten Meter entfernt links von ihm stand, dann zu Dunai daneben. »Nein, Baas«, sagte er und ein höhnischer Ausdruck lag auf seinem Gesicht. »Sie wissen, ich antworte.«

»Hör auf, mich mit Baas anzureden.«

Der Sangoma lächelte und sah in den Rauch zurück.

»Ich werd dir jetzt mal sagen, wie die Sache läuft, Bhungani«, sagte Carl. »Ich werde dir Bilder von zwei vermissten Kindern zeigen, über die du mir dann Auskunft gibst, und dann verschwinden wir wieder. Tust du das nicht, wird die Polizei herkommen. Sie werden dein Schlachthaus hier abreißen, deine Sachen mitnehmen, vielleicht Körperteile von Kindern oder von einer bedrohten Tierart entdecken, und du landest prompt wieder im Gefängnis, wo du deine Hexengeschäfte dann weiterbetreiben kannst.«

Bhungani sah ihn gekränkt an. »Ich helfe immer der Polizei«, sagte er und starrte Carl an. »Ich bin wegen nichts eingesperrt worden. Ich wusste gar nicht, dass das Kinderteile waren.« Seine Stimme wurde lauter. »Man hat sie mir verkauft. Ich bringe keine Kinder um.«

Der Sangoma streckte Dunai seine Hand entgegen, was diese als Zeichen deutete, ihm die Flugblätter zu zeigen. Sie konnte den Blick des alten Männchens auf sich spüren, während sie in ihrer Tasche kramte. Wäre sie nicht mit der Suche nach den Zetteln beschäftigt gewesen, dann hätte sie sich zum ersten Mal seit zwanzig Jahren bekreuzigt. Sie reichte Carl die Blätter, der sie an den Hexer weitergab. Der Alte studierte sie aufmerksam. »Hübsche Kinder«, sagte er und schüttelte dann den Kopf. »Mhm-mh. Hab ich nicht gesehen.«

»Vielleicht funktioniert dein Gedächtnis ja auf der Wache besser«, sagte Carl und trat näher. »Los, gehen wir.«

»Ich habe diese Kinder nie gesehen«, schrie Bhungani und schüttelte die Blätter. »Ich hab keine Körperteile. Hab keine.«

Carl verschränkte die Arme vor der Brust und sah auf den kleinen Mann hinunter. »Du wirst mir jetzt etwas über diese Kinder erzählen, und wenn du deine beschissenen Knochen werfen musst.«

Bhungani nickte. »Ich werde diese Bilder behalten«, sagte er und legte sie neben sich auf den Boden. »Werde Informationen für Sie sammeln«, fuhr er fort, während er hinter sich nach einem kleinen Tuchsäckchen griff. »Und ich werfe Knochen.«

»Nicht nötig«, erwiderte Carl genervt, aber er warf sie dennoch, Bruchstücke von Knochen, Elfenbein, Baumrinde und Steinen verteilten sich neben ihm auf einer grob gewebten Matte. »Sie sind am Leben!«, rief er aus. »Das Mädchen hat starken Geist.« Dunai wurde schlecht, als sie sah, wie ein lüsternes Grinsen seine Lippen umspielte. »Hmm. Sehr starken Geist. Die Ahnen wachen über sie.« Seine Miene verdüsterte sich. »Der Junge nicht, er ist schwach.« Er sah auf. »Die Kinder sind am Leben.« Er fing an, die Sachen wieder in dem Säckchen zu verstauen.

Carl schüttelte den Kopf und wandte sich zum Gehen.

»Für Sie«, sagte der Sangoma mit lauter Stimme, deutete mit einem Kopfnicken in Richtung Dunai und warf die Gegenstände noch einmal auf die Matte. Dunai erstarrte vor Schreck und sah zu Carl, der ihren Blick erwiderte und mit den Schultern zuckte.

»Lass uns gehen«, sagte sie und drehte sich zur Tür. Sie war schon fast draußen, als der Alte mit einer Stimme, die viel zu jung und kräftig für ihn klang, hinter ihr herrief: »Die Tochter wird größer sein als die Mutter. Die Tochter wird den Kreis schließen, den Zirkel vollenden. Sie wird zum Ring gezogen werden, wie die Löwin in tiefer Nacht zum Kraal gezogen wird. Sie muss in ihrem Herz finden, ob sie die Zerstörerin oder die Spenderin von Leben ist, denn wie die Löwin wird sie dem einen das Leben nehmen müssen, um einem anderen Leben zu geben.«

Dunai sah zurück. Sie konnte nicht anders. Sie fühlte sich selbst in dieser drückenden Hitze wie vor Kälte erstarrt und war zu keinem weiteren Schritt fähig, der sie weggeführt hätte von dieser schrecklichen Kreatur, die dort noch immer mit geschlossenen Augen und gesenktem Kopf die Hände über den Relikten auf der Matte schweben ließ. Erst in einer enormen Willensanstrengung überwand sie ihre Lähmung und rannte hinaus in die heiße Abendluft, die ihr nun vergleichsweise kühl und sauber erschien. Sie sog diese Luft in großen Zügen in sich ein, während sie über das verwilderte Grundstück zum Wagen ging.

Sie hatte Jesse gerade ins Bett gebracht, als in dem türkisfarbenen Haus das Telefon klingelte. Es war Carl. »Der Händler, der Hatum verhaftet sehen wollte, ist von seinem Stand in der Castle Street zum Hauptbahnhof gegangen, hat dort sein Zeug in einer Aufbewahrungsstation deponiert und dann einen Zug nach Guguletu genommen, wo er noch Brot und Dosensardinen gekauft hat und dann nach Hause gegangen ist. Er hat gerade mit seiner Frau und seinen Kindern sein Abendessen aus Brot und Sardinen beendet.«

»Hat Aegi die Aufbewahrungsstation überprüft?«

»Ein städtisches Depot, von der Metro Rail bewacht. Nachts wird es abgeschlossen und morgens dann wieder geöffnet. Jeder Händler hat einen kleinen Drahtkäfig, der als Versteck weniger taugt als ein Schließfach.«

»Klingt ganz danach, als hätte er nichts mit dem Verschwinden von Myasser und Mawien zu tun.«

»Er könnte sich noch immer nach Anbruch der Dunkelheit wieder aus dem Haus schleichen. Daher wird er observiert, bis er morgen an seinen Stand zurückkehrt.«

»Es sind jetzt vierunddreißig Stunden vergangen, Carl.«

»Solche Fristen sind Orientierungshilfen, keine Gesetzmäßigkeiten. Du darfst ihnen nicht zu viel Gewicht beimessen.«

»Ich habe mit Knowler und dem für die Öffentlichkeitsaktionen zuständigen Beamten gesprochen. Es gab bislang keinerlei Resonanz. Sogar die Zahl der Telefonscherze hielt sich bei der Hotline in Grenzen. Keiner interessiert sich für zwei vermisste Flüchtlingskinder. Der

Code 6 geht inzwischen seit vierundzwanzig Stunden raus, und keiner hat sie gesehen. Auf allen infrage kommenden Websites wurden ihre Beschreibungen ins Netz gestellt, und ich habe mit jedem Kontakt gesprochen, den ich habe, aber nirgends tut sich was. Sie haben sich in Luft aufgelöst.«

»Nein, haben sie nicht. Sie sind irgendwo, und wir werden sie finden.«

»Sie haben sich nicht verlaufen, Carl. Myasser hätte mittlerweile bestimmt ihren Weg nach Hause gefunden. Jemand hat sie entführt, und vielleicht leiden sie in diesem Moment entsetzliche Qualen, sehnen sich nach jemandem, der sie rettet, während ich hier stehe und mich mit dir unterhalte, eine Dusche nehme und in mein gemütliches Bett klettere.«

»Die Funkmeldungen werden die Nacht über weiter gesendet werden«, sagte Carl in besänftigendem Ton. »Und auch während du schläfst, werden draußen Leute nach ihnen suchen. Du hast heute alles in deiner Kraft Stehende getan, und morgen werden wir weitersuchen.«

»Gibst du mir bitte Bescheid, wenn dieser Händler heute Nacht irgendwo hingehen sollte? Egal, wie spät es ist.«

»Nach mir wirst du die Erste sein, die davon erfährt.«

Dunai schnappte tief nach Luft, fuhr sich mit einer Hand über das Gesicht und spürte auf einmal, dass Pferd sich an ihr Bein schmiegte. »Wie läuft denn dein neuer Auftrag?«

»Alles prima«, sagte Carl. »Und jetzt versuch mal abzuschalten und ein paar Stunden zu schlafen.«

Dunai überprüfte ein letztes Mal Türen und Fenster, blieb dann neben der Eingangstür an einem schmalen, gekalkten Tischchen stehen, auf dem ein kunterbuntes Durcheinander an Sachen sowie zwei Flugblätter lagen. »Es tut mir leid, dass ich euch heute nicht gefunden habe«, flüsterte sie Myasser und Mawien zu. »Aber ich schwöre, ich werde es weiter versuchen, bis ich es geschafft habe. Haltet bloß aus, wo immer ihr auch sein mögt. Ich bring euch nach Hause, ich verspreche es.«

12

Myasser hockte so tief mit dem Rücken an der Wand, dass die Pobacken fast die Fersen berührten. In dieser Haltung ließ sich ihre Nacktheit am besten verbergen. Sie hielt Mawien fest in den Schoß gedrückt, sein Rücken presste sich an ihren Oberkörper.

Die meisten Kinder – Myasser hatte achtzehn gezählt – drängten sich an die Gitterstäbe. Die jüngeren weinten, während die älteren laut nach Essen, Wasser, Kleidung oder ihrer Freilassung riefen.

Myasser weinte nicht und bettelte nicht. Sie wusste, dass die Leute, die ihnen das Schlafmittel verabreicht und die sie anschließend ausgezogen und in diesen Käfig gesperrt hatten, ihnen erst Essen und Kleidung geben würden, wenn es ihnen passte.

Myasser hatte gelernt, ihre Kräfte aufzusparen, wann immer sie konnte, denn früher oder später würde sie wieder einmal sehr schnell rennen müssen und all ihre Energie brauchen.

Sie spürte den Betonboden unter ihren stark verschwielten Fußsohlen nicht, aber sie spürte die Hitze. Sie war durstiger, als sie es jemals in ihrem Leben gewesen war, und sie hatte schon früher furchtbaren Durst ausgestanden. Sie erinnerte sich an einen Laster in Mosambik, der Rinder zu einem Markt brachte. Die Sonne brannte auf die großen schwarzen Schädel der Tiere herab, die ihre Augen verdrehten, die Zungen aus den Mäulern hängen ließen. Sie hätte so gerne angehalten und ihnen geholfen, aber sie wusste, dass ihr Wasser gerade noch für sie selbst reichen würde.

Von Zeit zu Zeit wimmerte Mawien in ihrem Schoß, aber er schien noch immer nicht richtig aus der Betäubung erwacht zu sein. Sie versuchte gar nicht erst, an seine Ängste zu denken, sonst würde sie nur wütend werden und wahrscheinlich auf irgendeine Art reagieren, die ihre Überlebenschancen nur noch verringerten.

Der Käfig, in dem sie eingesperrt waren, besaß eine Rück- und eine Seitenwand. Auf der gegenüberliegenden Seite, vorne und oben bestand er dagegen aus grauen Metallgittern. Myasser hatte sich ganz bewusst für einen Platz in der Ecke, wo die beiden Wände zusammentrafen, entschieden. Während sie dort hockte, dachte sie nicht an glänzende Messingnummern auf leuchtend bunten Haustüren, sondern an Kigoma, direkt hinter der Grenze Burundis auf der tansanischen Seite des Tanganjikasees.

Unmittelbar nach Verlassen des Bootes hatten sich die Flüchtlinge getrennt. Myasser war gemeinsam mit Mawien, ihrer Mutter und ihrer Tante an der vom See wegführenden Straße entlanggelaufen. Sie waren erschöpft, dreckig und ausgehungert, und sie verfügten nicht über die nötigen Papiere, die ihnen einen Aufenthalt hier erlaubt hätten. Im Falle einer Kontrolle würden sie zurückgeschickt werden, zurück in die überfüllten Flüchtlingslager und in den Tod.

Sie hatten fast einen kleinen Hügel erreicht, als Myasser einen gut gekleideten Mann bemerkte, der einige Leute vor ihnen ansprach. Schon bald sickerte die Nachricht durch die Reihen, der Mann würde nach Arbeitern für seinen Boss suchen, der ein wohlhabender Besitzer einiger Fischerboote sei. Einige von ihnen, die Swahili sprechen konnten, ohne an ihrem Akzent erkannt zu werden, lehnten das Angebot des Vormanns ab. Aber Myasser beobachtete den Mann, der so schnell nicht aufgab. Ein paar Flüchtlinge hielten auch an, um sich anzuhören, was er zu sagen hatte. Offenbar begannen sie sich Hoffnungen zu machen, denn ihre Aufregung wuchs. Inzwischen umkreisten sie den Vormann wie Insekten, die um eine frisch aufgeschnittene Frucht schwirrten.

Myassers Tante wollte schon loslaufen, um den Vormann noch zu erwischen, aber ihre Mutter legte eine Hand auf ihre Schulter, und ein Streit entbrannte. Myassers Mutter fand es ungewöhnlich, dass der Vormann eines reichen Mannes eine Straße abseits des Sees entlangläuft und zufällig Vorbeikommenden Arbeit anbietet.

Ihre Tante hielt sie für verrückt, ein solches Angebot für Arbeit, Essen und einen Schlafplatz von der Hand zu weisen. Wollten sie etwa lieber hier am Straßenrand verhungern?

Myassers Mutter hatte gesagt, sie sollten zurückbleiben, abwarten und verfolgen, was passieren würde, und da sie erheblich älter als ihre Schwester war, taten sie das auch.

Myassers Mutter verließ die Straße, stellte ihre in eine Tobe gewickelten Habseligkeiten einige Schritte weiter neben sich, nahm Mawien auf den Schoß und gab ihm etwas Wasser zu trinken. Ein Fischer, der zu einer kleinen Gruppe Einheimischer gehörte, blieb stehen, um zu fragen, ob sie etwas benötigten. Hatum schüttelte lächelnd den Kopf.

Ein Wagen hielt neben den Leuten, die sich um den Vormann geschart hatten, und Myassers Herz begann zu hämmern, als drei Männer ausstiegen und auf die Flüchtlinge zugingen. Verzweifelungsschreie waren zu hören. Die Männer hatten sich als Polizisten zu erkennen gegeben. »Wo sind eure Papiere?«, hörte Myasser einen der Polizisten rufen. »Seid ihr aus der Republik Kongo? Du da! Wo sind deine Papiere?«

Einige versuchten aus der Gruppe zu fliehen, aber einer der Polizisten brach einen Ast von einem nahe gelegenen Baum und trieb die Flüchtenden mit Schlägen zurück.

Die einheimischen Fischer, die auf ihrem Weg vom oder zum See waren, machten einen weiten Bogen um die Ansammlung.

Myassers Mutter stand auf, ohne Mawien abzusetzen, und sagte: »Kommt.« Myasser gehorchte sofort. Am liebsten hätte sie sich an die Tobe ihrer Mutter geklammert, aber da sie kein kleines Kind mehr war, trat sie nur rasch an ihre Seite.

»Halt!«, hörte sie eine Stimme hinter ihnen. Sie hatten erst ein paar Schritte gemacht. Es war der Polizist mit dem Ast, der auf sie zugelaufen kam. »Zeigt mir eure Papiere«, rief er.

»Die Frauen sind Kusinen von mir«, hörte Myasser da eine Stimme. Sie kam aus der entgegengesetzten Richtung. Es war der Fischer, der angehalten und gefragt hatte, ob sie etwas benötigten. »Ich bin gerade hergekommen, um sie vom Boot abzuholen.«

Der Polizist musterte sie eine ganze Weile. Sein Blick wanderte von einem zum anderen. Myasser versuchte völlig bewegungslos zu stehen. Dann sagte er: »Ich bin ganz durstig von der vielen Arbeit, die man mit den Flüchtlingen hat. Es ist so schlimm, dass ich kaum noch sprechen kann.«

»Das ist ja schrecklich«, erwiderte der Fischer. »Das tut mir sehr leid. Was wäre denn nötig, um diesen furchtbaren Durst zu lindern?«

»Er ist wirklich schlimm, dieser Durst«, erklärte der Polizist. »Ich glaube nicht, dass weniger als zwanzigtausend tansanische Shillings hier irgendeine Erleichterung bringen würden.«

Myassers Blick schnellte zu ihrer Mutter. Ein kurzes Flackern in ihren Augen, dann nichts. Sie besaßen kein Geld, das sie dem Mann hätten geben können.

»Sie haben Recht«, sagte der Fischer, »das ist ein ganz schön großer Durst, aber wir werden Ihnen helfen.« Dann kramten er und seine Fischerkollegen in ihren Taschen, Sandalen, Tunikas und Kappen, bis sie schließlich zwanzigtausend tansanische Shillings zusammenbrachten.

Myasser fühlte sich erst einmal beruhigt, fürchtete aber für später, denn sie wusste, dass Männer, die mit Geld,

Essen oder selbst nur mit Wasser aushalfen, dafür in der Regel irgendwann eine Gegenleistung einforderten. Sie musterte noch einmal den Gesichtsausdruck ihrer Mutter. Er wirkte entschlossen, so als hätte sie eine Entscheidung gefällt, die nicht mehr umgestoßen werden konnte.

Der Mann, der angehalten hatte, um zu fragen, ob sie etwas benötigten, und der geholfen hatte, die zwanzigtausend Shillings aufzubringen, nahm sie mit in das Haus seiner ersten Frau, wo sie duschten, Pap mit Sauce aßen und sich auf Matratzen zum Schlafen legten. Der Fischer und seine Frau sowie die anderen Bewohner der kleinen Siedlung, in der sie lebten, waren alle vor vielen Jahren aus Burundi geflüchtet und wollten gerne helfen, weil sie noch wussten, wie man sich als Flüchtling fühlte. Myasser und Mawien, ihre Mutter und ihre Tante blieben zwei Wochen bei den Fischern. Myasser war überzeugt davon, dass diese glückliche Wendung nur zustande gekommen war, weil ihre Mutter eine gewisse Distanz zur Gruppe gewahrt und erst beobachtet und abgewartet hatte.

Myasser wusste zwar nicht, wie lange sie bereits in dem Käfig waren, aber es musste bereits viele Stunden sein. Gerne hätte sie den Kindern, die an den Gitterstäben herumturnten, die Geschichte von den Fischern aus Kigoma erzählt, aber das konnte sie natürlich nicht.

Also dachte sie lieber an die Pflanzen, die sie in den riesigen roten Kübeln neben einer blauen Haustür in der Duncan Street hatte stehen sehen, bis das Rufen und Weinen der Kinder plötzlich von ängstlichem und schmerzerfülltem Kreischen abgelöst wurde. Sie hob von der Stelle, an der sie hockte, den Blick über die Köpfe der Kinder und sah Schlagstöcke, die ausholten und zwischen den Gitterstäben auf alle kleinen Arme und Knie knallten, die herausragten.

Über das Kreischen und Aufheulen hinweg glaubte Myasser noch das metallische Geräusch einer sich öffnenden Gittertür zu hören. In diesem Moment wichen die Kinder auch nach hinten zurück und drängten sich gegen die Rückwand des Käfigs.

Myasser fand gerade noch Zeit, sich von der Masse der Kinder ab- und der Wand zuzuwenden, bevor die Schläuche aufgedreht wurden und die kleinen Körper sich gegen die Gewalt des eiskalten Wassers noch weiter zurückzuziehen versuchten.

Von den vielen an sie drängenden Kinderleibern geschützt, drückte sie Mawien fest an sich, beugte ihren Körper über seinen und bewahrte ihn so vor der Wucht des Wassers.

»Sieh nur, Mawien, es regnet«, sagte sie zu dem reglosen Jungen. »Herrlich kühler Regen, Mawien.« Die Kraft des Wasserstrahls hätte sie fast umgeworfen. Er bohrte ihr in den Rücken, und das Wasser lief in dicken Bächen an ihr herab. Myasser legte seinen Kopf in ihre Armbeuge, griff mit der anderen Hand über ihre Schulter nach ihrem langen Haar, das vor Wasser triefte, und hielt es über seinen Mund. »Trink, Mawien, denn es regnet. Siehst du, ich habe Wasser für dich, Mawien.«

13

Dienstag, 17. Dezember

Alpträume und die Hitze hatten Dunai früh aus dem Bett und ins Büro getrieben, wo sie ein paar auf der Hotline eingegangene Hinweise überprüfte, die zwar wenig vielversprechend klangen, aber dennoch ernst genommen werden mussten. Sie hatte kaum angefangen, als Hatum anrief. »Er ist tot, Dunai, du kommen.«

Dunai brachte aus Hatum heraus, dass Gerüchte kursierten, die Leiche eines kleinen Jungen sei in Zonnebloem auf einem Stück Land, von dem man die Stadt überblicken kann, gefunden worden. Dunai rannte heraus und fand ein Taxi. Auf ihrem Weg zu Hatum rief sie bei der Polizei an, wo sie aber nur einen desinteressierten diensthabenden Beamten erwischte. »Bislang hat niemand eine Leiche in Zonnebloem gemeldet«, sagte er.

Dunai schilderte ihm erneut Hatums Anruf.

»Haben Sie die Leiche gesehen?«, fragte der Polizist.

»Nein, ich bin gerade auf dem Weg dorthin.«

»Rufen Sie mich an, wenn Sie die Leiche gefunden haben.« Mit diesen Worten legte er auf.

Hatum wartete bereits vor dem halbverfallenen Unterschlupf der Flüchtlingsgruppe. Sie sprach kein Wort auf der fünf Minuten langen Fahrt nach Zonnebloem, starrte nur geradeaus, den Körper steif wie eine Statue haltend.

Eine kleine Menschengruppe, die sich neben einer Reihe von Büschen versammelt hatte, signalisierte ihnen, wo die Leiche sein musste. Sie lag etwas oberhalb der alten Kirche und der Moschee auf einem verwilderten Grasstück, das früher einmal eine betonierte Fläche gewesen war. Sie näherten sich aus nördlicher Richtung. Rechts vom Signal Hill zeichneten sich unter einem orange-beigefarbenen Smogband die Hochhäuser der Stadt und die Kuppeln des Good Hope Centre ab. Ein kräftiger Südostwind hatte eingesetzt. Er peitschte Hatum die Tobe über das Gesicht und schlug Dunai das ärmellose Hemd gegen Bauch und Rücken, als wollte er sie zur Eile antreiben, während sie sich einen Weg durch das hohe Gras und vereinzelte Stellen mit halb zugewachsenen Trümmerresten bahnten.

Es waren keine Polizisten am Tatort. Eigentlich gab es gar keinen abgesicherten Tatort. Ungefähr zwanzig Leute hatten sich dicht um die Leiche versammelt. Kein Absperrband, das den Fundort freigehalten hätte. Nirgends ein Polizeifotograf. Manche machten mit ihren Handys Fotos. Dunai wäre erbost auf sie zugestürmt, hätte sie nicht an Hatums Seite bleiben müssen, die nun leise verzweifelte Laute von sich gab und versuchte, zu dem Leichnam vorzudrängen, der zum Teil durch das hohe verdörrte Gras verdeckt wurde.

»Die Polizei braucht zur Sicherstellung von Beweisen

möglichst viel unberührte Fläche, Hatum. Es ist die einzige Möglichkeit, wie man herausfinden kann, wer dies getan hat, deshalb dürfen Sie nicht einfach zu ihm laufen. Ich werde Sie zu ihm führen, aber Sie müssen genau denselben Weg gehen wie ich, haben Sie verstanden?«

Hatum brauchte ein Weile, ihren Blick von der Leiche zu lösen und sich auf Dunais Gesicht zu konzentrieren.

»Ich möchte, dass Sie hier nur eine Minute warten, während ich die Leute ein wenig auf Abstand bringe. Dann können Sie …« Können was?, dachte Dunai. Sich der Leiche Ihres Kindes nähern? Scheiße. Sie eilte zu den fotografierenden Gaffern. »Haben Sie denn überhaupt keinen Respekt vor einem toten Kind?« Die Verachtung in ihrer Stimme war unüberhörbar, und sie gebärdete sich sehr aggressiv. »Hören Sie gefälligst auf damit!«, brüllte sie einen jungen Mann an, der noch schnell einen Schnappschuss machte. Sie stellte sich vor ihn, die Hände zu Fäusten geballt. »Das ist hier keine beschissene Fernsehshow. Das ist das Kind von jemandem, das da liegt. Kapieren Sie das nicht?«

Sie waren zwar verärgert darüber, von ihr zum Zurückgehen aufgefordert zu werden, aber das kümmerte Dunai nicht. Sie hätte auch eine Peitsche zur Hilfe genommen, wenn sie eine gehabt hätte, aber so blieb ihr lediglich ihre Karte, die sie als Privatdetektiv auswies. Zögernd und bei jedem Schritt murrend, wichen sie nach und nach zurück, bis Dunai etwa zwanzig Meter Abstand geschaffen hatte. Dann suchte sie sich die drei lautstärksten Neugierigen heraus und übertrug ihnen die Aufgabe, für die Einhaltung des Sicherheitsabstands zu sorgen.

Wie sie richtig vermutet hatte, übernahmen sie sofort mit viel Eifer ihren neuen Job.

Dann rief sie wieder die Polizeizentrale an und teilte dem gleichgültigen Beamten von vorhin mit, dass sie nun die Leiche gesehen hätte. Widerstrebend erklärte er, dass sie jemanden hinausschicken würden.

Erst jetzt trat Dunai zur Leiche. Sie drückte Hatum dicht an sich, hielt einen Arm um ihren Rücken und presste mit der anderen deren Oberarm an ihre Brust. Sie rief sich in Erinnerung, dass sich niemand, selbst sie nicht, wenn dies ihr eigenes Kind wäre – sie wagte gar nicht weiter an Jesse zu denken –, auf die Leiche werfen dürfte. Bereits ein solch einfacher Ausdruck der Trauer konnte dafür sorgen, dass der Mörder ungeschoren davonkam.

Dunais erste Reaktion beim Anblick der Leiche war Verwirrung. Die schwarze Haut des Kindes hatte einen gräulichen Unterton, und sein kleiner, nackter Körper ließ es eher wie eine abends nach dem Spielen im Garten vergessene Puppe aussehen. Dunai erkannte das Gesicht, aber es war nicht das von Mawien. Sie hielt ihren Arm weiter fest um Hatum geschlungen, die so zitterte, dass die Ränder ihrer Tobe wackelten. Dunai betrachtete ihr Gesicht. Sie hielt den Mund mit den Händen bedeckt und schüttelte den Kopf.

»Er ist es nicht«, sagte Dunai. »Aber ich bin dem Kind schon mal begegnet.« Es war der jüngere Bruder jenes Straßenkinds, dem sie am Greenmarket Square zwanzig Rand gegeben hatte, als sie auf dem Weg zu Carl gewesen war, um ihm von Hatums Kindern zu erzählen. Der Junge, mit dem sie gesprochen hatte, der ältere Bruder, hieß

Jongilizwe. Er war sieben. An den Namen des Kleineren konnte sie sich nicht mehr erinnern, ebenso wenig an sein Alter. Sie sah nur noch diesen neugierigen Blick und die ein Zentimeter lange sichelförmige Narbe vor sich, die von einem Augenwinkel nach unten verlief. Jetzt konnte sie die Narbe aus einem Schritt Entfernung sehen. Glücklicherweise nahm sie keinen Geruch wahr. Womöglich war das Kind nicht hier gestorben, oder der Geruch wurde von dem heftig blasenden Südost weggetrieben oder überlagert von dem durchdringenden Duft, den die umliegenden Büsche verströmten.

Sie versuchte sich auf die Dinge zu konzentrieren, die von ihr als erster an einem Tatort eintreffenden Person erwartet wurden. Vergewissern, dass er tot ist und nicht noch medizinische Versorgung benötigt. Der milchige Film auf seinen Augen war eindeutig, daher brauchte sie nicht nach einem Puls zu tasten, musste ihn nicht berühren. Gott sei Dank. Aber es war ein Kind, sie hatte kein Recht, sich angewidert zu fühlen. Du bist es nicht, der mich abstößt, sagte sie ihm stumm, es ist das, was man dir angetan hat.

Eine Bewegung hinter einem Gebüsch erregte Dunais Aufmerksamkeit. Ein Kopf, der sich wegduckte. Sie rannte darauf zu und wäre vor Schreck fast zurückgewichen, als sie Bhungani, den Sangoma, auf dem Boden hocken sah. »Was treiben Sie denn hier?«

»Ah! Schwester vom Zirkel.«

»Sagen Sie mir, was Sie hier zu suchen haben.«

»Is ein freies Land, und ich pflücke Kräuter.«

»Das glaub ich Ihnen nicht. Verschwinden Sie hier.«

»Aambeibossie«, erklärte Bhungani und hielt einen Stiel mit schmalen Blättern und dunkelrosa, sternförmigen Blüten hoch. »Sehr gut bei Geschlechtskrankheiten.«

»Sie sind die einzige Geschlechtskrankheit hier«, sagte Dunai. »Also nehmen Sie Ihr Aambeibossie und verschwinden Sie.«

Er grinste zu ihr hinauf, bewegte sich aber nicht von der Stelle.

»Die Polizei ist unterwegs, und die sollten Sie hier besser nicht antreffen.« Zehn Minuten wartete sie und beobachtete, wie er Teile des Gebüschs inspizierte, wie er abzupfte und aussortierte, dann gab sie auf und ließ ihn zurück, um lieber darauf zu achten, dass die Gaffer in Schach gehalten wurden. Ab und zu bemerkte sie, wie Bhungani den Kopf durch das Gebüsch steckte. Jedes Mal funkelte sie ihn wütend an, und er zog sich sofort zurück, wenn er sie entdeckte.

In Gedanken ging Dunai mehrmals ihre Begegnung mit Jongilizwe und dessen Bruder durch. Um halb acht rief sie erneut auf der Wache an.

»Es handelt sich um ein Straßenkind, ja?«, sagte der Beamte.

»Ja. Da bin ich mir sicher. Er hat eine Narbe, die genau der entspricht, die ich bei einem Straßenkind gesehen habe.«

»Und es ist tot, ja?«, fragte der Beamte.

»Haargenau so tot, wie es vor einer Stunde schon gewesen ist.«

»Wir werden eine Funkstreife vorbeischicken, sobald wir eine verfügbar haben.«

»Das tote Kind hat einen sieben Jahre alten Bruder, Jongilizwe, der ihm sehr nahestand, und ich mache mir Sorgen, dass ihm auch etwas zugestoßen ist.«

»Wir werden eine Funkstreife vorbeischicken, sobald …«

»Ja, ja, ich weiß«, bellte Dunai. »Sobald Sie eine verfügbar haben.«

Um halb neun war die Menge auf fünfundzwanzig angewachsen. Hatum war an ihren Stand zurückgekehrt, und Dunai hatte sich an den Namen des Kleinen erinnern. »Tsepo«, sagte sie laut. »Er ist vier.«

»Dunai?« Sie drehte sich um und sah Chardonnay, die mit Jerome an ihrer Seite auf sie zukam.

»Stimmt es, jemand wurde umgebracht?«, fragte das Mädchen.

»Ein kleiner Junge.«

»Hm, es wurde rumerzählt«, erklärte sie.

Dunai sagte ihr, um wen es sich handelte. Chardonnay nickte. »Einer von uns.«

»Ich weiß nicht, wo sein Bruder steckt. Er hat sich sehr aufmerksam um ihn gekümmert, und freiwillig hätte er ihn gewiss nicht alleingelassen. Könntet ihr mal die Augen offen halten und mir Bescheid geben, wenn ihr ihn seht?«

»Klar«, sagte Chardonnay. »Ich werd's den anderen erzählen.«

»Ich auch«, warf Jerome ein.

»Danke, Jerome«, sagte Dunai und reichte dem Mädchen ihre Karte.

»Haben Sie 'ne Beschreibung?«, fragte Jerome.

Dunai beschrieb Jongilizwe.

»Ich werd später auch mal Journalist«, verkündete er ihr.

»Ach, komm schon«, sagte Chardonnay und zog ihn am Arm. »Bis dann«, sagte sie zu Dunai und stapfte über das zugewucherte Gelände in Richtung City.

Um neun rief Dunai noch einmal bei der Polizei an und erhielt die gleiche Reaktion. Sie starrte auf ihre Uhr. Wertvolle Minuten gingen verloren. Zeit, die sie nutzen sollte, um Myasser und Mawien zu finden. Mit jeder Stunde, die verging, verringerten sich ihre Überlebenschancen. Sie sollte verschwinden. Der arme kleine Tsepo war tot. Hier gab es nichts mehr, das sie hätte tun können. Sie betrachtete die Menge, die keine zwölf Meter von der Leiche lauerte. Einige reckten ihre Hälse, um besser sehen zu können. Würde die Polizei den Fall überhaupt vor Sonnenuntergang bearbeiten? Bhungani schielte um einen Busch. Es war ihm gelungen, dichter an die Leiche heranzukommen. Aber sie konnte hier nicht den ganzen Tag warten. Dunai fluchte.

Sie konnte sich mit dem Gaia-Zirkel in Verbindung setzen. Die Gruppe besaß überall ihre Beziehungen. Scheiße! Eigentlich hatte sie niemals mehr mit ihr in Kontakt kommen wollen, hatte schon gar keine Lust, sie um einen Gefallen zu bitten. Aber welche Wahl blieb ihr? Carl und Aegi waren beschäftigt. Philippe ebenfalls, und Barbara konnte sie nicht darum bitten, sie hier abzulösen. Alle anderen, die sie kannte, arbeiteten jetzt. Außerdem würde es ja auch nicht der Zirkel sein, mit dem sie Kontakt aufnahm. Sie würde sich an eine Einzelperson wenden, die zufälligerweise auch Mitglied im Zirkel war. Wenn sie das ganz klar zum Ausdruck bringen würde …

Es dauerte auch so noch zehn Minuten, bis sie zu einer Entscheidung gekommen war und die Nummer der Chefärztin der Psychiatrischen Abteilung des Valkenberg Hospital gefunden hatte. Sie wählte. »Um von vornehein kein Missverständnis aufkommen zu lassen, Anna, worum ich Sie bitten möchte, hat nichts mit dem Zirkel zu tun. Wenn Sie es nicht als persönlichen Gefallen für mich tun können, dann wäre es mir lieber, Sie würden es überhaupt nicht tun.«

»Okay, Dunai«, erwiderte Professor Anna Cooper in herzlichem Ton. »Du weißt, ich helfe gerne. Was kann ich denn tun?«

Dunai schilderte ihr die Situation.

»Natürlich kann ich helfen.«

»Und das hat auch wirklich nichts mit dem Zirkel zu tun?«

»Viele Dinge, die ich tue, haben nichts mit dem Zirkel zu tun«, sagte Anna. »Und ich kenne auch genau die Richtige für diese Aufgabe.«

»Ist sie auch Mitglied im Zirkel?«

»Natürlich. Aber sie ist außerdem eine der fähigsten Spezialisten auf ihrem Gebiet. Brauchst du noch Hilfe beim Erstellen eines Täterprofils?«

»Dafür habe ich noch gar nicht ausreichend Material«, sagte Dunai. »Wir haben hier noch nicht einmal mit der Spurensuche beginnen können, daher hätte ich keine Anhaltspunkte für Sie. Trotzdem vielen Dank für das Angebot.«

»Gib Bescheid, wenn du noch etwas möchtest. Selbst wenn es nur ein wenig Plaudern ist.« Sie legte auf.

Fünfundvierzig Minuten später traf Professor LeGrange ein, zeigte Dunai ihre Karte, stellte sich aber nur als »Pat« vor. Sie hatte lange blonde Haare, die ihr in einem Zopf gebunden den Rücken hinabhingen, und trug eine perfekt geschnittene Hose und eine hellblaue Bluse. »Offenbar bereits verunreinigt, der Tatort«, sagte sie und ging zu der Leiche.

»Als ich eintraf, trampelten die Leute hier überall herum«, bestätigte Dunai.

»Na, dann wollen wir mal sehen, was die Leiche uns verrät.« Sie zog ihr Handy heraus, wählte und klemmte sich das Telefon zwischen Ohr und Schulter, während sie ihren Arztkoffer auf den Boden stellte, ihn öffnete, ein Paar Handschuhe herausnahm und zugleich jemanden am anderen Ende der Verbindung bat, einen Wagen zum Abtransport eines D. A. S. und zur kriminaltechnischen Erfassung eines Tatorts zu schicken. Sie legte auf, zog eine Kamera aus ihrer Tasche und begann die Leiche zu fotografieren.

Dunai verfolgte regungslos zwanzig Minuten lang, wie die Professorin den Leichnam und den unmittelbaren Fundort untersuchte. Dunai schaute so gebannt zu, dass sie fast den Anhänger übersehen hätte, der aus der Bluse der Frau gerutscht war, als diese sich nach vorn gebeugt hatte, um Plastikbeutel aus ihrem Koffer zu nehmen. Das Kruzifix aus Gelbgold, an dessen Querbalken rechts ein zweites Kreuz aus Weißgold geschmiedet war, bildete das Symbol des Zirkels. Für Dunai verbanden sich damit beunruhigende Assoziationen. Sie bemühte sich darum, sie zu ignorieren.

»Haben Sie eine Idee, woran er gestorben ist?«, fragte sie, als die Ärztin begann, Plastikbeutel über Kopf, Hände und Füße des Kindes zu stülpen.

»Ziemlich dürftig für eine vorläufige Diagnose. Keine sichtbaren Anzeichen von Gewalteinwirkung, mal abgesehen von oberflächlichen Hämatomen an Armen und Beinen. Keine Einstichstellen. Blase gebläht, Pupillen erweitert. Ich würde auf eine tödliche Überdosis irgendeines Stoffs tippen, die gewaltsam verabreicht wurde, während das Kind ruhiggestellt wurde. Es ist keine Leichenstarre erkennbar, also ist er entweder weniger als sechs oder mehr als achtundvierzig Stunden tot. Mit Sicherheit wird man das erst sagen können, wenn die Laborergebnisse vorliegen. Aber der Hypostase und dem Zustand der Augen nach zu urteilen, würde ich sagen, dass der Junge bereits länger als achtundvierzig Stunden tot ist.«

»Das würde etwa dem Zeitpunkt entsprechen, an dem die Kinder, die ich suche, verschwunden sind«, sagte Dunai. »Das ist auch der Grund, der mich hergebracht hat. Ihre Mutter glaubte, es könnte sich um ihren vermissten Sohn handeln. Glauben Sie, die Verbrechen stehen in einem Zusammenhang?«

LeGrange seufzte. »Das lässt sich unmöglich sagen, Dunai. Ein Kind wird tot aufgefunden, nachdem ihm offenbar gewaltsam eine Überdosis verabreicht wurde, während zur selben Zeit ein anderes, etwa gleichaltriges Kind in derselben Gegend spurlos verschwindet. In einer anderen Stadt würde ich hier eine Verbindung für durchaus wahrscheinlich halten, aber es gibt eben keine andere Stadt, in der Kinder so häufig das Gewaltopfer werden wie hier bei uns. Hier haben wir einfach dermaßen viele Morde an Kindern, da ist eine zufällige Parallelität sehr wohl denkbar.«

»Dennoch sollte dieser Aspekt untersucht werden«, sagte Dunai.

»Ich möchte dich ja nicht entmutigen. Aber ganz sicher wird kein Polizeibeamter diese Fälle als zusammenhängend untersuchen, solange keine zweifelsfreie Verbindung besteht. Du wirst einstweilen auf die Laborergebnisse warten müssen.«

Dunai massierte ihre Schläfe. Sie hatte seit Stunden nichts getrunken und inzwischen hämmerte ihr der Kopf. »Wie ich gehört habe, staut sich die Arbeit in der staatlichen Gerichtsmedizin so, dass es mittlerweile zu Wartezeiten von zwölf Monaten kommt.«

»Das ist der Durchschnittswert.«

»Scheiße«, sagte Dunai. »Ich hatte gehofft, Sie würden das als reine Schwarzmalerei der Presse entlarven.«

»Ich kann dir die Ergebnisse in sechs besorgen.«

»Monaten?«

»Ich werde sehen, was ich tun kann.«

»Werden Sie selbst die Obduktion durchführen?«

»Nein, aber ich werde dafür sorgen, dass sie durchgeführt wird.«

»Von allein kommt doch nicht einmal einer her, um die Leiche abzuholen«, erklärte Dunai skeptisch.

»Ich werde schon dafür sorgen.« Wie zur Bekräftigung ihrer Aussage hielt in diesem Moment etwas entfernt ein kleiner Van der Gerichtsmedizin. LeGrange gab dem einen Kriminaltechniker, der damit gekommen war, einen Kurzbericht, verabschiedete sich und ging.

Nach einem letzten Blick auf Tsepos Leiche machte sich Dunai auf den Weg durch das trockene lange Gras. Der Kopf von Bhungani dem Sangoma lugte hinter der Aambeibossie hervor. »Für dich gibt's heute nichts mehr zu pflücken, du Dreckskerl«, fauchte Dunai, während sie in Richtung Innenstadt weiterging. In diesem Moment war sie auf nahezu jeden wütend, da sie offenbar allesamt den Triumph einer Gesellschaft zuließen, in der ein Kind so gedankenlos weggeworfen wurde wie ein zerbrochenes Spielzeug.

14

Das ganze gläserne Haus war zwar durch das Beste an Technik zur Spionage- und Abhörabwehr gesichert, was sich in der Welt auftreiben ließ, doch wirklich uneinnehmbar war vor allem das Atrium im Zentrum. Sie saßen rechts und links auf einem Tagesbett aus Teakholz. Zum ersten Mal in ihrem Leben spürte Busi den Drang, an den Nägeln zu kauen oder ihre Kopfhaut zu kratzen. Ihrer Ansicht nach musste dies in Zusammenhang mit ihrer Diät stehen.

Der Boden des Atriums war mit Flusskieseln ausgelegt, auf denen drei Steinskulpturen standen. Bloße aufeinandergetürmte Felsbrocken, soweit Busi das erkennen konnte. Es floss ein winziges Bächlein, das Busi gefiel, obwohl sie fand, dass ein paar Pflanzen dazu nichts geschadet hätten.

»Busi?«, ermahnte die Frau sie.

»Das Projekt, ja«, sagte Busi und sah auf ihren Laptop. »Drei Kontakte. Außendienstbericht 5063/GO, Eingang gestern zehn Uhr null.«

Busi überflog das Dokument und fasste dann zusammen: »Projekt geriet in Schwierigkeiten, als es nach den verschwundenen Kindern in einem Haus suchte, in dem junge Mädchen zur Prostitution gezwungen werden. Versuchte, dem Zuhälter einen Fleischhammer zwischen die Beine zu jagen, erwischte ihn aber nur im Bauch. Eingreifen wurde unabwendbar um neun Uhr sechzehn.«

»Also haben wir ihr wieder mal das Leben gerettet.« Sie stellte ihren Fuß auf das Tagesbett und umschlang ihr Knie. Die Bewegung war so fließend wie die einer Gottesanbeterin, und ihre weit geschnittene Hose und die weiße Tunika fielen in elegante Falten. Busi trug niemals Weiß. Es war einfach keine passende Farbe für sie, schon nach wenigen Stunden wirkte sie darin schmuddelig. Sie versuchte sich auch daran zu erinnern, wann sie zuletzt in der Lage gewesen war, ihr Knie bis an die Brust zu ziehen. Jedenfalls nicht seit ihren Mädchentagen. Nostalgische Gefühle überkamen sie. Vielleicht war es ja doch besser, wenn sie ihre Diät fortsetzte. Sie hatte schon daran gedacht, ein wenig zu mogeln.

Busi wendete ihren Blick von der Frau ab und überflog das Ende des Berichts. »Kontakte zwei und drei: Anna Cooper und Pat LeGrange«, berichtete sie weiter. »Pat hat die Einzelheiten ihrer Begegnung an Anna weitergegeben, die ein aktualisiertes Psychogramm basierend auf diesem Material und ihrem Gespräch mit dem Projekt beigefügt hat. Ich werde es an dich weiterleiten, damit du es lesen kannst, sobald du Zeit dazu findest. Und dann erwarten die Außendienstler noch ein Update der Direktiven.«

Die Frau ließ ihr Knie los und setzte ihren langen, schmalen Fuß auf den Boden. Es gab ein leises knirschendes Geräusch, als er die Kieselsteine berührte. »Was ist denn das Wesentliche, Busi? Den kompletten Bericht lese ich dann später.«

Busi hatte den Bericht bereits aufmerksam studiert und Anna Cooper noch einmal angerufen, um sicherzustellen, dass sie alles richtig verstanden hatte. So richtig traute sie diesem ganzen psychologischen Kram nicht. Sie hatte die besten und die schlimmsten Seiten des Menschentiers erlebt, und die Psychologie schien bloß furchtbar lange Zeit und einen Haufen wissenschaftlichen Hokuspokus zu brauchen, um das zu erklären, was die eigene Wahrnehmung und die eigenen Instinkte einem in Sekundenschnelle vermittelten. Busi hatte das vergnügte Leuchten in dem Blick eines Polizisten gesehen, als der Elektroden an ihren Genitalien anbrachte, und sie hatte die Hand einer alter Frau gespürt, die durch die Gitterstäbe ihrer eigenen Zelle gegriffen hatte, um Busis Hand zu halten und ihr mit leisen Gesängen durch die Nacht zu helfen. Busi hegte den Verdacht, dass die Psychologie die menschliche Entwicklung bereits längst überholt hatte. Es war, als würde man Höhlenmenschen einen Kaffeeautomaten in die Hand geben. Sie würden draufhauen, daran lecken, ihn anbeten, aber sie würden niemals auf den Gedanken kommen, damit Kaffee zu kochen.

»Das Projekt ...«, begann Busi.

»Wir können ruhig Dunai sagen«, warf die Frau ein.

Busi widersprach ihr nur äußerst selten, sie empfand größte Hochachtung vor der Frau. Aber dieser Fall hier wies bereits einen persönlichen Aspekt auf. Daher durfte eine strikt professionelle Ebene keinesfalls verlassen werden, ansonsten drohten dem Gaia-Zirkel ernsthafte Gefahren. Ihre Verpflichtungen dieser Frau gegenüber bestanden nicht allein darin, eine verlässliche Kampfgefährtin zu sein, sie ankerten vielmehr in einer geteilten Geschichte und Erfahrung, einer gemeinsamen Geisteshaltung und in der Verfolgung eines ultimativen Ziels, das wichtiger war als ihre beiden Egos.

Sie fuhr also unbeirrt fort: »Das Projekt wird in erster Linie von einer Wut angetrieben, deren Ursache in Verlustangst liegt, die selbst wiederum mit der Erfahrung zusammenhängt, als Baby in St. Mark's Home of Children ausgesetzt gewesen zu sein. Obwohl sie von Nonnen aufgezogen wurde, die ihre Rolle als Ersatzeltern nicht besser hätten ausfüllen können, wurde sie diese Verlustangst nie völlig los, da es sich eben nicht um Blutsverwandte handelte und zudem immer Restzweifel blieben, ob sie aufrichtig und rückhaltlos als diejenige, die sie war, geliebt wurde, oder mehr als das, was sie war, nämlich eine Waise, von Nonnen aufgezogen, die ihrerseits in die Pflicht genommen worden waren, sich um sie zu kümmern.

Eine Folge dieser Angst ist Wut, die sie ab einem gewissen Erregungsgrad zu einem Verhalten treibt, das zugleich gefährlich und mutig ist, und die ihr zudem die Furcht vor unmittelbar bedrohlichen Situationen nimmt. Der Angst und Wut folgen Empfindungen der Isolation, die noch verstärkt werden durch hohes Anspruchsdenken hinsichtlich sozialer Verhaltensregeln und einem Hang zur vereinfachenden Weltsicht. Sollte ein Ansteigen der sozialen Ungerechtigkeiten bis auf ein unerträgliches Niveau zugelassen werden, so würde das Projekt darin den Beweis sehen, dass es den offiziell mit dem Kampf gegen diese Ungerechtigkeit betrauten Stellen an der nötigen Bereitschaft und Intelligenz für diese Aufgabe mangelt, beziehungsweise dass diese Stellen zu stark von persönlichem Vorteilsdenken abgelenkt werden. Diese Gefühle der Isolation lassen bei ihr den Verdacht entstehen, dass die Menschen in ihrer unmittelbaren Umgebung abgestumpfter sind als sie, da sie weniger Engagement zur Lösung gesellschaftlicher Verwerfungen demonstrieren, als sie das tut.

Anna kommt zu dem Schluss, dass diese Isolation, die sonst meist in einem völligen Rückzug der betreffenden Person aus ihrem jeweiligen Umfeld endet, im Falle des Projekts wahrscheinlich eher zu dem Wunsch führen wird, sich andere Menschen zu suchen, die ähnlich wie sie empfinden. An diesem Punkt wird sie zu der Erkenntnis kommen, dass die Gesellschaft und ihre persönliche Umgebung sie im Stich gelassen haben, und aus diesem Grund wird sie dann offen für eine aus Sicht dieser gescheiterten Gesellschaft radikal anmutenden Geisteshaltung sein.«

»Was so oder ähnlich auf den Zirkel überhaupt zutreffen dürfte«, sagte die Frau mit einer wegwerfenden Handbewegung.

»Habe ich schon erwähnt, dass Anna noch von einer weiteren Eigenschaft spricht, nämlich einer generellen Ungeduld ihrer persönlichen Umgebung gegenüber, verursacht von ihrer energiegeladenen Natur und ihrer Fähigkeit, Gedanken rasch zu verarbeiten, was mit irgendeiner neurologischen Veranlagung von Synapsen und so zu tun hat?«

Die Frau grinste Busi an.

»Anna glaubt nicht, dass sie noch lange in der Lage sein wird, außerhalb des Zirkels zufriedenstellend zu agieren«, erklärte Busi. »Insbesondere wenn ein gewisses Maß an Druck ausgeübt wird. Also, irgendwelche neuen Direktiven?«, fügte sie auffordernd hinzu.

Die haselnussfarbenen Augen schnellten auf Busis Gesicht. »Die Direktive ist einfach: Erhöhung des Drucks auf das Projekt. Die Strategie in diesem Fall wurde sorgsam ausgearbeitet, und wir sind aufgrund von Annas Psychogramm und den bisher mit dem Projekt gemachten Erfahrungen stets davon ausgegangen, dass wir einen gewissen Druck werden ausüben müssen. Also sollten wir durchführen, was beschlossen wurde. Wollen wir hoffen, dass es sich als ein Fall von ›weniger ist mehr‹ erweist. Aber letztlich werden wir genau das tun, was notwendig ist.« Die Frau verstummte und zuckte mit den Schultern.

15

Dunai erkundigte sich gerade bei dem zuständigen Beamten über die Resonanz auf die öffentlichen Aufrufe, als Knowler hereinplatzte. »Mit Ihnen würde ich gerne kurz sprechen«, sagte er, und sie merkte sofort, dass etwas nicht stimmte.

Als sie in seinem Büro saßen, meinte er: »Auf der Hotline sind Anrufe einer Gruppe eingegangen, die sich GORE nennt. Steht für *Get Out Refugees*. Wir haben noch nie von denen gehört, aber in den Gesprächen mit unseren Beamten geben sie an, sie wären eine radikale ausländerfeindliche Gruppe, und sie drohen damit, diese Kinder in ihren Feldzug einzubinden, mit dem sie alle Flüchtlinge von hier verjagen wollen. Dann haben diese Leute, wie sie sagen, die Wahl, dieses Land still und leise oder schreiend zu verlassen.«

Dunai spürte, wie eine neue Bedrohung den dick verschlungenen Knoten in ihrem Magen weiter anschwellen ließ.

»Der erste Anruf wurde registriert, aber als singuläre Spinnerei eingeschätzt, bis dann vor fünf Minuten ein zweiter einging, und zwar kurz nach einem Brandanschlag, bei dem ein Händler aus Zimbabwe in seinem Geschäft verbrannte. Die Gruppe behauptet, dafür verantwortlich zu sein.

Und jetzt drohen sie damit, Myasser und Mawien umzubringen, zwei Kinder.«

Der Captain pflügte mit seiner Hand durch den schwarzen Haarschopf mit dem breiten weißen Honigdachsstreifen und ließ dann beide Hände wuchtig auf die Papierberge knallen, die seinen Schreibtisch bedeckten. »Das bedeutet einfach, dass wir absolut keine Zeit verlieren dürfen, Dunai. Also, wir machen Folgendes: Zuerst werden wir uns einen Kaffee bringen lassen, der so stark ist, dass der Löffel drin stecken bleibt, dann werden wir uns mit dem Öffentlichkeitsmann zusammensetzen und anordnen, dass über diese Gruppe absolut nichts nach außen dringen darf. Es gibt da draußen auch so schon genug Ressentiments gegen Flüchtlinge. Wenn einer auf diesen Karren aufspringen will, sollten wir zumindest dafür sorgen, dass keine Gäule davorgespannt sind.«

Knowler ging zur Tür, brüllte nach Kaffee und kehrte an seinen Platz zurück. »Wenn ich richtig informiert bin, haben Sie gestern ein totes Straßenkind gemeldet.«

Dunai schilderte ihm den Fall.

»Ich glaube nicht, dass jemand in der Lage sein wird, die Obduktionsergebnisse noch rechtzeitig für diesen Fall zu bekommen, vorausgesetzt, da existiert überhaupt eine Verbindung. Gerade wegen des langen Rückstaus wurde strikte Anweisung gegeben, keine Fälle vorzuziehen, da sich sonst ständig Leute mit genügend Einfluss vordrängeln würden, und dann dauern die anderen Untersuchungsergebnisse, die normalerweise vielleicht sechs Monate brauchen würden, auf einmal zwölf. Ich fürchte, über das Straßenkind werden Sie nicht weiterkommen.«

Knowler lehnte sich in seinem Stuhl zurück. »Sie haben uns drei Fälle in ebenso vielen Tagen beschert, Dunai. Für einen Zivilisten ist das Rekord. Erzählen Sie mir doch kurz etwas von sich selbst.«

Also stellte Dunai sich vor, selbstverständlich ohne jene Verstrickung mit zwei Organisationen zu erwähnen, die ihn an ihrem Leben bestimmt am meisten interessiert hätte.

»Hm«, sagte er, als sie geendet hatte. Er tippte sich mit dem Zeigefinger gegen die Schneidezähne. »Wir haben die Hausdurchsuchung in der Seymour vierundvierzig durchgeführt.«

Dunais Herz begann zu hämmern.

»Um welche Zeit, sagten Sie, waren sie auf dem betreffenden Grundstück?«

»Gestern etwa um neun.«

»Ich weiß, dass Sie bereits eine Aussage gemacht habe, würde es aber gerne noch einmal von Ihnen selbst hören.«

Bis zu der Stelle, an der sie von dem Zuhälter erwischt worden war, entsprach Dunais Bericht der Wahrheit. »Sobald ich durch die Fenster den Zuhälter und dann die Mädchen in ihren abgetrennten Zellen gesehen hatte, bin ich wieder weg und habe die Sache hier auf der Wache gemeldet.«

»Ein Punkt würde mich aber noch interessieren«, erklärte der Captain. »Sie sind vom Nachbargrundstück über die Mauer eingestiegen, aber wie sind Sie wieder rausgekommen?«

Oh, verdammt, dachte Dunai. »Das Tor war nicht abgeschlossen.« Sie hoffte nur, dass es kein automatisch verriegelndes Schnappschloss war, sonst stünde ihr ein Haufen Erklärungsarbeit bevor. »Es muss schon die ganze Zeit offen gewesen sein, ich habe bloß dämlicherweise angenommen, es wäre zu, und bin vom Nachbargrundstück über die Mauer geklettert. Ich muss halt noch viel lernen.« Dunai versuchte über ihre eigene Dummheit verlegen auszusehen und nicht beschämt darüber, dass sie ihn belog.

»Der Zuhälter wurde tot aufgefunden, als wir den Laden durchsuchten.«

Dunais erster Gedanke war, dass Belinda zurückgekehrt war und ihn umgebracht hatte. Sie wollte die Antwort eigentlich gar nicht wissen, aber die Frage wurde jetzt natürlich von ihr erwartet. »Wie das?«

Knowler nahm einen Schluck Kaffee. »Mal abgesehen von einem zerschlagenen Knie und einer gerissenen Milz wurde er zu Tode geprügelt.«

Dunai schüttelte den Kopf und schluckte schwer. »Und womit?«

»Keine Ahnung. Am Tatort wurde keine Waffe gefunden, aber von der Art und Weise, in der sein Schädel zertrümmert worden ist, dürfte es sich um mehrere Angreifer gehandelt haben.«

»Die Mädchen, die er vergewaltigt hat?«

»Das wäre meine Vermutung.«

Dunai mochte sich gar nicht vorstellen, mit welch rasender Wut sich die Mädchen auf ihren Peiniger gestürzt haben mussten. »Wann schätzt man, ist der Tod eingetreten?«

»Gegen Mittag. Und zu Ihrem Glück«, fügte er amüsiert hinzu, »gibt Carl an, um diese Uhrzeit mit Ihnen telefoniert zu haben, und da waren Sie offenbar gerade auf dem Heimweg, um mit Ihrem Sohn und Ihrer Nachbarin zu Mittag zu essen. Andernfalls, Mrs Marks, hätte ich gesagt, dass Sie offenbar über ein verdammt hitziges Temperament verfügen müssen, denn das zerschlagene Knie und die gerissene Milz passen nicht zum Todeszeitpunkt.«

16

Jacob hatte Knowler als einen dieser Männer eingeordnet, die an das, was sie beruflich taten, wirklich glaubten, an Recht und Gesetz, Familie und Verpflichtung. Jacobs Vater hatte selbst zu dieser Sorte gehört, aber in seiner eigenen Generation war er noch selten jemandem begegnet, der diese Werte mit so viel Überzeugung auslebte. Vielleicht empfand er ja deshalb ungewollt einen gewissen Respekt vor diesem großen, kantigen Kerl mit dem ungewöhnlichen zweifarbigen Haar.

»Wir werden die Obduktionsergebnisse innerhalb von achtundvierzig Stunden besorgen«, erklärte Jacob ihm. »Sie brauchen einfach nur so zu tun, als hätten Sie das selbst irgendwie hinbekommen.«

»Ich hab ihr aber schon gesagt, dass ich das nicht kann, dass es sechs Monate dauern wird. Glauben Sie nicht, sie wird sich so ihre Gedanken machen, wenn ich sie ihr plötzlich nach zwei Tagen schon gebe?«

Jacob nickte. Er hatte sich Knowlers Akte angesehen. Während seiner Laufbahn hatte er hin und wieder mit dem Geheimdienst zu tun gehabt und sich dabei stets kooperativ verhalten, auch wenn er dazu neigte, einen Haufen Fragen zu stellen. Wahrscheinlich erleichterte er damit sein Gewissen, dass es mitunter Befehle gab, die er blind zu befolgen hatte.

»Wenn sie nicht in angemessener Zeit Ergebnisse bekommt, dann liegt das nach Meinung von Dunai Marks nie daran, dass es nicht möglich ist, sondern immer an den Leuten, die ihren Job nicht anständig erledigen, womit sie natürlich Recht hat. Geben Sie ihr also ruhig die Ergebnisse, und sie wird sich allenfalls dabei denken, dass die Leute offenbar mal ihren Arsch in Bewegung gesetzt haben.«

»Ich vermute mal, Sie werden mir nicht sagen, warum die Frau für Sie so schrecklich wichtig ist«, sagte Knowler und verschränkte die kräftigen Arme vor der Brust.

Jacob machte sich nicht einmal die Mühe, den Kopf zu schütteln.

»Hat sie irgendwie gegen Gesetze verstoßen?«

Die Frage gefiel Jacob. Seine Einschätzung des Mannes bestätigte sich haargenau. »Nein. In zwei Tagen werden Sie die Ergebnisse bekommen und sie dann an Mrs Marks weiterleiten.«

Er wandte sich von Knowler ab und verließ das Hinterzimmer des winzigen Obst- und Gemüseladens, der als Tarnung für Kontaktaufnahmen des Geheimdienstes vor allem mit der Polizei und deren besonders wertvollen Informanten fungierte. Als er auf die Waterkant Street hinaustrat, hielt er eine Tüte mit frischem Obst unter dem Arm und eine leere Wasserflasche mit der DNA von Dunai Marks.

Es erstaunte ihn, dass sie nach allem, was sie durchgemacht hatte, nach all den Täuschungen und Wortbrüchen, noch immer so schnell Vertrauen schenkte. Andererseits zählte er zu den besten verdeckten Ermittlern im Land und beherrschte das Verkleiden und Annehmen einer anderen Identität wie kaum ein anderer. Als sie nach einem Taxi telefonierte, war es ein Leichtes gewesen, sie rasch abzuholen, und dann war sie so beschäftigt mit dem Heim für Straßenkinder gewesen und dann mit dem Bordell in der Seymour Street, dass sie nicht den geringsten Verdacht geschöpft hatte.

Nachdem er sechs Monate nur Lageberichte von V-Leuten gelesen hatte, war er froh gewesen, ihr wieder einmal richtig nahe zu kommen, dennoch hätte sie die Flasche Wasser nicht so rasch von ihm annehmen sollen. Die Frau war zäh und besaß ein Herz, so groß wie ein ganzer Kontinent, aber sie musste noch viel lernen, und seine Aufgabe bestand darin, sie an Bord zu holen und zu unterrichten.

17

Es gab keine neuen oder heißen Spuren zu verfolgen, daher kümmerte sich Dunai notgedrungen um die Aktenverwaltung des Falls, was laut Carls wiederholten Ermahnungen für eine strafrechtlich relevante Überführung ebenso wichtig sein konnte wie die gewissenhafte Untersuchung eines Tatorts. Es ärgerte sie dennoch gehörig, mit Schreibtischarbeit beschäftigt zu sein, während Myasser und Mawien wahrscheinlich Dinge erlitten, die sie sich lieber gar nicht vorstellen wollte.

Bevor sie zum Mittagessen nach Hause ging, beschloss sie, noch einen Stock höher in den Büros von STOP nach Berichten zu suchen, in denen Siobhan oder Philippe vielleicht Vorfälle mit Beziehungen zu Flüchtlingen in der Khayelitsha Township, der zweitgrößten des Landes, erwähnten.

Sie stieß auf eine ganze Menge Berichte und stapelte sie gerade zu einem kleinen Turm, den sie nach ihrer Rückkehr abarbeiten wollte, als ihr Blick auf eine Textpassage unterhalb des Ordnungspunktes »Flüchtlingsangelegenheiten« fiel. Sofort erspähte ihr Blick die Worte »… siebenjähriger Sohn vermisst wird …«

Sie überflog den ganzen Abschnitt. »Mr Gulat Qare, ein Flüchtling aus Somalia, kam vor etwa vierundzwanzig Stunden zu uns und bat um Hilfe, da sein siebenjähriger Sohn vermisst wird. Wir haben der Polizei von dem Fall berichtet, jedoch nur wenig Unterstützung bekommen. Mithilfe des Zentrums für Migrationsstudien ist es uns gelungen, ein paar kleine Suchaktionen auf die Beine zu stellen …«

Dunai begann in den anderen Berichten zu blättern. Um ein Uhr hatten sich drei Stapel auf dem Schreibtisch gebildet. Sie rief Barbara an, um ihr mitzuteilen, dass sie nicht zum Mittagessen nach Hause kommen würde, und sprach kurz mit Jesse, dann wandte sie sich wieder den Berichten zu.

Als nur noch zwei Stapel von Akten übrig waren, die mit Angaben über vermisste Kinder und die ohne solche Angaben, nahm sie ein leeres Blatt Papier und begann die Einzelheiten aufzulisten, etwa wann und von wem die Kinder als vermisst gemeldet worden waren und was die Nachforschungen ergeben hatten.

Gegen zwei reihten sich auf der Seite lange Kolumnen aneinander, denen sie entnehmen konnte, dass die meisten vermissten Kinder aus Flüchtlingsfamilien stammten und den Berichten zufolge keines von ihnen jemals wieder gefunden wurde.

Dunai rief Philippe in der zentralen STOP-Klinik in Khayelitsha an. Wie sie wusste, war er furchtbar beschäftigt, da er möglichst viel vorarbeiten wollte, um Weihnachten bei seiner Familie in Frankreich verbringen zu können, aber sie benötigte unbedingt seine Hilfe.

Nach dem Telefonat lief sie zwei Stufen auf einmal nehmend die Treppe hinunter und rannte bis zur Strand Street, wo sie ein Minibus-Taxi anhielt. Es waren bereits acht Passagiere an Bord, aber der Gehilfe des Fahrers, der Passagieren einen Platz zuwies, den Arm aus dem Fenster streckte, um den anderen Verkehrsteilnehmern zu signalisieren, dass ihr Taxi jetzt direkt vor ihnen die Spur wechseln, einen unzulässigen Zwischenstopp einlegen oder verbotenerweise wenden würde, zwängte sie noch neben drei Frauen und einen älteren Mann, dem zwischen seinen Beinen nicht einmal genug Platz für seinen Gehstock blieb. Normalerweise brauchte man etwa fünfundvierzig Minuten von der Innenstadt nach Khayelitsha, aber Taxis hielten sich nur selten an Fahrspuren und Geschwindigkeitsbegrenzungen und fuhren, als wären sie mitten im Busch unterwegs, daher benötigten sie inklusive diverser Stopps, um Passagiere aus- oder einsteigen zu lassen, nur fünfundzwanzig Minuten.

Dunai wurde eine Straße entfernt von der Polizeiwache abgesetzt und machte sich rasch auf den Weg, vorbei an Dr. Dlala's chirurgischer Praxis und Beratung, an Obst-, Gemüse- und Süßigkeitenständen, vorbei an einer Frau, die neben einem Fass mit brennender Kohle einen Ziegenkopf häutete, sowie einem alten Mann in Anzug und Schlips, der Hühnerfüße verkaufte.

Der Abstecher zur Polizeiwache erwies sich als reine Zeitverschwendung. Welchen Namen sie auch erwähnen mochte, wie dringlich sie ihre Geschichte auch immer erzählte und wie hartnäckig sie den diensthabenden Beamten auch zu überzeugen suchte, sie weigerten sich einfach, ihr statistische Informationen über verschwundene Kinder in diesem Bezirk zu geben, und verweigerten ihr zugleich ein Gespräch mit dem Revierchef. Bei ihrer Ankunft in der Wache hatte sie Philippe angerufen, und als der sie abholen kam, sprach auch er noch kurz mit den Diensthabenden, doch trotz seiner Bemühungen verließen sie die Polizeistation mit leeren Händen.

»Ich brauche diese Daten unbedingt«, erklärte Dunai beim Hinausgehen. »Siobhan dürfte die Angaben über verschwundene Flüchtlingskinder nur festgehalten haben, weil deren Eltern zu ihr kamen, nachdem sie sonst nirgendwo Hilfe gefunden hatten. Es könnten jedoch noch genauso viele südafrikanische Kinder verschwunden sein. Ohne die Daten der örtlichen Polizei komme ich da einfach nicht weiter.«

»Hm«, sagte Philippe. »Statistische Daten sind in diesem Land eine hochpolitische Angelegenheit, da die Opposition gerne mit ihnen demonstriert, wo die Regierung gerade ganz besonders versagt.«

»Ich dachte, sie wären als Hilfsmittel gedacht«, meinte Dunai. »Um die Planung, Verteilung und Vorsorge zu verbessern, nicht um politische Machtspielchen damit zu betreiben.«

»Ah, Dunai, das wäre schön, nicht? Aber ich habe mir zwei Stunden Zeit genommen, um mit dir diese Flüchtlinge zu besuchen, deren Kinder verschwunden sind.«

»Du guter Kerl, Philippe.« Dunai drückte seine Hand. »Zu schade, dass du mit meiner Mutter nur verheiratet warst und nicht auch mein Vater bist. Ich wäre stolz darauf, dich zum Vater zu haben.« Dunai sah in Philippes

Augen und bemerkte Tränen darin. »Wenn du ein Mann bist und in einer Township weinst, dann kannst du noch so groß und schwarz sein, wie du willst, Philippe, dann wirst du Prügel beziehen.«

Der erste Angehörige auf Dunais Liste war der somalische Flüchtling Mr Qare, der einen kleinen Spaza in der Harare Street, Parzelle 3, besaß. »Er ist seit vier Jahren verschwunden«, erzählte der alte Mann ihnen und presste ein Handtuch in den Händen, bis die Knöchel hell hervortraten. »Er ist nicht mehr am Leben. Das muss ich mir immer wieder sagen. Er leidet nicht, weil er nicht mehr am Leben ist und keine Schmerzen mehr hat.«

»Was ist Ihrer Meinung nach mit ihm geschehen?«, fragte Dunai.

»Sie hassen uns hier«, sagte der Vater rasch. »Wir arbeiten hart, wir halten uns ans Gesetz, aber einige hassen uns. Zweieinhalb Kilo Zucker verkaufe ich für vierzehn Rand fünfzig, aber in Khayelitsha Mall kostet er fünfzehn, also kommen Leute her, um bei mir billiger zu kaufen. Einige sagen, wir machen Südafrikanern Geschäft kaputt. Deshalb sie nehmen mein Kind weg, ich weiß genau. Jetzt habe ich nichts, was sie noch nehmen können. Vielleicht mein Leben, aber das ist mir egal.«

»Dieser Mann hat einen Diplomabschluss als Verwaltungswirt«, sagte Dunai, als sie zurück in das strahlende Sonnenlicht traten. »Wenn ich leicht weinen würde, kämen mir jetzt die Tränen.« Dafür war sie allerdings auch viel zu wütend.

»Ah, Dunai, tu das bitte nicht«, sagte Philippe, dessen Augen selbst feucht wurden. »Ein großer Schwarzer, der durch eine Township läuft und am Arm eine so schlanke weiße Frau hält, die weint, das dürfte keine besonders gelungene Werbung für gemischtrassige Beziehungen abgeben.«

Dunai befragte noch vierzehn weitere Betroffene; Somalis, Eltern aus der Republik Kongo, dem Sudan, Sierra Leone, Äthiopien, Zimbabwe, dem Senegal, der Elfenbeinküste, Nigeria, Burundi, Angola und Ruanda. Einige lebten erst seit einem Jahr in diesem Land, andere bereits seit dreizehn und wurden noch immer nicht von den Menschen in ihrer Umgebung akzeptiert. Häufig waren ihre Häuser schon wiederholt niedergebrannt worden, sie hatten all ihr Hab und Gut verloren und mussten von vorn beginnen. Sie alle hatten Kinder, die vermisst wurden, und alle glaubten, dass diese ermordet worden waren, um sie aus diesen Siedlungen zu vertreiben, in denen sie gezwungenermaßen wohnten. Für alle diese Menschen war ein solcher Verlust ein Schlag, von dem sie sich nicht erholten und auch nie erholen würden.

Nach den Interviews fühlte Dunai sich völlig ausgelaugt. Da erschien es ihr schon fast als Erleichterung, einfach in den kühlen Räumen der STOP-Verwaltungsbüros zu sitzen und Berichte zu durchforsten, die möglicherweise weitere verschwundene Flüchtlingskinder erwähnten, die ihnen bislang entgangen waren. Sie stieß auf einige neue Fälle, hatte jedoch noch immer keine Ahnung, wie das Verhältnis zwischen Flüchtlingskindern und hier geborenen Kindern unter den Vermissten aussah. Eindeutig ablesen ließ sich allerdings aus den Aufstellungen, die sie anfertigte, dass die Zahl der als vermisst gemeldeten Flüchtlingskinder in den vergangenen vier Jahren stetig angestiegen war. Vor vier Jahren drei Kinder, vor drei Jahren fünf Kinder, vor zwei Jahren acht und vor einem Jahr zwölf. Und dabei handelte es sich lediglich um die Fälle, von denen die STOP-Kliniken erfahren hatten. Sie war entsetzt. Wahrscheinlich hatte noch nie jemand diese Fälle miteinander in Verbindung gebracht, denn sonst wären inzwischen mit Sicherheit Schritte deswegen unternommen worden. Aber von wem? Die meisten Leute in der Township, aus der sie gerade kam, wollten die Flüchtlinge raus aus ihrem Viertel, selbst wenn es bedeutete, dass diese Menschen erschossen, zu Tode geprügelt oder ihre Geschäfte in Brand gesetzt wurden. Dunai erinnerte sich noch allzu gut an die aggressiv ausländerfeindlichen Sprüche des Polizeibeamten, als sie die Vermisstenanzeige wegen Hatums Kinder aufgegeben hatten. Wie sollte Dunai bloß in einem solch schrecklichen Durcheinander noch Myasser und Mawien finden?

18

Ihren ersten Treffer landete Dunai kurz nach halb sechs.

Zurück im Büro von Carl Lambrecht Investigative Services hatte sie sofort damit begonnen, am Computer eine Tabelle zu erstellen. In die erste Spalte trug sie den Namen des vermissten Kindes ein, dann sein Alter, das Herkunftsland, wo es zuletzt gewohnt hatte, sowie Zeitpunkt und Ort seines Verschwindens. Wenn sie die Variablen ausklammern und einen gemeinsamen Nenner finden konnte, ließe sich vielleicht ein wiederkehrendes Vorgehensmuster ableiten, das sie auf die Spur eines Tatverdächtigen brachte.

Die Gemeinsamkeit, die Dunai schließlich entdeckte, besaß jedoch gar keine eigene Spalte und war auch nicht in den Berichten, die sie bislang gelesen hatte, erwähnt worden. Sie war erst aufgetaucht, als sie sich mit den Eltern über ihre vermissten Kinder unterhalten hatte und auf den von ihnen vermuteten Grund für deren Verschwinden zu sprechen gekommen war: Ausländerhass.

Immer wieder hatte Dunai dabei in ihren Aufzeichnungen die Formulierung »wäre fast verhaftet worden, nachdem von Einheimischen einer Straftat beschuldigt, durch Einschreiten Projektgruppe gegen Fremdenhass verhindert« überflogen. Wie oft war ihr Blick über diese Worte gewandert, bis sie die Bedeutung endlich erfasst hatte? Auch Hatum war ihrer Verhaftung und Abschiebung doch nur dank der Vermittlung einer solchen Behörde entgangen. Dunais Herz vollführte einen Satz. Sie blätterte ihre Aufzeichnungen so hastig durch, dass sie einzelne Ecken zerknitterte. Da stand es wieder. Mutter eines vermissten Flüchtlingsmädchens, Alter neun: »Vater erhielt Hilfe durch Amt zur Vermittlung in Flüchtlingsfragen, nach Beschuldigung, er hätte Händlern Stellplatz an Taxistand gestohlen.«

Dunai stieß noch auf zwei ähnlich lautende Stellen. Das machten nun fünf bei vierzehn Familien, die sie insgesamt befragt hatte. War sie hier auf eine brauchbare Spur gestoßen oder klammerte sie sich lediglich an jeden Strohhalm? Es gab nur eine Möglichkeit, dies herauszufinden. Sie griff nach dem Telefon und rief den ersten Flüchtling an, den sie in Khayelitsha interviewt hatte.

»Dunai Marks hier, die Ermittlerin, die heute Morgen mit Ihnen gesprochen hat.«

»Wie geht es Ihnen, Mrs Marks?«, erwiderte der Somali.

»Mir geht es gut, Mr Qare. Und Ihnen?«

Dunais Herz schlug heftig vor Ungeduld, während sie den traditionellen afrikanischen Gepflogenheiten folgte, die vorschreiben, dass man sich stets zumindest nach der Gesundheit seines Gesprächspartners, am besten aber ebenfalls nach dessen Familie erkundigt, bevor man zur Sache kommt, ganz egal, wie dringend die Angelegenheit auch sein mochte. Dann platzte sie aber heraus:

»Mr Qare, während all der feindlichen Zwischenfälle, denen Sie in Ihrem Viertel ausgesetzt waren, haben Sie da jemals Unterstützung von einer Projektgruppe gegen Fremdenhass bekommen?«

»Ja, das habe ich«, antwortete der Vater.

»Wissen Sie noch, wann?«

Es trat eine kurze Pause ein. »Ich hatte mich gerade eingerichtet hier, also war es Anfang September vor vier Jahren.« Ein Monat, bevor sein Sohn verschwand.

»Wo hatte diese Projektgruppe denn ihre Büros, Mr Qare?«

»Im Foreshore Building, gegenüber der Eisenbahnlinie, in der Nähe der Docks.«

»Können Sie sich noch daran erinnern, mit wem Sie gesprochen haben?«

»Die Leitung hatte ein Mr Daniels.«

Dunai rief den nächsten Flüchtling an. Die Frau hatte drei Wochen vor dem Verschwinden ihrer Tochter ebenfalls mit der Behörde zu tun gehabt, wusste aber den Namen der Verantwortlichen nicht mehr.

Dunai gelang es, noch drei weitere Eltern zu erreichen. Alle hatte ähnliche Erfahrungen gemacht. Damit hatten zehn von vierzehn Eltern von vermissten Kindern zwischen einer Woche und einem Monat, bevor ihre Kinder verschwunden waren, mit dieser Projektgruppe Kontakt gehabt. Die restlichen vier Fälle konnte sie nicht überprüfen, da die Eltern keine Kontaktnummern angegeben hatten und an ihren letzten bekannten Adressen nicht mehr anzutreffen waren.

Sie durchsuchte das Internet nach einer entsprechenden Amtsstelle und wurde rasch fündig. Die Projektgruppe gegen Ausländerfeindlichkeit der Provinz Western Cape existierte seit sechs Jahren und residierte offiziell im Erdgeschoss des Foreshore Building. Ihre Aufgabe bestand darin, »Strategien zur Prävention ausländerfeindlicher Gewalttaten zu entwickeln und sich mit der Bewältigung aktueller Konflikte dieser Art zu beschäftigen«.

Die Projektgruppe war vom zuständigen Provinzminister für Soziales und Armutsbekämpfung ins Leben gerufen worden, und kaum hatte Dunai dessen Namen gelesen, schnellte sie in ihrem Stuhl zurück, als hätte sie einen Schlag gegen die Brust bekommen. Kaum hatte sich der erste Schock gelegt, beugte sie ihren Oberkörper wieder vor und studierte aufmerksam den Bildschirm. »Ich fass es nicht, das ist …« Es fehlten ihr die Worte, aber sie spürte, wie sich frischer Mut eine Bahn brach durch diese Mauer aus Verzweiflung und Niedergeschlagenheit, die sich in den vergangenen Tagen vor ihr aufgetürmt hatte. Nun zweifelte sie nicht mehr daran, auf eine Spur gestoßen zu sein. Sie griff wieder nach dem Telefon.

»Ja, Dunai«, sagte die tiefe Stimme. In ihrer Erregung klang sie fast erotisch.

»Carl, ich habe etwas rausgefunden.«

»Mm-hm?« Diesmal klang es eher abwesend.

»Stör ich dich bei irgendwas?« Im Grunde war es ihr egal. Nichts würde sie jetzt zum Schweigen bringen.

»Ein paar Minuten hab ich.«

Dunai fasste rasch die Ereignisse des Vormittags zusammen. »Also unterliefen zehn von vierzehn Flüchtlingen, mit denen ich sprechen konnte, nur wenige Wochen, längstens einen Monat, bevor ihre Kinder verschwanden, eine Mediationsprozedur bei der Projektgruppe gegen Ausländerfeindlichkeit in der Cape-Verwaltung.«

»Du wirst mehr als nur zehn von vierzehn brauchen«, sagte Carl, der noch immer anderweitig beschäftigt klang. »Es lohnt sich zweifellos, genauer untersucht zu werden, aber bei statistischem Material glaubt man schnell, eine Spur entdeckt zu haben, und der nächste Schwung an Untersuchungsergebnissen führt einen dann wieder ganz woanders hin. Was ich dir …«

»Die Projektgruppe wurde ins Leben gerufen vom zuständigen Provinzminister für Soziales und Armutsbekämpfung. Das ist Wayne Daniels, Carl.«

Am anderen Ende herrschte Stille. Dunai unterbrach das Schweigen auch nicht, sondern wackelte nur aufgeregt mit ihrem Bein unter dem Schreibtisch. Ganz sicher würde sich Carl noch an ihr letztes Zusammentreffen mit dem damaligen Leiter der Sozialbehörde erinnern. Das war ein Mann, der seine Machtposition missbraucht hatte, um Frauen in seiner Umgebung sexuell zu belästigen und zu nötigen, ein Mann, der im ersten Fall, an dem Dunai gearbeitet hatte, zwar bereits zu den Hauptverdächtigen gezählt hatte, dem sie aber nie etwas hatten nachweisen können.

»Von dem wir alle wissen, dass er Verbindungen zu Brandon Cupido unterhält«, sagte Carl mehr zu sich selbst.

»Der seinerseits wiederum einer der skrupellosesten Verbrecherbosse in den Cape Flats ist.«

»Das sind zu viele Zufälle«, sagte Carl. »Dunai, ich denke, es wird Zeit für Runde zwei.«

»Ich lass schon mal den Ring aufbauen«, sagte sie. »Und ich kann wieder meine Camouflagehose anziehen, ja?«

»Unbedingt.«

*

In der Zentralstelle der Projektgruppe im Foreshore Building erklärte Carl der Empfangsdame, dass sie Privatdetektive sind und glaubten, Mr Daniels könne ihnen bei einem Fall, an dem sie gerade arbeiteten, weiterhelfen, und dass seine persönliche Assistentin ihnen versichert habe, sie würden hier um acht Uhr die Gelegenheit zu einem Gespräch mit ihm haben.

»Er ist schon seit sieben hier«, sagte die junge Frau, und ihre braunen Augen leuchteten, während sie zwischen den Fingern mit einer ihrer lakritzfarbenen Haarsträhnen spielte. Dunai schätzte sie auf keine zwanzig Jahre. Sie dürfte also viel zu jung und viel zu beeindruckt von Daniels VIP-Status sein, um Ungereimtheiten erkennen zu können oder gar kritische Fragen zu stellen.

»Er hat gerade die Presse zu Gast«, sagte sie. »Er ist einfach wundervoll, Mr Daniels, meine ich. Verbringt viel mehr Zeit hier, als er müsste. Wissen Sie, er hätte ja auch einfach den Laden aufmachen und dann nie einen Fuß hier reinsetzen können, aber er engagiert sich in dieser Sache wirklich persönlich, sehen Sie.«

»Etwas dagegen, wenn wir ihn uns in Aktion ansehen?«, fragte Carl.

»Nur zu«, sagte die junge Frau.

»Vielen Dank. Sie waren uns eine große Hilfe«, erklärte Carl. Die Doppeldeutigkeit seiner Worte entgingen der Empfangsdame allerdings.

Draußen trafen sie rasch auf Wayne Daniels, der vor ihnen den Flur hinunterlief, jedoch immer nur für Augenblicke durch die Lücken zwischen Reportern, Fernsehkameras und Tongalgen hindurch zu sehen war.

Ganz gefangen darin, sich vor den Kameras zu produzieren, hatte er seinerseits noch nichts von ihrer Anwesenheit bemerkt. Dem Mann war der Aufstieg in die Politprominenz gelungen, indem er das Image eines einflussreichen Weltverbesserers aus den Ganggebieten der Cape Flats hochhielt, der sich überaus charmant zu geben wusste, gerne Umgang mit den Medien pflegte und immer für einen schlagfertigen Spruch gut war. Dunai verblüffte wieder, wie genau die Geschichte der Kap-Halbinsel in ihm personifiziert schien. Eine gelbbraune Hautfarbe, hohe Wangenknochen und mandelförmige Augen, die seine Khoi-San-Abstammung bezeugten, dazu die hagere, zähe Statur von Sklavenvorfahren und ein feines Narbengeflecht im Gesicht, das von seiner in den Gangzonen der Cape Flats verbrachten Jugend erzählte. All dies wurde inzwischen jedoch überspielt von einem exklusiven Anzug, manikürten Fingernägeln, gezupften Augenbrauen und dem gepflegten Teint eines erfolgsgewohnten Politkarrieristen.

Im Schulungsraum bemerkte er sie schließlich. Dunai sah, wie seine Augen sich verengten und hart wurden. Ihr Herz begann zu hämmern, ihre Muskeln spannten sich an, und ihre Nasenflügel bebten. Sie hatte das Gefühl, als hätte ihre Jagdbeute sie erspäht und jetzt ginge die Hatz los. Der Drang, sich auf ihn zu stürzen, war körperlich spürbar.

Daniels geriet zwar nicht für einen Moment aus dem Konzept, zumindest nicht so, dass es den Reportern aufgefallen wäre, aber wie Dunai erkannte, war ihm der Spaß an diesem ganzen Zirkus nun gründlich vergangen. Dennoch ließ er sich Zeit. Eine weitere halbe Stunde unterhielt er die Fernsehteams, die sich mit ihren Kameras gegenseitig fast über den Haufen rannten, um die Szene nicht zu verpassen, wie er einem Flüchtling die Hand auf die Schulter legte oder ihnen die Hände schüttelte, wobei er sorgsam darauf achtete, den Ausdruck persönlicher Betroffenheit beizubehalten.

Du heuchlerischer Dreckskerl, dachte Dunai. Wie die Leute nur auf so ein verlogenes Getue hereinfallen konnten.

Er führte die Reporter in die Ambulanz. »Hier teilen sich an fünf Tagen die Woche unsere beiden examinierten Krankenpflegerinnen den Dienst, garantieren eine medizinische Grundversorgung und führen auf Wunsch sogar HIV/Aids-Tests durch.«

Von der Ambulanz aus gingen sie zur Kinderaufnahme, wo er ein etwa vierjähriges Mädchen hochhob. Dunai verfolgte, wie er sie auf seinen Arm setzte, mit der freien Hand ihr zierliches Händchen ergriff und zärtlich gegen seine Brust drückte. Das kleine Mädchen sah mit großen, neugierigen Augen zu ihm auf. Sie fühlte sich an diesem Ort in Sicherheit.

Diesmal werden wir dich erwischen, schwor sich Dunai. Was auch immer du hier wieder für ein schmieriges Ding abziehst, diesmal wirst du nicht damit durchkommen.

Als er zu seinen Schlussworten anhob, gingen Dunai und Carl in den Eingangsbereich zurück, nur für den Fall, dass er versuchen sollte, sich an ihnen vorbeizustehlen. Im Grunde rechneten sie aber nicht damit. Der Mann war ein arroganter, an Größenwahn leidender Typ, der es liebte, Katz und Maus zu spielen.

»Ah, wenn das nicht der Boer mitsamt seiner Kumpanin ist, obwohl für einen solchen Nervbolzen eigentlich die britische Aussprache, der bore, viel besser passt.«

»Wir haben ein paar Fragen an Sie, vermisste Flüchtlingskinder betreffend«, sagte Carl.

Er verzog keine Miene. »Na, dann sind Sie hier aber an der falschen Adresse. Sie sollten sich an die Polizei wenden, Referat für vermisste Personen, oder, was ich auch empfehlen kann, die Südafrikanische Zentralstelle für Ausgebeutete & Vermisste Kinder. Aber das wissen Sie bestimmt bereits … Wie war Ihr Name noch?«

Carl sagte nichts. Er lehnte gegen die Wand, den Kopf zur Seite geneigt, die Augen ein wenig verengt und einen leicht verwunderten Ausdruck auf dem Gesicht.

Daniels schüttelte den Kopf und stieß einen Seufzer aus. »Heutzutage ist es ja so schwer, irgendwo wahre Hilfe zu bekommen.«

Und schon hatte das Spielchen wieder begonnen, dachte Dunai. »Wollen Sie das hier erledigen, Daniels?«, fragte sie. »Oder lieber weniger öffentlich?«

Er nahm sich Zeit. Sein Blick wanderte langsam ihre Camouflagehose hinauf, verharrte kurz auf ihrem Schoß und ging dann weiter bis zu ihren Brüsten, während er seine Zunge zwischen den Lippen hervorschnellen ließ. »Hmmm«, sagte er.

»Darf ich ihm eine knallen?«, fragte Dunai so laut, dass Daniels sie hören musste.

»Nicht jetzt, Liebe«, erwiderte Carl träge. »Später vielleicht.«

Daniels grinste höhnisch, machte auf dem Absatz kehrt und ging in einen der Mediationsräume.

»Setzen Sie sich, Mr Daniels«, sagte Carl in Afrikaans, aber der Mann blieb stehen.

»Wir können das hier in Ihrem hübschen kleinen Unterschlupf erledigen, oder ich kann anrufen und einen Raum auf der Wache buchen.«

»Dazu wird es nicht kommen«, erklärte Daniels unbeeindruckt. »Und da wir beide das genau wissen, stellen Sie also lieber rasch diese albernen kleinen Fragen, wegen denen Sie gekommen sind, solange ich noch Geduld dafür aufbringe. Je schneller wir damit fertig sind, desto schneller können Sie sich wieder ihre Eier kraulen oder einen Hydranten anpissen, oder was immer sonst Sie anstellen, wenn Sie mich nicht belästigen.«

Carl lehnte sich in seinem Stuhl zurück, streckte seine Arme aus und legte die locker geballten Fäuste in weitem Abstand auf den vor ihm stehenden Tisch. Die Brust blieb ungeschützt, die Körpersprache wirkte völlig entspannt. Er war einer der besten Vernehmungsbeamten gewesen, den die Polizei je in ihren Reihen gehabt hatte, und Dunai fand seine Techniken faszinierend. Sie setzte sich neben ihn, lehnte sich ebenfalls zurück, behielt die Hände jedoch in ihrem Schoß. Obwohl dies eigentlich ihr Fall war, begnügte sie sich in dieser Situation damit, die zweite Geige zu spielen.

»Im Grunde genommen, Mr Daniels, habe ich gar keine Fragen«, sagte Carl.

Daniels Gesichtszüge verhärteten sich. Er wartete. Dunai bemerkte, wie sich seine Wangen leicht röteten.

»Wenn Sie nicht schleunigst damit aufhören, mir meine Zeit zu stehlen, Mr Lambrecht, und mich weiter davon abhalten, meinen amtlichen Aufgaben nachzukommen, werde ich Sie verhaften lassen.«

»Na, das jagt mir aber jetzt wirklich einen Schrecken ein«, erwiderte Carl langsam und nicht im Mindesten besorgt. Sein Afrikaans-Akzent war stärker als gewöhnlich. »Da muss ich mich natürlich beeilen mit dem, was ich zu sagen habe.« Doch er tat nichts dergleichen. Vielmehr zog er sein Handy aus der Tasche, drückte auf eine Taste und betrachtete das Display. »Dachte, ich hätte es vibrieren gefühlt.« Er schüttelte den Kopf. »Muss wohl an all den bescheuerten Vibes hier im Zimmer liegen. Na, egal, wo war ich stehengeblieben?« Er verstaute das Handy wieder sorgsam in seiner Tasche und richtete den Blick auf Daniels, dessen Gesicht mittlerweile ein noch tieferes Dunkelrosa angenommen hatte.

Dunai musste an sich halten, um ernst zu bleiben.

»Ja, also«, sagte Carl. »Wir haben Grund zu der Annahme«, hob er umständlich an, »dass hier auf der Kap-Halbinsel eine unerklärlich hohe Zahl von Flüchtlingskindern spurlos verschwindet. Wie es nun den Anschein hat, durchliefen die Eltern der besagten Kinder alle, das heißt nahezu ohne Ausnahme, ein Mediationsverfahren bei Ihrer Projektgruppe.« Carl kratzte sich am Nacken und studierte dann aufmerksam seine Fingernägel. Sie warteten. Daniels machte inzwischen tatsächlich den Eindruck, als sei er eines Mordes fähig.

»Ja. Daher haben wir Grund zu der Annahme, dass Sie in irgendeiner Weise dafür verantwortlich sind und dabei Unterstützung von ihrem alten Kumpel, dem Gangsterboss und Psychopathen Brandon Cupido erhalten. Das ist eigentlich schon alles«, erklärte Carl in heiterem Ton, stand auf und kratzte sich tatsächlich im Schritt.

»Und damit das ganz klar ist, Mr Daniels. Von nun an werde ich bei jeder sich bietenden Gelegenheit an Ihren Briefkasten pissen, an Ihre Autoräder und an Ihre Hosenbeine, bis wir die Kinder, die entführt wurden, gefunden und ihren Eltern zurückgebracht haben, und bis Sie endlich die Rolle spielen, für die Sie schon lange bestimmt sind, nämlich die einer Knastberühmtheit.« Carl schlenderte gemächlich zur Tür.

Dunai war mit vor der Brust verschränkten Armen sitzen geblieben, ein hämisches Grinsen auf dem Gesicht. Einen Moment lang sahen sie und Daniels einander in die Augen, dann erhob sie sich langsam und verließ den Raum.

19

Myasser hörte ein Rasseln, ein metallisches Knirschen, gefolgt von einem Quietschen. Das Geräusch der sich öffnenden Käfigtür. Die nackten Kinder versuchten, sich gegen die Wand zu drücken. Die Kleinsten brachen in lautes Weinen auf, während die nicht mehr ganz so jungen sich an die älteren Kinder klammerten, die ihrerseits selbst am ganzen Körper zitterten. Myasser schlang ihre Arme um Mawien, der noch immer benommen war.

Zwei Männer mit glänzend schwarzen Schlagstöcken betraten den Käfig. Sie benutzten ihre Stöcke, um die Jungen in die eine und die Mädchen in die andere Ecke zu treiben. Die Kleinsten, die jetzt verzweifelt kreischten und sich zum Teil trotzig auf ihre Fersen hockten, wurden an den Armen hochgezogen und brutal zu ihrer jeweiligen Gruppe gestoßen.

Myasser spürte, wie ihr Körper sich anspannte und zusammenzog, so als wollte er sich instinktiv kleiner machen, aber sie war bereits entdeckt worden, und einer der Männer kam auf sie zu. Auch wenn sie genau wusste, dass es keinen Sinn hatte, beugte sie sich dicht über Mawien und streckte den Kopf so weit wie möglich nach vorn. Es wirkte wie der Versuch, ihn völlig zu umfassen, ihn zu einem Teil ihrer selbst zu machen, sodass ihr Körper absorbieren würde, was immer ihnen bevorstand.

Ihr Kopf wurde nach hinten geschleudert und knallte gegen die Wand. Myasser beachtete die Schmerzen gar nicht. Sie presste Mawien so fest an sich, dass sie ihm bestimmt wehtat. Sie fühlte seinen zitternden Körper, und das verlieh ihr noch mehr Kraft.

Ihr Peiniger packte ihren Arm, zog sie von der Wand fort und zwängte sich dann hinter sie. Er nahm ihre beiden Arme und riss sie so weit zurück, dass Myasser das Gefühl hatte, sie würden aus den Schulterpfannen springen. Mawien weinte. Es gelang ihr, ihn auf ihrem Schoß zu halten, indem sie einen seiner Arme und ein Bein festhielt. Ein Schlag traf sie im Rücken. Sie ließ nicht los. Der andere Mann kam herüber und bearbeitete mit seinem Stock ihre Arme und Hände. Mawien schrie jetzt, und die Kreatur hinter ihr begann, sie anzubrüllen und zu beschimpfen.

Der zweite Mann hörte mit den Schlägen auf, beugte sich herunter und löste ihre Finger erst von Mawiens Bein und dann von seinem Arm. Der Junge rutschte auf den Boden. Sein Mund war weit aufgerissen, er kreischte, während sein Blick sich in ihre Augen bohrte. Panisches Entsetzen und Fassungslosigkeit brannten, und auch ein klarer Vorwurf, denn schließlich gehörten sie zusammen, und sie hatte ihn stets beschützt. Das war doch ihre Aufgabe. Sich um ihn zu kümmern und darauf zu achten, dass sie unter allen Umständen zusammenblieben. Und jetzt ließ sie ihn im Stich.

Myasser drängte zu ihm mit allem, was sie hatte, nicht allein mit ihrem Körper, sondern auch mit ihren Gedanken, ihrem Willen und ihrer gesamten Zuneigung zu ihm, aber sie konnte ihn einfach nicht erreichen. Der Mann hielt ihr von hinten die Arme fest. Sie streckte ein Bein nach vorn aus und versuchte, Mawien damit einzufangen, aber er wurde fortgezerrt, während er ihr seine Arme entgegenreckte, wie er es schon viele tausend Male früher gemacht hatte. Eine solch vertraute, natürliche Geste. Und immer hatte sie ihn hochgehoben. Myasser warf sich wieder in seine Richtung, wurde jedoch nach hinten gerissen und dann zur Seite geschleudert. Schnell rappelte sie sich wieder auf die Beine, nur um sofort wieder umgestoßen zu werden. Dann begann der Schlagstock ihre nackte Seite, ihren Arm und ihr Bein zu bearbeiten.

Wenige Sekunden nach dem Ende der Schläge wollte sie ihrem Bruder bereits wieder nachsetzen, aber da wurde die Käfigtür auch schon zugeschlagen, und Mawien war verschwunden. Im Innern befanden sich nur noch Mädchen.

Myasser erhob sich und blieb eine volle Minute bewegungslos stehen. Sie wusste nicht, was sie tun sollte. Ohne Mawien in den Armen kam sie sich merkwürdig vor. Schwerelos und taub fühlten sich ihre Arme jetzt an, als hätte jemand ihre eigenen abgeschnitten und an ihrer Stelle diese toten Dinger angenäht. Sie griff nach dem kleinsten Mädchen, einem Kind, das wie Mawien etwa sieben sein mochte, und hob sie hoch. Dann kehrte sie an ihren Platz an der Wand zurück und begann, hohe Töne von sich zu geben, die wie kurze Glockenschläge klangen. Sie wiederholte die Töne im Halbsekundenabstand, Stille, dann »tak, tak«. Stille. Und wieder die Folge heller Glockentöne.

Die anderen kleinen Mädchen kamen zu ihr herüber, um sich an ihre Seite zu schmiegen, kurz darauf folgten ihnen auch die größeren. Die ganze Zeit gab sie diese sonderbaren Töne von sich, die von den massiven Wänden des Käfigs widerhallten. Aber Myasser selbst nahm den Boden oder die Gitterstäbe überhaupt nicht wahr. In Gedanken sah sie einen kleinen, hellbraunen Vogel vor sich, nicht größer als eine Kinderhand. Diese Tiere ließen sich nur schwer ausmachen. Meist erkannte man ihre Anwesenheit nur an den hohen Glockentönen oder dem »Tak, tak«, wenn sie in den Himmel aufstiegen.

Mawien hatte es geliebt, diese Vögel um das Dorf herum in den verdörrten Grasbüscheln aufzuspüren, in denen sie ihre Nester hatten. Es war seine Lieblingsbeschäftigung gewesen. Mucksmäuschenstill hatte er dort gehockt und auf ihre Rufe gewartet. Sobald er dann zu wissen glaubte, woher sie kamen, war er aufgesprungen und losgerannt. Rechtzeitig vor seinem Ziel hatte er abgebremst und war ganz vorsichtig in Richtung des Geräuschs weitergekrochen. Manchmal waren sie aufgeflogen, was ihn jedes Mal schrecklich enttäuschte. Bei anderen Gelegenheiten hatte er sie aber auch an oder in ihren Nestern, die aus Gras und Spinnweben wie eine Tasse geformt waren, angetroffen. Dann hatte er Myasser herübergewinkt, und sie hatten beide dem kleinen Vogel lange dabei zugesehen, wie er sein Tagwerk verrichtete.

In dem Gedränge eines Markts in Malawis Hauptstadt Lilongwe hatte Myasser später einmal Mawien aus den Augen verloren. Sie hatte sich abgewandt, um einen Gegenstand auf einem Tisch zu bewundern, einen Kamm oder eine kleine Figur, und hatte dabei wie immer das leichte Ziehen von Mawiens Hand, die an ihrer Tobe hing, gespürt. Doch auf einmal war er fort, weggespült von einem plötzlichen Menschenansturm. Myasser war in die eine, dann in die andere Richtung gelaufen, ohne genau zu wissen, welche Richtung sie wählen sollte.

Zusammen mit ihrer Mutter und ihrer Tante hatte sie nach ihm gesucht, sie konnten ihn aber nirgends finden. Er war klein und braun, und nahezu alles, was sich dort bewegte, war erheblich größer als er.

Klein und braun. Damals fiel Myasser der kleine Vogel und Mawiens Kinderspiel wieder ein. Sie fand ein kleines Fleckchen hart ausgetrockneter Erde, das nicht von Waren, Menschen oder Tieren bereits unter Beschlag genommen war, und begann den hellen Glockenton und das »Tak, tak, tak« des kleinen braunen Vogels nachzuahmen.

»Die Kleine ist verrückt«, meinten einige der Leute im Vorbeigehen zu ihrer Mutter. »Sie sollte besser zu Hause bleiben. Es gehört sich nicht, sie hierherzubringen unter all die normalen Menschen.«

Ihre Mutter hatte nichts gesagt, hatte nur reglos neben ihr gestanden und zu den nachgeahmten Vogelrufen ihren Blick über den gesamten Markt schweifen lassen.

Ein älteres Ehepaar hielt an, um ihnen Wasser und eine Schale mit Bohnen und Brot anzubieten. Die Frau ging stark gebeugt von irgendeinem Rückenleiden. Ihre Mutter dankte ihnen, nahm das Essen und das Wasser entgegen und erklärte, dass Myasser nach ihrem Bruder rief, der von der Menge fortgerissen worden war. Das alte Paar lauschte eine Weile und begann dann, das Geräusch von Myasser nachzuahmen. Myasser blieb, wo sie war, aß nichts, trank nichts, gab nur ständig die Glockentöne und das »Tak, tak« von sich, während ihre Mutter, ihre Tante und das alte Ehepaar, das ebenfalls die Laute des kleinen, braunen Vogels imitierte, zwischen den Ständen suchten und sich durch dichte Menschentrauben schoben. Es war schließlich das ältere Paar, das Mawien etwa fünfzehn Minuten später fand, und er folgte den beiden nur, weil er den Ruf des Wüstenvogels wiedererkannte.

Jetzt in ihrem Käfig stimmte Myasser ihr Rufen wieder ununterbrochen an. Die Schmerzen der Stockschläge waren nur eine ferne, vage Empfindung gegen den schrecklichen Schmerz, der ihr Herz und ihren Kopf beherrschte. Irgendwann wurde ihr bewusst, dass Tränen ihre Wangen hinabliefen. Es war der erste Mal, dass sie weinte, seit sie das Dorf verlassen hatten.

Jetzt weinte sie über ihren Bruder, der irgendwo allein war. Über ihre Mutter, die sie nicht finden konnte, und über sich selbst, denn sie hatte das einzige Versprechen gebrochen, das sie jemals gegeben hatte. »Ich werde ihn niemals im Stich lassen. Das verspreche ich. Niemals.« Vielleicht war es ja besser, wenn sie hier im Käfig blieb. Wie sollte sie ihrer Mutter je wieder in die Augen sehen können?

20

Mittwoch, 18. Dezember

Die Cape Flats waren die Müllhalde der Apartheid, eine Gegend, in die vorwiegend Coloured-Familien umgesiedelt wurden, nachdem man deren bisherige Wohngebiete zu Vierteln für Weiße erklärt hatte. Die Tiefebene mit ihrem verkümmerten Buschwerk und den Treibsanddünen verbindet die Kap-Halbinsel mit dem afrikanischen Festland. Die ersten europäischen Siedler nannten sie Great Desolate Plain, und die Trostlosigkeit war ihr auch heute noch anzusehen. Obwohl der Landstrich mittlerweile dicht besiedelt war, trieb der Wind im Sommer noch immer wie bei einem Wüstensturm große Staubwolken vor sich her.

Einen großen Teil der Flats nahm Athlone ein, das sich wiederum aus einer Vielzahl kleiner Siedlungen und Viertel zusammensetzte, und genau hier herrschte Brandon Cupido mit einer Mischung aus Gewalt, Angst, Wohltätigkeit und Gewohnheitsrecht.

»Was haben deine Nachforschungen denn ergeben?«, erkundigte sich Carl, während sie im morgendlichen Berufsverkehr auf dem Kromboom Parkway langsam vorwärtskrochen.

»Drei Hauptgangs haben die Cape Flats insgesamt unter sich aufgeteilt. Die älteste und größte davon sind die Democrats, die Cupido kontrolliert. Was für ein aberwitziger Name für eine Gang.«

»Das Recht auf Selbstbestimmung«, sagte Carl. »Das Motto, das Verbrecher überall auf der Welt für sich in Anspruch nehmen.«

»Mitglieder der Gang werden immer wieder wegen Gräueltaten verhaftet, die sie irgendwo auf dem Westkap verübt haben, aber Cupido, der Gründer und Anführer, hat noch nie eine Gefängniszelle von innen kennengelernt.

Vor dreißig Jahren wurde er, wie du weißt, einiger Verbrechen angeklagt, aber nie vor Gericht gestellt, da niemand lange genug am Leben blieb, um gegen ihn auszusagen. Später ließen dann auch die Anschuldigungen nach, und es kursierten Gerüchte, er würde als Informant für die ehemalige Regierung arbeiten und Anti-Apartheidaktivisten denunzieren, wofür man ihm im Gegenzug Immunität gewährte. Cupido ist ein Sadist ohne Skrupel, der sogar seine eigene Tochter umbringen ließ, als sie zum Islam übertrat und Interna ausplaudern wollte.«

»Ließ sie von einem Schlägertrupp reihum vergewaltigen und mit siebzehn Messerstichen töten, einen für jedes Jahr, das sie gelebt hat«, fügte Carl hinzu und bog vom Kromboom ab. »Das ist es«, sagte er, als sie an einem cremefarbenen zweigeschossigen Haus mit albernen korinthischen Säulen zu beiden Seiten einer schlichten Holztür vorbeifuhren.

»Es wirkt so ungeschützt. Nicht einmal eine Mauer drum herum, und ich hab es mir viel größer vorgestellt.«

»Alles relativ«, sagte Carl. »Wenn du in einer Wohnung aufwächst, die so klein ist, dass du den Küchenschrank an die Spüle schieben musst, damit du abends deine Matratze irgendwo hinlegen kannst, dann kommt dir so ein Haus wahrscheinlich wie eine herrschaftliche Villa vor.«

»Aber ich sehe gar keine Sicherheitsvorkehrungen«, sagte Dunai und blickte über ihr Schulter zurück.

»Die Gangsterwelt hier ähnelt einem Feudalsystem«, erklärte er. »Gehsteige, unbebaute Flecken, selbst die Leute hier, das sieht Cupido alles als sein Eigentum an, darum hat er gekämpft, das hat er errungen, und wie ein absolutistischer Herrscher verlangt er Zahlungen von allen, die dieses Land benutzen, sei es nun in Form von Geld oder von Gefälligkeiten. Dabei spielt es auch keine Rolle, wer du bist oder wie arm du bist. Keiner ist hier ausgenommen, nicht einmal die Rentner oder die Ärmsten im Viertel. Taxifahrer bezahlen, um sein Gebiet durchqueren zu dürfen, Ärzte behandeln Gangmitglieder umsonst, und solltest du jemals auf den Gedanken kommen, du wärst dein eigener Herr, dann entzieht er dir seinen Schutz, und am Ende wirst du von Gangmitgliedern vergewaltigt oder umgebracht.«

Carl bog von der Thornton ab und fuhr die Klipfontein Road in östlicher Richtung hinunter.

»Ich versteh noch immer nicht, warum Cupido noch nie für irgendwas im Knast gelandet ist. Na gut, für das

Apartheidregime hat er halt spioniert, aber das ist inzwischen mehr als fünfzehn Jahre her.«

Carl schwieg eine ganze Weile, dann meinte er mit Zögern in der Stimme: »Er hatte ausgiebig Gelegenheit, zu gewissen Polizeibeamten Kontakte aufzubauen. Außerdem dürfte er die Zeit genutzt haben, um Druckmittel zu sammeln, mit denen er bei Bedarf Entgegenkommen und Loyalität erzwingen kann.«

»Mit anderen Worten, er entgeht jeder Anklage, indem er die Polizei schmiert?«

»Vereinzelte Polizisten«, erwiderte Carl. »Und es handelt sich auch nicht immer um Geld. Einige Männer und Frauen, die hier Dienst tun, sind in diesem Viertel selbst aufgewachsen und haben Angehörige, die Gangs angehören oder die von ihnen bedroht oder misshandelt werden können. Manche machen aus Geldgier mit, andere aus Angst.« Carls Miene verhärtete sich. »Das ist eine Bande von Irren. Nein, scheiß auf dieses Psychogebabbel. Das sind Wilde. Geh an einer x-beliebigen Woche im Jahr auf eine Notaufnahme und dann versuch mal, von einer Fünfjährigen eine Aussage zu bekommen, die nicht zu schreien aufhört, weil ihr von einer Gang, die bloß einem mit ihr verwandten Erwachsenen eine Lektion erteilen wollte, die Beine zerschmettert wurden. Oder du siehst da an einem Freitagabend wieder einmal einen Dreijährigen auf dem Leichentisch, dem der halbe Kopf weggeblasen wurde und der noch immer seinen Teddybär umklammert hält. Bei denen hört mein Verständnis auf, da verspür ich keinen Funken Mitgefühl mehr. Letztlich ist es eine Frage des Überlebens, und die sauberen Cops kennen nur eine Sichtweise: wir gegen die. Das Gesetz und alles Anständige in dieser Welt gegen Abschaum, Dreck, gegen das reine Böse. Hier herrscht der absolute Krieg, und brutale Gewalt ist die einzige Sprache, die diese Schweine verstehen.«

Dunai blieb einen Moment lang stumm. So nah war Carl einem Wutausbruch in ihrer Gegenwart noch nie gekommen.

»Dann macht es doch noch weniger Sinn, dass Cupido bislang nicht festgenommen wurde, selbst wenn er viele der lokalen Polizisten schmiert oder unter Druck setzt. Es sei denn, die Korruption reicht weitaus höher …«

Als Carl nicht antwortete, wandte Dunai sich zu ihm um. Seine Augen waren leicht verengt und hatten einen abwesenden Ausdruck angenommen. Er hatte sich noch immer nicht zu ihrer Theorie geäußert, als sie fünf Minuten später Philippi erreichten, eine kleine Township mit unbefestigten Straßen, ausgehungerten Hunden, Wellblechhütten, winzigen vom Staat finanzierten Massivhäusern und spärlichen Resten von kugeldurchsiebten Verkehrsschildern.

»Ich möchte, dass du im Wagen bleibst«, sagte Carl, als er in der Nähe eines kleinen gemauerten Gebäudes anhielt, über dessen Eingang ein gemaltes Schild mit der Aufschrift Philippi Family Planning Clinic hing. Dunai hatte bereits ihren Mund geöffnet, da hob er abwehrend eine Hand. »Und spar dir es wenigstens einmal im Leben, mir zu widersprechen. Du musst hier mit laufendem Motor im Wagen bleiben und aufpassen, ob irgendwas Sonderbares passiert.«

»Inwiefern sonderbar?«

»Wie ein Pulk junger Kerle, denen die Hosen bis zur Arschritze runterhängen und die mit gezogenen Waffen in Richtung Klinik marschieren.«

»Das meinst du doch nicht ernst.«

Carl wollte schon die Tür schließen, aber sie beugte sich herüber, streckte einen Arm aus und hielt ihn davon ab. Halb über dem Sitz liegend sagte sie: »Meinst du nicht, es könnte den Leuten, die dich sehen, ein wenig komisch vorkommen, wenn ein großer weißer Mann in Philippi eine Klinik für Familienplanung besucht?«

»Warum glaubst du wohl trage ich diese hübsche Gürteltasche?«, fragte Carl und warf einen gequälten Blick auf das kleine schwarze Täschchen vor seinem Bauch. »Ich bin der Mitarbeiter einer Hilfsorganisation, der Spendenlieferungen zustellt.«

Carl machte die Tür zu, ging zum Kofferraum und nahm dort eine Kiste heraus, in der man Arzneimittel und anderes medizinisches Material hätte vermuten können. Dunai kletterte auf den Fahrersitz und begann nach Personen Ausschau zu halten, die sich auffällig benahmen.

Zehn Minuten später trat Carl nach einem Treffen mit seinem Informanten wieder aus der Klinik. »Cupido gehören Lagerhäuser ein Stück die Straße hinauf in Sand Industria«, erklärte er, als sie wieder in die Richtung fuhren, aus der sie gekommen waren. »Von dort liefert er aus und von dort exportiert er auch. Die Läden scheinen alle ordnungsgemäß angemeldet zu sein, aber es wird auch von Lebendware gemunkelt.«

»Die Kinder«, sagte Dunai und drehte sich aufgeregt ihm zu.

»Keine vorschnellen Schlüsse ziehen. Wer zu ungestüm in eine Richtung losmarschiert, übersieht leicht etwas Wichtiges.«

»Aber worum sonst sollte es sich handeln?«

»Allgemein vermutet wird, dass es um Tiere geht. Der illegale Handel damit ist ein Riesenmarkt, und Kapstadt zählt zu den zentralen Umschlagplätzen. Naheliegender ist also, dass sich hinter dem Wort Lebendware Vögel, Frösche und all so was verbergen.«

»Schlimm genug, und normalerweise würde ich dir auch zustimmen«, sagte Dunai, »aber angesichts der Tatsache, dass die Flüchtlingskinder stets nach Kontakt mit Daniels Projektgruppe verschwinden und Daniels enge Beziehungen zu Brandon Cupido unterhält, besteht in meinen Augen schon die Möglichkeit, dass mit Lebendware tatsächlich Kinder gemeint sind.«

»Ja«, antwortete Carl nur auf Afrikaans.

Sieben Lagerhäuser in Sand Industria wurden Cupidos Besitz zugerechnet, und sie alle wirkten stark gesichert, was in Südafrika für Gebäude aller Art keineswegs ungewöhnlich war. Vier Lagerhäuser nahmen an der einen Seite des Industriegebiets einen ganzen Häuserblock ein, während die drei anderen sich auf der gegenüberliegenden Seite über einen ganzen Block erstreckten. Beide Areale waren rückwärtig und seitlich von einer drei Meter hohen Mauer umschlossen, während zur Straße hin spitz zulaufende Palisaden schützten. Gekrönt war die gesamte Konstruktion mit Stacheldraht und dem üblichen fünfreihigen Elektrozaun. Auf der Innenseite der Eingangstore stand jeweils ein Wachhäuschen.

»Legt offenbar Wert auf Sicherheit«, sagte Dunai, als Carl vor dem ersten Block von Lagerhäusern auf einem Sandstreifen parkte, der von dem bewaffneten Wachmann am Tor nicht eingesehen werden konnte.

»Fragt sich nur, ob er jetzt mehr daran interessiert ist, dass nichts heraus- oder dass nichts hereinkommt«, grübelte Carl, ließ das Fenster herunter und legte einen Arm auf den Rahmen. Die Härchen auf seinem Arm hoben sich blond von der gebräunten Haut ab, und Dunais Blick folgte dem Lauf einer Ader über den Bizeps bis zur beginnenden Wölbung seiner Schulter.

»Also gut«, sagte Dunai laut, Blick und Körper wieder nach vorn gerichtet. »Warum sollte er die Kinder hier herbringen?«

»Welchem Zweck dienen Lagerhäuser denn?«, fragte Carl zurück.

»Dinge zu sammeln und aufzubewahren, bevor sie an Händler oder Weiterverwerter ausgeliefert werden«, erwiderte Dunai und runzelte dann die Stirn. »Doch nicht … ach, komm, das sind Kinder.« Sie begann mit dem rechten Bein zu schaukeln. Carl legte seine Hand auf ihr wippendes Knie. Die Wärme und die Absicht der Geste übertrugen sich durch den Stoff ihrer Jeans. Sie hörte mit dem Wackeln auf.

»Du bist Vegetarierin«, sagte Carl. »Für dich hat das Leben von Tieren einen eigenen Wert, deshalb begegnest du ihnen mit Mitgefühl, das ihnen wiederum ein gewisses moralisches Gewicht verleiht. Aber es gibt Menschen, die noch immer der festen Überzeugung sind, dass es sich bei Tieren lediglich um eine Ware handelt, die gekauft oder verkauft werden kann und die dann als Nahrung, Leder, Pelz, Spielzeug, Versuchsobjekt oder was sonst noch dient. Und bei Menschen verhält es sich ganz ähnlich. Für manche ist das Leben heilig, für andere besitzt es bloß einen Wert, insofern es zur eigenen Bereicherung taugt. Bis zu einem gewissen Grad kennen wir diese Selbstsucht alle, aber gewöhnlich nur in geringem Maß. Denn bei einem vernunftbegabten Wesen wird der Glaube an einen dem Leben innewohnenden Wert diese Selbstsucht stets in ihre Schranken weisen.«

Vor seinem Eintritt in den Polizeidienst hatte Carl Sozialanthropologie studiert, daher hoffte Dunai tatsächlich auf eine Antwort, als sie fragte: »Und wie kommt es nun zu zwei derart unterschiedlichen Sichtweisen?«

»Keine Ahnung«, sagte er.

Dunai warf ihm einen zweifelnden Blick zu.

»Das weiß keiner so richtig«, sagte er angesichts ihrer Miene. »Es gibt bloß ein paar Theorien, die jenseits der Lehrbücher meist schnell versagen.«

»Sollten die Kinder wirklich hierhergebracht werden, was macht er dann mit ihnen?«

»Sexindustrie, Zwangsarbeit. Der höchste Bieter bekommt den Zuschlag.«

Es störte Dunai, wenn Carl über diese Dinge in einem so teilnahmslosen Ton sprach. Sie hatte festgestellt, dass viele Polizisten, die ehemaligen nicht ausgenommen, dazu neigten.

»Sklaverei«, meinte Dunai nachdenklich. »In Kapstadt.«

»Na, wo hast du sie denn vermutet?«

Dunai starrte ihn wütend an. Er sah sie an und ließ die Augenbrauen hoch- und runterwandern.

»Dann wäre da natürlich noch der Organhandel. Leber, Herzen und der Kram.«

»Himmel«, sagte Dunai bei der Vorstellung, Myasser und Mawien würden zu behelfsmäßigen Operationstischen geschleift. »Wir müssen da rein«, sagte sie und öffnete ihren Sicherheitsgurt.

»Wie?«

»Ich werde Knowler anrufen«, erklärte Dunai und griff nach ihrer Tasche.

»Er kann nicht einfach hier vorfahren und sich gewaltsam Zutritt verschaffen.«

»Ich weiß, dass man dafür die nötigen Papiere braucht, Carl.« Seine Besserwisserei ging ihr auf die Nerven. »Aber in diesen Lagerhäusern könnten Kinder stecken, die gerade aufgeschnitten werden, um an ihre Organe zu kommen. Wir können doch nicht bloß hier draußen sitzen und darüber plappern, wie schrecklich das ist.«

»Das Gesetz schützt die Privatsphäre jedes Einzelnen. Ohne einen Beweis, dass da drinnen Kinder festgehalten werden, wird Knowler nie einen Durchsuchungsbefehl erwirken können.«

»Ich weiß, ich weiß«, sagte Dunai und zog ihr Handy aus der Tasche. »Aber trotzdem muss was unternommen werden. Die Polizei stürmt schließlich ständig irgendwelche Läden ohne konkrete Beweise. Sie brauchen doch nur zu behaupten, sie hätten einen anonymen Tipp erhalten, dass sich in diesen Lagerhäusern Drogen oder Waffen oder so was befinden.«

»Wenn der Eigentümer irgendein kleiner Ganove ist, dann sicher«, sagte Carl. »Aber mit einem Typen wie Brandon Cupido legt man sich nicht ohne wasserdichten, wohldurchdachten Plan an, oder man bricht sehr schnell einen Revierkampf vom Zaun, bei dem die Polizisten die beweglichen Ziele abgeben.«

»Dann müssen wir eben einen Beweis finden.«

Carl trommelte mit den Fingern aufs Lenkrad. Dunai wippte wieder mit ihrem Bein.

»Ich kann Hatum nie wieder unter die Augen treten, wenn herauskommt, dass Myasser und Mawien die ganze Zeit da drin waren, während ich hier draußen untätig gesessen und hübsch artig die Rechte eines blutrünstigen Gangsters respektiert habe.«

»Was erwartest du von mir?«, fragte Carl sie gereizt. »Soll ich mich vielleicht anschleichen und auf den bewaffneten Wachmann stürzen?«

»Sei doch nicht so verdammt oberlehrerhaft«, fauchte Dunai.

»Okay, okay.« Carl hob seine Hände. »Wir fahren um die Lagerhäuser herum und sehen, ob sich eine günstige Gelegenheit bietet, aber mit großer Wahrscheinlichkeit wird unsere Neugier nicht unbemerkt bleiben.«

Dunai hatte zwar gewusst, dass bei der Erkundungstour nichts herauskommen würde, dennoch war ihr Scheitern schwer zu akzeptieren. Der Drang, wild um sich schießend das Lagerhaus zu stürmen, hatte sich bei ihr noch nicht gelegt.

»Das wäre ein großer Zufall gewesen«, sagte Carl, als sie vor dem ersten Lagerhaus auf demselben Stück Sandstreifen parkten, von dem aus sie eine Stunde zuvor gestartet waren. Sobald sie anhielten, schob sich das große Sicherheitstor auf, und ein Wachmann kam auf den Wagen zu. »Wir haben einen Besucher. Lass mich das Reden übernehmen.«

»Was tun Sie hier?«, fragte der Wachmann. Er war schwarz und gedrungen wie die Neunmillimeter an seiner Hüfte.

»Privatdetektiv«, sagte Carl und legte die Hände zum Zeichen seiner friedlichen Absichten auf das Lenkrad. »Ich untersuche das Verschwinden einiger Kinder in dieser Gegend.«

»Ist das vielleicht meine Sache, Boer-Boy?«

»Hoffentlich nicht, denn sonst würden Sie in großen Schwierigkeiten stecken.«

»Fok djy.« Fuck you sollte das heißen.

»Naai man«, erwiderte Carl. »Fok djy.«

Der Wachmann richtete sich auf und trat einen Schritt vom Wagen zurück. Er legte Daumen und Zeigefinger an die Lippen und pfiff in Richtung Tor.

»Provozier ihn doch nicht«, raunte Dunai leise.

»In dieser Gegend bedeutet Unterwürfigkeit, dass du schon so gut wie tot bist«, sagte Carl. »Zeigst du Rückgrat, besitzt du offenbar irgendwelche Rückendeckung.«

Ein zweiter Wachmann erschien und kam auf sie zu.

»Fok af, ek ry nou«, sagte Carl zu dem Wachmann an seinem Fenster.

Aber der ließ sie nicht mehr weg. Stattdessen zog er seine Pistole und hielt sie tief an seiner Hüfte, von wo aus er direkt auf Carls Brust zielte. Der zweite Wachmann trat zu ihm. »Klim uit you kak.«

»Klettert aus eurer Scheiße?«, fragte Dunai.

»Steigt aus dem Wagen«, erklärte Carl. »Schön langsam. Halt die Hände vor dir, damit sie gesehen werden können.«

Dunai folgte seinen Anweisungen und ging um den Wagen herum zu Carl. Als sie sich näherte, versetzte der Wachmann mit der Pistole Carl einen Aufwärtshaken in den Magen. Carl musste den Schlag kommen gesehen haben, denn er zuckte kaum mit der Wimper. Im Gegenteil, er breitete seine Arme noch aus, hielt sie von seinem Körper weg und starrte dem Angreifer unverwandt ins Gesicht.

»Fokin' bastards. Vorwärts!«, schrie der Wachmann und nickte mit dem Kopf in Richtung Lagerhauseingang. Sobald sie auf dem Grundstück waren, sahen sie sich um. Vor dem Lagerhaus war eine freie betonierte Fläche. Es gab weder Fenster noch Türen. An der rechten Seite des Gebäudes führte eine Zufahrt entlang, die auf der Rückseite verschwand. Anscheinend befand sich dort auch der Eingang zum Lagerhaus. Für verbrecherische Unternehmungen war diese Form der Anlage natürlich ideal, denn während das durchsichtige Palisadengitter an der Straßenseite den Eindruck verlieh, dass man hier nichts zu verbergen hatte, konnte in Wahrheit dank der nach innen verlegten Frontseite völlig unbeobachtet be- und entladen werden.

Dunai hatte gehofft, dass sie in das Gebäude gebracht würden, aber stattdessen führte man sie zu einem schwarzen Van, der in der Nähe des Wachhäuschens parkte, und zwang sie mit gezogenen Waffen in den Laderaum einzusteigen.

»Ich kann gar nicht glauben, dass du so unvernünftig handelst«, sagte Dunai, sobald die Türen hinter ihnen geschlossen waren und der Wagen sich in Bewegung setzte. »Jemandem, der wahrscheinlich Mitglied einer Gang ist und der mit einer Pistole auf deine Brust zielt, zu sagen, dass er sich verficken soll …«

Carl saß ihr gegenüber auf dem Boden des Vans. Er rutschte herüber, um neben ihr zu sitzen, und drückte sich dicht an ihre Seite. »Eins musst du begreifen, Dunai. Wenn du es mit diesen Dreckskerlen zu tun bekommst, zählt letztlich nur eine Sache, du musst unbedingt auf offenen Konfrontationskurs gehen. Wer nicht selbstbewusst auftritt, ist bei denen schon unten durch. Gewalt ist der einzige Verhaltenskodex, der hier verstanden wird, und nur die Leute gelten etwas, wenn auch noch so wenig, die Gewalt ausüben oder damit drohen können. Außerdem wissen sie gar nicht, wer und wie einflussreich wir sind, daher werden sie uns wohl kaum erschießen.«

»Und wenn du dich irrst?«

»Tu ich nicht«, sagte Carl, und ein eisiger, harter Unterton in seiner Stimme ließ sie zu ihm aufblicken. Er drehte seinen Kopf und küsste sie langsam und zärtlich. Dann zog er sich wieder zurück.

»Das ist einfach nur ein Aufplustern, ein Piss- und Anpissspielchen, zeigen, wer am längsten kann«, sagte er ihr. »Denk daran, wie viel Angst du auch immer haben magst. Ich werde uns da durchbringen. Ich werde nicht zulassen, dass dir etwas geschieht.«

Dunai lehnte sich an ihn, schloss ihre Augen und versuchte nicht daran zu denken, was alles passieren könnte, aber ihr Herz ließ sich nicht so leicht überlisten. Es arbeitete wie verrückt, angestachelt vom Adrenalin, das durch ihren Körper raste.

Sie waren noch keine zehn Minuten gefahren, da hielt der Van, und sie wurden vor einem Shebeen ausgeladen, zumindest hielt Dunai den Laden für eine der Tausenden von illegalen Kneipen in den Cape Flats, zu denen die Polizei häufiger ausrücken musste als sonst wohin.

Drinnen wirkte das Shebeen wie eine x-beliebige Spelunke irgendwo auf der Welt, bis hin zu dem Aston-Villa-Fanschal über der Bar und den beiden Pooltischen an einer Wandseite. Stühle und Tische waren beiseitegerückt worden, da eine sehr dicke schwarze Frau gerade den Boden wischte. Etwa ein Dutzend Männer, gekleidet in einer eigenwilligen Kombination aus Chinohosen, Baumwollhemden, Slippern und protzigem Schmuck, lungerte um die freie Fläche herum. Dunai und Carl wurden in den Raum geschoben, und einer der Männer verschwand durch eine Tür rechts der Theke. Die dicke Frau, die den Boden wischte, schnappte sich ihren Eimer und machte sich davon. Das war kein gutes Zeichen.

»Beeil dich gefälligst«, rief Carl dem fortgehenden Mann hinterher. »Ek hettie Zeit om te verlieren nie.«

Dunai zuckte zusammen. Sie wusste zwar noch, was Carl ihr über die Notwendigkeit zur Konfrontation erzählt hatte, aber alles in ihr riet ihr, die Klappe zu halten und sich so klein, unbedeutend und unterwürfig wie möglich zu geben.

Kurz darauf kehrte der Gangster, gefolgt von einem mittelgroßen Mann, zurück. Er hatte hellbraune Haut und krause, kurzgeschorene Haare. Hemd, Schuhe, Uhr und die akkurat gebügelte Hose waren von edelster Qualität und hätten ihn wie einen Politiker auf Wahlkampfreise aussehen lassen, wäre da nicht der auffällig funkelnde Schmuck sowie die zahlreichen Narben und Tattoos auf Gesicht, Hals, Nacken, Armen und Händen gewesen. Diese Kombination aus Kultiviertheit und Gangbrutalität wirkte besonders grauenerregend. In Dunais Augen sprach das dafür, dass er nicht nur ein höchst gewalttätiger Streetfighter war, sondern offenbar auch eine äußerst gefährliche, wahrscheinlich sogar geisteskranke Person, die zur Förderung ihres Reichtums und ihrer Macht mittlerweile die eigene Brutalität geschickt zu dosieren und zu kontrollieren verstand.

Hinter Brandon Cupido betraten noch zwei weitere Männer den Raum, von denen einer einen dicken Aktenordner unter dem Arm trug und aussah wie ein Buchhalter. Cupido blieb dicht vor Carl stehen und würdigte dabei Dunai keines Blickes.

»Mr Lambrecht«, sagte er und betrachtete Carl eine Weile, bevor er fortfuhr. »Mein Urgroßvater war ebenfalls Holländer. Ein Van Degteren, glaube ich.«

»Lambrecht ist französisch«, sagte Carl gelangweilt.

Cupido tat dies mit einer wegwerfenden Handbewegung ab. »Letztlich ist doch alles Afrikaans, hab ich Recht? Die gemeinsame Abstammung.«

»Sie und ich, Cupido, wir stammen nicht einmal vom selben Planeten«, erklärte Carl und maß ihn voller Abscheu von oben bis unten. Er betonte seinen Akzent jetzt wieder absichtlich. »Ja, ich bin hier geboren, aber Sie stammen vom Planeten Scheiße-statt-Hirn, auf dem aus Müllresten Sachen heranwachsen, die aussehen wie kleine braune Wichser met sukke klein pieletjies.«

Ach, du große Scheiße, dachte Dunai. Jetzt hat er gerade einem der gefährlichsten Gangster im ganzen Land gesagt, dass er einen kleinen Schwanz hat.

Cupido lächelte nicht mehr. Er riss dem Mann neben ihm den schweren Ordner aus der Hand und schlug damit auf Carl ein, der jedoch keinerlei Reaktion zeigte, obwohl der solide Einband ihn mit einem lauten Knall seitlich am Kopf traf.

Oh Scheiße, oh Scheiße, dachte Dunai, aber Carl stand nur da und lächelte.

»Ooooo«, hörte Dunai einen der Gangster sagen. Sie wandte den Blick in seine Richtung und sah, wie er seine Hände aneinanderrieb.

»Slaan hom in sy moer«, rief ein großer, hagerer Gangster und richtete sich von dem Tisch auf, an dem er lehnte.

Dunai fühlte die Atmosphäre kippen. Plötzlich knisterte und knackte die Lust auf Gewalt um sie herum wie Fett auf einem glühend heißen Herd. »Sehen Sie, wir sind Privatdetektive«, sagte sie, da sie etwas tun wollte, bevor die Sache hier in eine Massenraserei ausartete. »Wir suchen nach zwei Kindern, die vermisst werden und von denen wir glauben, sie könnten sich in dieser Gegend aufhalten. Wir sehen uns also nur ein wenig um.«

Alle Blicke schwangen in ihre Richtung. Sie sah zu Carl, dessen hellgraue Augen sie wütend anstarrten. Sie hatte die Aufmerksamkeit auf sich gelenkt. Damit war sie jetzt ein Zielobjekt. Einer der Männer kam auf sie zu, massierte, was offenbar eine beginnende Erektion war, und ließ seine Zunge hervorschnellen. Ekel stieg in ihr auf, zugleich hatte sie noch nie eine solch panische Angst verspürt.

»Djy's lekker deurie naai«, sagte ein anderer, und obwohl Dunai das entstellte Afrikaans nur mit Mühe verstehen konnte, war ihr auch so zweifelsfrei klar, dass ihre Angst und der drohende Gewaltausbruch diese Dreckskerle nur noch mehr erregten. Sollte Carl einen Plan haben, dann wurde es Zeit, ihn umzusetzen.

Ein anderer Gangster kam in den Raum geschlendert, und sein Gesicht ließ Dunais Angst um ein paar weitere Grade ansteigen. Ihm war sie bereits begegnet, als sie das letzte Mal versucht hatte, Licht in die Verbindung zwischen Wayne Daniels und Cupido zu bringen. Er hatte ihr eine Warnung zukommen lassen sollen, und sie hatte ihn Fischgesicht getauft, weil er groß und schlank war, mit Augen so kalt und schwarz wie die eines toten Fisches. Sein Mund war ungewöhnlich breit und sein Gesicht so schmal, dass es ohne das Zutun von Wagenknochen und Kiefer direkt spitz auf Stirn, Nase, Mund und Kinn zuzulaufen schien. Seine Ähnlichkeit mit einem Thunfisch war frappierend.

»Fischgesicht«, sagte sie und merkte dann erst entsetzt, dass sie das laut ausgesprochen hatte.

Volle fünf Sekunden lang herrschte Stille im Raum, dann brach ein riesiges Gelächter aus. »Ooo«, schrie einer der Gangster, der sich vornübergebeugt vor Lachen den Magen hielt. »Slat my dood met ’n pap snoek.« Die Gangster brüllten vor Lachen. Und hätte Dunai nicht so furchtbare Angst verspürt, sie wäre wohl auch über den spontanen Spruch des Gangsters in Lachen ausgebrochen, denn der Ausruf »Da erschlag mich doch einer mit ’nem schlappen Fisch« wurde überall in den Cape Flats als Ausdruck von Schock oder Überraschung benutzt.

Fischgesicht allerdings lachte nicht. Ebenso wenig Carl. Cupido lächelte zwar, aber auf hässliche und unheimliche Weise. Und das stämmige, schwitzende Ekel mit der nervösen Zunge und dem Ständer hatte sich in diesem Moment hinter sie geschoben und stieß nun seine Hüften gegen ihren Hintern. Dunai explodierte. Sie sprang von dem Kerl hinter ihr weg, verpasste ihm eine mächtige Ohrfeige, schnellte sofort wieder herum, machte einen Satz auf Fischgesicht zu und zog ihm ihre Fingernägel über die Wange.

Das Gelächter erstarb augenblicklich. Alle schwiegen. Niemand lächelte. Das Adrenalin, das durch ihren Körper pumpte, ließ Dunai schwer atmen, ihr Kopf schwang von einem Gefahrenpunkt zum anderen. Sie verspürte inzwischen keine Angst mehr, aber sie konnte jetzt auch nicht mehr von den beiden Männern wegkommen, die jeweils einen ihrer ausgestreckten Arme gepackt hielten. Sie wand sich und trat nach den Knien der Gangster, wie sie es bei der Attacke der Amazone gegen den Zuhälter gesehen hatte, aber die beiden Männer wichen ihren Tritten aus, ohne deshalb ihre Arme loszulassen. Oh Scheiße, wo war Belinda jetzt?

Fischgesicht machte einen Schritt auf sie zu und schlug sie mit solcher Wucht auf die Wange, dass sie eine Sekunde lang glaubte, er hätte ihr das Genick gebrochen. Der Schmerz raste von ihrer Wange unter ihre Schädeldecke, wo er wie ein Feuerwerk explodierte.

»Rührt sie noch einmal mit euren Drecksfingern an«, dröhnte Carls Stimme, »und ich werde jeden einzelnen von euch Arschlöchern jagen und auf Arten ins Jenseits befördern, die selbst euren durchgeknallten Kleinhirnen noch nicht eingefallen sind.«

Von dem Schlag waren Dunai Tränen in die Augen getreten, und sie hatte gerade ein- oder zweimal geblinkt, als Cupido gebückt auf Carl zusprang und ihn mit einem Aufwärtshaken in den Schritt traf. Carl klappte nach vorn, blieb aber auf den Beinen. Cupido richtete sich auf und beobachtete Carl abwartend mit dem gelangweilten Interesse einer Katze, die mit ihrer Beute spielt. Nach einer Weile beugte sich Carl wieder auf. Seine Haut war rot angelaufen, aber es lag keine Angst in seinem Gesicht.

Dunai kämpfte mit drei gleichermaßen übermächtigen Emotionen: Schmerz, Angst und Wut. »Hören Sie jetzt sofort damit auf«, schrie sie Cupido an. »Warum helfen Sie uns eigentlich nicht lieber, statt Ihren Einfluss für Prügelorgien zu nutzen? Wir wissen, dass Sie uns zu den Kindern, die vermisst werden, führen könnten. Wenn Sie jetzt mit uns kooperieren, dann kann das für Sie langfristig nur von Vorteil sein.«

»Weißt du überhaupt, wer ich bin?«, schrie Cupido sie an. »Weißt du überhaupt, wer ich bin?« Sein Gesicht fügte dem Farbspektrum einen neuen Ton hinzu – kirschrot –, und seine Augen quollen weit aus seinem Schädel. »Wer bist du denn?«, kreischte er. »Wer bist du denn?« Speichel hing ihm in den Mundwinkeln, die zu Fäusten geballten Hände pressten sich an seine Hüften und sein leicht nach vorn gebeugter Körper war steif wie ein Brett. »Hast du denn einen totalen Knall?«, brüllte er sie an. »Ich bring dich um. Ich bring euch einfach um«, schrie er. »Kapierst du überhaupt, dass ich dich einfach umbringen kann? Kapierst du das, du dämliche Fotze? Ich bin Brandon Cupido. Ich bin Brandon Cupido.«

»Rufen Sie Captain Knowler im Präsidium in der Innenstadt an, bevor Sie hier weitermachen«, sagte Carl mit ruhiger, allerdings etwas angestrengter Stimme. »Wenn ich mich dort auf der Wache nicht um zwölf persönlich melde, werden in dem Laden hier pünktlich zum Mittagessen mehr Polizisten als Bierflaschen sein.«

Cupido schnellte in seine Richtung. Sein Körper bebte. Er blitzte erbost den erheblich größeren Mann an. Doch Dunai sah, wie sich das wütende Funkeln in ein berechnendes verwandelte. Cupido wurde merklich ruhiger. »Fragt sich nur, ob ich dir das abnehme?«, fragte er.

»Rufen Sie Knowler an«, erwiderte Carl. »Fragen Sie ihn. Wäre doch ein unsinniges Risiko bloß wegen zwei Privatschnüfflern, oder? So viel Ärger wären wir doch überhaupt nicht wert, hab ich Recht? Wäre jedenfalls schlecht fürs Geschäft.« Carl hatte Cupido damit einen Weg eröffnet, sie nicht umbringen zu müssen, um vor seinen Gefolgsleuten das Gesicht zu wahren.

»Hm«, sagte Cupido. Er sah zu den beiden Schlägern, die Carl an den Armen festhielten und gab ihnen mit dem Kopf ein Zeichen in Richtung Hinterzimmer. Sie schleppten ihn auf die Tür neben der Theke zu.

»Carl!«, rief Dunai, die sich für einen Moment mehr Angst um ihn als um sich selbst machte.

Er blickte über seine Schulter zu ihr zurück, während die beiden Schergen ihn weiterzogen. »Keine Bange«, sagte er. »Bloß Zeit für den Pisswettbewerb.« Dann waren sie im Hinterzimmer verschwunden, die Tür schlug zu, und Dunai stand allein in einem Raum voller Bestien. Aber statt nun in Stücke gerissen zu werden, trat um sie herum eine nahezu völlige Stille ein, als ob diese Wesen jetzt ohne konkrete Anweisungen gar nicht so recht wussten, wie sie sich verhalten sollten.

Einige Momente vergingen. Ein kleiner Junge kam zu ihr herüber. Er konnte nicht älter als zehn sein. Sie hatte ihn bis dahin überhaupt nicht bemerkt. Offenbar hatte er irgendwo im Halbschatten gesessen. Er blieb direkt vor ihr stehen und sie sah hinab in das kleine, ihr zugewandte Gesicht. Er trug ein schmutziges Hemd und Hosen, die für ihn viel zu groß und deren Beine deshalb zu dicken Wülsten hochgekrempelt waren. Dem Kind mochte Dunai zwar noch nie begegnet sein, in seinen Augen lag jedoch ein vertrauter Ausdruck, den sie erst kürzlich irgendwo gesehen hatte, den sie nur gerade nicht zuordnen konnte. »Alles in Ordnung mit dir?«, fragte sie den Jungen.

Die Gangster fanden das anscheinend sehr komisch.

»Alles in Ordnung mit dir?«, fragte Dunai noch einmal. Das Kind starrte nur zu ihr hoch.

»Hy's kens gekekkel«, meinte einer der Männer und versetzte dem Kind einen Klaps auf den Kopf.

»Lassen Sie das«, schnappte Dunai. »Was meinen sie?«, fragte sie den Jungen.

»Er wird ja ganz kindisch von deiner ganzen Bemutterung«, warf ein anderer Mann ein.

»Nie, hy's 'n bokkie«, sagte der erste und lachte erneut.

»Ein bietjie verrüüückt«, meinte ein anderer.

Das Kind lächelte Dunai mit breitem Lächeln an und rammte ihr dann beide Fäuste in den Magen. Es dauerte eine Weile, bis sie den Schlag verdaut hatte, da ihr Bauch noch immer von dem Aufwärtshaken schmerzte, den ihr der Zuhälter vor zwei Tagen verpasst hatte. Allerdings glaubte sie nicht, jemals den Schock verdauen zu können, von einem Kind angegriffen worden zu sein, das beständig zu ihr hoch lächelte.

Sie fühlte sich merkwürdig entrückt, leicht schwindlig und außer Atem. Sie suchte in dem Gesicht des Jungen nach irgendeinem Ausdruck, nach irgendetwas, das man normalerweise in der Miene eines Zehnjährigen finden würde, und plötzlich fiel ihr ein, wo sie diesen Blick schon einmal gesehen hatte. Es war der Sangoma. Eine Weile überlegte sie, wie sich das, was sie dort sah, beschreiben ließ, aber nur ein Wort kam ihr immer wieder in den Sinn, das Böse. Konnte ein Kind wirklich schon böse sein?

Der Junge sprang sie an, packte ihren Unterarm mit

seinen zwei kleinen Händen und grub seine Zähne in ihr Fleisch. Dunai schrie vor Schreck und Schmerz auf. »Hör auf!«, brüllte sie und versuchte, seinen Kopf fortzustoßen. Er biss noch kräftiger zu, und der Schmerz wuchs. Sie schlug ihm seitlich auf den Kopf, aber er ließ nicht locker. Die Männer lachten und johlten. Dunai begann, auf das Kind einzuschlagen. Sie kam sich selbst hysterisch und körperlich krank vor, während sie den kleinen Kopf mit Schlägen und Ohrfeigen traktierte.

»Nehmt den Köter an die Leine!« Es war Cupido, der in den Raum zurückkam.

Jemand befreite sie von dem Kind. Den wenigen Zähnen, die er noch hatte, war es zwar nicht gelungen, ihre Haut zu durchdringen, sie hatten aber eine tiefe Druckstelle hinterlassen, die sich bereits dunkelrot verfärbte. Carl trat mit steifen Schritten aus dem Hinterzimmer. Aus seinem Mund und aus seiner Nase rann Blut.

»Haut ab. Raus hier«, schrie Cupido. »Verpisst euch. Geht mir bloß aus den Augen.«

Dunai und Carl wandten sich rasch zur Tür und traten hinaus in die Hitze, die gleißende Sonne und in den Gestank nach Autoabgasen und faulendem Abfall.

Sie waren schon einen Block von dem Shebeen entfernt, als Dunai fragte: »Bist du okay?«

»Ja«, sagte Carl auf Afrikaans und tupfte seine aufgeplatzte Lippe.

»Meinst du, der Junge war geistig behindert?«

»Das bezweifle ich«, erwiderte Carl leise. »Sie nennen sie Bokkies. Die Gangs richten sie zu blutgierigen Killern ohne jedes Gewissen ab.«

»Was ist denn mit ihren Eltern? Kein Kind wählt doch freiwillig solch eine Art von Leben.«

»Die Eltern sind meist selbst Gangmitglieder, daher wachsen die Kinder schon in diesem Leben auf. Siebenjährige Crystal-Meth-Süchtige. Mit acht sind sie Diebe, mit elf Vergewaltiger und mit zwölf Mörder. Die Gefängnisse sind voll von ihnen, aber draußen laufen noch mehr herum.«

Sie brauchten eine halbe Stunde für den Fußmarsch zurück zu ihrem Wagen. Carl wischte sich auf ihrem Gang das Blut aus seinem Gesicht. Die Leute musterten sie zwar neugierig beim Vorbeigehen, aber niemand sprach sie an.

21

Das Klappern, Knirschen und Quietschen der sich öffnenden Käfigtür riss Myasser aus einem leichten Schlaf. Die jüngeren Kinder kletterten voller Angst auf ihr herum und reizten dabei die vielen Prellungen von den Schlägen, die sie bezogen hatte. Aber sie ließ die Kleinen gewähren.

Hinter den beiden Männern, die Myasser misshandelt hatten, betraten zwei Frauen den Käfig. Eine war eine »Coloured«, wie man das hier nannte. Myasser erkannte es sowohl an ihrem Akzent, als sie sagte: »Hallo, Mädchen. Schön, dass ihr alle wach seid«, als auch an ihrer hellen, gelbbraunen Hautfarbe und dem schwarzen, straff nach hinten gekämmten Haar. Ihre Stirn war breit und rund und glänzte unter dem Deckenlicht, das sie eingeschaltet hatten. Sie trug Schuhe mit spitzen Absätzen, einen engen dunklen Rock, der ihr bis zu den Knien reichte, und eine leuchtend blaue Bluse.

Die andere Frau war dick, kakaobraun und bekleidet mit einem langen Rock und einem T-Shirt, das sich über Brüste spannte, die so groß waren, dass sie auch noch den Platz einnahmen, wo eigentlich ihr Bauch hätte sein sollen. Um ihre Handgelenke und Knöchel baumelten

Perlen, Muscheln und Samenhülsen, die auch in langen Ketten um ihre Hüften und um ihren Hals hingen.

Die Männer ließen die Schlagstöcke in ihre Hände klatschen, als ob es noch nötig gewesen wäre, die kleinen Mädchen einzuschüchtern, die schon jetzt wimmerten wie junge Hunde, denen Prügel drohte. Das Mädchen, das in Mawiens Alter war, hatte ihr Gesicht an Myassers Hals vergraben.

Die Farbige ging bis in die Mitte des Käfigs, wobei ihre Absätze auf dem Betonboden laut klapperten. Sie fasste den Boden einer Tüte vorsichtig zwischen zwei Finger und kippte sie aus. Ein kleiner Haufen Unterwäsche fiel auf den Boden. »Alles in Ordnung«, sagte sie. »Zieht eure Slips an.«

Ein paar Sekunden lang fragte sich Myasser, ob sie gerettet sein mochten, aber da waren noch immer die Männer mit den Gummiknüppeln.

»Na los, kommt schon«, sagte sie ungehalten, als keins der Mädchen sich rührte. »Zieht euch jetzt an. Ich sag's nicht noch einmal.«

»Bewegt euch!«, brüllte einer der Männer.

Myasser streifte die sich festklammernden Kinder von sich und stand auf. Das Mädchen in Mawiens Alter nahm sie an der Hand, und die anderen pressten sich dicht an sie, während sie vortrat. Sie war sich ihrer Blöße bewusst, obwohl ihre Brüste kaum größer als die eines Jungen waren und sie erst wenig Schamhaar hatte.

Im ersten Moment wollte Myasser schon mit gesenktem Kopf, den Blick starr auf ihre schwieligen Füße gerichtet, zu ihrer Unterwäsche gehen, dann aber zwang sie sich, diesen Leuten offen ins Gesicht zu sehen, denn ihr wurde plötzlich klar, dass alles Beschämende, alles Schändliche ihrer Situation jetzt an diesen Menschen haftete, nicht an ihr. Sie hatten sie in einen Käfig gesperrt und ihr den Bruder weggenommen. Und genau diese Taten waren es, die diese Menschen dreckig und widerlich machten. Myasser hatte das Gefühl, dass ihre Nacktheit im Vergleich dazu unbedeutend war.

Sie beugte sich hinab, nahm den hellblauen Baumwollslip vom Wäschehaufen und zog ihn an. Es war einer von lediglich dreien, die sie besaß. Gewöhnlich trug sie diese Slips gar nicht, da sie teuer waren und ihr Waschen zu viel kostbare Seife und Wasser erforderten, die für die Säuberung der äußeren Kleidung benötigt wurden. Die Unterwäsche war ein Geschenk ihrer Mutter, die den hellblauen Ton gewählt hatte, damit er zur Farbe von Myassers Tobe passt. Das Gesicht ihrer Mutter hatte vor Freude gestrahlt, als sie ihr das Geschenk überreicht hatte. Beim Gedanken daran hätte Myasser am liebsten losgeheult, daher brach sie die Gedanken daran rasch ab.

Auch die anderen elf Mädchen suchten jetzt ihre Wäsche heraus, und gemeinsam mit einigen der Älteren half Myasser den Kleinen beim Anziehen.

»So ist's schon besser«, sagte die Frau. »Wenn ihr schön brav seid, besteht überhaupt kein Grund zur Angst. Ich bin hier, um euch ein neues Leben zu schenken. Bislang habt ihr ja kein schönes Leben führen können.«

Myasser bemerkte in der Hand der Frau zwei kleine Scheren und zwei kleine Plastiktütchen. Eine Schere und ein Tütchen reichte die Frau nun der massigen Schwarzen. »Wir werden jedem von euch ein paar Fingernägel und ein paar Haarspitzen abschneiden. Ihr braucht keine Angst zu haben. Es tut keinem weh.« Mit einer Handbewegung bedeutete sie der dicken Frau anzufangen.

»Ich bin hier, um euch ein neues Leben zu schenken«, erklärte sie wieder, während sie zu einem der älteren Mädchen ging, ihre linke Hand nahm, zwei Fingernägel kürzte, dann eine kleine Haarsträhne abschnitt und alles in der Tüte verstaute. Die dicke Frau tat das Gleiche bei den kleineren Mädchen.

»Ich werde euch Arbeit geben«, sagte die Frau und schnitt dem nächsten Mädchen die Nägel. »Ihr habt doch alle nach Arbeit gesucht, oder? Nun, ich werde euch welche geben. Ihr werdet in der Lage sein, Geld zu verdienen, euren Lebensunterhalt zu verdienen, und wenn ihr hart genug arbeitet, werdet ihr euch eines Tages auch ein eigenes Haus, vielleicht sogar ein eigenes Auto leisten können.«

Sie kam zu Myasser. Myasser weigerte sich, ihre Hand zu heben. »Aber es gibt natürlich auch immer welche, die Schwierigkeiten machen«, sagte die Frau. Sie war einen Kopf kleiner als Myasser und musste ein wenig in die Knie gehen, um deren Hand zu packen. »Die Sangoma ist hier, um dafür zu sorgen, dass solche Störenfriede hier keine Schwierigkeiten machen können. Das sind die Mädchen, die sich für zu gut halten, um zu arbeiten. Die Faulen, die erwarten, dass andere für ihren Unterhalt aufkommen sollten. Aber ihr seid es ja, die arbeiten sollen.«

Sie kürzte Myasser zwei Fingernägel, griff dann nach oben und ließ das lange, schwarze Haar erst durch die

Finger laufen, bevor sie eine Strähne abschnitt und in den Beutel legte. Myasser warf einen Blick durch die Gitterstäbe des Käfigs. Es war nichts zu erkennen, bloß eine kahle Wand wie von einem düsteren Gang. Aber irgendwo dahinter war Mawien. Sie hatte aufgehört, die Vogelgeräusche zu imitieren, da sie ihr gesagt hatten, sie würden ihn umbringen, wenn sie nicht die Klappe hielt. Die Vogelrufe taugten für einen Markt in Malawi, diesmal jedoch musste sie einen anderen Weg finden.

Die dicke Schwarze breitete eine kleine Matte auf dem Boden aus und stellte ein tiefes Tongefäß, eine bauchige Flasche und eine Tasse darauf. Sie goss eine Flüssigkeit, die nach Kräutern roch, von der Flasche in die Tasse. Die andere Frau packte Myassers Arm, bohrte ihre Finger in die blauen Flecke und führte das Mädchen zur Matte. Die Sangoma kniete sich vor das Tongefäß, legte einen Kopfschmuck an, einen Schleier aus weißen Perlen, der ihr Gesicht bedeckte, und begann sich zu wiegen und zu singen.

Die Tasse wurde Myasser in die Hand gedrückt. »Trink«, forderte die andere Frau sie auf.

Myasser nahm die Tasse, trank aber nicht. Ihr Verstand suchte fieberhaft nach einem Ausweg aus der Bedrängnis.

»Du wirst trinken«, sagte die Frau. Sie sprach leise, den Mund dicht an Myassers Ohr. »Die Männer werden dich wieder schlagen, wenn du es nicht tust. Dann werden sie dich festhalten, und ich schütte dir den Inhalt höchstpersönlich in den Schlund. Warum ersparst du dir also nicht einfach die Prügel und trinkst einfach?«

Myasser glaubte, dass ihr nichts anderes übrigblieb,

daher hob sie die Tasse an ihre Lippen und trank die Flüssigkeit, die warm und bitter schmeckte und die ihren Körper erschauern ließ.

»Alles«, sagte die Frau.

Myasser gehorchte.

»Jetzt zieh deinen Slip aus«, sagte sie.

Myasser sah nach unten. Der Boden schien erst von ihr fortzukippen, raste anschließend aber sofort wieder auf sie zu. Sie torkelte, die Frau ergriff ihren Arm. »Slip runter«, sagte sie.

Myasser tat, was von ihr verlangt wurde.

»Jetzt in den Topf damit.«

Der Singsang der Sangoma war inzwischen lauter geworden, und ihr Körper wurde von einem Zittern geschüttelt. Es war ein einziger Berg aus wackelndem, bebendem Fleisch.

Myasser trat an das Gefäß. Es machte den Eindruck, als lägen Schneckenhäuser und Kräuter auf dem Boden des Topfs. Sie ließ ihren Slip hineinfallen. Die Sangoma gab einen hohen, schrillen Ton von sich.

»Knie dich neben den Topf. Nein, so herum«, wies die Coloured sie an, drehte dabei Myassers Körper, für den das Mädchen jedes Gefühl verloren hatte, und drückte sie auf ihre Knie hinunter. Einer der Männer reichte der Frau eine Kamera. Sie griff nach unten, legte Myassers schlappe Hand auf das Tongefäß und fotografierte sie so.

»Dieser Topf hat nun deinen Geist«, verkündete die Frau mit lauter Stimme. »Solltest du jemals weglaufen, dich weigern zu arbeiten oder nicht genau das tun, was von dir verlangt wird, dann wird die Sangoma dich mit einem Fluch belegen. Sie wird dich verfluchen, und du wirst auf eine schreckliche Weise sterben. Das wird furchtbar schmerzhaft sein, denn sie hat nun deinen Geist in ihrem Topf.«

Einige der Mädchen begannen zu weinen. Sie waren allesamt schwarz und waren aufgewachsen mit Sangomas und Baloyi, mit dem Ahnenkult, den traditionellen Geistern und all den Legenden und Geschichten über Hexen und Hexer, die sich in Hyänen verwandelten und dann all jene angriffen, die sich nach Einbruch der Dunkelheit noch draußen aufhielten, um ihnen die Innereien herauszureißen. Myasser hatte schon erlebt, wie stark die Menschen hier beeinflusst wurden von muti, Kräutern, Zaubersprüchen und Verfluchungen.

»Das ist alles«, sagte die Frau zu ihr. »Die Nächste.«

Einer der Männer zog sie auf die Beine, während ein anderes Kind nach vorn gebracht wurde.

»Pass doch auf!«, bellte die Frau den Mann an. »Dir hab ich es zu verdanken, dass ich jetzt beschädigte Ware ausliefern muss.«

Sie beugte sich vor, um neue Flüssigkeit in die Tasse zu gießen. Die Tasse wurde dann dem nächsten Kind gereicht, und es wurde ihm befohlen, auszutrinken und anschließend den Slip auszuziehen und in den Tontopf zu werfen. Die Sangoma sang, kreischte, zitterte und bebte, während das Kind niederknien musste, um in jenem Moment nackt mit einer Hand an dem Tontopf fotografiert zu werden, in dem die Sangoma die Seele des kleinen Mädchens gefangen hielt.

22

Carl bog an der Buitengragt Street in eine Tankstelleneinfahrt, hielt an der mittleren von drei Zapfsäulen, schaltete den Motor aus und sagte dem Tankwart, der sofort an ihren Wagen getreten war, was er wollte. Es war ein Uhr, und das Thermometer hatte vierunddreißig Grad erreicht, aber im Schatten des Wohnblocks, der über der Tankstelle aufstieg und sich dabei auf die drei mächtigen Pfeiler stützte, an denen jeweils eine Zapfsäule stand, war es angenehm kühl.

»Wie wär's denn mit der Beschlagnahmestelle für illegalen Besitz?«, fragte Dunai. »Für so eine unabhängige Stelle müsste es doch ein Leichtes sein, Cupido mit dem organisierten Verbrechen in Verbindung zu bringen. Außerdem könnte sich die Abteilung für Organisiertes Verbrechen bei der Polizei auf den Prevention of Organised Crime Act berufen und Gangmitglieder unter Anklage stellen, die sich an Kriminalität zu ihrem Vorteil beteiligt haben.«

»Ich werde das Gefühl nicht los, dass sich da was zusammenbraut«, sagte Carl. »Laut Knowler gibt es derzeit die Anweisung, nicht gegen Cupido vorzugehen, und wenn das die offizielle Haltung ist und nicht nur die der paar lokalen Cops, die Sachen vertuschen, weil sie Schmiergelder kassieren, dann muss es offenbar wirklich schwerwiegende Gründe geben. Vielleicht sind sie ja gerade dabei, die Anklage gegen ihn wasserdicht zu machen.«

»Das erklärt aber immer noch nicht, warum es fünfzehn Jahre gedauert hat. Der Mann prahlt mit dem herum, was er tut, und Überheblichkeit macht bekanntlich unvorsichtig.«

Carl sagte nichts. Der Ballen seiner Hand lag auf dem Lenkrad, während sein Zeigefinger einen Rhythmus trommelte.

»Carl?«

Er drehte sich in ihre Richtung und schüttelte den Kopf. »Keine Ahnung, Dunai … Fuck«, sagte er, packte sie am Nacken und drückte ihren Oberkörper nach vorn, bis ihr Gesicht gegen die eigenen Knie stieß.

Die erste Kugel zerschlug das Fenster dort, wo eben noch ihr Kopf gewesen war. Die zweite und dritte klangen, als hätten sie Metall getroffen, aber der Krach war zu ohrenbetäubend, als dass Dunai hätte erkennen können, wo genau sie eingeschlagen hatten.

»Auf den Boden, auf den Boden«, schrie Carl.

Dunai krümmte sich mit dem Rücken zuerst in den Raum vor dem Beifahrersitz, und es gelang ihr auch mit einem Katzenbuckel, die Knie am Kinn, die Arme an die Seite gepresst und die Hände im Schoß vergraben, ihren Körper dort unterzubringen. Vage nahm sie das Geräusch von quietschenden Reifen wahr. Wahrscheinlich der Autofahrer, der an der Zapfsäule vor ihnen gestanden hatte und jetzt die Flucht ergriff.

Carls Zweimetergestalt war zwischen Lenkrad und Tür eingeklemmt. Aus dem Radio kamen die unbeschwerten Anfangstakte von Freshlygrounds *Doo Be Doo*. »Waffe im Handschuhfach«, sagte er.

Vorsichtig griff sie nach oben, drückte den Hebel und fingerte nach der Waffe. Die Glock 31 wog geladen fast ein Kilogramm. Sie reichte die Pistole an Carl weiter. Zwei Schüsse trafen den Wagen. Zuerst hatte sie ein schrilles Pfeifen in den Ohren gespürt, das nun aber bereits etwas gedämpft klang, so als hätte ihr Gehör zum Selbstschutz die Lautstärke heruntergedreht. Die Kugeln hatten die Karosserie des Wagens getroffen. Den Schützen musste klar sein, dass sie sich abgeduckt hatten, und daher zielten sie nun tiefer. Der Geländewagen verfügte in den Türen allerdings über einen zusätzlichen Seitenaufprallschutz, dessen Versteifungen wahrscheinlich ein Durchschlagen der Kugeln verhinderten. Lange würden die Angreifer nicht brauchen, das zu begreifen.

»Sobald ich das Kommando gebe« sagte Carl, »möchte ich, dass du mit geducktem Kopf über den Sitz rutschst, aus der Fahrertür verschwindest und erst hinter der Zapfsäule und dann hinter dem großen Pfeiler Schutz suchst.«

»Bist du verrückt?«, fragte Dunai.

»Das Auto gibt eine zu gute Zielscheibe ab, hier sitzen wir in der Falle. Ich werde dir Feuerschutz geben. Und du haust ab, kapiert?«

»Was, wenn du einen Unbeteiligten triffst?«

»Wir sind hier in Südafrika, Dunai. Jeder ist hier längst in Deckung gegangen. Die einzigen Typen, die jetzt noch die Köpfe oben haben, sind die Arschlöcher, die auf uns schießen.«

Dunai wusste, dass die .357-Magnumpatronen in der Glock leichte Panzerungen durchschlagen konnten. »Willst du sie umbringen?«

»Entweder erwisch ich die Schweine, oder wir beide liegen morgen in Holzkisten unter der Erde. Bei drei schieß ich, du startest bei vier. Verstanden?«

Noch vier Kugeln trafen den Wagen. Carl wartete. »Eins, zwei …« Bei »drei« schwang er den Lauf über Dunais Kopf in Richtung des zersplitterten Fensters und begann zu feuern. Dunai behielt ihre Wange auf dem Polster und kroch wie eine Schlange über den Sitz. Als sie an ihm vorbeikam, hob er den Kopf etwas höher. »Finde immer erst dein Ziel«, hatte er ihr auf dem Schießstand zwar eingetrichtert, aber jetzt schoss er nicht, um etwas zu treffen, jetzt versuchte er nur, die Angreifer dazu zu bringen, in Deckung zu gehen.

Dunai drückte die Tür auf und stürzte mit den Ellbogen voran auf den Asphalt. Sie blieb am Boden und kroch auf Händen und Knien um die Zapfsäule herum. Die Vorstellung, von einem riesigen Feuerball verschluckt zu werden, kam ihr in den Sinn, und sie kroch noch schneller weiter bis zum Pfeiler. Welcher Idiot suchte sich ausgerechnet eine Tankstelle aus, um auf jemanden zu schießen? Sie setzte sich mit dem Rücken gegen den Betonpfeiler gelehnt und zog die Oberschenkel an die Brust.

Carl schoss weiter, jetzt jedoch nur noch sporadisch.

Wollte er ihre Angreifer davon abhalten, das Feuergefecht wieder aufzunehmen, musste er weitermachen, so viel war ihr klar. Insgesamt hatte er fünfzehn Schuss. Wie oft hatte er bereits geschossen? Er würde nachladen müssen. Der Gegenseite würde das Gelegenheit geben, ihre Köpfe wieder zu heben und zurückzuschießen. Es gab den Benzintank des Wagens, es gab die Zapfsäule, Himmel, drei Stück gab es davon.

Dunai drehte ihren Körper nach rechts und schielte um den Pfeiler. Carl hatte das Auto ebenfalls verlassen und stand nun mit dem Rücken zu ihr in Hockstellung neben dem Wagen und schoss weiter durch das Beifahrerfenster.

Dunai hörte den dumpfen Aufprall von Metall auf Metall, gefolgt von splitterndem Glas. Die Schießerei brach ab. Sie blickte wieder um den Pfeiler. Ein grauer BMW hatte das Heck eines weißen Toyotas gerammt, der von Einschusslöcher durchsiebt war. Der kleinere Wagen war vom BMW nach vorn geschoben worden. Zwei Männer mit Baseballkappen und übergroßen Sonnenbrillen wandten sich in ihren Sitzen um und sahen zum BMW zurück.

Carl spurtete zu Dunai hinter den Pfeiler, lud die Glock nach und warf dann einen vorsichtigen Blick zur Straße. »Es ist eine Frau«, sagte er.

Belinda, um genau zu sein, dachte Dunai. Sie trug eine rote Perücke und eine große, schwarze Sonnenbrille, aber Dunai war ihr doch oft genug begegnet, um die Frau und den grauen BMW wiederzuerkennen.

»Scheiße«, sagte er und sah erneut um den Pfeiler.

Der BMW setzte zurück. Die Insassen des Toyotas dachten wahrscheinlich, die Fahrerin würde Reißaus nehmen, aber der Wagen raste vorwärts und krachte ein zweites Mal in den Toyota. Die beiden Männer drehten sich in ihren Sitzen und eröffneten das Feuer auf den BMW. Die Kugeln prallten an der Haube und der Windschutzscheibe ab wie Sandkörner von einem Elefantenrücken.

Der BMW setzte erneut zurück.

Carl hatte rechts neben der mittleren Zapfsäule geparkt. Der Toyota war von links gekommen und hielt nun etwa zwanzig Meter entfernt, diagonal dem Geländewagen gegenüber. Die Frau im BMW hatte den Wagen so weit weitergeschoben, dass sie mit ihrem grauen, gepanzerten Ungetüm nun genau zwischen dem Toyota und Carls Geländewagen stand.

Dann schoss der BMW plötzlich auf die Ausfahrt zu, während der weiße Toyota in die entgegengesetzte Richtung durch die Einfahrt davonfuhr, wo er laut hupend die sechsspurige Buitengragt kreuzte.

Carl runzelte die Stirn, als der graue BMW im Verkehr verschwand. »Das war aber komisch«, sagte er.

Willkommen in meiner Welt, dachte Dunai. In der Ferne hörte sie eine Polizeisirene.

Er habe sich das Kennzeichen gemerkt, erklärte er ihr, und würde es durchgeben. Für einen kurzen Moment war Dunai verwirrt. Könnte die Polizei Belinda tatsächlich aufspüren? Aber hier handelte es sich um den Gaia-Zirkel und der war auf Überlebenstechnik spezialisiert, hatte schon immer unerkannt agieren müssen. Sie würden Belinda niemals aufspüren können, davon war Dunai überzeugt.

»Wer zum Teufel war diese Frau bloß?«, sagte Carl, als der Streifenwagen in die Tankstelle bog und die Angestellten aus ihren Verstecken wieder auftauchten. Er sah dabei nicht einmal zu Dunai, da er davon ausging, dass sie ganz sicher nichts über die geheimnisvolle Amazone wusste, die ihnen zur Hilfe gekommen war. Dunai hätte ihm gern von Belinda erzählt – na ja, zumindest ein Teil von ihr hätte das gerne, ein anderer, weit größerer Teil schreckte die Vorstellung ab, und so wollten ihr die rechten Worte nicht einfallen.

Sie selbst hatte viel Zeit und zahlreiche Beweise gebraucht, bis sie von der Existenz des Zirkels tatsächlich überzeugt worden war. Und wenn deren Gesichter sie bisweilen bis in ihre Träume verfolgten, gelang es ihr sogar heute noch, sich einzureden, dass nichts davon mit der Wirklichkeit zu tun hatte. Aber schon am nächsten Tag würde sie wieder nach diesen Gesichtern und nach dem Symbol des doppelten Kreuzes Ausschau halten. Kein Wunder, dass Jacob von ihnen besessen war.

Das Wort »Flüchtlinge« drang aus dem Radio und erregte Dunais Aufmerksamkeit. Sie drehte lauter.

»Die Szenen erinnern eher an den Bürgerkrieg in Liberia. Gruppen aufgebrachter Südafrikaner ziehen durch Khayelitsha und suchen nach Ausländern. Finden sie welche, werden diese erschossen, erstochen oder geschlagen, wird ihr Hab und Gut in Brand gesteckt.

Die Ausschreitungen begannen am gestrigen Abend, als die örtliche Civic Organisation zur Polizeiwache marschierte, um dort ein Memorandum zu überreichen. Während der Übergabe des Memorandums gingen bei der Polizei bereits erste Meldungen über Zusammenrottungen, das Errichten von Barrikaden und brennenden Autoreifen ein.

Vergangene Nacht dann wurde ein aus Zimbabwe stammender Mann, der seit dreizehn Jahren in diesem Land lebt und die südafrikanische Staatsangehörigkeit besitzt, zusammengeschlagen, in sein Haus geschleppt und dort angezündet.

Drei weitere Todesfälle wurden innerhalb der letzten vierundzwanzig Stunden gemeldet, und etwa vierhundert ausländische Bewohner wurden zum Schutz vor möglichen Übergriffen vorübergehend in einer lokalen Grundschule untergebracht.

In diesem Zusammenhang erreicht uns gerade die Meldung, dass eine Gruppe von Flüchtlingsjägern, die sich selbst GORE, beziehungsweise Get Out Refugees nennt, verkündet hat, sie werde die beiden vermissten sudanesischen Kinder, den siebenjährigen Mawien und dessen fünfzehnjährige Schwester Myasser, finden und öffentlich hinrichten.«

Dunai hoffte nur, Hatum hielt sich auf ihrem kleinen Fleckchen Bürgersteig in Bo-Kaap auf und hatte nicht gerade gehört, dass eine Gruppe Irrer geschworen hatte, ihre Kinder zu jagen und vor aller Augen umzubringen.

23

Jacob hatte noch nie ein Problem darin gesehen, mit dem südafrikanischen Secret Service zusammenzuarbeiten. Der Auslandsgeheimdienst schien sich zwar für einen Tick besser zu halten als die im Innern operierende National Intelligence Agency, aber im Grunde waren ihre Ziele doch die gleichen. So geschah es eigentlich nicht oft, dass die beiden Organisationen über Kreuz lagen, doch genau dies war derzeit der Fall. Zwei Operationen, diametral entgegengesetzt, standen kurz davor, sich gegenseitig zu zerstören.

»Cupido ist zurückgepfiffen worden«, erklärte Michael, der mit seinem Hintern am Schreibtisch lehnte.

»Was zum Teufel ist in ihn gefahren, dass er überhaupt auf die Idee kommt, die beiden umzubringen? Haben Sie die Kontrolle über ihn verloren?« Jacob konnte sich nicht daran erinnern, wann er das letzte Mal so wütend gewesen war. Seine Stimme jedoch verriet nichts von seiner Erregtheit.

»Er ist halt ein Psychopath«, erwiderte Michael und fuhr sich mit der Hand durch seine sandfarbenen, kurzgeschnittenen Haare. Er war gut eins achtzig groß, schlank, hatte eine durchtrainierte Figur, trug dunkle Hosen und ein weißes Hemd, dessen Kragen offen stand. Er schien unbewaffnet, war es aber nicht, und seine Sonnenbrille hatte er mit einem Bügel in seine Hosentasche gesteckt.

»Cupido und Daniels, beide wollen sie umbringen«, sagte Jacob, der die Sache noch nicht für geklärt hielt. »Der eine ist ein Psycho, der andere ein Soziopath. Glauben Sie wirklich, Ihr Amt schafft es, sie daran zu hindern, ein Zielobjekt der NIA zu beseitigen? Und zwar eins, für das nur schwer Ersatz zu finden wäre«, fügte Jacob hinzu.

»Ich hatte eine Unterhaltung mit Cupido«, sagte Michael. »Er wird sich von nun an zu benehmen wissen.«

»Die Frau ist auf nationaler wie internationaler Ebene von größter Bedeutung. Sollte ihr etwas zustoßen, werden hier Köpfe rollen.«

»Klar und deutlich angekommen«, sagte Michael und stand auf. Statt zur Tür zu gehen, trat er jedoch an eines der Fenster in dem Raum, der zu einem abhörsicheren Bereich im obersten Stockwerk des Parlamentsbürogebäudes an der Plein Street gehörte.

»Rein interessehalber, was macht Sie eigentlich so sicher, dass Cupido spuren wird?« fragte Jacob.

»Er weiß genau, wem er die Butter auf seinem Brot verdankt, und er besitzt einen ausgezeichneten Begriff davon, was es heißt, Hunger zu leiden. Und da wir gerade von Kontrolle sprechen, sorgen Sie gefälligst dafür, dass diese Marks-Tante auf Sicherheitsabstand zu Cupido bleibt. Sie mag so wichtig sein, wie sie will, im Moment ist meiner ganz bestimmt wichtiger als Ihre.«

»Ich hoffe nur, das soll keine Drohung sein, Mike-O«, erwiderte Jacob mit weiterhin völlig beherrschter Stimme. »Denn sollte ihr irgendwas zustoßen, werde ich Sie persönlich dafür verantwortlich machen. Wenn Marks draufgeht, wird auch Cupido draufgehen.«

Michael wandte sich vom Fenster ab und sah Jacob an. Zum ersten Mal seit Beginn dieser Unterhaltung lag aufrichtiges Interesse in seinem Blick. »Dann hätten wir also ein Patt. Einstweilen zumindest. Wissen Sie, ich habe wirklich keine Idee, wie diese Sache ausgehen wird. Aber ich bin schon richtig gespannt.« Mit diesen Worten ging er zur Tür.

24

Donnerstag, 19. Dezember

Um sieben Uhr war das Quecksilber bereits auf vierundzwanzig Grad geklettert. Dunai saß am Schreibtisch im fensterlosen Empfangsbereich, als Carl von einem Treffen mit seinem Informanten kam. Heute war selbst ein T-Shirt zu eng, um bequem zu sein, daher trug er ein weites weißes Hemd, das locker über dem Bund seiner beigefarbenen Hose hing. Die Hemdsärmel hatte er bis über die Ellbogen hochgekrempelt. »Der Anschlag ging auf Cupidos Konto«, sagte er und warf seinen Schlüsselbund auf den Schreibtisch. »Dämlicher Bastard.«

»Denn damit hat er nur bewiesen, dass er tatsächlich etwas zu verbergen hat«, pflichtete Dunai ihm bei.

»Etwas, für das wir beide offenbar eine ganz besondere Bedrohung darstellen«, sagte Carl und ging aus dem Büro in die winzige Küche weiter, wo er eine Flasche Wasser aus dem Kühlschrank holte.

»Hast du mit Knowler gesprochen?«

»Ja«, sagte Carl und trank einen tiefen Schluck aus der Flasche.

»Und?«

Sein Gesicht nahm einen nachdenklichen, vorsichtigen Ausdruck an. »Er meinte nur, Cupido würde klargemacht werden, dass es mächtig Ärger gibt, wenn einem von uns etwas passiert, aber mehr hat er nicht dazu gesagt.«

»Hast du denn richtig nachgehakt?«

Carl warf ihr einen finsteren Blick zu.

»Warum bringen sie dieses irrsinnige Dreckschwein nicht wenigstens zur Vernehmung aufs Revier?«, fragte Dunai. »Für mich ergibt das einfach keinen Sinn.«

»Ergibt es nicht, richtig?«

»Also stürzen wir uns wieder in die Aktenarbeit?«

Carl nickte. »Ich habe Kontaktleute beim Finanzamt und bei der Abteilung für Organisiertes Verbrechen, die du um Unterstützung angehen kannst. Sie werden dir sagen können, wie vollständig deine Aufstellung von Cupidos geschäftlichen Unternehmungen ist, während ich mich in der Zwischenzeit ein wenig um das Geldverdienen kümmere.«

»Ich wette, du würdest dich bestimmt lieber mit durchgeknallten Gangstern und kriminellen Politikern auseinandersetzen, als an so einem langweiligen Firmenauftrag zu arbeiten«, erwiderte Dunai trocken.

Sie hatte sich die Namen notiert, die sie am Vortag an den Lagerhäusern entdeckt hatte, und besorgte sich nun aus dem Öffentlichen und dem Branchentelefonbuch die Kontaktdaten. Sie rief Carls Bekannte beim Finanzamt und bei der Polizeiabteilung für Organisiertes Verbrechen an, fragte, ob sie die Liste bestätigen oder am besten noch vervollständigen könnten, und erhielt eine Zusage sowie das Versprechen, bis morgen Mittag die Ergebnisse zu erfahren. Dann begann sie damit, jede einzelne Firma anzurufen und Scheintermine zu vereinbaren, um zu überprüfen, ob es sich wirklich um seriöse Unternehmen handelte oder ob die Adressen lediglich als Fassaden für illegale Aktivitäten dienten. Alle Firmen verfügten über eine Auftragsannahme, einige über eigene Internetseiten, und sie notierten sich alle die falschen Anfragedaten von Dunai.

Sie hatte fast das Ende ihrer Liste erreicht, als Knowler anrief, um ihr die Ergebnisse der Obduktion von Tsepo, dem Straßenkind, durchzugeben. »Eine Überdosis Schlafmittel«, sagte er, »außerdem Hämatome an den Handgelenken, wie sie von Plastikfesseln hervorgerufen werden. Wir haben es also mit Mord, nicht mit einer irrtümlich verabreichten Überdosis zu tun.«

»Todeszeitpunkt?«

»Später Sonntag, irgendwann zwischen fünf Uhr Nachmittag und zehn Uhr Abend.«

»Der Tag, an dem Myasser und Mawien verschwanden. Scheint nur logisch, dass da ein Zusammenhang besteht.«

»Beweise dafür fehlen uns allerdings noch«, bemerkte Knowler.

»Wir müssen Tsepos Bruder finden.«

»Wir überprüfen die üblichen Orte, außerdem ist ein Code 6 für ihn rausgegangen. Die Obduktion hat übrigens noch Spuren von Nikotin im Blutkreislauf des Kindes und blaue Farbteilchen unter seinen Fingernägeln gefunden. Ich werde Ihnen eine Kopie des Berichts zufaxen.«

»Danke«, sagte Dunai. »Irgendwas Brauchbares über die Hotline eingegangen?«

»Die Zahl der Anrufe ist seit gestern gestiegen. Sie kommen in Schüben, meist als Folge von Medienberichten. Eigentlich haben die Gewaltausbrüche gegen Flüchtlinge gar nicht zugenommen, aber diese GORE-Gruppe hat der Presse natürlich einen Aufhänger geliefert.«

»Haben Sie noch einmal von ihnen gehört?«

»Nein, aber das werden wir bestimmt. Sie haben die Aufmerksamkeit der Leute erregt, also werden sie jetzt weitermachen. Jeder, der hier von der Gruppe wusste, behauptet natürlich, nicht selbst die Sache an die Presse ausgeplaudert zu haben.«

Dunai packte ein schrecklicher Gedanke. »Was, wenn die Gruppe die Kinder von Anfang an hatte und das alles jetzt bloß ein Publicitytrick ist, um für ihre Ziele zu trommeln?«

»Wir tun unser Bestes mit Fangschaltungen und allem, aber bislang ist nichts dabei rausgekommen und auch unsere Informanten haben nichts zu bieten. Unwahrscheinlich, dass es sich um eine organisierte Gruppe handelt. Könnten ein paar opportunistische Arschlöcher sein, die das von den Kindern gehört haben und auf die Idee kamen, es für ein bisschen kostenlose Publicity auszuschlachten. Sie verfügen ganz sicher nicht über Mittel, die es mit der Polizei oder auch mit denen von Ihnen und Carl aufnehmen könnten. Wir werden die Kinder zuerst finden, dann wird diese Gruppe auch wieder in der Versenkung verschwinden.«

Dunai aß ein Sandwich gemeinsam mit Barbara und den Jungen und brachte anschließend Jesse für eine Stunde Geschichtenvorlesen und Mittagsschlaf nach Hause. Sie kletterten auf ihr Bett. Jesse kuschelte sich an ihre Seite, Tommy und Annika rollten sich am Fußende zusammen, Pferd döste auf dem Boden, und Herr Nilsson saß auf der Lehne des Stuhls, der vor ihrer Frisierkommode stand.

Noch Wochen nach dem Auftauchen der beiden Männer in ihrer Schlafzimmertür würde Dunai sich fragen, warum sie nichts Ungewöhnliches gehört hatte. Vielleicht war sie ja ganz versunken ins Geschichtenvorlesen gewesen, oder die friedliche Atmosphäre dieses mittäglichen Rituals hatte sie in trügerische Sicherheit gewiegt. Vielleicht waren auch die überlagernden Verkehrsgeräusche oder die dumpfen Schläge und das ferne Rufen von der Baustelle an der Rose Street die Ursache gewesen. Andererseits könnte es aber auch daran gelegen haben, dass die beiden Männer einfach ein besonderes Geschick beim Eindringen in fremde Häuser besaßen.

Der eine war groß, der andere gerade mal eins fünfzig. Sie trugen dunkelblaue, mit Farbspritzern überzogene Overalls und dazu passende Baseballkappen. Atemschutzmasken bedeckten die Gesichter bis zu den Augen, die unter den breiten Schirmen ihrer Kappen verborgen blieben.

Dunai erstarrte für ein paar Sekunden. Sie alle erstarrten. Dann fing Pferd zu bellen an, und sie sah, wie sich seine Muskeln anspannten und er zum Sprung ansetzte. Der größere der beiden Männer zog eine Pistole aus seinem Overall und zielte damit auf Dunai. Es handelte sich um eine Kompaktpistole, die wegen ihres verkürzten Laufs sehr gut als verborgene Waffe getragen werden konnte.

»Ich werde jetzt nach dem Halsband des Hundes greifen, damit er Sie nicht anspringt.« Sie bekämpfte einen Anflug von Übelkeit und hielt ihren Blick auf die Männer gerichtet. »Und dann greife ich nach hinten, um meinen Sohn aus dem Weg zu nehmen.«

Sie beugte sich vor und packte das Halsband von Pferd mit der rechten Hand, während sie mit der Linken nach Jesse tastete und ihn hinter ihren Rücken schob. In diesem Moment machte Pferd einen Satz und riss sie halb vom Bett herunter. Die Pistole schwenkte von Dunai auf Pferd und wieder zurück.

»Mummy?«

»Sei ganz ruhig«, beruhigte Dunai ihren Sohn. Sie streckte ihren linken Arm nach hinten aus und drückte ihn an ihren Rücken. »Bleib da, Jesse. Nicht bewegen, okay?« Sie versuchte, selbstsicher zu klingen, aber ihre Stimme zitterte, und sie atmete heftig. Sie sah einen behandschuhten Daumen und hörte, wie die Waffe entsichert wurde.

»Wir rufen jetzt Carl«, sagte Jesse, und am Klang seiner Stimme merkte sie, dass er kurz vor einem hysterischen Anfall stand.

»Ist schon okay, Jes«, redete Dunai besänftigend auf ihn ein. »Bleib einfach ganz ruhig, so als ob wir Ochs am

Berg spielen.« Herr Nilsson trippelte seitwärts von einem zum anderen Ende der Stuhllehne. Die Katzen hatten sich zwischen die Kissen verkrochen. Pferd knurrte noch immer.

Der Mann mit der Waffe gab seinem Komplizen einen Schubs und deutete mit einem Kopfnicken in Richtung Frisierkommode. Der kleinere Mann setzte sich in Bewegung und schlug mit einem schwarzen Müllbeutel nach Herrn Nilsson. Da der Beutel leer war, war er keine Gefahr, und der Graupapagei landete nur mit einem »So ein Quatsch!« auf dem Boden, richtete sich auf und starrte den Mann an, der anfing, alles Herumstehende in den Beutel zu werfen.

»Komm her, Herr Nilsson«, rief Dunai. »So ein Quatsch!«, sagte der Papagei wieder und lief dann hektisch schaukelnd auf sie zu, als der kleine Mann am Bett vorbeikam und mit dem Müllbeutel in der Hand das Zimmer verließ.

Dunais Blick ruhte auf dem Mann mit der Waffe, der seine linke Hand hob, um damit die rechte zu stützen. Sie wusste, er würde schießen, aber in diesem Moment drang draußen aus dem Flur ein Geschrei, gefolgt von einem dumpfen Schlag, und als der Mann über seine Schulter zurücksah, war es bereits zu spät. Ein wuchtiger Hieb in den Rücken schleuderte ihn nach vorn, und Dunai, die gar nicht gemerkt hatte, dass sie die Luft anhielt, stieß einen erleichterten Seufzer aus, als sich der Lauf der Waffe von ihrer Brust zum Teppichboden senkte.

Eine Sekunde später sah sie den blonden Schopf von

Gavin, ihrem Nachbarn, der mit hochrotem Gesicht und weit aufgerissenen Augen den Cricketschläger ein zweites Mal auf den Rücken des Einbrechers krachen ließ. Jetzt ließ der Eindringling endlich die Waffe fallen. Sie glitt über den Teppichboden und blieb wenige Zentimeter von der Fußleiste entfernt mit gelöstem Sicherheitsbügel liegen. Gavin schlug den Mann, der sich inzwischen auf allen vieren hochgerappelt hatte, noch einmal so hart, dass er wieder auf den Bauch stürzte. Diesen Moment nutzte Gavin, um an ihm vorbeizuspringen und die Pistole aufzuheben.

Dunai packte Pferd und Jesse und zog sie über das Bett, bis sie auf der anderen Seite hinunterfielen. Dort lag sie bäuchlings, Jesse halb unter sich begraben und hielt den Hund weiter am Halsband flach neben sich zu Boden gedrückt. Die Katzen folgten und Herr Nilsson gesellte sich mit einem besonders schrillen »So ein Quatsch!« dazu.

Keuchend hörte Dunai über Jesses Weinen hinweg das »Aaah-uuhh«-Kampfgebrüll von Gavin und den Schrei des von Natur aus eigentlich sanftmütigen Rory: »Verschwindet, ihr Arschlöcher, oder ich schlag euch Drecksäcken die Schädel ein. Verstanden? Verpisst euch!«

Kaum hatte sich der Lärm den Flur hinunter entfernt, sprang Dunai hinter dem Bett auf, rannte zur Tür, schlug sie zu und verriegelte sie. Dann ging sie zum Nachttisch, auf dem ihre Handtasche lag, zog den Fleischhammer heraus und baute sich mit schulterbreit gespreizten Beinen neben der Tür auf. Es wurde Zeit, sich von dem Fleischhammer zu trennen. Er taugte zu nichts. Sie würde künftig wohl die Baby Glock einstecken müssen, die Carl ihr gekauft hatte.

Sie blickte über die Schulter zu Jesse. Er machte eine Figur, als würde ihm nur noch ein Gebetsteppich fehlen. Seine Stirn war auf den Boden gepresst, die Knie hatte er unter sich angezogen, und den Hintern hielt er in die Luft gestreckt. Er weinte hemmungslos. Dunai hätte ihn am liebsten auf den Arm genommen. Sie atmete tief ein. »Jes?«, rief sie. »Wir haben die Sache geklärt, mein Schatz. Rory und Gavin sind hier, und sie haben die bösen Männer fortgejagt. Ich möchte, dass du dich am Halsband von Pferd ganz toll festhältst, okay?«

Ohne die Stirn vom Boden zu lösen, streckte Jesse den Arm aus und tastete nach Pferds Halsband. Der Hund setzte sich auf und zog Jesse dabei mit sich hoch, aber beide sorgten zugleich dafür, dass sie sich hinter dem Bett nicht vom Fleck rührten.

»Dunai?« Es was Gavins Stimme. »Die Luft ist rein.«

Sie entriegelte die Tür und öffnete. Die Cricketschläger noch in den Händen haltend, traten Rory und Gavin ein. »Barbara hat die Polizei verständigt«, sagte Rory, rückte die Rüschen seines Dichterhemds gerade und korrigierte den Sitz des Gürtels an seiner eng anliegenden, rot-grün gestreiften Hose. »Alles in Ordnung mit dir, meine Liebe?«, erkundigte er sich und schlang seine Arme um Dunai.

»Aber woher wusstet ihr denn Bescheid?«

»Gavin sah den Kleinbus einer Malerfirma draußen, als er zum Mittagessen nach Hause kam. Du hattest nicht erwähnt, dass du Handwerker bestellt hast, und als sie noch immer da waren, als Gav gehen wollte, haben wir sie eine Weile beobachtet. Sie saßen da und observierten dein Haus. Dann stiegen sie aus, sahen sich verdächtig um und knackten dein Schloss. Da haben wir Barbs angerufen und ihr gesagt, sie soll die Polizei alarmieren. Und dann sind wir zur Ersten Hilfe rübergekommen.«

Dunai hatte Jesse auf den Arm genommen und streichelte ihn zur Beruhigung. An Gavins hellblauem Hemd fehlten ein paar Knöpfe. Er lehnte den Cricketschläger an sein Hosenbein.

»Ich bin noch immer sprachlos über euch Jungs«, sagte Dunai. »Für einen Computerfreak und einen Kunstmaler war das wirklich nicht schlecht. Ihr habt uns das Leben gerettet.«

»Wusste doch schon immer, dass sich die zwei Jahre beim Militär irgendwann einmal auszahlen würden«, sagte Rory.

»Ich dachte, während der Apartheid wären Schwule nicht einberufen worden.«

»Nee«, sagte Rory. »Damals musstest du aber außerhalb der kämpfenden Einheiten dennoch Dienst tun, mit anderen Worten, du bekamst all die Scheißjobs, weshalb auch keiner von uns etwas gesagt hat. Wir haben uns ja sogar in der Armee kennengelernt. Ich dachte, das hätte ich dir erzählt. Wunderbarer Laden übrigens, um Typen kennenzulernen.«

»Bevor du völlig das Thema wechselst«, sagte Gavin und wandte sich zur Tür. »Wir haben den Kerlen den Beutel mit deinen Sachen abnehmen können.«

Carl kam noch Minuten vor der Polizei hereingestürmt. Er nahm Dunai fest in die Arme, drückte sie, gab ihr eine Kuss auf Mund und Nacken, dann umarmte er Jesse und klopfte Pferd auf den Rücken.

Die Beamten nahmen ihre Aussagen zu Protokoll und machten Fotos. Da beide Männer Latexhandschuhe getragen hatten, hatten sie auch wohl keine Fingerabdrücke hinterlassen. Als alle eine halbe Stunde später verschwunden waren, konnte Dunai endlich allein mit Carl sprechen. »Ich glaube nicht, dass das ein Raubüberfall war.« Vorsichtig setzte sie ihre Teetasse auf dem Küchencounter ab. Sie zitterte noch immer ein wenig. Carl sagte nichts, wartete nur darauf, dass sie fortfuhr. »Die waren hier, um mich zu erschießen, Carl. Der Beutel war leer. Die Sachen von meinem Frisiertisch einzustecken, ist ihnen erst nachträglich in den Sinn gekommen, um es wie einen Raubüberfall aussehen zu lassen. Der kleine Kerl hat meinen Lippenbalsam und einen Becher Aromatherapie-Creme in den Beutel gesteckt. Außerdem war er so klein, es könnte sich sehr gut noch um ein Kind gehandelt haben.«

»War womöglich high«, sagte Carl. »Die meisten Gangs benutzen Kinder, und die meisten Hauseinbrüche gehen auf das Konto von Gangs.«

»In mein Haus wird eingebrochen und eine Pistole auf meine Brust gerichtet, ausgerechnet einen Tag, nachdem Cupido vergeblich versucht hat, uns umzubringen?«

»Ja, ich weiß«, sagte Carl.

Der Schock begann bei Dunai langsam zu vergehen und nun wuchs ihre Wut. »Er versucht also weiter, uns umzubringen, obwohl Knowler ihn gewarnt hat?«

»Ja, sieht so aus«, sagte Carl. »Ich möchte, dass du eine Tasche für dich und Jesse packst, und dann werde ich euch ins St. Mark's bringen.«

»Ich rufe Schwester Finbar an«, sagte Dunai. »Sie wird mir erlauben, die Tiere mitzubringen. Und was ist mit dir?«

»Ich komm schon zurecht.«

»Du kannst auch in St. Mark's unterkommen.«

»Ich gehe nicht in ein Kloster. Ich komme schon zurecht.«

»Das soll wohl heißen, deine Organe sind weniger anfällig gegen Kugeln als meine, wie?«

»Ich hab die letzten achtzehn Jahre meines Leben auf diese Weise gelebt, Dunai. Ich habe eine Special-Task-Force-Ausbildung bekommen und werde auch nicht von einem Sohn und einem kleinen Zoo behindert. Und jetzt wird gepackt.«

Hatum hatte die Polizei mit Blaulicht an ihrem Stand in der Rose Street vorbeirasen sehen und gehört, wie sie um die Ecke in Dunais Straße anhielten, woraufhin sie zu Barbaras Haus gelaufen war. Nun halfen die beiden Frauen Dunai beim Packen, und Hatum wirkte ganz verzweifelt. »Sie sagen, kein Raubüberfall. Wollen töten, weil Sie nach Myasser und Mawien sehen.« Sie schüttelte, den Tränen nahe, den Kopf.

Dunai ergriff ihre Hände. »Ich bin entschlossener denn je, die beiden zu finden, Hatum. Wir wissen nicht einmal, wie viele Kinder in den vergangenen vier Jahren tatsächlich verschleppt wurden, und wenn wir diese Leute nicht aufhalten, werden sie damit weitermachen. Und jetzt sind auch Jesse und ich nicht mehr sicher, bis dieser Kerl erwischt worden ist und hinter Gittern sitzt, wo er niemandem mehr schaden kann.«

Sie brauchten eine knappe Stunde, um zu packen, Pferd die Leine anzulegen, den Papagei in seinen Käfig und die Katzen in ihre Körbe zu verstauen. Zuletzt sammelte Dunai noch die Flugblätter mit den Bildern von Myasser und Mawien ein, die sie vier Tage zuvor auf den Tisch gelegt hatte. »Oh, Gott, hoffentlich seid ihr noch am Leben«, sagte sie zu dem Mädchen mit dem zuversichtlichen Blick. »Ich weiß, wir sind ganz dicht dran, aber es sind noch immer so viele Hindernisse zu überwinden. Gebt nicht auf, tut mir den Gefallen, ich werde nicht aufhören, nach euch zu suchen. Versprochen.«

Sie schloss und verriegelte die Tür des türkisfarbenen Hauses, da ein mieses Dreckschwein wie Cupido sie zwang, ihr Heim zu verlassen. Noch nie in ihrem Leben hatte Dunai einen Menschen so gehasst, wie sie Brandon Cupido hasste.

25

»Ach, ist das aufregend. Nicht, dass jemand versucht, dich umzubringen, natürlich, aber dass du in St. Mark's wohnst. Als ob du wieder ein kleines Mädchen wärst«, sagte Schwester Raymunda und sah Dunai aus ihren blauen Augen an, die über die Jahre zwar ein wenig heller geworden waren, die aber noch immer funkelten. Wie immer ragten an wenigstens drei Stellen kleine weiße Haarbüschel unter ihrer Haube hervor.

Dunai befand sich im zweiten Stock des Ostflügels im sogenannten Feldherrnzimmer, das so hieß, weil hier um die vorletzte Jahrhundertwende ein hohes militärisches Tier einquartiert gewesen war, das irgendwas mit dem Zweiten Burenkrieg zu tun hatte. Ein Teil seines Mobiliars hatte dieser Kriegsheld zurückgelassen – eine hölzerne Offizierskommode, einen Waschkessel aus Kupfer, in dem er gebadet hatte, eine Kiste und das Standardmodell der Britischen Kolonialarmee für Offiziersstühle. All diese Sachen hatten für Dunai als Kind von großen Abenteuern erzählt, genau wie sie es jetzt für Jesse taten, und gerade deshalb war ihre Wahl auch auf diesen Raum gefallen. Außerdem verfügte er über ein kleines angeschlossenes Badezimmer, eine eigene Verbindungstür zu einem Raum, in dem die Tiere untergebracht werden konnten, sowie über einen Balkon, auf dem sich die Katzenklos verstauen ließen.

»Ich muss dringend telefonieren, Schwester. Könnte ich Jesse bei Ihnen lassen?«

»Natürlich«, sagte Schwester Raymunda. »Die kleineren Kinder fangen sowieso gleich mit dem Abendessen an. Jesse kann einfach mitkommen.«

Als sie gegangen waren, nahm Dunai ihr Handy aus der Tasche und die Visitenkarte, die sie vor dem Verlassen ihres Hauses herausgesucht hatte. Eine Woche zuvor hätte sie ihr Leben verwettet, nie wieder Kontakt mit dem Cerchio di Gaia aufzunehmen, aber Cupido hatte gerade versucht, ihren Sohn umzubringen, und an diesem Punkt war für sie Schluss. Sie hatte sich den Kopf zermartert, um einen alternativen Weg zu finden, hatte aber keinen entdecken können. So musste sie sich damit abfinden, dass – wie es in solchen Situationen dann hieß – »politische Entscheidungen oftmals in der Wahl zwischen dem Unvorstellbaren und dem Widerwärtigen bestehen«. Dass Jesse, Carl oder sie umgebracht wurden, war das Unvorstellbare, während eine Kontaktaufnahme mit dem Zirkel lediglich widerwärtig war. Also wählte sie die Nummer des Zirkel-Mitglieds Paula Swanepoel-Higgs, der einzigen Frau, die in diesem Land dem Obersten Verfassungsgericht als Richterin angehörte.

»Dunai. Schön von dir zu hören. Alles in Ordnung?«

»Das gerade nicht. Ich muss mit Ihnen sprechen.«

»Such dir einen Festnetzanschluss, einen, den du noch

nie benutzt hast und wahrscheinlich auch nicht noch einmal benutzen wirst, und ruf mich von dort aus an. Geht das?«

»Klar.«

»Und, Dunai, versuch es in den nächsten fünf Minuten zu schaffen.«

Dunai legte auf, überlegte eine Sekunde, sprang dann vom Bett, schloss die Tür zu den dösenden Tieren und rannte den Flur zur Treppe hinunter. Ungefähr drei Minuten später hatte sie das Büro von Schwester Finbar erreicht, wo die Nonne hinter ihrem Schreibtisch saß und Verwaltungsarbeit erledigte. Dunai hatte in ihr stets nur Schwester Finbar gesehen, obwohl sie doch bereits vor etwa zehn Jahren zur Ehrwürdigen Mutter Finbar Dominic Safirey berufen worden war. Sie besaß kleine braune Augen, eine Höckernase, kräftige Zähne und hatte in Dunais Leben stets die Rolle der Autoritätsperson übernommen, allerdings immer auf faire und mitunter sehr liebevolle Weise.

»Schwester, ich müsste mal dringend Ihr Telefon benutzen«, sagte Dunai, als sie leicht außer Atem vor dem Schreibtisch stand.

Schwester Finbar stand auf und musterte Dunai mit dem gleichen Wechselspiel an Gefühlen, das in einer solchen Situation stets über ihr Gesicht huschte. Erst Missbilligung, dann Neugier und schließlich Resignation. »Ich werde nicht einmal fragen. Ich bin in der Speisehalle, wenn du fertig bist.«

»Danke, Schwester«, sagte Dunai und warf rasch einen Blick auf ihre Uhr, während sie den Hörer abnahm. »Richterin Swanepoel-Higgs, ich bin's, Dunai.«

Dunai erzählte ihr von dem Fall, an dem sie arbeitete, und endete mit einem Bericht über die Anschläge auf ihr Leben.

»Im Augenblick gilt Cupido als unantastbar«, erklärte die Richterin ihr. »Er arbeitet als Informant für den südafrikanischen Auslandsgeheimdienst und in diesem Zusammenhang auch für die CIA und andere befreundete Nachrichtendienste.«

Dunai spürte ein mächtiges Gewicht auf ihrer Brust lasten, das langsam in Richtung Magen zu sinken begann. »Ich weiß, dass er Antiapartheidaktivisten an das alte Regime verriet. Was ist es denn diesmal?«

»Die Sonderabteilung für Organisiertes Verbrechen und die Beschlagnahmestelle für illegalen Besitz haben fünf Jahre lang an einer wasserdichten Anklage gegen ihn gearbeitet. Der Plan war, ihn zum Jahresende 2001 wegen mehr als zweihundert Anklagepunkten zu verhaften. Dann kam der Anschlag auf das World Trade Center in New York, und Cupido, der wusste, dass ihm die Zeit davonlief, verfügte plötzlich über ein Pfund, mit dem sich ähnlich wie zu Apartheidzeiten wuchern ließ. Er diente sich als Informant über islamistische Aktivitäten in Südafrika an. Die CIA ging sofort auf sein Angebot ein. Dort war man immer schon der Meinung, es gäbe eine aktive Al-Kaida-Zelle, die von Südafrika aus operiert.«

»Glauben Sie das auch?«

»Möglich ist es schon«, sagte die Richterin. »Aber meiner Ansicht nach wird in diesem Bereich vieles übermäßig simplifiziert. Es gibt gar keine feste Organisation namens Al Kaida. Das ist bloß ein Begriff, den die Amerikaner auf radikale Islamisten anwenden, die wild entschlossen sind, jede vermeintliche Bedrohung des Islam zu bekämpfen.

Du weißt, es gibt eine große moslemische Bevölkerungsgruppe in Südafrika, und ganz bestimmt lassen sich darin auch radikale Stimmen finden, aber ich bezweifle stark, dass es sich so einfach in Schubladen stecken lässt. Die Sache ist, dass die Amerikaner bei all der Aufregung um diesen sogenannten Krieg gegen den Terrorismus furchtbar schnell bei der Sache sind, wenn es darum geht, irgendwelche Einzelpersonen oder Organisationen als terroristisch abzustempeln. Zwei Südafrikaner wurden unlängst auf die Verdächtigenliste der Nationalen Antiterror-Zentrale der USA gesetzt, auf der insgesamt sage und schreibe dreihundertfünfundzwanzigtausend Namen stehen. Menschenrechtsgruppen sind davon überzeugt, dass viele dieser Leute vollkommen unschuldig sind, aber wie man von der Liste wieder runterkommen kann, weiß keiner so recht.«

»Cupido ist ein Psychopath, und er hat versucht, mich und meine Familie umzubringen.«

»Der erste Anschlag ging auf Cupidos Konto, aber nicht der zweite.«

Sie brauchte eine Weile, um diese Auskunft zu verdauen, und währenddessen begann sich von ihrer Stirnmitte aus ein dumpfes Hämmern auszubreiten. Sie massierte die Stelle, ohne den Hörer abzulegen. »Ich verstehe nicht.«

»Wir glauben, die NIA oder der SASS haben diesen Anschlag auf dich inszeniert, damit du Cupido in Ruhe lässt oder dich gezwungen siehst, ihren Schutz in Anspruch zu nehmen.«

»Sie wollen damit versuchen, mich anzuwerben?«

»Könnte sein.«

»Scheint mir sehr dramatisch.«

»Nur für Uneingeweihte.«

»Warum hat der Zirkel mich von dieser Sache nicht schon früher informiert?«

»Weil du dich dafür entschieden hast, nicht an unserem Kampf teilzunehmen. Innerhalb des Zirkels würden dir derartige Informationen sofort zur Verfügung stehen, nicht jedoch als Außenstehende.«

»Aber Belinda folgt mir doch noch immer.«

»Als Zeichen der Dankbarkeit Siobhan gegenüber, die ein Teil unserer Gruppe war. Eine kleine Ehrerbietung zu ihrem Gedenken.«

»Und wie lange wird diese Ehrerbietung noch aufrechterhalten?«

»Bis auf weiteres«, war alles, was die Richterin darauf sagte. Dunai war solch vage Auskünfte bereits gewohnt.

»Tja, trotzdem vielen Dank«, meinte Dunai bissig.

»Wenn du noch etwas brauchst, ruf mich einfach an.«

»Ist das wieder eine Ehrerbietung für Siobhan?«

»Ja. Und weil wir ungeachtet all des Getues, das auf politischer Ebene abgezogen wird, der Überzeugung sind, dass Kinder nicht von ihren Eltern fortgerissen werden sollten, um kommerziellen Interessen oder sexueller Perversität zu dienen.«

26

Dunai saß neben Jesse im Speisesaal, als sie am Fenster ihr direkt gegenüber ein Gesicht bemerkte, bei dessen Anblick ihr ein hörbares Stöhnen entfuhr. Sie stand auf. »Ich bin gleich wieder zurück, Jesse.« Er registrierte ihr Weggehen kaum, so sehr genoss er das ungewohnte Gefühl, von dreißig Kindern im Alter zwischen zwei und sieben umgeben zu sein.

Dunai schlüpfte durch die Hintertür in den mit Platten ausgelegten Innenhof, der von Vogelgezwitscher erfüllt war. Auch jetzt um achtzehn Uhr war die Luft noch immer etwas zu warm, aber das machte der Duft aus dem Garten rasch vergessen. Sie ging auf die Gestalt zu, die sich an der Mauer des Koi-Teichs zur Seite gebeugt hatte und mit den Fingern durchs Wasser fuhr. Selbst am Ende dieses heißen Tages wirkten seine dunkelblaue Hose und das weiße Hemd noch wie frisch gebügelt. Wie immer spürte sie die eigentümliche Anziehungskraft dieses Mannes, bevor sie ihn noch erreicht hatte.

Er erhob sich und studierte ihren Gesichtsausdruck in dem schräg einfallenden Abendlicht. Dunai lenkte ihren

Blick weg. »Warum überrascht es mich nicht, Sie hier zu treffen, Jacob?«

»Kommen Sie, lassen Sie uns ein paar Schritte gehen«, erwiderte er.

Sie stiegen die geschwungene Steintreppe hinauf, die an der Rückseite des Teichs zur oberen Terrassenebene führte. Hier war für die Nonnen und Besucher ein Garten angelegt worden, der von den Waisenkindern normalerweise nur für den gelegentlichen Botanikunterricht betreten werden durfte.

Dunai hegte eigentlich eine starke Abneigung gegen den Geheimagenten an ihrer Seite und war stark verwirrt über den sonderbaren Gleichklang, den sie zugleich in seiner Gegenwart stets verspürte. Ablenkung funktionierte in der Regel, und so versuchte sie, sich die Namen der sie umgebenden Pflanzen in Erinnerung zu rufen: Yucca, Flachs und Wildbanane, Aronstab, rosafarbene Zistrosen. Aber alle paar Schritte streifte sein Arm den ihren. Purpurroter Strandflieder, Kapuzinerkresse, Kapmargeriten.

»Sie wissen Bescheid über Cupido?« Sie hatten die obere Terrasse erreicht und gingen zwischen Lilien und Zuckerbüschen weiter den Pfad entlang.

Dunai nickte. »Ein ganz besonders brutaler Verbrecher, der in einem Land, das von solchen Leuten zerstört wird, von Geheimdiensten beschützt wird, weil er im Gegenzug hier ansässige islamische Fundamentalisten denunziert, die angeblich der Al Kaida angehören.«

»Vertrauliche Informationen, die Ihnen nur durch den Zirkel zugegangen sein können.« Jacob schüttelte den Kopf, als bekümmerte ihn diese Vorstellung.

»Haben Sie versucht, mich umzubringen, Jacob?«

Sie hatte angehalten. Er wandte sich zu ihr um. »Warum sollte ich das tun, Dunai?«

»Um mich von Cupido wegzulotsen.«

»Ich brauche Sie, um Zugang zum Zirkel zu bekommen. Warum sollte ich Sie umbringen?«

»Dann halt der SASS?«

»Nein.«

»Tja, ich bin jedenfalls nicht durchgeknallt. Jemand hat versucht, mich umzubringen, und da es entweder Cupido, die NIA oder der SASS gewesen sein muss, lügen Sie also.«

Sie ging von ihm fort, blieb an einem Lavendelbusch stehen, wo sie einen Trieb abbrach, zwischen den Finger zerrieb und dann den Duft einsog.

»Dunai.« Jacob trat wieder neben sie. Er sprach mit sanfter Stimmer, was sie hasste, weil es sie durcheinanderbrachte. Sie wusste nie, ob er wirklich um sie besorgt war oder ob er nur mit ihr spielte. »Die NIA und der SASS sind dem Wohl des Staates und seiner Bürger verpflichtet. Wir müssen zwar im Geheimen operieren, aber diese Verschwiegenheit entspringt einer wohlüberlegten Notwendigkeit, nicht irgendetwas Bösem.«

»Ja, aber diese Heimlichtuerei gestattet Ihnen, Dinge zu tun, die anderen nur erlaubt sind, wenn die Öffentlichkeit ihnen dabei über die Schulter schaut und entscheidet, ob sie tatsächlich notwendig oder vielleicht völlig überzogen sind.«

»Es gibt Kontrollmechanismen«, sagte Jacob. »Bei unserer Art von Arbeit ganz besonders. Exekutivkontrolle wird ausgeübt durch ein ziviles Geheimdienstministerium sowie durch den Kabinettsausschuss für Sicherheits- und Geheimdienstfragen. Wir müssen uns außerdem gegenüber dem Minister für Nachrichtendienste verantworten, der seinerseits der Regierung Bericht erstattet über den Kabinettsausschuss und über den Ständigen Gemeinsamen Geheimdienstausschuss, und dem steht wiederum laut Intelligence Services Control Act das Recht zu, jederzeit eine Untersuchung unserer Operationen anzuordnen. Es existiert sogar ein Verhaltenskodex für Geheimdienstmitarbeiter, und die Bürger können jederzeit bei der Zentrale in Pretoria anrufen und eine Beschwerde einreichen, wenn sie dazu Lust haben.«

»Also kann ich dort anrufen, wenn Sie nicht aufhören, mich zu belästigen.«

»Nein«, sagte Jacob. »Sie belästigen fällt allein in meinen Zuständigkeitsbereich.« Er versuchte ein Lächeln, brachte es jedoch nicht so richtig zustande, was Dunai annehmen ließ, dass er vielleicht doch nicht mit ihr spielte. Sie entspannte sich ein wenig.

»Sie begreifen noch immer nicht, warum Sie gebraucht werden«, erklärte Jacob. Dieser Punkt ärgerte ihn offenbar. »Die nationale Sicherheitslage ist in ständiger Bewegung. Von einer Minute zur nächsten ändert sich alles. Würden wir uns allein auf unsere eigenen Agenten und Quellen verlassen, wären wir so beweglich wie ein Dinosaurier auf einem Tanznachmittag. Daher gehen wir ständig Kooperationen mit Einzelpersonen und Organisationen ein. Die meisten Leute engagieren sich gerne, sobald sie verstanden haben, dass wir alle einen Beitrag zur Sicherheit und zum Wohl unseres Landes leisten müssen.«

Dunai fühlte sich in eine Ecke gestellt, und sie fühlte sich ein wenig schuldig. Es half, sich selbst einzureden, dass er nur sein Spiel mit ihr trieb. Immerhin bat er sie nicht einfach nur darum, ihrem Land zu helfen, er wollte, dass sie sich als Teil einer Organisation ausgab, deren Ideale sie durchaus teilte, nur um diese anschließend zu verraten und damit möglicherweise deren Untergang einzuleiten. Er wollte von ihr, dass sie sich und wahrscheinlich ihre Familie zwischen zwei Gruppen stellte, die wild entschlossen schienen, den jeweils anderen vernichtend zu schlagen. Das ging weit über alle staatsbürgerlichen Pflichten hinaus.

»Dunai?« Sie blickte auf. »Cerchio di Gaia verfügt über erhebliche Mittel, eine Menge Fachkenntnisse und ein anarchistisches Programm. Anders als wir sind diese Leute weder einer Verfassung verpflichtet noch einem Verhaltenskodex. Sie haben ja schon gesehen, was sie tun, und Sie wissen, dass es sich um eine terroristische Organisation handelt, die Todesopfer einkalkuliert, ohne mit der Wimper zu zucken. Es ist ihnen zweifellos zuzutrauen, dass sie mit einem Anschlag auf Ihr Leben Druck auf Sie ausüben wollen.«

»Jetzt übertreiben Sie aber«, sagte Dunai. »Außerdem werden Sie unlogisch. Schließlich haben Sie Grund, mich umzubringen, Cerchio di Gaia hat keinen.«

»Sie umzubringen vielleicht nicht«, sagte Jacob. »Allerdings war dieser zweite Anschlag ungefähr so professionell wie ein Krippenspiel im Kindergarten. Wer immer ihn inszeniert hat, wollte Ihnen lediglich einen Schrecken einjagen und Sie dazu drängen, Rückendeckung zu suchen, insbesondere da Ihr Sohn mit hineingezogen wurde. Cupido hat überhaupt kein Interesse an Ihrem Sohn, sondern nur an Ihnen und Lambrecht.«

»Cupido ist ein Psychopath, und eine Sache lassen Sie völlig außer Acht.« Jacob sah sie fragend an. »Ich besitze nichts, was die Gruppe will oder brauchen könnte. Meine einzige Verbindung zu ihr bestand über Siobhan.«

»Die Gruppe weiß von unserem Versuch, Sie zur Mitarbeit bei unseren Ermittlungen in deren terroristischen Aktivitäten zu gewinnen, und jede Geheimorganisation, die etwas taugt, würde dies sofort als Chance begreifen, Sie als Informantin in unseren Dienst einzuschleusen, um so stets bestens über unseren Ermittlungsstand hinsichtlich ihres Netzwerks unterrichtet zu sein. Der Wert einer solchen Person wäre nicht mit Gold aufzuwiegen, daher ist die Gruppe mehr denn je an Ihnen interessiert.«

Dunai verschlug es für einen Moment die Sprache. Dann meinte sie nur: »Als Doppelagent.«

»Hm, so hieß es in den alten Filmen immer.«

Keiner sagte ein Wort, und die Stille dehnte sich so lange, bis Dunai dem Drang, sie zu unterbrechen, nicht mehr widerstehen konnte. »Was genau tun Sie eigentlich, Jacob?«

Er neigte seinen Kopf zur Seite, als wollte er sagen: ach, kommen Sie, Dunai. Aber dann antwortete er: »Ich bin ein sogenannter Sonderagent für verdeckte Ermittlungen in der Spionageabwehr.«

»Sie könnten mir bestimmt helfen, Myasser und ihren

Bruder Mawien zu finden. Das Mädchen hat so viele schreckliche Dinge durchgemacht und steckt dennoch weiter so voller Hoffnungen. Sie träumt davon, eines Tages in einem Haus zu wohnen mit einer knallbunten Tür und einer Hausnummer aus großen Messingziffern. Mawien ist schüchtern und schwer traumatisiert. Ihre Mutter hat den ganzen Kontinent zu Fuß durchquert, nur um einen sicheren Platz für sie zu finden. Ich kann einfach nicht akzeptieren, dass Sie einen skrupellosen Verbrecherboss decken, der, wie ich genau weiß, für die Entführung dieser und vieler anderer Kinder verantwortlich ist. Was auch immer er Ihnen liefert, ich verstehe nicht, wie Sie das tun können.«

»Ein Mann, der aus diesem Land kam, wurde 2006 kurz nach seinem Eintreffen in London verhaftet«, erwiderte Jacob. »Er war gerade dabei, die letzten Vorbereitungen zu einem Plan abzuschließen, der darin bestand, mindestens sieben Transatlantikmaschinen durch Selbstmordattentäter in die Luft zu sprengen. Seine Verhaftung führte zur Festnahme von acht anderen Kommandomitgliedern, die beabsichtigt hatten, in den Toilettenkabinen der Flugzeuge auf der Basis von Wasserstoffperoxid, das sie in Limonadeflaschen abfüllen wollten, Sprengkörper zusammenzufügen. Bei ihnen handelte es sich um extremistische britische Islamisten, die in Kapstadt wohnten und die hier ihr Training durchliefen. Die entscheidende Information, die letztlich zur Verhaftung der gesamten Zelle führte, kam von Cupido. Es lässt sich gar nicht abschätzen, wie viele Leben durch diese Verhaftungen gerettet wurden, und das ist nur einer von vielen Tipps, die

Cupido weitergegeben hat. Es gab darüber hinaus noch diverse andere Festnahmen.«

»Sie könnten sich einen anderen suchen.«

»Keiner verfügt über das Netzwerk und den Einfluss von Cupido. Wir bräuchten vierzig Jahre, um etwas Ähnliches wieder auf die Beine zu stellen.«

»Aber hier handelt es sich um Kinder«, sagte Dunai. »Jedes dieser Leben ist unbezahlbar. Der Secret Service könnte doch herausfinden, ob Cupido sie tatsächlich kidnappt, und dann könnten sie ihn auffordern, Myasser und Mawien ihrer Mutter zurückzugeben und aufzuhören mit dem, was er tut. Mir würde das genügen. Sie haben genug Beweismaterial, um ihn für den Rest seines Lebens hinter Gitter zu bringen. Also brauchen Sie ihm doch nur zu sagen, er soll als Informant weitermachen, aber mit seinen Verbrechen Schluss machen, sonst würden Sie ihn auffliegen lassen.«

Jacob betrachtete sie. Dann wanderte sein Blick von ihren Augen zu ihrem Mund und wieder zurück. Dunai glaubte eine Spur Traurigkeit in seinem Blick zu erkennen, oder war es nur mitleidiges Bedauern?

»Oh Gott«, sagte Dunai. »Ich glaube, jetzt verstehe ich. Sie haben es gar nicht eilig damit, den kriminellen Machenschaften von Cupido ein Ende zu machen, da er so sein Netzwerk noch vergrößert und seinen Einfluss ausbaut. Bei seinen Verbrechen sammelt er Informationen, und die Brauchbarkeit dessen, was er an Sie weiterreicht, hängt von dem Entgegenkommen ab, das der Geheimdienst ihm erweist.« Die Vorstellung verursachte Dunai Übelkeit.

»Sie sehen nur einen kleinen Ausschnitt«, antwortete Jacob. »Zwei Flüchtlingskinder, die zu ihrer Mutter zurückkommen sollten und hoffentlich auch werden und die anschließend gemeinsam mit ihrer Mutter in einer demokratischen Gesellschaft einen sicheren Platz zum Leben finden.

Aber daneben gibt es noch ein größeres Bild, zu dem Millionen von Kinder und Müttern gehören und die sicheren Lebensumstände, die diese in ihren jeweiligen Gesellschaften erwarten dürfen. Und dann wird die ganze Sache kompliziert, denn es existieren so viele extremistische Gruppen und Organisationen, die ihre eigenen Ideen und Pläne dazu haben, welchen Kindern und Müttern überhaupt ein Leben erlaubt sein sollte und wie dieses Leben auszusehen hat. Mein Job ist es nun, jene Gruppen und Einzelpersonen aufzuspüren, die über das Potenzial verfügen, großes Blutvergießen und Chaos anzurichten, und sie so genau zu durchleuchten, dass sie gestoppt werden können.«

Dunai trat nach einer kleinen Unkrautpflanze, die zwischen den Steinen herauswuchs. »Was für den einen ein Terrorist ist, ist für den anderen ein Freiheitskämpfer.«

»Eine der folgenschwersten Phrasen unserer Zeit.« Dunai bemerkte einen ärgerlichen Ton in seiner Stimme. »Aber wenn wir alle bloß rumsitzen und rumphilosophieren, wird schon bald nichts mehr übrig sein, über das zu philosophieren sich lohnt. Oder wie George Orwell schrieb: Die Menschen schlafen nachts nur friedlich in ihren Betten, weil harte Männer bereitstehen, um für sie Gewalt auszuüben.«

Dunai dachte einen Moment nach. »Ich glaube, ich bin ein Kleiner-Ausschnitt-Mensch.«

»Das sind die meisten«, sagte Jacob. »Und es ist ein Luxus, dessen Besitz den wenigsten bewusst ist.«

»Die Waffe, mit der versucht wurde, mich umzubringen, oder mit der man jedenfalls so tat, war eine Kompaktpistole mit verkürztem Lauf, die zum verdeckten Tragen gedacht ist. Die Art von Pistole, wie sie Geheimagenten benutzen.«

»Hm«, sagte Jacob und sah nachdenklich aus.

»Was soll das heißen?«

»Ist notiert.«

»Und?«

»Wir würden nie so verräterisch vorgehen, Dunai. Aber ich würde sagen, da versucht jemand, Ihren Verdacht in eine bestimmte Richtung, besonders in Richtung NIA, zu lenken.« Er legte eine kurze Pause ein, bevor er hinzufügte: »Ich hoffe, Sie melden sich bald bei mir.« Dann ging er den Pfad wieder zurück.

»Jacob?«, rief Dunai hinter ihm her. Er wandte sich um. »Als ich fragte, ob Sie mich umzubringen versucht hätten, sagten Sie nicht: Wie könnte ich so etwas tun? Sie sagten: Warum sollte ich das tun? Ich glaube, Sie wären durchaus fähig, mich umzubringen. Sie bräuchten nur einen ausreichenden Grund.«

Jacobs Gesichtsausdruck blieb unverändert. Er wandte ihr wieder den Rücken zu und ging den Weg zurück, den er gekommen war.

27

Carl schaute kurz vor sieben vorbei. Dunai hatte Jesse gerade ins Bett gebracht und Schwester Raymunda überreden können, bei ihm zu bleiben, solange sie mit Carl sprach.

»Lass uns runtergehen«, meinte sie bei seiner Ankunft.

»Hast du die Nachrichten gesehen?«, fragte er, während sie zum Erdgeschoss herunterstiegen. »GORE hat eine Internetseite eingerichtet, auf der lauter Sachen stehen wie die Zahl der Südafrikaner, die jedes Jahr Gewalttaten von Flüchtlingen zum Opfer fallen und so was. Ein Haufen Schwachsinn, aber äußerst explosiv. Es gibt ein Diskussionsforum und eine Rubrik für aktuelle Infos, aber das ist noch nicht das Schlimmste.

Sie haben eine scheißgroße, tickende Uhr unter ein Feld gesetzt, in dem steht: Restzeit, bis die Stunde schlägt, und daneben lässt sich ein Fenster öffnen, das zwei in den Boden gerammte Pfähle zeigt, einen kleineren und einen größeren, an denen Ketten und Fesseln hängen. So, als ob sie Kinder daran live online umbringen können. Es macht sogar den Eindruck, als hätten sie die Größenangaben von den Flugblättern zur Abmessung der Pfähle benutzt.«

»Verdammte Scheiße«, sagte Dunai. »Aber wenn wir Myasser und Mawien nicht finden können, dann die bestimmt auch nicht.«

»Seit die Website eingerichtet wurde, sind immer weniger Anrufe bei der Hotline der Polizei eingegangen. Die Leute melden sich lieber bei dieser Seite. Außerdem wurde darüber heute in den Abendnachrichten berichtet, und SABC3 und eTV produzieren sogar Sondersendungen zum Thema Flüchtlinge und Asylanten. Bestimmt werden sie da auch die Website erwähnen.«

Dunai schwieg, während sie die Tür zum Innenhof öffnete und sie gemeinsam in die warme Dunkelheit traten, die nur von ein paar durch die Erdgeschossfenster fallende Lichtblöcke erhellt wurde.

»Alles okay mit dir?«, fragte er.

»Ich muss mit dir sprechen, Carl. Das fällt mir nicht leicht. Ich weiß, dass du wütend sein wirst, aber ich bitte dich zu verstehen, dass ich gute Gründe hatte, dir das nicht schon früher zu erzählen. Eigentlich ist mir auch heute noch nicht klar, ob ich hier das Richtige tue, aber ich muss mit jemandem darüber sprechen, und ich glaube, dir kann ich vertrauen. Aber du musst schwören, dass du keiner Menschenseele etwas von dem verraten wirst, was ich dir jetzt erzähle.«

»Weiter.«

»Erst schwören.«

Er wirkte genervt. »Okay, ich schwöre.«

Sie setzten sich auf eine Bank gegenüber dem Koi-Teich.

»Siobhan war Mitglied einer radikalen Frauenorganisation, die sich Sisterhood of the Double Cross beziehungsweise Cerchio di Gaia nennt, was so viel wie der Zirkel der Gaia heißt. Von den Geheimdiensten wird die Gruppe als terroristische Organisation eingestuft, und es wurden Ermittlungen gegen sie angestrengt, die jedoch nicht viel Erfolg hatten. Nach Siobhans Tod wurde ich vom Zirkel gebeten beizutreten, aber da ich Belege ihrer gewalttätigen Methoden kannte, habe ich abgelehnt.«

»Wer hat dir diese Belege gezeigt?«

»Die National Intelligence Agency.«

»Der Typ in dem dunkelbraunen Anzug, den ich vor sechs Monaten gesehen habe, wie er dir ins Büro gefolgt ist.«

Dunai nickte. »Die NIA hatte Siobhan im Verdacht, im Zirkel aktiv zu sein. Sie war überzeugt davon, dass die Gruppe nach ihrem Tod Kontakt mit mir aufnehmen würde. Der Agent sagte, der Geheimdienst brauche jemanden, für dessen Rekrutierung der Zirkel sich interessierte, der zugleich aber noch nicht weit genug indoktriniert war, um ins Innere der Gruppe vorzudringen. Denn trotz erheblicher Anstrengungen war es ihnen bislang nicht gelungen, Informationen von Belang über sie zu gewinnen.«

»Warum bist du damit nicht zu mir gekommen?« Carls Stimme hatte einen tiefen Ton angenommen.

»Das war alles viel zu groß für mich«, sagte Dunai, die Hände in ihrem Schoß fest zusammengepresst. »Es stand viel zu viel auf dem Spiel. Internationale Nachrichtendienste, Terrororganisationen. Du warst lange Zeit selbst im Staatsdienst, und ich wollte nicht, dass du dich an die entsprechenden Stellen wendest und ihnen erzählst, was ich dir über den Zirkel anvertraue.«

»Du hast es für nötig gehalten, eine unter Terrorverdacht stehende Gruppe zu schützen?«

Dunai seufzte. »Wie soll ich dir das verständlich machen?« Sie beugte sich zu ihm. »Ich stimme deren Ideologie durchaus zu, Carl. Mitunter glaube ich sogar, dass Existenz und Arbeit von ihnen eine Art notwendiges Übel darstellen, aber ihre Methoden kann ich dennoch nicht billigen.«

»Sag mir, was du von ihnen weißt.«

»Es mag sich verrückt anhören, aber ich habe mittlerweile zahlreiche Beweise gesehen. Aber denk dran, der Zirkel selbst hat mir fast nichts über sich erzählt, er hat lediglich seine Existenz bestätigt. Ich habe allerdings ein paar Nachforschungen angestellt, und anscheinend begann alles mit einer Gruppe von Nonnen, die im vierten Jahrhundert in Griechenland gewirkt hat.«

»Im vierten Jahrhundert.«

Dunai warf ihm einen ärgerlichen Blick zu. »Ich sagte ja, es mag sich verrückt anhören.«

»Entschuldige.«

»Das Christentum mit seiner Überzeugung, dass zwischen all seinen Anhängern vollkommene Gleichheit herrscht, lieferte den Frauen seinerzeit eine mächtige Stimme. Aber in einer ihrer Natur nach sexistischen Gesellschaft musste diese Stimme zum Schweigen gebracht werden. Daher wurde bei der Übersetzung und Auslegung der Schrift auf eine einseitig männliche Sichtweise geachtet, während die Frauen von der Lehre und von Führungspositionen in der Kirche ausgeschlossen blieben. Frauen organisierten sich daraufhin in einer Pressuregroup, mit der gegen die kirchliche Festschreibung der Frauenfeindlichkeit angekämpft werden sollte. Ihr Zeichen wurde das Doppelkreuz. Das eine Kreuz aus Gelbgold symbolisiert die organisierte, männerdominierte Kirche, und das zweite, rechts daran ansetzende Kreuz aus Weiß- oder Rotgold steht für die weibliche Vertretung Gottes auf Erden.

Die Kirche versuchte die Gruppe auszumerzen, aber ihr Organisationsgrad war bereits gut genug, um alle Verfolgungen zu überstehen. Im Laufe der Jahrhunderte machten sie immer mal wieder von sich reden. Ich bin auf den wissenschaftlichen Aufsatz eines Anthropologieprofessors der Oxford University aus den Dreißigerjahren des letzten Jahrhunderts gestoßen. Da wird ausgeführt, dass eine Vielzahl von Frauen, die einflussreiche Positionen im gesellschaftlichen Leben bekleideten, inzwischen das Doppelkreuz als Ring oder als Anhänger trugen. Allerdings gehörten diese Frauen nun nicht mehr nur dem Christentum an, sondern auch anderen Glaubensrichtungen. Der Professor stellte die Frage, ob die Sisterhood of the Double Cross womöglich fünfzehnhundert Jahre hat überstehen können oder ob die ausgelöschte Bewegung von Frauen mit einer modernen Ausrichtung einfach neubelebt wurde. Seine Forschungsergebnisse wurden von anderen Wissenschaftlern verlacht. Nicht lange danach kam er bei einem Autounfall ums Leben.«

»Warum halten die Geheimdienstleute sie für eine terroristische Gruppe?«

»Sie haben mir Fotos gezeigt von vergifteten Kardinälen, von Scheichs in Saudi-Arabien, die gesteinigt wurden, pädophilen Kriminellen mit in den After geschobenen Vibratoren, Menschenhändlern mit abgetrennten Händen, und an jedem Tatort war in irgendeiner Art und Weise das Doppelkreuz zu erkennen gewesen. Was den Geheimdiensten Sorge zu bereiten scheint, ist die zunehmende Zahl einflussreicher Frauen, die das Doppelkreuz tragen, und da diese wohl kaum herumlaufen und eigenhändig Leute abmurksen, wird offenbar angenommen, dass sie lediglich die Führungsschicht einer erheblich größeren Organisation darstellen.«

»Du hattest schon Recht damit, dass die ganze Sache ziemlich verrückt klingt«, sagte Carl.

»Warum bloß, Carl? Wenn ich die Worte radikale Frauengruppe durch radikale Islamistengruppe ersetze, hättest du kein Problem, die Sache zu glauben. Das ist genau der Punkt, gegen den der Zirkel ankämpft. Die Missachtung von Frauen ist in unserem Denken so tief verwurzelt. Allein schon die Vorstellung, Frauen könnten sich zu einer radikalen, gewaltbereiten Gruppe zusammenschließen, läuft dem Klischeebild, das wir von Frauen haben, derart stark zuwider, dass sie schon beinahe lächerlich wirkt. Darin dürfte allerdings auch einer der Gründe liegen, warum die Existenz des Zirkels so lange mehr oder weniger unbemerkt blieb.«

»Okay«, sagte Carl. »Ich hab kapiert, was du meinst.«

Dunai nickte. »Die NIA hält den Cerchio di Gaia für

eine äußerst ernstzunehmende Bedrohung, denn bislang konnten die Geheimdienste der unterschiedlichsten Länder trotz ihrer finanziellen und technischen Ausstattung und ungeachtet all ihres Fachwissens so gut wie nichts über die Gruppe rausfinden und dies obwohl die Belege über die Aktivitäten der Gruppe sich mehren. So gut organisiert ist der Zirkel.

Und nur nebenbei bemerkt, die Frau, die uns bei der Tankstelle in dem gepanzerten BMW zur Hilfe kam, gehört auch dem Zirkel an. Sie hat mich auch am Tag vorher gerettet, als ich in der Seymour Street von dem Zuhälter angegriffen wurde.«

»Noch so etwas, was du mir nicht erzählst hast.«

»Mir wurde von einer Person, die ich für eine hochrangige Führungspersönlichkeit im Zirkel halte, erklärt, dass ihr überragendes Ziel letztlich darin besteht, alles Patriarchalische in der Gesellschaft komplett auszumerzen. Mit anderen Worten: Jede bedeutsame Institution, jede Regierung und jede Kirche auf den Kopf zu stellen.«

»Gesellschaftliche Umwälzung, wenn nötig auch mit gewalttätigen Mitteln. Und warum muss so etwas in Schutz genommen werden?«

»Carl, ich lass mich nicht einfach vereinnahmen, das weißt du genau.«

Er lächelte sie zärtlich an.

»Ich habe für Siobhan gearbeitet«, fuhr Dunai fort, »die eine leidenschaftliche Feministin war. Ich dachte, ich würde mich in der Geschichte der Frauen ganz gut auskennen, aber im Grunde wusste ich überhaupt nichts.

Jeder, ob Mann oder Frau, der behauptet, in der heutigen Gesellschaft würde Gleichberechtigung zwischen den Geschlechtern bestehen, hat keine Ahnung. Spannungen zwischen den Geschlechtern fordern noch immer mehr Opfer als alle Krankheiten und politischen Konflikte zusammen. Du brauchst dir nur eine kurze Geschichte der Frauenfeindlichkeit anzusehen und schon begreifst du, dass Frauen milliardenfach benachteiligt, misshandelt und massakriert wurden und noch immer werden, milliardenfach, Carl, nicht millionenfach. Und das Schlimmste ist, dass sich auch nichts daran ändern dürfte, da wir zwar auf Rassismus und ethnische Ressentiments reagieren, Sexismus dagegen als natürlicher Bestandteil der Gesellschaft betrachtet wird. Noch immer werden darüber Witze gerissen, und kaum jemand erkennt an, dass es sich hierbei eigentlich um das älteste und folgenschwerste Vorurteil auf dem Planeten handelt – nach der Grausamkeit Tieren gegenüber.«

»Es gibt legale Wege, gegen Benachteiligungen zu kämpfen und zu versuchen, die Verhältnisse zu ändern.«

»Aber du sagst: zu kämpfen, und du sagst: versuchen zu ändern. Cerchio di Gaia ist nach Aberhunderten von Jahren zu dem Schluss gelangt, dass der einzige Weg, wahrhaftige Gleichberechtigung zu erreichen, im Kampf liegt. Wenn Millionen von Frauen jedes Jahr als direkte Folge dieser Ungerechtigkeit sterben, vielleicht ist es ja dann tatsächlich an der Zeit, mit dem bloßen Versuch, etwas zu ändern, aufzuhören, und lieber mit allen uns zur Verfügung stehenden Mitteln tatsächliche Veränderungen herbeizuführen.«

»Und das glaubst du?«, fragte Carl.

»Das ist ja der Punkt, ich weiß nicht. Mir ist klar, dass der Kampf um Gleichberechtigung allenfalls zur Hälfte gewonnen ist, und ich werde stinkwütend, wenn ich von den fürchterlichen Ausmaßen frauenfeindlicher Gewalt in der Welt höre. Aber bei der Vorstellung, zur Bekämpfung dieses Zustands selbst Gewalt auszuüben, setzt bei mir jedes Mal eine Sperre ein. Und ich habe erlebt, wie Cerchio di Gaia sich in mein Leben eingemischt hat, wie sie mich zu beeinflussen versucht haben, habe erlebt, welche Dinge Siobhan am Ende zu tun bereit gewesen war. Wie sehr ich auch immer mit ihrer Ideologie übereinstimmen mag, sobald ich direkt mit ihnen in Berührung komme, verspüre ich stets das Bedürfnis, mich, mein Leben und die Leute, die ich liebe, davor zu schützen, von ihnen vereinnahmt und verschlungen zu werden.«

»Wieso willst du mir das ausgerechnet jetzt erzählen?«

»Dem Zirkel zufolge ging der zweite Anschlag auf mich nicht auf Cupidos Konto, sondern auf das der NIA oder des Secret Service, die mich dazu bringen wollen, Cupido in Ruhe zu lassen, weil der nämlich für sie als Informant über islamistische Gruppen in Südafrika arbeitet und dafür im Gegenzug Immunität vor einer Anklage genießt.«

»Scheiße«, sagte Carl. »Ich hatte schon so ein Gefühl, dass seine Tage als Informant nicht vorbei sind, aber an eine solche Größenordnung hatte ich überhaupt nicht gedacht.«

»Die NIA hat bestätigt, dass Cupido nicht hinter dem zweiten Anschlag steckt, und sie leugnen, selbst irgend etwas damit zu tun gehabt zu haben. Ihre Version lautet, dass der Zirkel versucht, mich gegen die NIA aufzuhetzen, um mich dazu zu drängen, bei ihrer Gruppe Schutz zu suchen.«

»Wieso?«

»Weil sie herausgefunden haben, dass die NIA mir das Angebot gemacht hat, die Gruppe zu infiltrieren, und sie mich jetzt gerne als Doppelagentin einsetzen würden, um stets über den Stand der Ermittlungen auf dem Laufenden zu sein.«

»Und dir wird das allseitige Buhlen um deine Gunst wohl langsam ein bisschen viel, richtig?«

»Himmel, ja. Außerdem wurde mir im Grunde geraten, die Finger von Cupido zu lassen und auch von jedem in seinem Umfeld, einschließlich Wayne Daniels. Mit anderen Worten, sollten die beiden für das Verschwinden von Myasser und Mawien verantwortlich sein, müssen wir die Suche nach ihnen aufgeben, die Ermittlungen einstellen und bei jeder neuen Nachricht über ein vermisstes Flüchtlingskind so tun, als wüssten wir von nichts. Und selbst dann müssten wir noch hoffen, dass es Cupido nicht doch gelingt, uns umzubringen, weil er in uns eine potenzielle Gefahr für die Zukunft sieht.«

Dunai wartete darauf, dass Carl etwas sagte. Doch das tat er nicht. Zweifel begannen an ihr zu nagen. Er hatte so lange selbst dem Staatsapparat angehört. Wäre er noch immer Polizeibeamter, hätte er seine Vorgesetzten unterrichten müssen.

»Habe ich dir in dieser Sache zu Recht vertraut?«, fragte sie.

Carl sah auf seine Hände herab, dann in den dunklen Garten. »Du hast mein Wort, dass ich nicht weitererzählen werde, was du mir gerade anvertraut hast, es sei denn, es wären meiner Ansicht nach Leben bedroht und mir bliebe absolut keine andere Wahl. Sollte dieser Fall eines Tages eintreten, werde ich alles in meiner Macht Stehende tun, dass dir nichts Schlimmeres passiert.«

»Danke«, sagte Dunai. Ihre Schultern entspannten sich ein wenig.

»Du willst also die Ermittlungen einstellen«, sagte Carl und wandte ihr das Gesicht zu.

»Nein, das kann ich nicht. Ich könnte Hatum nie wieder unter die Augen treten, wenn ich jetzt einfach davonlaufen würde. Abgesehen davon habe ich die Bilder dieser Kinder ständig vor Augen. Ich habe mich mit Myasser unterhalten, sie sah so hoffnungsvoll in ihre Zukunft. Und Mawien. Er hat zwar kaum ein Wort geredet, aber was ich für dieses Kind getan habe, egal, wie wenig es war, und wenn ich ihm nur beim Händewaschen geholfen habe, bevor wir Sandwiches aßen, er sah immer mit einem solch freudestrahlenden Lächeln zu mir auf, als hätte ich ihm gerade ein Geschenk überreicht. Der Gedanke, dass jemand ihm wehtun könnte, also ich weiß zwar nicht genau, ob ich dazu fähig bin, diese Sache zu Ende zu führen, aber genauso sicher weiß ich, dass ich nicht dazu fähig bin, sie einfach im Stich zu lassen.

Und noch ein Grund«, sagte Dunai und verkrampfte ihre Hände. »Wenn ich diese leidenden Kinder um meiner eigenen Sicherheit willen im Stich lasse, müsste ich dafür etwas in meiner Seele abtöten. Dann fiele mir die

Entscheidung beim nächsten Mal, wenn ich so etwas tun müsste, womöglich leichter, und wo würde das Ganze dann enden? Davor habe ich schreckliche Angst.«

Carl beugte sich nach vorn, die Ellbogen auf seine Oberschenkel gestützt. Er senkte den Kopf und fuhr sich mit den Fingern durch die Haare. »Einer der gefährlichsten Verbrecher im Land.« Seine Stimme war gepresst. »Die NIA, der SASS und eine terroristische Gruppe radikaler Feministinnen.«

Dunai legte eine Hand auf seinen Rücken und spürte die harten Konturen seiner Muskeln unter dem Hemd. »Tut mir leid, dass ich dir das alles erzählen musste. Es ist eine schwere Belastung, ich weiß, schließlich habe ich sie sechs Monate allein mit mir rumgeschleppt.«

Carl sah sie von der Seite an. »Du hättest mir das alles schon früher erzählen sollen. Wäre dir wegen dieser Sache etwas zugestoßen, hätte ich niemals rausbekommen, was wirklich dahintersteckt.« Er richtete sich auf. »Ich kann nicht zulassen, dass du einfach weitermachst.«

»Dir wird nichts andres übrigbleiben«, sagte sie sanft, während ihre Handfläche zu seiner Schulter wanderte. »Ich werde Myasser und Mawien finden und zu ihrer Mutter zurückbringen, und ich glaube, ich weiß auch schon, wie ich das anstellen werde.«

Carl wandte sich ihr zu, sagte aber nichts.

»Wenn der Zirkel der Feind internationaler Geheimdienste ist, die ihrerseits wiederum einen Verbrecher schützen, dem das Handwerk gelegt gehört, dann muss ich den Zirkel dazu benutzen, Cupidos Deckung zu durchbrechen, und das sind nun einmal die Geheimdienste.«

»Bist du denn verrückt, junge Frau?« Dem Ausdruck auf Carls Gesicht nach zu urteilen, war er ganz sicher dieser Meinung. »Hast du überhaupt eine Ahnung, was du da vorschlägst?«

»Die Einzelheiten sind mir noch nicht klar«, sagte Dunai. »Aber da kommst du ins Spiel. Ich werde keinen blinden Kamikazeangriff starten, deshalb brauche ich auch deine Hilfe. Du warst ein ausgezeichneter Kriminalbeamter, du bist ein hervorragender Privatdetektiv, du besitzt ein Diplom in Sozialanthropologie, hast zwei Jahre Militärdienst abgeleistet und verfügst über ein großes Netz an Informanten. Wenn mir jemand bei der Durchführung helfen kann, dann du.«

»Ist dir jemals der Gedanke gekommen, es könnte für mich noch zu früh zum Sterben sein?«

»Auf solche Gedanken zu kommen, kann ich mir überhaupt nicht leisten.«

»Schönen Dank«, erklärte Carl. Er schwieg eine Weile, senkte den Kopf und starrte auf die Steinplatten zwischen seinen Füßen. Dunai hob die Hand, um seine Wange zu berühren, aber er duckte sich fort. Er war wütend auf sie. »Also gut«, sagte er. »Da du diese Sache ja sowieso durchziehen wirst, mögen deine Chancen, lebendig davonzukommen, mit meiner Hilfe geringfügig steigen, aber es gelten folgende Grundregeln. Erste Regel: Wir planen dies bis in jedes Detail durch, jeden Schritt, jedes Szenario, jede Eventualität.«

Dunai nickte.

»Regel zwei: Du wirst nicht, und damit meine ich wirklich niemals, von einer geplanten Vorgehensweise abweichen, ohne vorher mit mir darüber zu sprechen. Andernfalls werde ich dich eigenhändig umbringen. Und wenn ich zu irgendeinem Zeitpunkt der Meinung sein sollte, ein Vorhaben von dir ist selbstmörderisch oder auch einfach nur zu verdammt gefährlich, dann werde ich die Aktion abblasen, und du wirst meiner Entscheidung Folge leisten.«

Dunai zögerte. »Was verstehst du denn unter zu gefährlich?«

»Alles, was mit hoher Wahrscheinlichkeit deinen Tod bedeuten würde. Du musst einfach meinem Urteil vertrauen, ohne lange Diskussionen.«

»Abgemacht«, sagte Dunai und streckte ihre Hand aus. Carl schüttelte sie und hielt sie fest. Dunai beugte sich vor und küsste ihn.

Viel zu schnell riss er sich los und stieß einen tiefen Seufzer aus. »An dem Tag, an dem du durch meine Tür gekommen bist, wusste ich schon, dass du mir für den Rest meines Lebens den Schlaf rauben wirst, doch anscheinend wird dieser Zeitraum erheblich kürzer sein, als ich angenommen hatte.«

28

Freitag, 20. Dezember

Dunai lag unter einer Decke auf der Rückbank von Schwester Raymundas uraltem grünen Mazda. Die Decke und die Nonnenkleidung brachten sie zum Schwitzen. Gerne hätte sie sich am Kopf gekratzt, aber ihre Hände krallten sich fest in die Rückbank, damit sie nicht auf den Boden geschleudert wurde. Schwester Raymunda war ein Geschwindigkeitsfreak, und Dunai dachte, es läge nur an ihrem unerschütterlichen Vertrauen in Gott und in das Gute im Menschen, dass sie so sorglos mit ihrer Sicherheit umging.

Wäre Zeit dafür gewesen, Dunai hätte ein Dankgebet zum Himmel geschickt, als sie unsanft, aber wohlbehalten vor dem hoch aufragenden Capetonian Hotel anhielten. »Näher komme ich nicht ran«, erklärte Schwester Raymunda im Flüsterton.

Dunai richtete sich auf und sah sich um. Sie befanden sich auf der östlichen Seite des Pier Square. »Das reicht«, meinte sie ohne Zögern, korrigierte den Sitz der Schwesternhaube, die ihr schief auf dem Kopf saß, stopfte sorgfältig jede Haarsträhne darunter, wischte sich den Schweiß von der Stirn und stieg aus dem Wagen. Auf dem Parkplatz stand bereits eine Handvoll Nonnen, aber Dunai vermied es, in ihre Richtung zu sehen. Ihr war eingeschärft worden, sich unter keinen Umständen suchend umzudrehen.

Ihre Anspannung legte sich ein wenig, als sie durch die Drehtür in das glitzernde Foyer trat und sich sofort inmitten von wenigstens einem Dutzend monochrom gekleideter Gottesfrauen wiederfand.

»Ich werde jetzt verschwinden«, raunte sie Schwester Raymunda zu. »Vielen Dank.« Dunai drückte die Hand der Schwester und schlenderte dann an der geschwungenen Rezeption aus Kirschbaumholz entlang, wobei sie direkt hinter einem Schwarm Nonnen blieb, der den Tagungsraum ansteuerte, wo eine Konferenz der Katholischen Betreuungseinrichtungen für HIV-infizierte Kinder abgehalten wurde.

Sie war genau instruiert worden, wo sie die Wäscherei finden würde, und kurz darauf war sie schon im richtigen Korridor. Eine farbige Frau, die etwa ihre Größe besaß, stand vor der Tür. Dunai hielt die Augen geradeaus gerichtet, als wollte sie rasch vorbeigehen.

»Sie ging mit festen Schritten davon, ohne sich umzudrehen«, sagte die Frau, als Dunai sich näherte, »mit Herrn Nilsson auf der Schulter und dem Koffer in der Hand.«

Dunai hielt an, erwiderte ihren Blick und nickte. Die Frau trat durch die Tür, und Dunai folgte ihr vorbei an Bügelmaschinen, riesigen Trocknern und Waschmaschinen bis ans andere Ende des Raums, wo eine weitere Frau wartete.

»Ihr müsst tauschen«, wies die Frau, die an der Tür gewartet hatte, die andere an, die auch bereits aus ihren schwarzen Pumps schlüpfte. Sie zog ihre schwarze Hose aus und die weiße Bluse, auf der über der linken Brust eine pinkfarbene Rose und der grüne Schriftzug »Flower Warehouse« gestickt waren. Dunai streifte ebenfalls ihre Sachen ab und dann tauschten sie. Hose, Bluse und Schuhe passten perfekt. Dann wurde die Schwesternhaube durch eine blonde, schulterlange Perücke ersetzt und Dunai mit einer großen Piloten-Sonnenbrille ausgestattet.

Jetzt war sie genauso gekleidet wie die Frau, die an der Tür gewartet hatte. Diese drückte Dunai einen Strauß verwelkter Blumen in die Hände, nahm selbst eine ganz ähnlich gefüllte Vase auf den Arm und führte sie aus dem Raum hinaus und durch den Flur bis zu einer Hintertür. Sie traten auf eine Laderampe hinaus und gingen zu einem weißen Toyota Venture, auf dessen Seite die Aufschrift »Flower Warehouse« prangte. Die Blumengebinde der letzten Woche landeten im Laderaum und die Frauen stiegen vorne ein.

Dunais Begleiterin sprach nur einmal kurz, als sie sich in den dichten Berufsverkehr eingefädelt hatten. »Alles okay?«

»Klar. Danke.«

Sie folgten einer verschlungenen Route von der Foreshore durch den Innenstadtbezirk bis nach Gardens hinein. Die Frau schwieg weiter, als sie zur Rückseite eines

Gebäudes fuhren. Das gleiche Logo, das auf ihren Blusen und ihrem Wagen angebracht war, hing über den beiden großen Flügeltüren der Firmeneinfahrt.

»Hier wären wir«, sagte die Frau, als sie den Wagen im Innern des Lagerhauses zum Stehen brachte. Belinda erschien an der Beifahrertür, und Dunai stieg hinaus auf den Betonboden.

»Hallo, Dunai«, sagte die Amazone.

»Hi, Belinda.«

»Komm mit.« Sie mussten über Wasserpfützen treten, als sie an Frauen in weißen Overalls vorbeikamen, die geschäftig zwischen langen Reihen von Blumeneimern hantierten, bevor sie schließlich ein Büro auf der Rückseite des Lagerhauses erreichten. »Kleiderwechsel«, sagte Belinda und deutete auf ein paar bunte Sachen, die über einem Stuhl hingen. »Und leg das hier auf. Ich bin in zehn Minuten wieder zurück.«

Dunai nahm den Lippenstift und die Tube mit der Grundierungscreme, kickte die Pumps von den Füßen, tauschte die Hose gegen einen langen lilafarbenen Rock, die Bluse gegen ein weites gelbes Oberteil aus Kreppsatin und schlüpfte in ein Paar Sandalen. Dann ging sie zu einem kleinen Spiegel an der Wand und legte die Grundierungscreme mit einem Schwamm und zitternden Händen auf. Innerhalb einer Minute änderte sich ihre Hautfarbe vom sommerlichen Teint einer Weißen in den olivfarbenen einer Coloured. Sie setzte sich die Perücke mit den langen schwarzen Locken auf und malte sich zuletzt die Lippen mit dem dunkelrosa Stift an. Dunai war überrascht von dem Resultat. Sie sah aus wie eine Farbige. Selbst ihre großen schiefergrauen Augen wirkten keineswegs unpassend, allenfalls ein wenig exotisch.

Sie betrachtete sich noch immer, als Belinda eintrat. »Zieh das hier an.« Sie reichte Dunai eine Fransentasche mit einem einzelnen langen Tragegurt, den sie sich über den Kopf stülpte und dann von ihrer linken Schulter aus quer über die Brust laufen ließ. »Über dieser Schulter trägst du auch gewöhnlich deine Tasche«, erklärte Belinda ihr. »Wechsle die Seite.«

Sie stiegen in einen rostigen Nissan, der mitten in der Lagerhalle parkte, und Belinda reichte ihr die Sonnenbrille, die Dunai früher bereits getragen hatte. Die Gläser waren aus undurchsichtigem Glas, und die gummierte Innenseite des Gestells haftete an der Haut fest, was es unmöglich machte, unbemerkt darunter hervorzuschielen.

Als der Wagen losfuhr, lehnte sich Dunai entspannt in ihren Sitz zurück. »Das mit dem Pippi-Langstrumpf-Zitat hat mir gefallen«, sagte Dunai in Erinnerung an den Satz, mit dem die Kontaktperson in der Hotelwäscherei sie angesprochen hatte.

»Ich fand es treffend«, sagte Belinda in ihrem emotionslosen Stil, aber Dunai glaubte doch, einen vergnügten Unterton in ihrer Stimme herauszuhören. Wie ihnen schon bei früherer Gelegenheit aufgefallen war, hatten sie als Kinder nämlich für dieselbe Heldin geschwärmt. Dunai hatte sogar ihre Tiere nach den Weggefährten von Pippi Langstrumpf genannt, jenem Mädchen, das mit neun Jahren für eine weltweite Kontroverse gesorgt und die Kinderliteratur auf Dauer revolutioniert hatte.

Dunai schätzte, dass nach der Autofahrt etwa dreißig

Minuten vergangen waren, als ihr in einen Stuhl geholfen und die Sonnenbrille abgenommen wurde. Sie blinzelte, sah sich um und war enttäuscht.

Die Einrichtung in dem Konferenzraum war unpersönlich und stillos, entworfen, um damit den Bedarf großer Angestelltenheere möglichst kostengünstig zu decken. Von einer Gruppe, die Übeltäter und Leute, die ihr im Weg standen, auf schier unerschöpflich kreative Weise umzubringen verstand, hatte sie mehr erwartet.

Den einzigen Bruch in dieser Monotonie aus melaminharzbeschichteten Tischen in Eichen-Dekor und graublau gepolsterten Bürostühlen war eine atemberaubend gut aussehende Frau in Dunais Alter mit makellosem cremefarbenen Teint, dunklen Augen und glänzend schwarzem Haar, das zu einem Pferdeschwanz nach hinten gekämmt war. Passend zu dem zweifarbigen Grundschema der Einrichtung trug sie eine schwarze Weste und eine cremefarbene Bluse. Der Tisch zwischen ihnen war leer bis auf eine Schachtel und zwei große Pappbecher. Es gab weder Aktenmappen noch sonstige Unterlagen oder irgendwelches Präsentationsmaterial.

»Herzlich willkommen, Dunai«, sagte die Frau und lächelte. »Mein Name ist Dawn.«

Klar doch ist er das, dachte Dunai, und ich heiße Morning Has Broken. »Ich hatte eigentlich Richterin Swanepoel-Higgs erwartet.«

Die Frau nickte. Überflüssigen Smalltalk gab es bei diesen Leuten nicht.

»Arbeiten Sie für die Richterin?«, erkundigte sich Dunai.

»Na ja … in dieser Weise sind wir nicht organisiert.« Sie neigte ihren Kopf zur Seite. »Aber gut. Ich habe dir etwas zu trinken gebracht.«

Dunai stellte sich stets darauf ein, dem Zirkel die Stirn zu bieten, sie wie die blutrünstigen Terroristen zu behandeln, die sie in den Augen der NIA waren, aber dann fand sie die Frauen, mit denen sie zu tun bekam, am Ende immer sympathisch. Vom ersten Eindruck her wirkten sie alle wie nette, ausgeglichene Menschen.

Die Frau schob einen der kleinen orangefarbenen Getränkekartons aus der Schachtel über den Tisch. »Das ist Chai-Tee, ein Gewürztee. Ich hoffe, er schmeckt dir. Wenn nicht, lass ihn einfach stehen.« Sie lächelte ein wenig verlegen.

Dunai lächelte allerdings nicht. Sie liebte Chai-Tee. Wussten sie das etwa? Woher wussten sie das? Vielleicht war es ja Zufall. Sie nickte und griff nach einem Becher.

»Wir haben erhebliche Mengen Datenmaterial über Menschenhandel gesammelt«, erklärte die Frau. »Und Jahr für Jahr weiten wir unsere Arbeit in diesem Bereich aus, da dies einer der Wirtschaftszweige mit den rasantesten Zuwachsraten ist. Hast du etwas zu schreiben dabei?«

Dunai schüttelte den Kopf. »Ich musste mich ein paar Mal umziehen.«

Dawn beugte sich unter den Tisch und tauchte Sekunden später wieder mit einem Stenoblock und einem Kugelschreiber auf, die sie über den Tisch schob.

»Die Illegalität dieses Wirtschaftszweigs macht es natürlich schwer, an exakte Zahlen heranzukommen, aber nach gängigen Schätzungen gibt es derzeit im Schnitt etwa siebenundzwanzig Millionen Sklaven. Achtzig Prozent davon sind Frauen und Kinder. Die Profite sind immens, zwischen sieben und fünfzig Milliarden US-Dollar jährlich. Damit ist dieser Bereich für das organisierte Verbrechen nach dem Waffen- und Drogenhandel die ergiebigste Einnahmequelle, und er wächst außerordentlich schnell, denn anders als beim Waffen- und Drogenschmuggel, wo harte Strafen drohen, existieren in den meisten Ländern noch immer keine Gesetze gegen den Menschenhandel.« Ihr Lächeln wirkte ein wenig traurig. »So viel als Überblick. Jetzt zu den spezifischen Details, die du für die Suche nach diesen Kindern benötigst.«

Sie nahm einen Schluck Tee.

»Nach unseren Erkenntnissen über diesen Wirtschaftszweig und vorausgesetzt, diese Kinder wurden tatsächlich von Menschenhändlern entführt, müssen sie unserer Meinung nach mit Folgendem rechnen.

Den Siebenjährigen, Mawien, behalten sie wahrscheinlich direkt zur lokalen Verwertung hier. Jungs bringen auf dem Sexmarkt mehr Geld als Mädchen und so kleine Kinder sind ein geringeres Risiko, da ihnen nur selten die Flucht gelingt, und wenn sie es doch schaffen oder man sie rauswirft, dann werden sich die Erziehungsberechtigten als Flüchtlinge in aller Regel nicht an die Polizei wenden. Tun sie es doch, ist das Kind höchstwahrscheinlich gar nicht in der Lage, eine plausible, verwertbare Aussage zu machen. Für Sexualverbrechen haben wir in diesem Land selbst bei erwachsenen Opfern nur eine sehr geringe Verurteilungsquote.«

Die Frau wartete darauf, dass Dunai mit dem Schreiben fertig war.

»Was meinen Sie mit lokaler Verwertung?«, fragte Dunai.

»Kinder werden in Privathäuser gebracht, wo die Menschenhändler dann meist gruppenweise Zusammenkünfte mit engen Geschäftspartnern und Bekannten arrangieren. Kinder werden gefesselt, häufig unter Drogen gesetzt, immer geschlagen, missbraucht und verbal erniedrigt. Selten bleiben sie länger als eine Woche an einem Ort, dann werden sie rausgeschmissen und müssen sich allein nach Hause durchschlagen. Manchmal werden sie auch für weitere Zusammenkünfte in ein zweites Haus überführt.«

Dunai hörte zu schreiben auf und griff nach ihrem Chai-Tee. Die Frau ließ ihr eine Minute Zeit, bevor sie fortfuhr. »Die Mädchen werden gewöhnlich für etwa eintausend Rand an Bordelle in den Großstädten verkauft oder für etwa fünfhundert als Privatsklaven. Weit verbreitet ist auch die Praxis, dass Mädchen als sogenannte Ehefrauen in Minen oder auf Zuckerrohrplantagen landen. Dort müssen sie dann für die Arbeiter kochen, saubermachen und werden im Austausch für Essen und ein Dach über dem Kopf zu ungeschütztem Sex gezwungen.

Wir glauben allerdings nicht, dass dies im Fall dieser Fünfzehnjährigen eintreten wird. Sie ist hübsch, also sollte sie bis zu zehntausend US-Dollar einbringen, wenn sie an ein Syndikat verkauft wird, gewöhnlich ein nigerianisches. Sie liefern sie dann an ein Bordell in den Niederlanden, wo ihr gesagt wird, dass sie Schulden in Höhe von bis zu vierzigtausend Dollar abzuarbeiten hat. Wenn die getilgt sind, wird sie an einen anderen Agenten in Belgien, Deutschland oder Italien verkauft. Ist sie erst einmal in diesem Kreislauf, gibt es kein Entkommen mehr. Einige Bordelle verpassen ihren Sklaven Tattoos oder Brandzeichen mit dem Namen des jeweiligen Sexklubs oder mit anderen Merkmalen zur Identifikation.«

»Wie lange dauert es, bis man sie außer Landes schafft?«

»In der Regel eine Woche, nie länger als zwei. Gerade so viel Zeit, um die Mädchen zu verkaufen und Pässe für sie zu besorgen.«

»Woher bekommen sie diese Pässe?«

»Im Department of Home Affairs herrscht derart viel Korruption, dass Großbritannien bereits erwägt, Visabeschränkungen für südafrikanische Staatsbürger einzuführen, obwohl die doch auch dem Commonwealth angehören. Ein solcher Schritt wäre beispiellos.«

Sie nahm noch einen Schluck Tee. »Mit den gefälschten Ausweispapieren überqueren sie die Grenze auf dem Landweg, da die Posten dort leichter zu bestechen sind. Anschließend bringt man sie gewöhnlich über die Grenzübergänge bei Mchinji oder Chitipa nach Malawi.«

Dunai bat die Frau, die Namen zu buchstabieren.

»Von weiblichen Aufpassern werden sie dann nach Lilongwe geführt, wo man sie in Transitunterkünften festhält, bis die Reisedokumente komplett vorliegen und man sie nach London ausfliegt. Malawier benötigen keine Visa bei der Einreise nach Großbritannien. Von London aus werden sie an Agenten in Deutschland oder den Niederlanden verkauft.«

»Aber für Europa brauchen sie doch Visa«, warf Dunai ein.

»Dieser Aspekt ist noch nicht ganz geklärt. Wie es scheint, beschaffen sie sich noch in Afrika bei den europäischen Konsulaten Besuchervisa, und wenn die Mädchen dann an ihren Zielorten in Europa eingetroffen sind, lassen die Menschenhändler diese Besuchsvisa einfach auslaufen, wodurch sie die Mädchen noch stärker unter Druck setzen können.«

Dunai musste an das hoffnungsvolle Leuchten in Myassers Augen denken. »Was, wenn die Mädchen sich weigern mitzumachen?«

»Sie werden mit Schlägen, Nahrungsentzug oder Gruppenvergewaltigungen gefügig gemacht.«

»Die beiden werden jetzt seit fünf Tagen vermisst«, sagte Dunai.

Die Frau schüttelte bekümmert den Kopf. »Für den Jungen habe ich nicht mehr viel Hoffnung. Er dürfte zwar noch am Leben sein, aber es ist anzunehmen, dass er schon wenigstens eine sogenannte Kinderparty über sich hat ergehen lassen müssen. Das Mädchen könntest du vielleicht noch erwischen, insbesondere falls die Menschenhändler es angesichts all der öffentlichen Aufmerksamkeit über deren Verschwinden derzeit lieber langsam angehen lassen.«

Dunai trank von ihrem Tee, und Dawn wartete, bis sie fertig war. »Ich fürchte, das ist alles, womit wir dir helfen können. Hast du sonst noch Fragen?«

Dunai schüttelte den Kopf. Sie brauchte Zeit, die Informationen zu verarbeiten, und sie musste feststellen, ob sich irgendetwas davon mit Cupidos Geschäften in Verbindung bringen ließ. »Ich werde bestimmt Fragen haben, wenn ich mich hier durchgearbeitet habe. Kann ich Sie dann anrufen?«

»Die Richterin ist dein Kontakt. Ruf sie einfach von einem sicheren Anschluss aus an.«

»Vielen Dank«, sagte Dunai.

»Traurige Umstände«, erwiderte die Frau und stand auf. »Aber es hat mich gefreut, dich kennenzulernen, Dunai.«

Dunai erhob sich ebenfalls.

»Belinda wird gleich zu dir kommen«, sagte die Frau, nahm ihre Aktentasche vom Boden und verließ den Raum, wobei sie die Tür hinter sich zuzog.

Carl traf sich mit Dunai gegen Mittag im Feldherrnzimmer von St. Mark's. Jesse beteiligte sich unten an einem Kunstprojekt der Kindergartenklasse, und die Tiere hatten es sich auf dem vom Sonnenlicht beschienenen Stück Teppichboden bequem gemacht.

Dunai erhielt gerade ihre erste Unterweisung im Aufspüren von Wanzen. Carl benahm sich wie ein Kind mit einem neuen Spielzeug, als er ihr sein frisch erworbenes Pro-Extreme CSR/PRO Detection Kit vorführte. »Es besitzt eine verblüffende Frequenzbreite von 400 Hektohertz bis 8,5 Gigahertz«, erzählte er ihr mit strahlenden Augen. Für Dunai sah es wie ein Verstärker aus.

Sie führten Tests auf Funkfrequenzen sowie Infrarot- und Breitbandmikrowellen durch und sahen anschließend noch genau in allen Ecken und Winkeln des Raums nach, bevor sie ihre Stühle an die britische Offizierskiste zogen und die Informationen durchgingen, die ihnen der Zirkel geliefert hatte.

»Das einzige Glied in der Kette, dem wir beim gegenwärtigen Stand der Ermittlungen einen Namen zuordnen können, ist das Department of Home Affairs, daher denke ich, wir sollten uns einstweilen auf diese Spur konzentrieren.«

»Gut überlegt«, sagte Carl, »aber staatliche Behörden sind für nicht-amtlich bestellte Ermittler off-limit. Selbst dein Zirkel wird dir da nicht weiterhelfen können.«

»Captain Knowler?«

Kopfschütteln.

»Wer denn?«

»Der Inlandsgeheimdienst wertet die Daten aus, um sie gegebenenfalls an die Polizei weiterzuleiten.«

»Jacob.«

Carl nickte. Dunai wählte Jacobs Handynummer, erreichte aber nur die männliche Stimme eines Anrufbeantworters, die darum bat, eine Nachricht zu hinterlassen. Sie sagte: »Ich muss so bald wie möglich mit Ihnen sprechen.« Dann legte sie auf.

»Wie lief denn dein Vormittag?«, fragte sie und legte das Handy auf die Kiste.

»Ich habe meinen Kontaktmann über Cupidos Spitzelarbeit in der moslemischen Gemeinde informiert. Er wird dafür sorgen, dass es sich herumspricht.«

»Wenn er nicht aufpasst, geht uns die Bombe bereits hoch, während wir sie noch in Händen halten.«

Carl zog die Augenbrauen zusammen. »Ein terroristisches Bild. Du hast wirklich einen Hang dazu, wie?«

»Lenken Sie etwa von der Frage ab, Mr Lambrecht?«

Carl schüttelte seinen Kopf. »Mein Kontaktmann ist Imam. Er hat damit begonnen, mir Informationen zukommen zu lassen, als ich noch bei der Truppe war, weil er einfach nicht mehr tatenlos mit ansehen wollte, wie Verbrecherbosse die Gemeinde zerstören, für die er sich einsetzte. Er weiß, wie er so eine Info streuen muss und wie er sicherstellt, dass sie weder zu ihm noch zu mir zurückverfolgt werden kann.«

»Wird er es auch Pagad erzählen, denn dir ist doch wohl bekannt, dass die Amerikaner People Against Gangesterism and Drugs als terroristische Organisation eingestuft haben?«

»Ja, herzlichen Dank, Dunai, ist mir bekannt.«

»Außerdem sollen sie ja in den späten Neunzigern diese Bombenanschläge in Kapstadt verübt haben.«

»Pagads ursprüngliches Ziel bestand darin, gegen die Banden und Drogendealer vorzugehen, die Kapstadt und die Cape Flats terrorisierten.«

»Aber dann radikalisierten sie sich. Und viele Leute sind der Meinung, es gäbe islamische Extremisten innerhalb der Organisation.«

Carl nickte. »Sie haben allerdings nie die Verantwortung für diese Serie von Bombenanschlägen übernommen, und einige Mitglieder in der moslemischen Gemeinde behaupten, Pagad werde nur dazu benutzt, um ein extremistisches Potenzial zum eigenen Vorteil zu mobilisieren.«

»Sollte dein Imam jetzt Pagad davon informieren, was da abläuft, würde Brandon Cupido nicht mehr lange am Leben bleiben, das ist dir doch klar, oder?«

»Das liegt nun nicht mehr in meiner Hand.«

»Wie bei den Burinnen, die im Zweiten Burenkrieg, sobald ihnen klar war, dass die Briten ihre Farmen zerstören würden, jede zehnte Flasche Weinbrand mit Arsen vergifteten. Sie zogen später mit reinem Gewissen in die Konzentrationslager, da es in ihren Augen ja den Briten freigestellt blieb, ob sie den Schnaps tatsächlich stahlen, und es danach in den Händen Gottes und des Schicksals lag, wer sich die vergifteten Flaschen aussuchte.«

»Genau so ist es«, sagte Carl und schlug sich auf den Schenkel.

Dunai wollte schon auflachen, brach aber ab. Ihr waren gerade zwei Dinge bewusst geworden, die sie erschaudern ließen. Zum einen zählte es mittlerweile zu ihrem normalen Tagesgeschäft, von Mord, Vergeltung und Terrorismus zu reden. Zum anderen, und dies war noch erschütternder, hätten sie und Carl zu einem Mord beigetragen, sollte Cupido jetzt von Pagad umgebracht werden. Eine Weile verharrte sie regungslos, doch sie spürte lediglich ganz schwache Gewissensbisse, vielleicht auch nur ein Bedauern. Nicht über den Tod einer blutrünstigen Kreatur, die allen Menschen um sie herum nur Verderben gebracht hatte, aber über den Verlust ihrer eigenen Unverdorbenheit, ihrer Unschuld. Die schmerzlichste Erkenntnis dabei jedoch war, dass dem Cerchio di Gaia und der NIA dieser Charakterzug an ihr längst bekannt zu sein schien. Denn offenbar lag darin der Grund, weshalb sie so beharrlich glaubten, Dunai sei für ein Leben der Täuschung und der Sabotage geschaffen.

29

Myasser hatte noch nie in einem Haus mit einer massiven Holztür gewohnt, aber stets davon geträumt, es eines Tages zu tun. Daher war es eine der schlimmsten Enttäuschungen ihres Lebens, dass sie ausgerechnet jetzt, gegen ihren Willen in einem solchen Haus eingesperrt war. Auch das Schlafzimmer, das sie mit drei anderen Mädchen teilte, besaß eine Tür, doch die war schmutzig weiß mit einer Klinke aus grauem Metall und einem Schlüssel, mit dem sie nachts in diesem Raum eingeschlossen wurde.

»Lasst mich nicht warten, Mädchen.« Die Farbige sprach mit der ihr eigenen Ungeduld und falschen Freundlichkeit. Die Mädchen saßen still auf ihren Betten und starrten mit leeren Gesichtern vor sich hin, so als würde die Medizin, die sie auf dem Weg hierhin in Schlaf versetzt hatte, noch immer nachwirken. Sie standen auf. Nur Myasser blieb sitzen.

»Beweg dich, Cara«, zischte die Frau. Das war der neue Name, den man ihr gegeben hatte. Ein neuer Name für ein neues Leben. Aber sie weigerte sich, darauf zu reagieren, denn Myasser glaubte, dass ein Name nicht ein bloßes Wort und eine Lautfolge war, sondern dass ein Name für viel mehr stand.

Die Frau stürzte auf sie zu. »Ich lass mir heute keinen Ärger von dir gefallen.« Sie packte Myassers Arm, grub die Nägel in ihr Fleisch und zog sie hoch. Dann zerrte sie Myasser bis zur Tür des großen Wohnzimmers. An den Wänden saßen Männer in Sesseln. Es waren sechs Schwarze, die allerdings zu dunkel aussahen, um Südafrikaner zu sein. Jeder hielt einen Notizblock und einen Stift in der Hand.

Die Coloured stellte die Mädchen in einer Reihe auf. Es waren die acht älteren Mädchen, die mit Myasser im Käfig gewesen waren. Man hatte ihnen bereits erklärt, dass sie links das Zimmer betreten und langsam in einem Halbkreis an den Männer vorbeigehen sollten, bis sie an der anderen Seite ankamen, wo sie den Raum wieder verlassen würden.

Myasser befand sich zwar am Schluss, aber sie war die Größte und kam sich vor wie eine Giraffe auf weiter offener Steppe, die sich nirgends vor ihren Feinden verstecken konnte. Man hatte sie gezwungen, Schuhe mit extrem hohen Absätzen zu tragen, und sie bemühte sich, die Knie anzubeugen, um kleiner zu wirken.

»Geh«, sagte die Frau zu dem Mädchen an der Spitze. Sie marschierten los. Myasser litt unter der schrecklichen Situation. Ihr Herz begann zu hämmern, und sie wollte sich schon abwenden.

»Du gehst jetzt gefälligst da rein, du kleine Schlampe, oder ich bring dich eigenhändig um«, zischte die Frau leise. »Sieh dir das an.« Sie drückte auf einen der vielen blauen Flecken, die Myassers Körper überzogen. »Du bist eine Querulantin. Schämst du dich eigentlich nicht darüber, wie du aussiehst?« Myasser schüttelte ihren Kopf. Sie schämte sich nicht über die blauen Flecke, die sie bekommen hatte, als sie versuchte, Mawien festzuhalten.

Sie spürte, wie sie eine Gänsehaut bekam, obwohl es heiß und luftstill in dem Haus war. Man hatte sie gezwungen, sich ein schmales Stück Stoff überzustreifen, das nur ihre Brüste bedeckte, aber Arme und Schultern freiließ. Auf ihrem Bauch heftete ein Aufkleber, auf den die Nummer acht gekritzelt war, und dann hatte sie noch einen Rock anziehen müssen, der gerade ihre Pobacken bedeckte.

Myasser war noch nie so halbnackt vor einen Mann getreten, abgesehen von ihrem Vater und ihrem Großvater als kleines Mädchen. In dieser Kleidung in ein Zimmer voller Männer zu treten, verletzte jeden natürlichen Anstand, den sie von ihrer Mutter ohne viel Worte, allein durch deren vorbildliches Beispiel geerbt hatte. Aber die Frau schob sie nach vorn, und Myasser stolperte in den Raum. Sie nahm noch das Grinsen einiger Männer wahr, bevor sie den Blick zu Boden senkte. Doch sie wusste, dass sie nicht einfach an ihnen vorbeigehen konnte wie irgendein armes Zicklein, das auf dem Markt von interessierten Käufern taxiert wurde.

Sie sah auf. Ein paar der Männer lächelten nicht. Vielleicht war ihnen ja gar nicht klar, dass die Mädchen hier gegen ihren Willen vorgeführt wurden. Sie sah dem Mann direkt vor ihr in die Augen, ohne darin eine Spur von Mitgefühl entdecken zu können. »Bitte. Wir nicht hier sein wollen«, erklärte sie ihm. »Sie uns von Familie wegnehmen. Diese Menschen böse. Bitte, Sie uns helfen.«

Der Ausdruck in den Augen des Mannes vor ihr änderte sich nicht. Er hatte sie nicht verstanden. Ihr Englisch war schlecht. Sie musste sich richtig ausdrücken, musste etwas sagen, das ihm verständlich machen würde, welche Qualen sie hier erlitt. »Bitte«, sagte Myasser und streckte ihm die Handflächen entgegen. Sie versuchte, all den Schmerz und die Angst, die sie empfand, in ihren Gesichtsausdruck zu legen. Sie sprach sich die Sätze im Kopf vor, damit sie alles korrekt formulierte. »Ich möchte nach Hause gehen. Bitte, lassen Sie mich nach Hause gehen.«

Sie bemerkte Interesse in seinen Augen aufflackern. Ihre Hoffnung stieg und stürzte sofort wieder wie ein im Flug getroffener Vogel in die Tiefe. Diesen Blick hatte sie schon in den Augen eines Raubtiers gesehen, gerade wenn seine Aufmerksamkeit von einem kleinen Beutetier geweckt wird.

Der Mann schrieb etwas auf seinen Notizblock, während die Frau von der Tür herüberkam, Myasser am Arm packte und aus dem Zimmer zog. Die andere Frau, von der Myasser wusste, dass sie aus Malawi stammte, nahm sie in Empfang, sobald sie die Tür erreicht hatten, und zerrte sie weiter in ihr Zimmer. Dort schleuderte sie das Mädchen auf den Boden und schlug ihr über dem Ohr gegen den Kopf. Myasser gab keinen Laut von sich. Sie rollte sich auf dem Teppichboden zu einer engen Kugel zusammen und blieb so, bis die anderen Mädchen zurückkehrten und ihr auf das Bett halfen.

»Essen kannst du heute vergessen«, erklärte die Coloured von der Tür aus.

»Wenn sie nach Amsterdam kommt, wird man ihr die Flausen austreiben müssen«, sagte die Frau aus Malawi.

Myasser lag auf dem Bett. Noch nie hatte sie auf etwas so Bequemem gelegen, und dennoch hätte sie in diesem Moment alles dafür gegeben, auf ihrer dünnen Matratze in dem verfallenen Gebäude in Woodstock zu sein mit Mawien, der sich an sie schmiegte, mit den Geräuschen ihrer geschäftig umherlaufenden Mutter, dem leisen Meckern ihrer Ziege und den gedämpften Worten Zahras, die beruhigend auf das Tier einsprach. Sie presste ihre Augen zusammen und versuchte, sich genau daran zu erinnern, wie es war, wenn ihr Onkel eines seiner Bilder hatte verkaufen können. Seine Stimme war dann laut und fröhlich, und zum Abendessen hatte es für sie Fisch und Reis gegeben.

Mawien. Wo war Mawien bloß geblieben? Er war so klein für einen Siebenjährigen, und das Schlafmittel hatte ihn noch weiter geschwächt. Wohin hatten sie ihn gebracht? Sie musste ihn finden und ihn nach Hause bringen, aber die Schwierigkeit dieser vor ihr liegenden Aufgabe war einfach überwältigend.

Zuerst musste sie aus diesem Haus fliehen. Wenn die Hexerei der Sangoma wirkte, würde sie zwar dabei sterben, aber die Aussicht fand sie noch immer besser als das, was diese Menschen mit ihr vorhatten, denn sie glaubte nicht an die Jobs, die ihnen versprochen worden waren, und dass sie sich ein Haus kaufen und Geld an ihre Familie schicken könnten. Die meisten Mädchen mochten daran glauben, aber warum hatte man sie dann so brutal ihren Familien entreißen müssen, wenn man nur das mit ihnen plante? Und warum hatten die Männer in dem Raum diesen Raubtierausdruck in ihrem Blick?

Sobald sie aus diesem Haus geflüchtet war, musste sie sich überlegen, wie sie am besten Mawien fand. Und erst wenn er wieder in Sicherheit war, würde sie zu dem alten Gebäude in der Railway Street zurückkehren können.

Myasser war fest entschlossen, irgendwie ihren Weg nach Hause zu finden, ganz egal, wo in Afrika dieses Amsterdam liegen mochte.

30

Kurz vor dem Mittagessen, als sie über ihren auf der alten Offizierskiste ausgebreiteten Notizen brütete, hatte Dunai plötzlich eine Eingebung.

Sie war noch einmal ganz an den Anfang zurückgegangen, bis zu der Suchaktion, die sie vor fast fünf Tagen in Woodstock gestartet hatten. Sie hatte den Weg nachvollzogen, den Myasser und Mawien gegangen sein mussten, und die Protokolle ihrer Befragungen nachgelesen. Bei der Lektüre ihrer Aufzeichnungen zu dem Gespräch im Waisenhaus New Horizons stutzte sie plötzlich, als ihr die Worte des kleinen Jungen wieder einfielen. »Ich bin bloß hier, bis ich adoptiert werde. Eines Abends werd ich schlafen gehen, und dann kommen eine Mutter und ein Vater, die mich adoptieren, und wenn ich aufwach, bin ich schon in meinem neuen Haus, wo ich mein eigenes Zimmer hab und einen Dad, der Fußball mit mir spielt. So was passiert doch dauernd.«

Dunai hatte eine Broschüre des Waisenhauses an ihre Notizen geheftet. Sie blätterte zurück. »Alle Kinder in New Horizons sind HIV-positiv. Bislang wurde keines von ihnen adoptiert, und da sich daran auch in Zukunft nichts ändern dürfte, ist es für uns von besonderer Bedeutung, diesen Kindern ein Zuhause zu bieten und weniger als eine Institution …«

Wenn Kinder etwas erzählen, das keinen Sinn ergibt, wird dies leicht als Fantasieprodukt abgetan, aber mitunter, in gewissen Situationen, sind sie die Einzigen, die die Wahrheit sagen. Unüberlegte Annahmen bilden den größten Feind eines jeden Ermittlers, hatte Carl ihr wiederholt eingeschärft, und jetzt verstand sie auch, warum. Hätte ein Erwachsener ihr erzählt, dass in dem Waisenhaus Kinder schlafen gehen und am nächsten Tag in neuen Häusern aufwachen und dass dies ständig passiere, entgegen der Behauptung der Heimleitung, Adoptionen kämen nie zustande, dann hätte sie zumindest ein paar weitere Nachfragen gestellt.

Pferd, Herr Nilsson und die Katzen lagen im Halbschatten auf dem Balkon. Zusammen mit Jesse legte Dunai Pferd die Leine an und drehte mit ihm eine rasche Runde im Garten. Dann brachte sie den Hund nach oben und übergab Jesse der Obhut von Schwester Raymunda im Speisesaal, bevor sie selbst mit einem Taxi in das New Horizons fuhr.

Im Waisenhaus öffnete Schwester Aucamp die Tür. Diesmal war sie nicht so erfreut, Dunai zu sehen. »Ich habe jetzt keine Zeit, mit Ihnen zu sprechen. Ich habe Kinder, die auf ihr Essen warten, und noch viel für übermorgen vorzubereiten.«

»Was ist denn am Sonntag?«, fragte Dunai.

Schwester Aucamp wirkte verärgert. »Besuchertag für Adoptionen.«

»In Ihrer Broschüre heißt es aber doch, dass keines der Kinder je adoptiert worden ist.«

»Werden sie auch nicht, aber wir versuchen es dennoch weiter. Wenn Sie also Ihre Telefonnummer hinterlassen, dann melde ich mich bei Ihnen, sobald es meine Zeit erlaubt.«

»Es wäre besser, wenn wir uns persönlich unterhalten könnten, daher würde ich lieber in Ihrem Büro warten, wenn Sie nichts dagegen haben. Ich habe mir auch etwas Arbeit mitgebracht.«

Die Schwester nickte kurz und machte auf dem Absatz kehrt. Dunai ging in das Büro und setzte sich auf das Sofa unter die von Kinderzeichnungen bedeckte Wand. Sie saß dort und starrte auf den Schreibtisch, dann drehte sie sich, um die Bilder über ihrem Kopf zu betrachten. Da sie so nicht gut genug sehen konnte, stand sie auf und kniete sich auf das Polster.

Häufig zeigten die Bilder Kinder, die in ihren Betten lagen, was für ein Waisenhaus voller HIV-positiver Kinder keineswegs ungewöhnlich war, aber auf dreien gab es eine Szenenfolge. Es waren kindliche Strichfiguren, die an der Tür grüßend winkten, dann an einem Tisch saßen und von einer lächelnden Schwester große Tassen entgegennahmen. Später lagen die Figuren in ihren Betten, und am Schluss wurden sie von einer großen Gestalt zu einem Auto getragen, das neben dem Haus stand. Alles so weit nicht ungewöhnlich für ein Waisenhaus mit HIV-positiven Kindern, aber was Dunai störte, war der Ausdruck auf den Gesichtern der Erwachsenen. In der Szene mit den Tassen lächelten sie noch, aber danach wirkten sie finster und verärgert. Lägen die Kinder krank im Bett, würde man ja mit traurigen Mienen rechnen. In diesem Fall hätten die Erwachsenen bestimmt die nach unten gebogenen Augenbrauen und diesen umgekehrten U-förmigen Mund, der überall auf der Welt als Zeichen der Betrübnis begriffen wurde. Diese Münder hier bestanden jedoch aus geraden Strichen oder Schnörkeln, und die Augenbrauen wiesen scharf nach oben. Dunai machte der Anblick dieser Gesichter schaudern. Diese Menschen waren entweder zornig oder bedrohlich still.

Dunai fiel auf, dass die Betten, in denen die Kinder lagen, auf allen drei Bildern dunkelblau waren. Tsepo, das ermordete Straßenkind, das gefesselt und mit Schlafmitteln vollgestopft worden war, hatte dunkelblaue Farbreste unter seinen Fingernägeln gehabt.

Mit ihrem Handy fotografierte Dunai die Zeichnungen, dann kramte sie ein kleines Plastikröhrchen aus ihrer Handtasche. Sie verließ das Büro und lief den Flur hinunter. Es gab sechs Schlafzimmer. Im letzten Raum auf der linken Seite fand sie die blauen Betten. Zusätzlich zu der Holztür besaß dieser Raum noch ein Sicherheitsgitter. Dunai drückte gegen das Metallgitter, es war nicht abgeschlossen. Sie warf einen Blick den Flur hinab, der noch immer leer war, und trat rasch in den Raum. Mit ihrer stählernen Nagelfeile kratzte sie von dem nächstbesten Bett ein wenig Farbe in das Röhrchen, ließ alles in ihrer Handtasche verschwinden und verließ das Zimmer wieder. Sie fand Schwester Aucamp im Essraum und sagte ihr, dass sie leider gehen müsse, sich aber wegen einiger noch offener Fragen mit ihr telefonisch in Verbindung setzen würde. Das Letzte, was sie jetzt wollte, war Alarmglocken in Gang setzen.

Vom Taxi aus rief sie Professor LeGrange an und erzählte ihr, dass sie Farbe gefunden habe, die für einen Durchbruch in dem Fall sorgen könnte. LeGrange versprach, jemanden aus ihrem Team die Analyse durchführen zu lassen und ihr die Resultate innerhalb von vierundzwanzig Stunden mitzuteilen.

Dunai brachte das Röhrchen im Labor vorbei und wollte gerade zurück in das Taxi klettern, als Jacob sich auf ihre telefonische Nachricht vom Morgen hin meldete. »Ich brauche Ihre Hilfe«, sagte Dunai ihm.

»Wobei?«

»Die letzten Untersuchungen zu Passbetrug im Department of Home Affairs.«

Es folgten einige Sekunden Schweigen, dann sagte er: »Solche Informationen kann ich auf keinen Fall an behördenfremde Personen weitergeben.«

Dunai unterdrückte ihren Ärger. »Alle verstoßen doch ständig gegen Vorschriften. Sie brauchen bloß einen ausreichend guten Grund.«

Wieder folgten einige Sekunden Schweigen. »Ich könnte Ihnen das Material im Austausch gegen andere Informationen besorgen.«

»Zum Beispiel wofür?«

»Das wissen Sie doch genau, Dunai. Interna über den Zirkel.«

Natürlich hatte Dunai das gewusst. »Ich weiß nahezu gar nichts über diese Leute, Jacob.«

»Sie wissen mehr über sie als ich, also denken Sie darüber nach und geben Sie mir Bescheid.«

Dunai wartete, bis sie zurück in ihrem wanzenfreien Zimmer in St. Mark's war, bevor sie Richterin Swanepoel-Higgs wegen des Vorschlags der NIA anrief.

»Ich brauche ein wenig Zeit, um die Frage abzuklären«, erklärte die Richterin.

»Halten Sie es denn für machbar?«

»Ohne dieses Material von der NIA dürftest du in einer Sackgasse feststecken, daher ist mir schon bewusst, wie wichtig dieser Informationsaustausch für einen Erfolg bei der Suche nach diesen Kindern ist. Ich kann dir aber nichts versprechen, kann dir einstweilen nur sagen, dass es mir nicht ausgeschlossen erscheint, etwas zu finden, das wir ihnen anbieten könnten.«

»Ich möchte jedoch nicht, dass jemand deshalb zu Schaden kommt«, warf Dunai rasch ein.

Die Richterin seufzte. »Moralische Zwickmühlen, Dunai, die gibt es in einem Konflikt immer reichlich.«

»Also wird jemand dafür zu Schaden kommen.«

»Stell es dir als eine Art kontrollierten Flächenbrand vor. Wenn gewisse Streifen blühenden Buschwerks nicht vorsätzlich als Brandschneise abgebrannt werden, besteht die Gefahr, dass alles in Flammen aufgeht, sobald es im Sommer zu Buschfeuern kommt. Gib mir ein paar Stunden Zeit, dann melde ich mich bei dir.«

Es war nach neun, als Richterin Swanepoel-Higgs zurückrief. »Du kannst den Namen Mary Ehlers als deinen Kontakt zum Zirkel angeben. Unten an der Pforte wirst du einen Umschlag finden, in dem zwei Fotos und ein Blatt mit Treffpunkten, Uhrzeiten und ein paar ideologischen Informationen stecken. Dir ist es nur gestattet, die Informationen auf diesem Blatt weiterzugeben, nicht mehr und nicht weniger, und du musst dir das Aussehen von den Fotos genau einprägen und die Aufnahmen anschließend zusammen mit dem Infoblatt noch heute Abend, bevor du schlafen gehst, verbrennen. Hast du alles verstanden?«

»Ja«, erklärte Dunai. »Existiert diese Mary Ehlers tatsächlich?«

Sie konnte hören, wie die Richterin lächelte, als sie antwortete: »Ja, das tut sie.«

Ärgerlich meinte Dunai: »Ist sie denn überhaupt Mitglied im Zirkel? Ich möchte nämlich nicht der NIA einen Haufen Unsinn weitergeben und dann für immer auf Hilfe von ihnen verzichten müssen.«

»Mary Ehlers ist Mitglied im Zirkel und wird die NIA eine Weile beschäftigt halten. Wie ich schon sagte, Dunai, es ist ein kontrollierter Brand.«

Sie fand den an sie persönlich adressierten DIN-A5-Umschlag in einem Berg Post, der wie immer auf einem kleinen Tisch in Schwester Finbars Büro abgelegt worden war. Dunai rannte zurück die Treppe hinauf und befolgte dort genau die erhaltenen Anweisungen. Dank der in der Regel allwöchentlichen Stromausfälle fand sie in einer Schublade der Offizierskommode neben einem Vorrat an Kerzen ein Päckchen Streichhölzer und verbrannte die Fotos und das Infoblatt auf dem Balkon in Pferds Edelstahlnapf. Dann rief sie Jacob an, um ihm mitzuteilen, dass sie zu dem Austausch bereit sei.

»Beschreiben Sie mir die Frau«, sagte er zu ihr, nachdem sie ihm die Informationen gegeben hatte, die sie von dem Blatt auswendig gelernt hatte. Als sie fertig war, meinte Jacob: »Ich werde ein Phantombild brauchen, aber das hat noch ein wenig Zeit. Ich werde Ihnen die Info über Home Affairs per E-mail zukommen lassen. Es wird direkt von einem Server zu Ihnen geschickt werden, nicht von einer E-mail-Adresse, und es wird eine Read-only-Datei sein, also versuchen Sie erst gar nicht, sie auszudrucken. Geben Sie mir eine Stunde Zeit. Und, Dunai, beten Sie darum, dass etwas an Ihren Interna dran ist. Wenn nicht, werden alle Karten neu gemischt.«

Dunai wollte gar nicht wissen, was er darunter verstand. Außerdem versuchte sie in der Stunde bis Mitternacht auch nicht an Mary Ehlers zu denken, wer immer diese Frau sein mochte.

Als die E-mail eintraf, saß Dunai auf dem Bett mit ihrem Laptop auf den Schenkeln und vergaß die mysteriöse Mary Ehlers völlig, während sie die Informationen auf dem Bildschirm überflog. Da passierte eine Menge Korruption im Department of Home Affairs, wobei es immer wieder zu Verhaftungen von Beamten kam, die anschließend jedoch durch neue, genauso korrupte Beamte ersetzt wurden. Aber Dunai besaß nun die Namen von Leuten, die Schmuggler und Menschenhändler mit Pässen versorgt hatten. Ja, es mochte nur die sprichwörtliche Nadel im Heuhaufen sein, aber zum ersten Mal seit Beginn ihrer Ermittlungen war sie fast sicher, zumindest den richtigen Heuhaufen erwischt zu haben.

31

Samstag, 21. Dezember

»Tschuldigung, wer?«, sagte Dunai in ihr Handy. Es war halb acht, und sie hatte sich gerade fertig angezogen.

»Bianca. Vom Empfang im Hilfszentrum für Flüchtlinge.«

Dunai erinnerte sich vage an die junge Frau am Empfang, die so von ihrem Chef Wayne Daniels geschwärmt hatte. Sofort war ihr Misstrauen geweckt.

»Ich weiß da ein paar Sachen über Wayne Daniels, die Sie interessieren dürften.«

»Hat er Sie gebeten, mich anzurufen, Bianca?«

»Nein.« Sie sagte es, als würde sie mit einer Idiotin reden. »Und ich werde Ihnen auch nichts erzählen, bevor Sie mir nicht Ihr Wort gegeben haben und so, dass er niemals erfährt, dass es von mir kam.«

Heute Morgen würde Dunai keinen Kaffee brauchen, um in Fahrt zu kommen. »Ich werde Sie schützen, so gut ich kann. Was wollen Sie mir denn erzählen?«

»Nicht am Telefon.«

Dunai versuchte sich nicht mitreißen zu lassen. Das

Ganze konnte sehr wohl eine Falle sein. Sie wusste noch, wie verblendet und ehrfürchtig das Mädchen gewesen war und als welch wundervollen Menschen es ihnen Daniels geschildert hatte. »Sie möchten sich mit mir treffen?«

»Ja was dachten Sie denn?«

»Um neun im Südafrikanischen Museum?«

»Ich werde dort sein.«

»Eine Frage, Bianca. Wie alt sind Sie?«

»Achtzehn«, erwiderte das Mädchen mit hörbarem Stolz.

Dunai legte auf und rief Carl an. Es war Samstag, daher hatte er zwei Tage frei von seinem Wirtschaftsspionagefall.

»Ich werde dich begleiten«, sagte er. »Cupido hat keine Ahnung, wo du dich derzeit aufhältst. Es könnte sein, dass Daniels in seinem Auftrag Bianca dazu benutzt, dich aus deinem Versteck zu locken, um dann wieder einmal aus dem Hinterhalt zu schießen.«

»Das dachte ich auch«, sagte Dunai. »Du darfst dich aber nicht sehen lassen. Ich möchte sie nicht abschrecken, sollte sie womöglich doch etwas Brauchbares für uns haben.«

»Scheint so, als wäre die kleine Bianca keineswegs so schreckhaft, wie du denkst«, sagte Carl.

Um halb neun ging Schwester Raymunda mit Jesse auf den Sportplatz, um beim Cricket zuzuschauen, und Carl holte Dunai in einem angemieteten silbernen Geländewagen ab, da sein eigenes Auto ja von Kugeln durchlöchert war. Sie machten sich auf den Weg zum Südafrikanischen Museum in den Company Gardens, wo Carl von einer Bank im Schatten eines Afrikanischen Tulpenbaums aus beobachtete, wie Dunai um zehn nach neun die Stufen zum Museum hochstieg.

»Ich dachte schon, Sie kommen nicht«, sagte Bianca, und ihre großen braunen Augen blickten missmutig drein. Dieser brüske Ton ärgerte Dunai zwar, aber sie beschloss, die junge Frau wie ein Kind zu behandeln, und lächelte ihr zu. »Ich wollte nur sichergehen, dass Sie nicht verfolgt werden.«

»Oh«, sagte das Mädchen und drehte dabei eine Strähne ihrer lakritzschwarzen Haaren zwischen den Fingern. Sie war trotz ihrer hohen Plateausandalen einen Kopf kleiner als Dunai und trug ein schwarzes T-Shirt, auf dem über ihren kleinen Brüsten ein silberner Billabong-Schriftzug prangte, sowie einen pinkfarbenen Faltenminirock, der mit knapper Not über ihren Slip reichte. »Wollen Sie sich hier unterhalten?«, fragte sie und wirkte etwas verunsichert.

»Gehen wir doch einfach hinein«, sagte Dunai.

Das Mädchen folgte ihr, vorbei an dem Sicherheitsbeamten, durch den Metalldetektor und wartete, bis Dunai den Eintritt bezahlt hatte. Dann gingen sie in das Café, wo die separaten Tische jeden ungebetenen Lauscher auf Distanz halten würden. Sie bestellten Kaffee und suchten sich ihre Plätze aus.

»Also, Bianca, was wollten Sie mir erzählen?«

»Alle glauben, dass Wayne so ein furchtbar guter Mensch ist, Provinzminister für Soziales und Armutsbekämpfung, ein Mann des Volkes, aber er ist ein Perverser.«

Dunai versuchte, ruhig zu bleiben. Sie sollte jetzt nicht zu sehr drängen. »Reden Sie weiter.«

»Er sagt, er würde mich heiraten, wissen Sie, sobald ich achtzehn bin.« Sie streckte ihre Unterlippe nach vorn. »Aber das war schon vor einem Jahr.«

»Das tut mir leid«, erklärte Dunai. »Wie alt waren Sie denn, als Sie eine Beziehung zu ihm aufnahmen?«

»Das erste Mal gesehen habe ich ihn, da war ich etwa zehn. Unter den Farbigen in der Stadt ist er ein berühmter Mann, müssen Sie wissen. Er kam immer vorbei, verschenkte Sachen, schüttelte Hände. Mein Dad hat mich mal mitgenommen, ihn kennenzulernen … Egal«, sagte das Mädchen und tat dies alles mit einer Handbewegung ab. »Ich war sechzehn, als wir zu vögeln begannen.«

»Okay«, sagte Dunai. Sie hätte nicht geglaubt, dass sie noch etwas schockieren konnte, aber nun erschrak sie doch.

»Ich weiß, dass er mich nicht heiraten wird.« Bianca schien den Tränen nah. »Er sagt, wir sollten es ein wenig langsamer angehen lassen.« Sie fügte Anführungsstriche in der Luft ein. »Ich bin ein nettes Mädchen, aber das heißt ja noch lange ich, dass ich blöd bin. Der dreckige Mistkerl hat mich angelogen, also wird es Zeit, dass die Leute die Wahrheit über ihn erfahren.«

Dunai wartete, bis das Mädchen ihre Kaffeetasse in die Hand genommen hatte. »Warum sind Sie der Meinung, dass Mr Daniels pervers ist, Bianca?«

»Ich bin nicht der Meinung, verstanden, ich weiß es«,

erwiderte sie sich verteidigend. »Wayne ist nicht der große Mr Nice Guy.« Sie schwieg einen Moment. »Er steht auf Sadomaso.«

Bianca warf sich in ihrem Stuhl zurück, und Dunai hätte beinahe das Gleiche getan, allerdings hätte sie dabei noch zusätzlich die Hände über dem Kopf zusammengeschlagen.

»Sadomaso«, wiederholte Dunai bei dem Versuch, die neue Wendung in ihrem Gespräch nachzuvollziehen.

Das Mädchen schüttelte den Kopf und sah Dunai mit dem Ausdruck größter Verachtung an. »Brutaler Sex«, erklärte sie. »Und er kokst regelmäßig.«

Dunai starrte sie an.

»Also?«, sagte Bianca auffordernd, als wäre ihr Gegenüber begriffsstutzig.

Dunai stieß schnaufend den Atem aus, den sie angehalten hatte. »Okay, Bianca, ich verstehe, was Sie meinen.« Sie nahm einen Schluck Kaffee. Zeit für einen Themenwechsel. »Haben Sie Wayne jemals mit Brandon Cupido zusammen gesehen?«

»Er ist nicht bi, wenn Sie darauf hinauswollen.«

»Nein, nein, ich meine nur, wie sie sich getroffen, sich unterhalten haben.«

Das Mädchen zog die Augenbrauen zusammen. »Das ist dieser Gangster. Sie sind beide zusammen in den Flats aufgewachsen. Ja, ein paar Mal.« Dunai war klar, dass Bianca damit nicht zwangsläufig mehr als zweimal meinte. »Vor zwei Tagen erst. Nein, eigentlich drei. Ja, am Mittwoch war es.«

»Und Brandon Cupido kam ihn besuchen?«

»Nein, er rief an«, sagte Bianca und wickelte eine Haarsträhne um ihren Finger.

»Woher wissen Sie, dass Brandon Cupido am Apparat war?«

Das Mädchen zog einen Schmollmund. »Wir vögelten gerade, na ja, noch vögelten wir nicht richtig, wir fummelten noch so herum, Sie verstehen schon, und da klingelte das Telefon, und Wayne sagte, er muss da rangehen, weil er auf einen Anruf wartet.« Sie tippte sich mit einem pink lackierten Fingernagel an die Lippen. »Er begrüßte Brandon mit Namen und dann wurde er wütend und sagte: ›Dann sorg gefälligst dafür, dass sie verschwinden‹, oder etwas in der Art, knallte das Telefon in den Ständer und dann wurde er richtig brutal zu mir, weil er so sauer war. Er spielte Polizist, wissen Sie. Er hat sogar eine richtige Polizeiuniform, und er wollte mir den Schlagstock in den Arsch schieben, aber das hab ich nicht mit mir machen lassen.«

Dunai wäre fast in schallendes Gelächter ausgebrochen, aber Bianca blieb todernst.

»Also, wann wird die Story erscheinen?«, erkundigte sich das Mädchen.

»Die Story?«

»Ja. Das ist doch schließlich Ihr Job, oder?«

»Ich versteh Sie nicht ganz«, erwiderte Dunai.

Bianca verdrehte die Augen, runzelte ihre kleine Nase und betonte jedes einzelne Wort. »Weil. Sie. Eine. Journalistin. Sind.«

»Nein, Bianca, das bin ich nicht.«

Das Mädchen warf sich in ihrem Stuhl nach hinten

und schoss sofort wieder vor. »Doch, sind Sie wohl«, sagte sie. »Sie waren mit den Presseleuten im Flüchtlingszentrum.«

»Ja, das waren wir, aber ich bin Privatdetektivin. Nachdem die Journalisten gegangen waren, haben mein Partner und ich Wayne Daniels im Zusammenhang mit einem Fall, den wir bearbeiten, ein paar Fragen gestellt.«

»Verfluchte Scheiße«, sagte Bianca.

»Hören Sie, ich glaube schon, dass Sie da eine Story haben«, erklärte Dunai rasch. »Aber meiner Meinung nach ist Wayne noch in etwas weitaus Heikleres als Sadomaso und Kokain verstrickt, daher möchte ich Sie bitten, die Sache einstweilen für sich zu behalten, und wenn Sie das tun, werde ich Ihnen anschließend einen richtigen Superjournalisten besorgen, der Ihre Story rausbringt.«

Sie konnte sehen, wie Biancas Gehirn in einer Endlosschleife arbeitete, und legte dem Mädchen ihre Hand auf den Arm. »Alles, worum ich Sie bitte, ist, die Sache noch ein paar Tage für sich zu behalten. Wenn Sie warten, bis ich Ihnen das Startzeichen gebe, dann verspreche ich Ihnen, die Story wird viel, viel größer herauskommen als jetzt.«

»Sie wollen mich doch hier nicht verarschen, oder?«

»Nein, will ich nicht.«

Die achtzehnjährige Bianca versuchte, Dunai so durchdringend anzustarren, dass diese wegsehen musste, gab dann aber auf. »Okay«, sagte sie. Sie kippte ihren Kaffee wie einen Schnaps herunter und stand auf.

»Bevor Sie gehen«, sagte Dunai und erhob sich ebenfalls. »Fällt Ihnen sonst noch etwas ein, das Wayne bei seinem Gespräch mit Brandon Cupido gesagt hat?«

»Ja«, sagte Bianca. »Ist allerdings ein bisschen komisch.« Sie lächelte. »Ein paar Mal sagte er sharp shift. Ich erinner mich daran, weil ich noch dachte, wie komisch es klang, und ich mir sagte: Versuch das dreimal schnell hintereinander zu sagen. Sharp shift, sharp shit, sharp shipt.« Sie kicherte.

»Wissen Sie noch, in welchem Zusammenhang der Ausdruck fiel?«

Sie dachte einen Moment nach. »Keine Ahnung.«

Dunai rief Captain Knowler an, um ihm zu sagen, dass sie auf dem Weg zum Revier wären, während Carl kurz in einem Internetcafé Kaffees zum Mitnehmen besorgte und etwas im Netz nachsah.

»Sharp Shift (Pty) Limited«, erklärte Carl, als er zurück in den Wagen kletterte, »hat seine Zentrale in Kapstadt und wirkt auf den ersten Blick wie ein bloßer Kurierdienst, exportiert bei genauerem Hinsehen aber auch Waren in andere Länder.«

»Welche Art Waren?«

»Was und wohin spielt keine Rolle, sie garantieren, alles ruck, zuck abzuliefern.«

»Wir brauchen eine vollständige Liste von Cupidos Unternehmen, wenn wir hier eine Verbindung herstellen wollen. Dein Kontaktmann beim Finanzamt, der sich die Liste einmal ansehen wollte, hat mich noch immer nicht zurückgerufen.« Dunai zog ihr Handy heraus.

Zwei Minuten später hatte sie nichts Neues herausgefunden. Der Kontaktmann hatte noch keine Zeit gehabt, sich die Liste anzusehen, und, nein, er könnte ihr nicht aus dem Stegreif sagen, ob Sharp Shift zu Cupidos Firmennetzwerk zählte, aber ja, der Name käme ihm vertraut vor, und wenn sie ihm ein paar Stunden Zeit ließe, würde er es überprüfen und sich bei ihr melden, bevor er um zwei Feierabend habe.

Bei ihrer Ankunft in Knowlers Büro war offenkundig, dass er erst unmittelbar vor ihnen eingetroffen sein konnte. Er befreite sich gerade von seiner Kampfausrüstung; Schulterpanzer, schusssichere Weste, Schlagstock, Dienstpistole, Sturmgewehr und Blendgranate. »Ah, Mrs Marks, was steht denn heute Morgen auf Ihrer Aufgabenliste für die Polizei von Südafrika?«

Dunai schenkte ihm ein strahlendes Lächeln. »Tut mir ja wirklich leid, aber heute hab ich gleich einen riesigen Knoten mitgebracht, den wir entwirren müssten.«

Knowler grinste zurück, während er den Schulterpanzer über den Kopf streifte. Sein sonnengebräuntes Gesicht starrte vor Dreck, und sein schwarzes Haar mit dem breiten weißen Streifen in der Mitte wirkte schmutzig und hart. »Sorry, Leute«, sagte er und ging zu seinem Stuhl, »aber das Polizeigeschäft ist eine schmutzige Angelegenheit, und ich bräuchte zwar dringend eine Dusche, aber das Verbrechen macht halt keine Pause.«

Dunai schob ihm einen dampfenden Kaffee zu und fasste die Ereignisse des Vormittags zusammen. Knowler schüttelte den Kopf. »Na, Sadomaso und Kokain ist ja eine Sache, aber die Vorstellung von Daniels in einer Polizeiuniform …«

Sie grinsten alle.

»Also«, sagte Dunai, »da Daniels und Cupido offenbar in die Entführungen von Flüchtlingskindern für einen Menschenhändlerring verwickelt sind und da beide Männer anscheinend mit dieser Sharp Shift Exportgesellschaft zu tun haben, würde ich jetzt gern die Ermittlungsergebnisse, die mir über die letzten Korruptionsfälle im Department of Home Affairs vorliegen, durchgehen und überprüfen, ob da Verbindungen zu Sharp Shift zu finden sind.«

»Außerdem könnte die Abteilung für Organisiertes Verbrechen hier mal über etwas gestolpert sein«, merkte Carl an.

»Wie seid ihr denn an das Material über die Innenbehörde rangekommen?«, fragte Knowler.

»Über eine Kontaktperson«, sagte Dunai und mied für ein paar Sekunden seinen Blick.

»Das liegt in der Zuständigkeit der NIA.« Er beobachtete sie interessiert, dann schien ihm ein Gedanke gekommen zu sein. »Ach ja, richtig. Also gut, an die Arbeit.«

Die drei verbrachten etwas mehr als eine Stunde vor Dunais Laptop, bis sie in den Geheimdienstinformationen einen Bezug auf Sharp Shift fanden. Eine Angestellte der Innenbehörde behauptete in diesem Protokoll, dass sie gesehen habe, wie ein Kollege zehn südafrikanische Pässe in einen an Sharp Shift (Pty) Ltd adressierten Umschlag gesteckt hatte. Zwar konnte sie sich nicht mehr an die genaue Anschrift erinnern, wusste aber noch, dass sie an der V & A Waterfront gelegen hatte. Der Kollege, Fidel Zwedala, wurde später zahlreicher Fälle von Korruption für schuldig befunden und zu zehn Jahren Haft in Polsmoor Prison verurteilt.

»Gut, Kinder, ihr beide redet jetzt mal mit der Abteilung Organisiertes Verbrechen, und ich werde mal einen kleinen Ausflug machen, um zu sehen, ob der gute Fidel ein wenig über Sharp Shift plaudern möchte.«

Eine halbe Stunde später hatten Dunai und Carl bereits festgestellt, dass Sharp Shift im Zusammenhang mit den Ermittlungen in der Innenbehörde, die Fidel Zwedala ins Gefängnis gebracht hatten, nur sehr flüchtig überprüft worden war, da die einzige vorliegende Aussage dieser Angestellten, die den Namen der Firma auf dem Umschlag mit den illegalen Pässen gesehen haben wollte, offiziell widerlegt worden war. Sharp Shift hatte einen Privatdetektiv eingeschaltet, der darauf gestoßen war, dass die betreffende Angestellte sich sechs Monate zuvor im Auftrag ihrer Behörde über Kurierdienste informiert hatte und dass sie deshalb den Namen auf dem Umschlag mit einem verwechselt hatte, den sie aus der Zeit dieser Erkundigungen noch in Erinnerung hatte. Die Abteilung Organisiertes Verbrechen hatte Sharp Shift trotzdem in ihre Datenbank aufgenommen, war aber später nicht mehr über den Namen gestolpert.

Carl gab diese Informationen telefonisch an Knowler weiter, bevor er zusammen mit Dunai ins Büro des Captains zurückkehrte. »Warum sollte Fidel jetzt über Sharp Shift reden, wenn er das während der gesamten Untersuchungshaft und seiner Verhandlung nicht getan hat?«, fragte Dunai den neben ihr sitzenden Carl.

»Angesichts der sehr konkreten Vermutungen, die wir inzwischen über Sharp Shift anstellen, wird sich Knowler bestimmt recht überzeugend anhören, wenn er Fidel erzählt, Sharp Shift wäre in die Machenschaften eines Menschenhändlerrings verwickelt und hätte bei den Vernehmungen behauptet, dass Fidel die Firma da reingezogen hätte. Dem Kerl wurden kürzlich wegen guter Führung fünf Jahre seiner Strafe erlassen, und er kann in acht Monaten auf Bewährung entlassen werden. Das ist bloß ein kleiner Bürotyp, der es geschafft hat, fünf Jahre im Gefängnis zu überleben. Jetzt stell dir vor, du bist acht Monate von der Freiheit entfernt, du hast Pläne für diesen Moment geschmiedet, du hast davon geträumt, und dann taucht jemand auf und sagt, einige hohe Tiere seien verhaftet worden und würden versuchen, dich in ihre Sache reinzuziehen. Sie hätten neue Informationen geliefert, denen zufolge du wichtige Tatsachen verschwiegen und nicht offen mit der Polizei kooperiert hast, also wirst du deine Strafe komplett absitzen müssen, noch mal fünf Jahre, solltest du nicht gegen sie auspacken. Das könnte schon so manchen Zeitgenossen zum Durchdrehen bringen.«

»Warum hat er deiner Meinung nach denn nicht schon direkt etwas über sie erzählt?«

»Dazu bestand kein Grund. Im organisierten Verbrechen läuft das so. Man hält die Schnauze, sitzt seine Zeit ab und manchmal wird sogar die eigene Familie in dieser Zeit versorgt. Dann kommt man raus und geht wieder seinen Geschäften nach. Wer nicht *shtom* bleibt, kommt in der Haft oder nach seiner Entlassung um.«

Sie stiegen gerade in Carls Geländewagen, als Knowler auf Dunais Handy anrief. »Er ist eingeknickt«, berichtete er ihr. Es klang, als würde er aus einem fahrenden Auto anrufen. »Wir haben Namen, Daten und Orte. Ich bin auf dem Weg, mir Haftbefehle zu besorgen. In zwei Stunden sollten wir das Direktorium von Sharp Shift verhaftet auf der Wache sitzen haben. Wir haben außerdem den Namen des Beamten in der Innenbehörde bekommen, der mit der Ausstellung illegaler Ausweispapiere für Sharp Shift weitergemacht hat. Er wird auch festgenommen.«

Kaum hatte Dunai das Gespräch beendet, da klingelte ihr Handy wieder. Es war Carls Kontaktmann beim Finanzamt. Der Name Sharp Shift hatte vertraut geklungen, da Cupido regelmäßige Zahlungen für den Export von Gartenbauprodukten an die Firma leistete. Keines der Cupido gehörenden Lagerhäuser, die sie mit Carl zusammen in den Cape Flats gesehen hatte, betrieb offiziell Geschäfte mit Gartenbauprodukten. »Die betreffende Firma nennt sich Hort-Courier«, sagte er ihr.

Dunai verbrachte den Nachmittag in einem Zustand konfuser Aufgeregtheit. Seit sechs Tagen jagte sie nun den winzigsten Informationen nach, die alle im Wesentlichen auf nicht mehr gründeten als auf zwei vermissten Flüchtlingskindern, auf ein den gemeinsamen Nenner bildendes Flüchtlingszentrum, das von Wayne Daniels ins Leben gerufen worden war, der wiederum enge Verbindungen zum Verbrecherboss Brandon Cupido unterhielt, sowie auf einen Informanten, der ihnen gesagt hatte, dass Cupido Gerüchten zufolge in den Handel mit »Lebendware« verstrickt war. Jetzt plötzlich hatten sich die Schleusentore geöffnet.

Während der Nachmittag in den Abend überging und der Abend in die Nacht, wurde aber klar, dass bereits neue Felsbrocken die Flut der Wassermassen behinderten. Obwohl die Abteilung für Organisiertes Verbrechen sich sofort auf die Geschäftsführer von Sharp Shift gestürzt hatte, waren die von deren Ehefrauen und Freundinnen alarmierten Anwälte zur Stelle, noch bevor die Männer ihre Hinterteile in die Stühle des Vernehmungszimmers hätten pflanzen können. Prompt war keiner bereit, eine Aussage zu machen.

»Noch immer keine Silbe.« Knowler hatte Dunai gegen Mitternacht auf ihrem Handy angerufen, als sie gerade ins Bett gehen wollte. Jesse und die Tiere schliefen schon seit sieben.

»Die werden doch jetzt wohl nicht Fidels Angehörige unter Druck setzen, oder?«

»Könnte schon sein, aber darum haben wir uns bereits gekümmert.«

»Sie klingen erschöpft«, sagte Dunai. »Geht's jetzt wenigstens nach Hause?«

»Für ein paar Stunden Schlaf wird's reichen«, sagte er. »Aber wenn diese Arschlöcher morgen wieder freigelassen werden müssen, dann möchte ich wenigstens, dass sie diese Nacht nicht so schnell vergessen. Hort-Courier, man komme mir doch nicht mit dieser Scheiße. Ein Sack Düngemittel braucht ganz sicher keinen Pass, um das Land zu verlassen.«

»Ach, du lieber Himmel«, sagte Dunai und ließ sich aufs Bett sinken.

»Wie bitte?«

»Mir dämmert gerade etwas.« Dunai konnte regelrecht hören, wie die müden Zahnräder in ihrem Hirn sich ohne das Schmiermittel Schlaf in Bewegung zu setzen versuchten.

»Dann klären Sie mich mal auf«, erwiderte Knowler.

»Gewissen Gartenprodukten wird Nikotin zugesetzt, beispielsweise um Schnecken zu töten. Es saugt ihnen richtiggehend die Flüssigkeit aus dem Körper.«

»Sehen Sie sich nur einen alten Raucher an.«

»Das ermordete Straßenkind, Tsepo, hatte Nikotin in seinem Blut. Es ist ein tödliches Gift. Man muss es nicht einmal einnehmen, schon Hautkontakt damit kann bereits tödlich sein.«

»Und der Tod trat bei dem Kind zu der Zeit ein, als die Flüchtlingskinder entführt wurden, weshalb die Annahme keineswegs weit hergeholt erscheint, dass dieses Kind ebenfalls entführt und zwischenzeitlich in einem Lagerhaus voller Gartenbauprodukte festgehalten wurde.«

»Genau. Außerdem wurde das Kind gefesselt und mit Schlafmitteln betäubt.«

»Einem wohlwollenden Richter könnte dies für einen Durchsuchungsbefehl reichen.«

»Bloß dass Cupido derzeit nicht angefasst werden darf.«

»Hm. Es ist doch so, Dunai, manchmal ist es nicht einmal von Vorteil, durch den Vordereingang zu platzen und wild herumzuballern. Manchmal ist es besser, sich durch den Hintereingang einzuschleichen.«

Dunai hatte noch nicht Gelegenheit gehabt, Carl anzurufen, als ihr Handy klingelte. Es war ein Laborant aus der Nachtschicht des Forensikinstituts, an das Dunai von Professor LeGrange verwiesen worden war. Die blaue Farbe, die sie vorbeigebracht hatte, entsprach der Farbe, die unter Tsepos Fingernägeln gefunden worden war.

Dunai hätte vor Freude aufgeschrien, wenn nicht in ihrer unmittelbaren Nähe ein Kind, ein Hund, Katzen und ein Papagei geschlafen hätten. Um niemanden zu wecken, ging sie in den angrenzenden Raum, um mit Carl zu telefonieren.

»Ich werde Aegi das Waisenhaus observieren lassen«, sagte er, als sie ihm die Nachricht gab.

»Die Farbprobe hatte ich schon fast wieder vergessen«, sagte Dunai, leicht entrüstet über sich selbst.

»Das war halt so ein Tag heute«, erwiderte Carl. »Geh nicht zu hart mit dir selbst ins Gericht.«

»Mir ist gerade klar geworden, dass Daniels die Kinder im Flüchtlingszentrum ja einer Art Eingangsuntersuchung unterziehen muss.«

»Wahrscheinlich auf HIV/Aids, was der Grund für die Ambulanz im Zentrum sein könnte«, nahm Carl den Faden auf. »Er erwähnte ausdrücklich HIV-Tests, als wir da waren. Der Dreckskerl hat sich über uns lustig gemacht.«

»Er gibt dann einfach die persönlichen Daten der Kinder, deren HIV-Test negativ ausfällt, an das Waisenhaus New Horizons weiter. Die locken die Kinder auf ihr Gelände, verabreichen ihnen Betäubungsmittel und bringen sie zu einem von Cupidos Warenlagern. Aber Tsepo passt nicht in dieses Muster, er war ein Straßenkind, kein Flüchtling.«

»Die einzigen Menschen, die genauso schutzlos sind wie Flüchtlinge, sind Straßenkinder«, sagte Carl.

»Und wie wir inzwischen wissen, besorgt sich eine Exportfirma, Sharp Shift, bei korrupten Beamten in der Innenbehörde Pässe, mit deren Hilfe sie die Mädchen dann außer Landes schafft. Ich kann noch immer nicht begreifen, dass niemand Daniels Beziehung zu Cupido genauer unter die Lupe genommen hat.«

»Hätte man wahrscheinlich, wäre da nicht die Rückendeckung, die Cupido vom Geheimdienst erhält. Außerdem liefert ihre Beziehung eine gute Story. Zwei Jungs wachsen als beste Freunde in den Ganglands der Cape Flats auf. Einer von ihnen, Daniels, entwickelt sich zum Guten und klettert die politische Karriereleiter hinauf, während sein Freund aus Kindertagen, Cupido, den bösen Pfad wählt und einer der gefürchtetsten Verbrecherbosse im ganzen Land wird. Und Daniels Wunsch, Gutes zu tun – der letztlich, wie wir wissen, nichts weiter als ein Haufen Scheiße ist –, liefert die perfekte Tarnung für jedes Treffen, für jedes Gespräch, das er mit Cupido haben will. Daniels hat öffentlich erklärt, dass er seinem alten Freund ständig gut zuredet, seine üblen Machenschaften aufzugeben und ihn bei seinem Kampf gegen Drogen und Gangstertum zu unterstützen.«

»Wir müssen in dieses Lagerhaus kommen«, sagte Dunai.

»Das wird der Geheimdienst nicht zulassen. Wir rücken jetzt immer stärker ihrem Goldesel auf den Pelz, also ist größte Vorsicht geboten.«

»Es könnte bedeuten, dass sie Cupido als Informanten verlieren. Dann muss ich immer sofort an all die Leben denken, die in der ganzen Welt gerettet werden konnten dank der Informationen, die er geliefert hat.«

»Weißt du, Dunai, die Zielstaaten für solche Anschläge verfügen schon über ziemlich ausgebuffte Geheimdienste und Polizeiapparate, die sich um den Schutz ihrer Bürger kümmern. Diese Flüchtlingskinder aber haben niemanden, und genau darauf verlassen sich Daniels und Cupido.«

32

Sonntag, 22. Dezember

Es würde wieder ein verdammt heißer Tag werden. Um sieben waren Dunai und Jesse angezogen und brachten die Tiere zum Spaziergang in den Garten. Dann gingen sie in den Speisesaal zum Frühstück. Während Schwester Raymunda anschließend mit Jesse die Morgenmesse besuchte, stieg Dunai wieder in ihr Zimmer hinauf und rief, da sie Knowler sonntags nicht stören wollte, im Revier an, um mit seinem Stellvertreter bei diesem Fall, mit Detective Inspector Hlope zu sprechen.

»Nicht die kleinste Kleinigkeit«, erzählte er ihr. »Die sind verschlossener als ein Shebeen am Weihnachtsmorgen.«

»Wie lange können Sie sie denn festhalten?«

»Sie checken gerade aus, während wir uns hier unterhalten.«

»Und was sollen wir jetzt tun?« Ihre Stimme war erregt vor Frustration, um dann niedergeschlagen auszuklingen.

»Im tiefen Gras warten und beobachten. Sobald

sie für eine Minute unaufmerksam sind, schlagen wir zu.«

»Ich habe Hatums Kinder noch immer nicht zurückgeholt.«

»Ja, und all die anderen Kinder, die womöglich gefunden worden wären.«

Da fast alle in der Messe waren, herrschte auf den Fluren von St. Mark's ungewöhnliche Ruhe. Dunai legte Pferd die Leine an und ging wieder zurück in den Garten. Sie stiegen die Treppe hinter dem Koi-Teich hinauf, folgten ein Stück dem Weg und bogen dann in einen schmalen gepflasterten Pfad, der ein wenig zugewachsen war. Sie ließ Pferd von der Leine und lächelte, als er zu eigenen Abenteuern aufbrach. Sie setzte sich ein Stück weiter auf eine kleine Steinbank und atmete die Stille und die Düfte des Gartens ein.

»Guter Platz zum Nachdenken«, sagte eine Stimme, und als Dunai herumwirbelte, sah sie Jacob hinter sich stehen. Er trat näher, setzte sich neben sie und legte einen großen verchromten Metallkoffer auf seine Schenkel.

»Haben Sie einen ausreichenden Grund gefunden, mich umzubringen?« Sie deutete mit einer kurzen Handbewegung auf den Koffer.

»Der ist für das Phantombild.«

»Mary Ehlers. Bringen wir es doch direkt hinter uns.«

Er ließ die Schlösser aufschnappen und hob den Deckel. Im Innern lag ein Laptop. »Die Infos, die Sie geliefert haben, erwiesen sich übrigens als Treffer.«

»Dürfte ich fragen, was genau Sie mit Treffer meinen?«

»Gewisse Einzelheiten passen genau zu Materialschnipseln, die wir bereits besaßen. So war es uns möglich, ein paar Lücken zu schließen.«

Dunai sagte nichts. Hatte der Zirkel sie dazu benutzt, ein auf Abwege geratenes Mitglied loszuwerden? Nein, damit wäre man das Risiko eingegangen, dass die betreffende Person die Seiten wechselt. Ein kontrollierter Brand, hatte die Richterin gesagt. Vielleicht war Mary Ehlers ja die Cerchio-di-Gaia-Version einer Selbstmordattentäterin. In diesem Fall würde sich Dunai, so schrecklich das auch klingen mochte, etwas weniger schuldig fühlen, Informationen über die Frau weitergegeben zu haben.

Jacob hatte bereits aufgrund Dunais telefonischer Beschreibung einen ersten Entwurf des Phantombilds angefertigt. Zwanzig Minuten Nachbesserung, und dann stellte die Frau auf dem Bildschirm ein fast exaktes Ebenbild zu den Fotos dar, die Dunai sich eingeprägt hatte.

»Ihre Informationen über die Innenbehörde haben sich auch als Treffer erwiesen.«

Jacob nickte. »Cupido müssen Sie allerdings in Ruhe lassen.«

»Sie sind mir gegenüber nicht weisungsbefugt, Jacob, genauso wenig wie ich Ihnen sagen könnte, Sie sollten die Finger von einer Sache lassen.«

»Na, dann weiß ich ja, woran ich bin«, erklärte Jacob und drückte die Schnappschlösser an seinem Koffer zu. »Würden Sie Cupido in Ruhe lassen, wenn Sie wüssten, dass er mit Menschenhandel nichts zu tun hat, und wenn diese Kinder, von denen Sie behaupten, er hätte sie entführt, aufgespürt und, sofern sie noch am Leben sind, ihren Familien zurückgebracht würden?«

Dunai dachte einen Moment nach. »Wenn ich wüsste, dass er sich nie wieder mit Menschenhandel abgeben würde und dass Myasser und Mawien unbeschadet zu ihrer Mutter zurückkehren würden. Und er müsste präzise angeben, wo wir all die anderen Kinder finden können.«

Lange Zeit waren nur die Geräusche der Vögel und Insekten in dem sonnenüberfluteten Garten zu hören.

»Sie decken einen Psychopathen, der Kinder in die Sklaverei verkauft.«

»Nein, Dunai. Ich versuche, Ihnen das Leben zu retten.« Zum ersten Mal klang er verärgert.

»Damit ich den Zirkel für Sie ausspionieren kann.«

»Wieder nein. Damit Sie den Zirkel für Ihr Heimatland ausspionieren können, damit Ihnen all die westlichen Werte und Freiheiten erhalten bleiben, die Sie genießen.«

»Sie wissen, dass der Zirkel versucht hat, mich anzuwerben, und der Zirkel weiß, dass Sie versucht haben, mich anzuwerben. Ursprünglich wurde ich als potenzielle Spionin betrachtet, dann als Doppelagentin, und inzwischen hat es sich verdreifacht. Es ist eine völlig verfahrene Situation, Jacob, als würde man sich in Treibsand bewegen. Ich habe versucht, diese ganze Mary-Ehlers-Geschichte zu begreifen, und ich schaffe es nicht. Mir kommt das alles vollkommen überflüssig vor.«

»Spielen Sie Schach?«

»Ein wenig.«

»Dann wissen Sie ja, dass die ersten Züge für den beiläufigen Betrachter häufig keinen Sinn ergeben und eine

Weile nichts Wichtiges auf dem Brett zu geschehen scheint. Aber diese ersten Züge sind extrem wichtig und für den Könner, der sie als Teil eines Spielplans begreift, machen sie enormen Sinn.«

»Ich habe jedenfalls nicht die Absicht, die Rolle des Bauern zu übernehmen«, erklärte Dunai und stand auf. »Pferd!«, rief sie.

»Seinen Wert besitzt der Bauer als Figur innerhalb seiner Farbe«, sagte Jacob. »Für den Ausgang einer Partie sind Bauern von entscheidender Bedeutung.«

Die große Zunge seitlich aus dem Maul baumelnd, kam Pferd durch das Gebüsch auf sie zugesprungen. Dunai packte ihn und legte ihm die Leine an.

»Dunai?«, sagte Jacob, als sie begann fortzugehen.

»Was?«

»Ich finde, Sie haben das Recht zu erfahren, dass Barbara, Ihre direkte Nachbarin und die Frau, die Ihren Sohn betreut, vom Zirkel auf Sie angesetzt wurde.«

Dunai starrte Jacob an. Am liebsten hätte sie ihm den nächstbesten Pflanzenkübel an den Kopf geschmissen, aber irgendwie klangen seine Worte nach der Wahrheit.

»Es tut mir leid«, sagte er.

Dunai wandte sich ab und kehrte zurück in die Stille von St. Mark's. Von ihrem Zimmer aus rief sie Richterin Swanepoel-Higgs an. Ihr erster Impuls war, die Frau in Stücke zu reißen, zumindest verbal. Aber auch sie verfolgte einen Spielplan und musste jetzt mehr denn je ihr eigentliches Ziel im Auge behalten.

»Es gibt da zwei Dinge, die ich abklären müsste«, sagte sie ihr.

»Schieß los.«

»Ist Mary Ehlers das Zirkel-Äquivalent zu einer Selbstmordattentäterin?«

»Ach, du liebe Zeit!«, erwiderte die Richterin. »Und deine andere Frage?«

»Wurde Barbara vom Zirkel auf mich angesetzt?«

Dunai hörte, wie die Richterin seufzte. »Wie drücke ich das aus, ohne dass es herablassend klingt?« Dunai wartete. »Wir haben dich über Cupidos Verbindungen zu diversen Auslandsgeheimdiensten unterrichtet und dir Informationen über den zweiten auf dich verübten Mordanschlag gegeben. Wir haben dir Einblick in unser Datenmaterial über Menschenhandel gewährt, und Belinda hat sich seit Übernahme dieses Falls um deine Sicherheit gekümmert …«

»Weil Sie mich dazu benutzen wollen, die Ermittlungen der NIA über den Zirkel auszuschnüffeln.«

»Nein, Dunai«, erklärte die Richterin. »Wir glauben, unsere Sache ist für dich als Frau auch die deine, von Geburt wegen, nicht aus freien Stücken. Daher besteht, wie ich dir bereits beim letzten Mal erklärte, als wir diese Diskussion führten, unserer Überzeugung nach auch überhaupt keine Notwendigkeit, Zwang auszuüben.

Uns ist bewusst, dass du heute den Versuch unternimmst, dem überall verbreiteten Menschenhandel einen kleinen Schlag zu versetzen. Aber da achtzig Prozent der Opfer in diesem Handel Frauen und Kinder sind, hoffen wir, dass du morgen zu dem Entschluss kommen wirst, dich uns anzuschließen im Kampf gegen die tiefer liegenden Ursachen der Sklaverei, und die liegen in der Frauenfeindlichkeit, der ältesten, verheerendsten und am häufigsten praktizierten Benachteiligung auf diesem Planeten.

Bislang hast du es jedoch abgelehnt, an unserer Seite zu kämpfen, und aus diesem Grund muss ich dir leider wiederum erklären, dass du als Mitglied des Zirkels zwar ein Recht auf Beantwortung deiner beiden Fragen hättest, dir dieses Recht als Außenstehender aber nicht zukommt.«

33

Busi lauschte den Worten der Richterin und hätte am liebsten applaudiert. Sie drückte sich immer so wunderbar aus und wusste genau, wie etwas zu sagen war. Busi konnte einem Polizisten den Kopf mit einem Metallrohr einschlagen, aber mit Worten tat sie sich schwer. Im Großen und Ganzen hatte sie sich mit den Eigenschaften arrangiert, die sie von ihrer Familie geerbt hatte, nur zwei Dinge störten sie. Sie würde sich furchtbar gerne besser ausdrücken können, und sie wäre gerne hochgewachsen und elegant wie eine Dattelpalme.

»Spürt sie den Druck, Paula?«, sagte die Frau, als die Richterin ihr Handy ausschaltete. Das lange, gewellte braune Haar war an ihrem Hinterkopf zu einem Knoten gebändigt, aber Busi konnte sehen, wie ihre langen, weißen Füße aus den Schuhen geschlüpft waren und nun darüber schwebend wippten, als wollten sie zum Abschied Auf Wiedersehen, Auf Wiedersehen sagen. Vielleicht stimmten die Gerüchte ja, dass die Hüterin des südafrikanischen Zweigs von Cerchio di Gaia als barfüßige Burin auf einer Farm aufgewachsen war. Überraschen würde es Busi nicht, denn die meisten im Kampf engagierten Weiße, die sie kennengelernt hatte, waren Frauen, Juden oder Buren.

»Sie spürt tatsächlich den Druck«, bestätigte Paula und fasste das Gespräch zusammen.

»Glaubst du, es könnte ihr alles zu viel werden und sie zieht sich völlig zurück?«, erkundigte sich die Frau. Sie wirkte ein wenig besorgt, obwohl dies wohl nur Busi auffiel.

Es war Professor Anna Cooper, die darauf antwortete, da diese Frage mehr oder weniger nach ihrer psychologischen Einschätzung zu verlangen schien. »Die meisten von uns haben schon alle Hände voll damit zu tun, in einer einzigen zusammenhängenden Welt zurechtzukommen. Dunai muss mit zweien umgehen – einer, die sie als ihr eigenes Leben versteht, und einer zweiten Welt, in die sie ohne eigenes Zutun gestürzt wurde. Es ist eine Welt, von der die meisten Menschen nicht einmal ahnen, dass sie existiert. Eine Welt, die zur Isolierung führt, in der sie Sprache, Regeln und Kräftekonstellationen erst lernen muss, und das häufig in Situationen, in denen es auf Leben und Tod geht, und ohne dass jemand ihr Orientierung geben würde. Natürlich ist das nicht einfach, aber sie scheint nicht nur damit umgehen zu können, sie ergreift sogar selbst die Initiative.« Diese Feststellung gefiel der Frau, wie Busi bemerkte.

»Lassen wir die GORE-Website weiterlaufen?«, fragte Busi.

»Erst einmal, ja«, erwiderte die Frau.

»Gibt es Todesfälle in den Townships?«, wollte Busi wissen.

»Die letzten Statistiken«, erklärte die Richterin, »zeigen, dass es seit der Installierung von GORE nicht mehr von Ausländerfeindlichkeit motivierte Todesfälle gibt als vergangenes Jahr im selben Zeitraum.«

Professor Cooper nickte. »Alles liegt nur an der Presse, die mehr darüber berichtet, weil sie jetzt eine ganz bestimmte Gruppe hat, die sie ausschlachten kann, anstelle der üblichen anonymen Zusammenrottungen, die auf spontane Mordzüge gehen. Außerdem haben Myasser und Mawien den Flüchtlingen in diesem Land ein Gesicht verliehen, das nun all jenen als gemeinsamer Fokus dient, die Mitleid mit den Flüchtlingen haben.«

»Ich bin zufrieden mit den Ergebnissen«, erklärte die Frau. »Zu Beginn war GORE nur ein simples Druckmittel, damit Dunai unseren Schutz stärker zu schätzen lernt und unsere Hilfe sucht. Das Ziel wurde erreicht. Wir hatten zudem gehofft, durch das Auftreten der Gruppe ließe sich das Abschlachten und die Misshandlungen der Flüchtlinge deutlicher ins öffentliche Bewusstsein rücken, und auch dieses Ziel wurde erreicht.«

»Aber das Projekt bleibt weiterhin auf Distanz«, warf Busi ein.

Alle drei Frauen wandten sich zu ihr um, aber es war die Hüterin, die Busi mit ihren haselnussbraunen, mandelförmigen Augen direkt fixierte. »Ich weiß noch, als in den Sechzigern und Siebzigern neue Drogen in der Gesellschaft in Umlauf kamen, wurde darüber berichtet, dass Dealer, die rasch neue Kunden gewinnen wollten, die erste Dosis umsonst anboten. Ohne die Informationen, die wir zu diesem Fall beigesteuert haben, würde

Dunai noch immer im Dunkeln tappen. Ihr wurde zum ersten und einzigen Mal eine Dosis frei zur Verfügung gestellt. Nur ein kleiner Vorgeschmack darauf, was sie als Mitkämpferin aus dem Zirkel heraus alles bewirken könnte. Wir kennen ihr psychologisches Profil genau, und wir wissen, dass sie dem Drang, sich noch mehr zu holen, nicht widerstehen können wird.«

34

»Dunai, hier ist ungewöhnliche Hektik ausgebrochen.« Es war Aegi, der mit einem anderen freien Mitarbeiter seit nunmehr vierundzwanzig Stunden das Waisenhaus New Horizons observierte. Mittlerweile war es Mittag geworden. »Heute soll eigentlich Besuchertag für Adoptionsinteressierte sein, aber bislang trafen um neun Uhr zwei lediglich zwei Kinder ein. Wahrscheinlich Geschwister, etwa zwölf und zehn. Dann ein Junge um zehn Uhr dreißig und ein weiterer um elf. Beide Jungs würde ich auf sieben bis zehn schätzen. Alle vier Kinder trugen alte, abgenutzte Kleidung, machten ansonsten aber einen sauberen, ordentlichen Eindruck. Und eben gerade sind zwei Erwachsene, ein Mann und eine Frau, in einem schwarzen Van eingetroffen, den sie neben dem Haus, an einer nicht einsehbaren Stelle geparkt haben.«

»Rühr dich nicht von der Stelle. Spätestens in dreißig Minuten werde ich mit Carl und der Polizei da sein.« Dunai legte auf und rief Carl an.

»Ich bin schon auf dem Weg zu dir«, sagte er. »Ich rufe Knowler von unterwegs an.«

Jesse war mit den Waisenkindern in ein Spiel vertieft.

Schwester Raymunda saß mitten in dem Getümmel auf einem winzigen Stuhl und wirkte ebenso gefesselt von dem Spielverlauf wie die Kinder selbst. Dunai erklärte ihr, so gut es ging, ihren plötzlichen Aufbruch, und verabschiedete sich von Jesse.

Aegis BMW war um die Ecke von der Roger Street geparkt. Sie hielten ein Stück vor dem Waisenhaus und gingen zu den eingestürzten Überresten eines allein stehenden Wohnhauses. Hinter einer zerfallenen Wohnzimmerwand hockten sie sich neben Aegi, der dort, ausstaffiert mit einer großen Pilotenbrille und einer rotgelb-grünen Häkelmütze mit angenähten Dreadlocks, auf einem alten Ölfass saß.

Sie warteten fünfzehn Minuten, bis die aus zwei Wagen – einem neutralen Golf und einem weiß-blauen Polizeivan – bestehende Einsatztruppe eintraf. Jeden unnötigen Lärm vermeidend, parkten sie vor dem Haus. Knowler und DI Hlope kletterten aus dem Golf, während ein schwarzer Mann und eine blonde Frau dem Kleinbus entstiegen. Alle trugen schusssichere Westen und R4-Sturmgewehre.

Carl, Dunai und Aegi verließen ihr Versteck und überquerten die Straße.

»Gute Arbeit, Leute«, begrüßte Knowler sie. »Zieht euch was an.«

Sie streiften sich die Schusswesten über und befestigten die Klettverschlüsse. In der Mittagshitze fühlte sich die Weste zwar wie ein Bleimantel an, aber Dunai war dennoch froh über die Barriere, die nun zwischen Kugeln und ihrer Haut bestand.

Währenddessen erteilte Knowler Instruktionen. Der schwarze Beamte war Captain Sandile, ein muskulöser Mann, dessen Bizeps denen von Philippe Konkurrenz machen konnten, und bei der groß gewachsenen, durchtrainierten, braungebrannten Frau neben ihm, deren dicke blonde Haare aus dem leicht sommersprossigen Gesicht gekämmt und zu einem Pferdeschwanz gebunden waren, handelte es sich um Captain Stein. Keiner der beiden schien auch nur die dreißig überschritten zu haben, aber sie gehörten der Special Task Force Unit an, was bedeutete, dass sie in ihren kurzen Karrieren schon mehr Kampfeinsätze mitgemacht hatten als die meisten Soldaten während ihrer gesamten aktiven Dienstzeit.

»Captain Sandile?«, sagte Knowler und übergab damit dem jungen Beamten das Wort.

»Schön, Sie bei uns zu haben, Captain Lambrecht, aber als Zivilist müssen sie außerhalb des Operationsbereichs bleiben. Der Rastamann und Mrs Marks können Ihnen dort ja Gesellschaft leisten.«

Sein Blick huschte über Carls große Gestalt. »Sie sind bewaffnet?«

Carl nickte.

»Gut. Ich möchte nicht, dass jemand hinter uns herkommt. Sollte sich im schlimmsten Fall eine Geiselsituation entwickeln, benutzen sie das Funkgerät im Bus und rufen Sie Verstärkung. Captain Stein«, er deutete auf die blonde Frau neben sich, »wird mit DI Hlope zur Seite des Gebäudes gehen, wo der schwarze Van steht. Sobald der Van überprüft ist, wird DI Hlope bei ihm bleiben, während Captain Stein auf mein Zeichen hin durch den Seiteneingang ins Haus geht. Captain Knowler und ich werden von vorne reingehen. Sobald wir die Lage unter Kontrolle haben, holen wir Sie herein«, sagte er zu Carl. »Es befinden sich Kinder im Innern, also lasst uns schnell machen, bevor noch jemand Gelegenheit hat, eine Waffe zu ziehen. Alles klar?«

Nicken rundum. Mit einem Handzeichen in Richtung Gebäudeseite und einem Nicken zu seiner Kollegin stieg er gemeinsam mit Knowler die Stufen zum Vordereingang hinauf, während die anderen um die Ecke liefen.

Carl ergriff Dunais Hand und führte sie hinter den Kotflügel des Golf. »Hock dich hier hinter, und wenn du Schüsse hörst, roll dich zu einem Ball zusammen, bis ich Entwarnung gebe.«

Dunai nickte. Carl zog die Glock aus dem Gürtelholster, den er gleich links neben den Knöpfen seiner Jeans trug. Aus ihrer Deckung hinter dem Golf beobachteten die drei, wie Sandile, der sich rechts neben dem Eingang postiert hatte, an die Tür klopfte. Er wartete sieben Sekunden, dann hämmerte er lauter dagegen. Die Tür schwang auf, und Dunai konnte einen kurzen Blick auf Schwester Aucamp erhaschen, bevor Sandile deren Arm packte und eintrat, um den Eingang zu sichern.

»Er klärt jetzt den Eingangsbereich, bevor Knowler reingeht«, erläuterte Carl.

Es folgte der Ruf »klar«, und auch Knowler verschwand im Innern. Dann schienen plötzlich alle herumzuschreien. Auch einige hohe kreischende Stimmen waren zu hören, wahrscheinlich von den Kindern.

»Jetzt wird Knowler vorgehen und den nächsten Raum

checken, während Sandile abwartet und sicherstellt, dass niemand hinter ihnen in den Flur schleicht und in ihrem Rücken das Feuer eröffnet«, erklärte Carl. »Auf diese Weise gehen sie immer weiter vor, bis sie nur noch ein Zimmer von der Hintertür entfernt sind. Dann haben sie die Gegner dahin getrieben, wo Stein und Hlope bereits auf sie warten.«

Wie auf Ansage hörten sie in diesem Moment Geschrei von der Seite des Hauses. Es dauerte gerade mal fünf Minuten, dann erschien Knowler an der Eingangstür und signalisierte ihnen hineinzukommen.

Gemeinsam mit Carl trat Dunai in das Haus, während Aegi für alle Fälle noch draußen blieb. Die vorderen und rückwärtigen Wohnräume waren leer, aber in einem der Schlafräume saßen fünf Erwachsene auf dem Boden, die Hände hinter den Rücken gebunden. Eine der Frauen trug ein navyblaues Kostüm und schrie mit wutverzerrtem Gesicht auf isi Xhosa Detective Inspector Hlope an, der sein Gewehr auf die Mitte der Reihe gerichtet hielt. Dunai erkannte Schwester Aucamp, die zweite Schwester aber hatte sie noch nie gesehen. Das Quintett wurde komplettiert von einem schwarzen Mann und einer schwarzen Frau, beide in Hose und Hemd gekleidet, die sich offenbar den Anschein eines Paars geben wollten, das an der Adoption eines Waisen interessiert ist.

Dunai ging an einem Raum voller weinender Kinder vorbei zu einer offen stehenden Sicherheitstür, die links vom Flur abging. Captain Stein kauerte auf der unteren Matratze eines Etagenbetts neben einem kleinen Mädchen und fühlte ihren Puls.

»Von hier haben wir die blauen Farbproben«, erzählte Dunai ihr.

Captain Stein nickte, erhob sich und trat zu dem nächsten Kind, beugte sich hinab und legte ihm die Fingerspitzen unterhalb der Kiefermitte auf den Hals. »Puls ist in Ordnung«, sagte sie. »Aber für eine Weile sind sie außer Gefecht gesetzt.«

Dunai betrachtete die sanften, unschuldigen Gesichter der vier Kinder, zwei Mädchen und zwei Jungens, das jüngste etwa sieben, das älteste höchstens zwölf, alle in ihren besten abgetragenen Kleidern. Das Gesicht des kleinen Tsepo fiel ihr wieder ein. Sie versuchte nicht an die letzten Stunden zu denken, die er noch am Leben in diesem Raum verbracht haben musste. Vielleicht hatte er sich stärker als die anderen gewehrt, und deshalb hatten sie ihm mehr Schlafmittel verabreicht. Oder die Überdosis war ein Versehen gewesen. Zuerst dürfte er Kopfschmerzen bekommen haben, anschließend wird er Blase und Stuhlgang nicht mehr kontrolliert haben können, seine Atmung wird heftiger und schwerer geworden sein. Sie wird aus- und wieder eingesetzt haben, bis die Lähmung auf seine Lungen übergriff und er überhaupt nicht mehr atmen konnte.

Auf dem Polizeirevier warteten sie in Knowlers Büro, während die Erwachsenen aus dem Waisenhaus erkennungsdienstlich behandelt und in die Vernehmungszimmer gebracht wurden.

Carl ging kurz fort, um etwas zu essen zu besorgen. Dunai starrte die Wand an. Sie hatte nun klar vor Augen, wie Myasser und Mawien in diesen blauen Betten im Waisenhaus lagen, und das machte ihr deren Qualen nur noch realistischer. Sie wollte sie unbedingt finden.

Dunai kaute abwesend an einer Pepperdew-Hummus-Rolle, als Knowler hereinmarschiert kam. Sie sprang auf, aber er schüttelte nur den Kopf und nahm schwerfällig auf seinem Stuhl Platz. »Das schwarze Pärchen behauptet, es habe sich die Kinder nur aus Interesse an einer Adoption ansehen wollen und hätte nichts davon geahnt, dass sich dort auch mit Medikamenten stillgestellte Kinder aufhielten. Sie sagen, man hätte ihnen empfohlen, ihren Van an der Seite des Hauses zu parken, weil dort die Gefahr geringer sei, dass er gestohlen oder beschädigt wird. Wir haben nichts gegen sie in der Hand, daher werden sie wohl innerhalb der nächsten Stunden freigelassen werden müssen.«

»Und Schwester Aucamp?«, fragte Dunai, die stehen geblieben war.

»Sie und die andere Schwester haben nur zwei Sätze zu uns gesagt. Ich will einen Anwalt, und Ich habe immer nur versucht, das Leben der Kinder, mit denen ich zu tun bekam, zu verbessern.«

Dunai hatte das Gefühl, Felsblöcke im Magen zu haben. Sie setzte sich auf einen Stuhl.

»Und die Frau in dem Kostüm?«, erkundigte sich Carl.

»Die Waisenhausdirektorin. Weigert sich, überhaupt etwas zu sagen, solange nicht ihr Anwalt anwesend ist. Wir werden sie achtundvierzig Stunden schmoren lassen, aber diese Frauen verdienen ihren Lebensunterhalt mit dem Verkauf kleiner Kinder an sexbesessene Bestien. Was für Chancen hat man bei denen schon?«

Niemand antwortete darauf.

»Werdet ihr es noch anders versuchen?«, fragte Carl.

Knowler seufzte, stand auf und dehnte sich. »Wir wurden von außerhalb angewiesen, keine anderen Methoden anzuwenden. Ich werde mir einen Happen zu essen besorgen, dann bin ich wieder da.«

Als er den Raum verlassen hatte, drehte Dunai sich zu Carl um. »Was meinte er mit anderen Methoden?«

Carl zögerte. »Wenn Beamte davon überzeugt sind, dass jemand, den sie verhaftet haben, schuldig ist, und sie müssen etwas erfahren, mit dem sie Leben retten können, dann führen sie bisweilen gezielt ein paar Schmerzen zu, um an diese Information heranzukommen.«

»Du meinst Folter«, sagte Dunai. Sie wurde ärgerlich. »Was bringt es denn, wenn jemand gesteht, was immer man gerade hören will, nur damit es aufhört? Außerdem ist es unmoralisch.«

»Clevere Beamte benutzen gezielte Gewalt nur dazu, um an Informationen zu kommen, mit denen sie dann erst die für eine Verurteilung ausreichenden Beweise aufspüren können, und nicht dazu, ein Geständnis zu erpressen, das die Leute dann anfechten können.«

»Es ist falsch«, beharrte Dunai. Sie bemerkte, dass sie ihre Zähne zusammenbiss, ihre Hände geballt hatte, und versuchte, sich zu entkrampfen.

Carl begegnete ihrem wütenden Blick mit kühlen, metallisch grauen Augen, die auch nicht auswichen. Er wirkte verärgert über ihre Bemerkungen. »Du hast die Sache nicht wirklich durchdacht, Dunai. Das ist die typisch kurzsichtige Reaktion von hochanständigen Menschen, aber lös dich doch mal davon und denk richtig darüber nach.

Die Frau, die da unten in ihrem hübschen Geschäftskostüm sitzt, benutzt HIV/Aids-Waise als Tarnung, um Flüchtlingskinder wahrscheinlich mit dem Versprechen auf Arbeit und Geld in ein Waisenhaus zu locken, wo sie dann in deren vertrauensvolle Gesichter blickt und ihnen ohne jede Skrupel aufmunternd zulächelt. Dabei verabreicht sie ihnen Drogen, um sie dann später in die Sklaverei zu verschachern. Dort wird das ganze Leben dieser Kinder darin bestehen, geschlagen, missbraucht und zu Tode geschunden zu werden.

Wenn du jetzt in diesem Moment da runtergehst, siehst du sie wahrscheinlich mit einem fetten Grinsen auf dem Gesicht da sitzen, weil sie genau weiß, das organisierte Verbrechen deckt mich und wird schon den richtigen Leuten Geld zustecken, damit ich freikomme.

Wenn ein Beamter nun in diesen Raum ginge und ihr ein wenig Schmerzen zufügen würde, hättest du gute Chancen, Myasser, Mawien und wer weiß wie viele andere Kinder noch bei Sonnenaufgang ihren Eltern zurückbringen zu können. Was, wenn es Jesse wäre, den sie betäubt und an Kinderhändler weitergegeben hätte? Du bringst doch auch sonst in diesem Fall ständig deine natürliche Reaktion als Mutter ins Spiel, warum nicht hier?«

Dunai schwieg, kämpfte einmal mehr mit sich selbst. Ja, sie verstand die Absicht dahinter. Es klang sogar alles logisch. Aber ein anderer Teil von ihr konnte die Vorstellung einer gerechten Gesellschaft, frei von Schmerz und Angst, einfach nicht aufgeben, wie unrealistisch sie auch wirken mochte. Allein im Streben nach diesem Ziel war ihrer Überzeugung nach wirklicher Fortschritt denkbar.

»Glaubst du, es war die NIA, die Knowler angewiesen hat, keine … anderen Methoden anzuwenden?«, fragte Dunai.

»Secret Service, der Auslandsgeheimdienst«, erwiderte Carl.

35

Nachdem ihr zweimal Schlafmittel verabreicht worden waren, hatte Myasser den Überblick verloren, welcher Tag es war. Jetzt aber musste Sonntag sein, das wusste sie, denn sie konnte in der Ferne das Läuten von Kirchenglocken hören.

Ein Sonntag war es auch gewesen, an dem sie sich mit Mawien zu dem Waisenhaus in der Roger Street aufgemacht hatte, da ihnen dort Arbeit für zehn Rand die Stunde versprochen worden war. Eigentlich hatte sie geglaubt, dies läge erst fünf Tage zurück und heute wäre Freitag. Sie musste demnach zwei Tage wegen des Schlafmittels verloren haben. Mawien war also schon seit fast fünf Tagen verschwunden. Vom Moment seiner Geburt an waren sie noch nie länger als einen halben Tag voneinander getrennt gewesen. Myasser wusste besser als viele andere, wie weit ein Mensch in fünf Tagen reisen konnte. Bei diesem Gedanken schien es ihr, als wäre Mawien schon sehr weit entfernt von ihr.

Seit Myasser dem Mann mit dem Raubtierblick gesagt hatte, dass sie nach Hause will, war ihr zu Essenszeiten nur ein Stück Brot und eine Tasse Wasser vorgesetzt worden. Zwei Nächte und ein Tag waren seitdem vergangen, und das kleine Tier, das an ihren Innereien genagt hatte, war inzwischen Hungers gestorben. Befreit von diesem hungrigen Nager fühlte sie sich jetzt federleicht, so als würden ihre Arme, die doch in Wahrheit an ihrer Seite ruhten, ganz von alleine in die Luft schweben, ohne dass sie daran etwas ändern könnte. Bei dieser Vorstellung musste sie lächeln. Das war etwas, das sie Mawien und ihrer Mutter erzählen musste, wenn sie wieder zusammen waren.

Myassers Bestrafung hatte eigentlich nur einen Tag andauern sollen, aber dann hatte die farbige Frau sie an dem Abend, als die Männer zu Besuch waren, dabei erwischt, wie sie an den Gitterstäben vor dem Fenster herumhantiert hatte. Die Farbige hatte Myasser dafür schlagen wollen, aber die Frau aus Malawi war mit der Warnung dazwischengegangen, es wären auch schon so zu viele blaue Flecke zu sehen, was auf ihrer Fahrt zu unangenehmen Nachfragen führen könnte. Also schränkten sie stattdessen lieber ihre Nahrung so weit ein, dass sie zwar nicht umkippte, aber ihr doch die Energie für weitere Fluchtversuche aus dem Haus fehlte.

Myasser hatte in ihrem Leben schon so oft Hunger gelitten, sie wusste, dass sie davor keine Angst haben musste. Es gab schlimmere Arten zu sterben, und viele davon hatte sie mit eigenen Augen gesehen.

Sie dachte angestrengt darüber nach, wie sie aus diesem Haus entkommen konnte, denn viel Zeit würde ihr nicht bleiben, wenn sie weiter täglich nur drei Stücke Brot erhielt. Zwei oder drei Tage hatte sie vielleicht noch, bevor ihre Gedanken beginnen würden, genauso davonzufliegen wie Mawiens kleine braune Vögel, die sich so schwer finden ließen.

»Zeit zum Aufstehen, Mädchen«, rief die farbige Frau fröhlich, als sie in den Raum trat. Sie ging zu den Vorhängen und zog sie zur Seite. »Heute wird eure Reise beginnen«, sagte sie, während sich die Mädchen vorsichtig auf den Rücken drehten. »Also, steht auf. Na los.« Sie klatschte ungeduldig in ihre Hände, während die Mädchen in den Betten lagen, ihren Blick erwiderten oder die Köpfe halb abwandten. »Keine Zeit mehr, faul in den Betten zu bleiben. Es gibt noch reichlich zu tun, heute Abend fahren wir los.«

36

»Ich habe einen Durchsuchungsbefehl!«

Dunai und Carl starrten verblüfft auf Knowler, der in der Tür stand und triumphierend ein Blatt Papier über seinem Kopf schwenkte.

»Wollt ihr mich weiter so anglotzen, oder sollten wir jetzt nicht mal Gas geben?«

»Wie zum Teufel haben Sie denn das hinbekommen?«, fragte Dunai, während sie den Männern nach draußen folgte.

»Fragt mich lieber nicht«, sagte er. »Hlope wartet schon startbereit unten im Wagen.«

Um drei an einem Sonntagnachmittag war es ruhig auf den Straßen, und sie brauchten keine zwanzig Minuten bis Sand Industria.

»Wie wollen Sie die Sache angehen, Cap?«, erkundigte sich DI Hlope, als sie sich dem Lagerhaus näherten.

»Erst mal ganz in Ruhe, aber hier ist reichlich Platz zum Herumtricksen. Sollten sie uns also dumm kommen, mischen wir die Brüder richtig auf und überlassen es dem Commissioner, die Sache später gegenüber dem Minister zu rechtfertigen.«

»Nehmen wir den Wagen mit rein?«, fragte Hlope.

»Nein, wir halten rechts neben dem Tor. Dann geben wir nicht ein so großes Ziel ab und können uns im Notfall rascher zurückziehen. Einverstanden damit, ihr da hinten?«

»Ich würd's genauso machen«, stimmte Carl zu.

»Dunai, ich denke, Sie sollten im Wagen bleiben«, erklärte Knowler.

»So etwas mag sie gar nicht«, warnte Carl ihn.

»Genau«, sagte Dunai und verschränkte die Arme vor der Brust. »Ihr Jungs wollt mich ja nur als Lockvogel benutzen, damit ich hier für alle Spinner die fette Zielscheibe abgebe. Kommt überhaupt nicht infrage. Außerdem, was ist denn, wenn mich jemand als Geisel nimmt? Ich bin nicht einmal bewaffnet.«

»Ich hab's euch ja gesagt«, meinte Carl zu den vorne sitzenden Männern.

»An dem letzten Punkt ist allerdings was dran«, gestand Knowler. »Okay, Dunai, Sie kommen mit, vorausgesetzt, Sie ziehen eine schusssichere Weste an und weichen Carl nicht von der Seite.«

»Muss ich denn auch diesen Cowboygang von ihm kopieren?«, sagte Dunai und stülpte sich die Weste über den Kopf.

»Welchen Cowboygang?«, fragte Carl und zog die Augenbrauen zusammen.

»Nein, Dunai«, erwiderte Captain Knowler mit todernster Miene. »Das würde ich niemals von jemandem verlangen.«

»Hier muss es sein«, sagte Hlope und deutete auf das

hohe Stahltor zu ihrer Linken. Es gab keinen Namen auf dem Lagerhaus, aber sie wussten, dass dies die Adresse war, unter der Hort-Courtier firmierte. Sie parkten am Straßenrand und stiegen aus dem Wagen.

»Nur damit hier keine Missverständnisse entstehen, Jungs«, sagte Carl, als sie sich dem Tor näherten. »Wenn ich überhaupt ein bisschen breitbeinig gehe, dann nur weil ich kein Weichei bin, sondern halt was in der Hose habe.«

Die beiden Männer setzten beeindruckte Mienen auf und bedachten den Spruch mit übertriebenem Nicken. Dunai lag eine Bemerkung auf der Zunge, aber da hatte Knowler schon die Klingel auf der Gegensprechanlage gedrückt, und ein Wachmann trat aus der Hütte rechts von ihnen.

»Polizei, öffnen Sie das Tor«, sagte er.

»Hä, wer?«, meinte der Wachmann verdutzt.

»Sind Sie schwer von Begriff?«, fragte Knowler. »Ich habe doch gesagt, wir sind von der Polizei. Öffnen Sie gefälligst. Sofort!«, brüllte Knowler, als der Wachmann unentschlossen auf halbem Weg zwischen Hütte und Tor stehen blieb.

Wahrscheinlich war es die überlegene Artillerie der drei ungebetenen Besucher, die ihn veranlasste, auf die um seinen Hals hängende Fernbedienung zu drücken. Das Tor begann sich zu öffnen. Bislang fand Dunai die Reaktion des Wachmanns ermutigend. Sie waren offensichtlich völlig unvorbereitet.

Das Tor hatte sich noch keinen Meter geöffnet, da sprang DI Hlope auch schon durch und rannte zur Wachhütte. Dunai war erstaunt, wie schnell der Mann mit dem runden Gesicht und Bauch sich bewegen konnte.

»Kein beschissenes Wort, Freundchen«, zischte er den Wachmann in der Hütte an und riss ihm das Sprechfunkgerät aus der Hand. Er hielt den beiden Wachmännern in der Hütte den Lauf seiner Dienstpistole unter die Nase, während Knowler mit Carl und dessen Schatten Dunai um das Lagerhaus herum zum rückwärtigen Eingang lief. Das große Rolltor für Lieferfahrzeuge war zwar geschlossen, aber die schmale Besuchertür rechts daneben stand auf.

Carl sicherte den Eingang, während Knowler dahinter verschwand. »Alles klar«, rief er, und Dunai folgte Carl ins Innere. In diesem Moment war sie dankbar für jeden Zentimeter seiner Zwei-Meter-Figur.

Abgesehen von einem kleinen gläsernen Büro an der rechten Ecke des Lagerhauses wurde die gesamte betonierte Innenfläche von massiven Stahlregalen unterteilt, die in langen Reihen bis auf fünf, sechs Meter in die Höhe reichten und auf denen sich Beutel und Schachteln mit Gartenbaubedarf stapelten.

Knowler funkte Hlope an und meinte: »Fesseln Sie die beiden, wir brauchen Sie hier.«

Sie begannen auf der linken Seite und arbeiteten sich langsam durch die Reihen. Knowler ging zuerst und blieb dann zurück, wenn Carl mit Dunai direkt hinter ihm in die nächste Reihe einbog. Einige Minuten später traf DI Hlope bei ihnen ein und half bei der Suche.

An der rückseitigen Wand des Lagerhauses entdeckten sie den ersten Käfig. Er befand sich hinter einer gemauerten Trennwand, die auf den ersten Blick nur Toiletten oder Personalräume von der übrigen Halle abzugrenzen schien. Der Käfig war zwei Meter hoch und etwa zehn Meter lang, und obwohl er jetzt leer stand, zweifelte keiner von ihnen auch nur einen Moment daran, welchem Zweck er diente.

Das Scheppern von Metall und das Quietschen von Reifen auf Beton ließ sie alle herumfahren. Sekunden später rasten sie wieder zurück zum Eingang des Lagerhauses. Carl konnte noch die Zulassungsnummer des schwarzen Vans erkennen, als dieser auf das Hallentor zuraste, das sich klappernd immer weiter in die Höhe schob. Er gab die Daten an Knowler weiter, der sie über Funk an die Zentrale durchgab, noch während sie aus der Halle liefen. Als sie um die Ecke bogen, sahen sie gerade noch, wie der Van hinter dem Firmentor nach links abbog.

Sie mussten sich mächtig beeilen, da das Tor sich bereits wieder zu schließen begann. Carl und Dunai schafften es nur noch, indem sie seitwärts hindurchsprangen, dann quetschten sie sich alle in Knowlers Golf und DI Hlope jagte los in die Richtung, die der Van genommen hatte.

»Da vorn«, sagte Knowler und deutete auf den Van, der an der nächsten Kreuzung links abbog. Vom Beifahrersitz aus schaltete er die Sirene an und setzte das rotierende Blaulicht aufs Dach. Keiner sprach ein Wort, während sie die Straßen hinunterrasten, über Kreuzungen schossen und um Ecken schlitterten. Beim Abbiegen von der Lansdowne Road kamen sie jedoch zu spät und verloren den Van in einer der Nebenstraßen der Duinefontein.

»Scheiße!«, rief DI Hlope und schlug gegen das Lenkrad.

»Langsamer und weiter geradeaus«, wies Knowler ihn an, und so rollten sie die Duinefontein Road hinunter, den Sherwood Park zur Linken und Guguletu zu ihrer rechten Seite.

Es war wie eine Erlösung, als der Sprechfunk plötzlich knackend zum Leben erwachte und die Frauenstimme aus der Polizeizentrale ihnen mitteilte, dass das Fahrzeug mit dem Kennzeichen Charlie, Alfa, sieben, sieben, null, fünf, acht an der Ecke Second und York gestellt werden konnte. Ob sie den Wagen noch verfolgten?

»Und ob, Volltreffer, Zentrale«, bestätigte Hlope. Alle vier brachen in Freudengeheul aus.

Als sie die Ecke Second und York erreichten, erkannten sie, dass der Wagen nicht wirklich gestellt worden war, zumindest nicht von anderen Polizeibeamten. Das Fahrzeug war vielmehr in eine Gartenmauer aus Fertigbetonteilen gerast, und die beiden Insassen waren bewusstlos. Die Beamten, die bereits an der Unfallstelle waren, hatten schon einen Krankenwagen angefordert.

Knowler und Hlope streiften sich Handschuhe über und durchsuchten sorgfältig den zertrümmerten Van. Abgesehen von einem Handy fanden sie überhaupt nichts.

»Müssen offenbar gerade telefoniert haben, als sie verunglückten«, bemerkte Knowler und hielt das Telefon in die Höhe, als sie zu Carl und Dunai zurückgingen, die beim Wagen gewartet hatten. »Und der Himmel meint es gut mit uns, der Anruf ging zu einem Festnetzanschluss. Ich habe die Nummer bereits durchgegeben.«

Die Sanitäter bemühten sich gerade darum, die immer noch bewusstlosen Männer zu bergen, als die Zentrale ihnen die Adresse mitteilte. Der angerufene Anschluss gehörte zu einer Privatanschrift in Lansdowne. Also zwängten sich die vier wieder in den Golf und rasten mit eingeschaltetem Blaulicht und heulender Sirene in den südlichen Vorort von Kapstadt. Fünfzehn Minuten später waren sie dort.

Über die eins achtzig hohe cremefarbene Gartenmauer ließ sich das Dach des Hauses gerade noch ausmachen. DI Hlope parkte vor dem Einfahrtstor, und sie stiegen alle aus. Hlope schielte durch einen Spalt in dem doppelflügeligen Tor, während sich Knowler, gefolgt von Carl und Dunai, der Sprechanlage am eigentlichen Eingang zuwandte. Knowlers Finger hatte noch nicht die Klingel wieder losgelassen, als sie einen Aufschrei von Hlope hörten. Sie schnellten alle drei in seine Richtung und sahen, wie die beiden Torflügel nach innen aufschwenkten. Hlope rannte zum Golf zurück und suchte mit gezogener Waffe hinter der Motorhaube Deckung.

Dunai blieb Carl und Knowler, die seitwärts laufend auf den Golf zueilten, dicht auf den Fersen. Fassungslos verfolgte sie, wie ein weißer Lieferwagen mit hoher Geschwindigkeit aus der Einfahrt preschte und in den Golf krachte, den er offensichtlich aus dem Weg rammen wollte. DI Hlope gelang es noch mit knapper Not, sich nach hinten zu werfen und so dem Golf, der zur Seite geschleudert wurde, auszuweichen.

Carl hatte sich mit dem Rücken zur Mauer weitergeschoben, bis er direkt vor dem Tor stand. Knowler war in der Zwischenzeit gebückt um den Golf herumgelaufen, um an der anderen Seite Aufstellung zu nehmen. Der Lieferwagen musste fast völlig abstoppen, um sich in einer scharfen Kurve an dem Golf vorbei aus der Einfahrt zu schieben. Carl hob seine Waffe und richtete sie auf das Fahrerfenster, während Knowler das Gleiche auf der Beifahrerseite tat. »Hände hoch!«, begannen sie beide zu rufen. »Hände hoch! Hoch, wo ich sie sehen kann. Sofort. Hebt die Hände hoch!«

Beide Männer traten, ihre Waffen unverwandt auf die Fenster gerichtet, einen Schritt näher und bauten sich mit schulterbreit auseinanderstehenden Füßen vor den Türen auf. Sie packten die Griffe und rissen gleichzeitig die beiden Türen auf. »Aussteigen. Raus hier«, brüllten sie.

Ein hagerer schwarzer Mann stieg auf der Fahrerseite aus. »Die Hände oben halten, wo ich sie sehen kann«, rief Carl.

Knowler schrie die farbige Frau an, die auf der Beifahrerseite ausstieg. »Hände hinter den Kopf. Auf die Knie. Runter auf die Knie, hab ich gesagt.«

Carl hatte dem Fahrer befohlen, sich mit dem Gesicht nach unten auf den Boden zu legen. Seine Glock weiter auf den Mann gerichtet, stemmte er ihm ein Knie auf Bandscheibenhöhe in den Rücken und legte ihm Handschellen an. Innerhalb von dreißig Sekunden war alles vorbei.

Dunai rannte gemeinsam mit DI Hlope zur Rückseite

des Lieferwagens. Sie trat einen Schritt zurück, als er sich seitlich neben den Wagen stellte, die Hand nach dem Griff ausstreckte und die Tür aufriss. Eine schwarze Frau sprang aus dem Laderaum und warf sich mit einem markerschütternden Schrei auf DI Hlope.

Dunai hörte sich »wir brauchen hier Verstärkung« schreien, während sie zugleich versuchte, die Frau von Hlope herunterzuziehen. Die Frau ließ jedoch nicht locker, hielt ihre Arme fest um sein Genick geschlungen, senkte dann ihren Kopf und biss ihn in den Hals. Der Detective schrie auf, und Dunai versuchte wieder, die Frau von ihm wegzuzerren, ja, sie schlug ihr mit der Faust, so fest sie konnte, in die Nieren, doch ohne Erfolg. Da kam Knowler und wollte die Arme der Frau von Hlopes Hals lösen, wobei er ihr sogar mit seinen Daumen in die Ellenbeugen drückte, aber auch ihm gelang es nicht, die Umklammerung zu lösen. Schließlich sprang Knowler zur Seite und schlug der Frau mit aller Kraft die Faust an die Schläfe. Endlich glitt sie wie eine tote Schlange von DI Hlopes Brust herab.

Um ein Haar hätte Dunai das Mädchen übersehen, das aus der Ladefläche des Lieferwagens gesprungen war und das nun um die offen stehende Tür zur Vorderseite des Wagens rannte. »Myasser!«, rief Dunai.

Das Mädchen rannte weiter. Dunai setzte ihr nach. »Myasser! Deine Mutter hat mich geschickt. Ich bin hier, um dir und Mawien zu helfen.«

Inzwischen hatte das Mädchen die Fahrerkabine des Lieferwagens erreicht. Es blieb stehen, drehte sich aber nicht um. Langsam ging Dunai auf sie zu. Myasser trug

Sandalen und trotz der Hitze einen langen dunkelblauen Rock und ein langärmliges Oberteil. Ihre Haare waren zu einem dicken Knoten zusammengesteckt, was ihren langen Hals ganz zerbrechlich aussehen ließ.

»Ich bin's, Myasser, Dunai. Ich bleib doch immer am Stand deiner Mutter stehen. Mawien spielt manchmal bei mir zu Hause mit Jesse. Deine Mutter hat mich gebeten, euch zu finden, und wir haben nicht aufgehört zu suchen, seit du und Mawien entführt worden seid. Sie wartet darauf, dass ich euch wieder nach Hause bringe.«

Dunai streckte den Arm aus und legte ihre Hand auf die Schulter des Mädchens, das sich zu ihr umdrehte. Dunai erkannte in seinen Augen das Leuchten und ein wildes Funkeln. Sie hätte vor Erleichterung heulen können. Abgesehen von der Angst, Myasser gar nicht oder nur tot aufzufinden, war es ihr schlimmster Alptraum gewesen, zu entdecken, dass dieses Leuchten aus ihren Augen und mit ihm alle Hoffnung aus ihr gewichen waren. Aber da leuchtete es noch.

»Ich Mawien verloren«, sagte sie, und obwohl sie schrecklich abgemagert aussah, war ihre Stimme kräftig mit einem leicht heiseren Unterton. »Ich Mawien verloren.« Ihre Lippen begannen zu zittern, dann ihr ganzer Körper. Sie schien kurz vor einem Zusammenbruch zu stehen. Dunai nahm sie in die Arme. Das Mädchen weinte, ohne einen Laut von sich zu geben.

»Ein Krankenwagen wird gleich kommen, und dann werden wir sicherstellen, dass du nicht verletzt bist. Dann fahren wir zusammen zur Polizeistation, wo deine Mutter dich abholen wird.«

Myasser riss sich los. »Nein, nein. Ich nicht nach Hause gehen«, sagte sie mit verzweifeltem Blick. »Ich Versprechen brechen. Mawien verloren. Ich ihn erst finden.«

Dunai ergriff die Hände des Mädchens. »Erzähl mir, was mit Mawien passiert ist.«

Myasser berichtete in ihrem gebrochenen Englisch. Als sie fertig war, sagte Dunai: »Myasser, ich möchte jetzt, dass du mir ganz genau zuhörst, ja? Es hat damit zu tun, Mawien wiederzufinden.«

Myasser nickte mit leuchtenden Augen, die an Dunais Lippen hingen.

»Du hast Mawien nicht verloren. Er wurde dir mit Gewalt weggenommen, und dagegen konntest du überhaupt nichts machen. Du hast ihn nicht verloren, und dich trifft keine Schuld. Wir werden weiter nach ihm suchen. Aber wenn du bei uns bist, werden wir uns um deine Sicherheit sorgen, und dann kommen wir nur langsamer voran. Deshalb müssen wir ohne dich nach ihm suchen, okay? Es ist also sehr wichtig, dass du bei deiner Mutter bleibst. Sie wartet auf dich, und sie weiß genau, dass das, was Mawien zugestoßen ist, nicht dein Fehler ist. Sie möchte dich gerne zu Hause haben, Myasser, genauso übrigens wie Yak und Jacoub und Zahra und ihre Ziege.«

»Ich immer Mawien finden«, erwiderte Myasser, die sich so rasch nicht von ihrer Verantwortung trennen wollte.

»Wir haben die Leute geschnappt, die euch in das Waisenhaus in der Roger Street gesperrt haben. Sie sind im Gefängnis. Auch die Leute, die dich in den Käfig gesteckt haben, und jetzt auch die Leute, die dich in diesem Haus gefangen gehalten haben. Wir haben dich doch gefunden, hab ich Recht?«

Dunai wartete. Myasser nickte.

»Also werden wir auch Mawien finden, genau wie wir dich gefunden habe, das versprech ich dir.«

Myasser sah Dunai in die Augen. Dunai wusste, dass sie es hier mit einem cleveren, tüchtigen Mädchen zu tun hatte, das nicht gewillt war, sich durch Lügen- oder Märchengeschichten von ihrem Weg abbringen zu lassen. Aber ihr mussten die leidenschaftliche Entschlossenheit und die Unbeirrbarkeit in Dunais Augen aufgefallen sein, denn sie nickte.

»Komm«, sagte Dunai zu ihr. »Der Krankenwagen ist eingetroffen, und die Sanitäter werden nachsehen wollen, dass dir nichts passiert ist.«

Die mit Handschellen gefesselten beiden Frauen und der Fahrer wurden in einen Polizeikleinbus verfrachtet, während Kriminaltechniker damit begannen, das Haus zu durchsuchen. Dunai blieb bei Myasser, solange die Mediziner sie auf ernsthafte Verletzungen hin untersuchten. Das Mädchen litt an starkem Flüssigkeitsmangel, hatte viele Prellungen und sollte sich bald röntgen lassen, um mögliche Haarrisse auszuschließen. Dunai hielt Myassers Hand, während eine Polizeibeamtin ihre Aussagen aufnahm und zu Protokoll nahm, dass das Mädchen weder vergewaltigt noch sonst wie sexuell genötigt worden war. Dunai begleitete sie auf der Fahrt zur Polizeiwache, wo sie mit ihr zur psychologischen Erstversorgung für Traumaopfer ging und sie ermunterte, über ihre Erlebnisse zu sprechen. Carl zog derweil los, um etwas zu essen und zu trinken für sie zu holen.

Dunai hatte Hatum schon kurz nach der Befreiung angerufen, sie aber gebeten, noch vier Stunden zu warten, bis sie zur Polizeiwache kam. Sie hatte ihr erklärt, dass es das Beste sei, einem Entführungsopfer nach seiner Rettung ein wenig Zeit zu lassen, sich zu orientieren und sich emotional auf das Wiedersehen mit seinen Angehörigen vorzubereiten.

Um acht Uhr abends kam Hatum in das Traumazimmer und traf ihre Tochter. Sie pressten sich aneinander, Tränen rollten ihre Wangen hinab, und Dunai war froh über die vierstündige psychologische Betreuung, die Myasser erfahren hatte. Ohne diese Betreuung wäre sie wohl nicht fähig gewesen, ihrer Mutter gegenüberzutreten, so sehr fraß die Schuld an ihr, dass es ihr nicht gelungen war, den kleinen Bruder zu beschützen.

Aber Dunai entging auch nicht der Ausdruck tiefer Niedergeschlagenheit in Hatums Augen, die Art, wie ihr Blick immer wieder zur Seite wanderte, dorthin, wo eigentlich Mawien neben seiner Schwester gestanden hätte. So glücklich das Wiedersehen zwischen Mutter und Tochter verlief, Dunai war klar, dass sie ihren Job nur halb erledigt hatte. Sie musste noch immer Mawien finden, und ihr einziger Anhaltspunkt war die Information, die ihr der Zirkel gegeben hatte, nämlich dass man ihn wahrscheinlich in ein Privathaus gebracht hatte. Ihre einzige Hoffnung, ihn zu finden, bestand in den Aussagen der Leute, die im Zusammenhang mit dem Menschenhändlerring verhaftet worden waren.

Dunai ging in ein Vernehmungszimmer hinunter und stellte sich neben Carl an die nur von ihrer Seite aus durchsichtige Scheibe.

»Ausländerfeindliche Ausschreitungen sind jetzt auch auf die Provinz Gauteng übergesprungen«, erzählte Carl ihr. »Johannesburgs Township Alexandra wird bereits als Kriegszone bezeichnet. Vier Tote, massenweise Verletzte. Schlägertrupps machen Jagd auf Ausländer und nehmen Messer, Macheten, Stöcke, Cricketschläger und Schusswaffen zur Hilfe, einfach alles, was ihnen in die Finger kommt. Eben gerade haben sie ein Jugendzentrum niedergebrannt, in dem Hunderte von Asylbewerbern Zuflucht gesucht hatten. Die Polizei schießt mit Gummigeschossen in die Menge und versucht, so viele Menschen wie möglich auf der Polizeiwache in Sicherheit zu bringen.«

Dunai war zum Heulen zumute. Aber dafür blieb ihr jetzt keine Zeit. Sie wandte ihre Aufmerksamkeit wieder dem Vernehmungszimmer auf der anderen Seite der Glasscheibe zu. Knowler stand gebeugt über der Waisenhausdirektorin, und Carl hatte Recht, es lag ein fettes Grinsen auf ihrem Gesicht. Sie zuckte nicht mit der Wimper, als der Captain sie anbrüllte, ihr drohte, sie mit Argumenten zu überzeugen suchte oder an den Rest von Anständigkeit appellierte, der irgendwo in ihrem kranken Hirn noch existieren mochte. Er bot ihr bevorzugte Behandlung an, sollte sie bereit sein zu kooperieren. Sie müsse auch keine Beteiligten direkt beim Namen nennen, es genüge, wenn sie ihnen angab, wohin die Kinder gebracht worden waren. Aber Knowler hätte genauso gut zu einer aufblasbaren Puppe sprechen können.

Gemeinsam mit der Waisenhausdirektorin hatte man die beiden Schwestern und das Pärchen, das als Adoptionsinteressenten aufgetreten war, verhaftet. Außerdem gab es da noch die beiden Männer, die mit dem Wagen verunglückt waren und denen es bis auf ein paar oberflächliche Verletzungen und einer Gehirnerschütterung gutging. Sie waren im Krankenhaus bereits vernommen worden, ebenso wie der Fahrer des Lieferwagens, die Farbige und die Frau aus Malawi, die bei Myassers Befreiung verhaftet worden waren. Insgesamt zehn Leute waren damit als Mitglieder des Menschenhändlerrings festgesetzt worden, zehn Möglichkeiten, an Cupido heranzukommen, aber keiner von ihnen packte aus. Und in Dunais Kopf stieg immer wieder das Bild des kleinen Mawien auf, der von brutalen Typen gequält und sexuell missbraucht wurde, während diese Frau hier grinsend herumsaß. Dunai hätte in das Zimmer stürzen und ihr das widerliche Grinsen aus der Visage hämmern können.

Knowler verließ das Vernehmungszimmer und kam zu ihnen in den Observierungsraum. »Ich habe noch nie aus so vielen Festnahmen so wenige Ergebnisse holen können, aber ich mach das schon lange genug, um sicher zu sein, dass die hier bestimmt nicht reden wird, jedenfalls nicht, ohne dass nachgeholfen wird.«

»Soll das heißen, dieser Frau macht es auch noch Spaß, für Cupido in den Knast zu gehen?«, fragte Dunai wütend.

»Spaß nicht gerade«, sagte Knowler. »Aber sie ist bereit dazu.«

»Das Grinsen ist nur Getue«, sagte Carl. »In Wahrheit hat sie die Hosen voll. Wenn sie redet, ist sie tot. Dafür wird Cupido sorgen. Und wahrscheinlich würde sie auf sehr hässliche Weise sterben, um für alle zu demonstrieren, was mit Leuten, die singen, geschieht. Wenn sie allerdings schweigt und ihre Knastzeit absitzt, wird Cupido sich um ihre Familie kümmern und sicherstellen, dass sie nach ihrer Entlassung wieder einen einträglichen Job erhält.«

»Und an ihr Gewissen lässt sich nicht appellieren. Sie wäre ja auch gar nicht in solche Sklavereigeschäfte verstrickt, wenn sie eins hätte«, bemerkte Dunai.

»Im Moment können wir nichts anderes tun«, sagte Knowler, »als die ganze Bande davon abzuhalten, ihre Anrufe zu machen und ihre Anwälte zu alarmieren. Wenn wir ganz viel Glück haben und sie alle lange genug in ihrem eigenen Saft schmoren lassen, vielleicht bricht ja dann doch einer zusammen und lässt etwas, irgendetwas heraus, das uns hilft, Cupido mit der ganzen Geschichte in Verbindung zu bringen und den Jungen zu finden.«

Eine halbe Stunde später stand Dunai in einem anderen Observierungszimmer und beobachtete Schwester Aucamp, wie sie leise mit ernster Miene auf den ihr gegenüber sitzenden Knowler einredete. Die Schwester war sichtlich erregt. Tränen liefen ihr das Gesicht herab, die sie mit einem durchnässten Taschentuch abzuwischen versuchte. Wenn es ein schwaches Glied in der Kette gab, dann sie, davon war Dunai überzeugt, und nach der Art zu urteilen, in der Knowler sich mit ihr unterhielt, dürfte er zur selben Einschätzung gekommen sein.

Ein Mann mit kurzgeschorenen, sandfarbenen Haaren streckte den Kopf zur Tür herein. »Sekunde mal, Captain«, sagte er nur knapp.

Knowler sah über seine Schulter den Mann an, und einen Moment lang dachte Dunai, er würde ihn abwimmeln. Dann ließ ein schwerer Seufzer seine Schultern heruntersacken, sein Kopf kippte nach vorn und er schüttelte ihn langsam von einer Seite zu anderen. Es war eine Geste der Resignation, ja, der Niederlage. Dunai verfolgte, wie er den Raum verließ, und wartete eine Minute, bevor sie zur Tür ging und sie öffnete. Sie wollte nicht riskieren, sofort in den Flur hinauszutreten, daher lauschte sie erst einmal und schob dann, als sie nichts hörte, den Kopf ganz behutsam vor, bis sie das Profil des Mannes mit dem sandfarbenen Haar ausmachen konnte. Er redete auf Knowler ein, und er war wütend. Sie suchte seine schlanke, durchtrainierte, gut eins achtzig große Gestalt nach Anzeichen ab, aus denen sie hätte schließen können, wer er war, fand jedoch keine. Er trug schwarze Hosen, in deren einer Tasche eine Sonnenbrille steckte, und ein weißes offen stehendes Hemd.

Er schien zu spüren, dass er beobachtet wurde, denn er drehte sich unversehens zu Dunai um und sah sie an. Sie erwiderte seinen Blick. Er wandte sich wieder an Knowler, sagte noch etwas und kam dann den Flur herunter auf sie zu. Als sie auf einer Höhe waren, meinte er: »Nehmen sie sich in Acht, Dunai Marks!«

Sie sah ihm nicht nach, als er weiterging. Stattdessen trat sie zu Knowler.

»Allen acht muss gestattet werden, ihre Anrufe zu

machen«, sagte er. »Mit anderen Worten, wir werden in einer halben Stunde die ganze Bude voller Anwälte haben. Jetzt wird keiner mehr den Mund aufmachen.« Er ließ Dunai im Flur stehen.

Sie kehrte in den Observierungsraum zurück und betrachtete Schwester Aucamp, die so kurz vor dem Einknicken gewesen zu sein schien. Sie waren nur Minuten, vielleicht nur ein paar Sätze davon entfernt gewesen, Cupido zu haben, doch dann musste sich der Secret Service einschalten. Eine Welle der Frustration und der Wut stieg in Dunai auf. Sie spürte etwas Kaltes und Hartes in ihrer Magengrube, etwas, das sich aufheizen würde, bis es zu einem späteren Zeitpunkt explodierte.

Die Tür schwang auf, und Jacob trat ein.

»Wenn Sie mir jetzt erzählen, wie viele Menschenleben die Informationen, die Cupido liefert, in England oder den USA retten werden, reiß ich Ihnen den Kopf ab.«

Jacob öffnete den Mund. In diesem Moment flog die Tür auf, und Knowler erschien. »Cupido ist tot«, sagte er nur und verschwand sofort wieder.

Jacob und Dunai standen wie erstarrt vor der Observationsscheibe. Dann wandte er sich ihr zu. »Wenn dahinter der Zirkel steckt, werden das die betroffenen Geheimdienste weltweit als Kriegserklärung verstehen und dann, Dunai, werden die Glacéhandschuhe ausgezogen.« Er marschierte aus dem Zimmer.

Dunai glaubte keine Sekunde an eine Verwicklung des Zirkels. Jacob konnte nicht ahnen, dass Carl über seinen Kontakt zum Imam hatte durchsickern lassen, wie Cupido sich im Tausch für Spitzeldienste im Antiterrorkampf einen Blankoschein zur kriminellen Verwüstung ganzer Stadtviertel besorgt hatte.

Dunai rannte den Flur hinunter. Carl kam hinter ihr her. »Hast du schon gehört?«

Sie nickte. »Glaubst du, es war Pagad?«, flüsterte sie.

Carl zuckte die Achseln. »Oder eine südafrikanische Zelle von Al Kaida. Falls es so was gibt.«

»Ich möchte mir den Tatort ansehen.«

Carl wusste auch nur, wie Cupido aufgefunden worden war, und berichtete Dunai auf ihrem Weg nach Athlone von diesen Einzelheiten. »Es hat nicht nur Cupido erwischt, sondern all seine wichtigsten Gefolgsleute gleich mit. In diesem Shebeen in Athlone. Scheint sein zweites Zuhause gewesen zu sein. Die Sache wurde vor zwanzig Minuten gemeldet, als ein paar Leuten im Viertel es offenbar keine Ruhe ließ, dass der Laden um neun Uhr noch immer geschlossen war. Innen drin war es zwar dunkel, aber sie konnten Leichen auf dem Boden liegen sehen.«

Es sah so aus, als hätte sich ein Großteil der Einwohnerschaft Athlones vor dem gelben Absperrband der Polizei eingefunden. Dunai und Carl mussten sich durch die Menge kämpfen. Doch selbst als Carl seinen Ausweis als Privatermittler vorzeigte und erklärte, die Morde stünden in Zusammenhang mit einem Fall, an dem er arbeite, erlaubte man ihnen nicht, hinter die Absperrung zu kommen.

Eine halbe Stunde später trafen Knowler und Hlope ein. »Bis jetzt macht keiner den Mund auf«, erzählte er ihnen auf dem Weg zum Absperrband. »Mir scheint, sie glauben noch nicht so recht, dass Cupido wirklich tot ist. Also werden wir uns jetzt ein paar Fotos besorgen. Dann könnten wir weiterkommen.«

Knowler zückte am Kontrollposten seinen Dienstausweis.

»Warten Sie hier, Captain«, erklärte ein schwarzer Constable. »Uns wurde aufgetragen, niemanden durchzulassen, ohne vorher drinnen die Zustimmung einzuholen.«

Ein paar Minuten später kehrte er zurück. »Tut mir leid, Captain«, sagte er. »Mir wurde gesagt, ich solle niemanden hereinlassen mit Ausnahme einer Mrs Marks.« Er sah auf Dunai. Sie war die einzige Frau in der Gruppe. Keiner sprach ein Wort, während sie sich unter dem Band hindurchduckte und den unbefestigten Sandstreifen zum Eingang des Shebeen überquerte.

Sie hatte eine Menge Leichen erwartet, war auf ein Blutbad, ein Gemetzel eingestellt, aber dann war es vor allem der Gestank, der ihr zusetzte. Der Geruch nach Exkrementen beherrschte das Innere in einer Konzentration, die einfach viel zu hoch für diesen Raum war, die gegen die Wände und die geschlossenen Fensterscheiben zu drücken und jeden Spalt, jede Ecke und jeden Winkel in diesem schmuddeligen Loch auszufüllen schien.

Dunai bedeckte Nase und Mund und versuchte, möglichst flach zu atmen. Ein Kriminaltechniker in grüner Weste hielt sie kurz hinter der Eingangstür auf und reichte ihr eine weiße Maske und blaue Schuhüberzieher. Sie war noch damit beschäftigt, sie überzustreifen, als Jacob auf sie zukam, gefolgt von dem Mann mit dem sandfarbenen Haar, der aussah, als würde er ihr am liebsten den Hals umdrehen.

»Insgesamt sind es vierzehn Leichen«, erklärte Jacob ihr. »Vermutlich wurden sie erst mit Betäubungspfeilen beschossen, anschließend verabreichte man ihnen hohe Überdosen an Drogen. Ich möchte, dass Sie sich das selbst ansehen.« Er nahm ihren Arm und begann, sie in Richtung der Leichen zu ziehen. Instinktiv stemmte sich Dunai dagegen. »Nein, nein«, sagte Jacob. »Sie werden sich das ansehen.« Er dirigierte sie an der rechten Wand des Raumes entlang, bis sie etwa in deren Mitte anhielten. »Da«, sagte er und schüttelte ihren Arm.

Sie hob den Blick. Die Leichen lagen in zwei Reihen zu je fünft hintereinander, wobei kurz vor dem oberen Ende jeder Reihe jeweils zu beiden Seiten eine Leiche quer lag. Das Ganze wirkte nicht sonderlich arrangiert. Überall waren Arme und Beine abgewinkelt oder standen leicht auseinander, angefangen bei Cupido, bis hin zu dem kleinen Jungen, der ihr in den Magen geschlagen hatte und dessen Augen schon leblos gewirkt hatten, als er noch gar nicht tot war. Wie bei allen anderen steckte auch bei ihm eine Nadel in der Ellenbeuge. Die Formation sollte offenbar nur für jene erkennbar sein, die wussten, wonach sie zu suchen hatten. Dunai wusste genau, was sie vor sich hatte. Mittlerweile hatte sie das Doppelkreuz, das Zeichen des Cerchio di Gaia, schon in so vielen Versionen kennengelernt. »Vielleicht ja auch nicht«, sagte sie mehr zu sich selbst als zu den Männern rechts und links von ihr.

»Sie wissen genau, dass es so ist«, sagte Jacob. Er lockerte den Griff an ihrem Arm. »Das ist eine Kriegserklärung, Dunai.« Er hatte sich so dicht an sie herangebeugt, dass sie seinen Atem an ihrem Ohr spürte, und er sprach ganz leise, um nicht von den anderen im Raum gehört zu werden.

»Sie haben sich gezielt einen unserer wertvollsten Zuträger vorgeknöpft und uns international lächerlich gemacht«, sagte der Mann mit dem sandfarbenen Haar. »Cupido war Glied in einem Informationsaustausch. Wir haben nicht nur Informationen an andere Nachrichtendienste weitergegeben, sondern im Gegenzug auch Material erhalten, das der Sicherheit unserer Bevölkerung gedient hat. Das hier war nicht nur auf Cupido gemünzt. Um Cupido ging es letztlich gar nicht. Diese Botschaft hier galt uns.«

Dunai sah keinen der beiden Männer an. Sie hielt ihren Blick fest auf einen Punkt an der gegenüberliegenden Wand, kurz über den Leichen und dem Doppelkreuz, gerichtet.

»In Ordnung, Dunai«, sagte Jacob. »Wir werden uns später noch unterhalten.« Er führte sie zur Tür zurück. Draußen riss sie sich die Schuhüberzieher und die Maske ab und sog die warme Abendluft in tiefen Zügen gierig in sich ein.

37

Montag, 23. Dezember

Es waren Chardonnay, ihres Zeichens praktizierende Diebin und angehende Schneiderin aus der Roger Street, und Jerome, die Dunai schließlich den entscheidenden Tipp gaben. Dunai war schon ganz entfallen, dass sie die beiden an dem Vormittag, als sie neben der Leiche des kleines Jungen Wache hielt, gebeten hatte, sich nach dem Verbleib von Tsepos Bruder Jongilizwe zu erkundigen.

»Wir haben sofort angerufen, als wir hörten, dass Jongilizwe in ein Haus nach Bellville gebracht worden ist. Eins von unseren Kids hat's von einem anderen Kid, das in Bellville gefickt und dann rausgeschmissen wurde. Jerome hat auch geholfen.«

»Ihr seid fantastisch, Kinder«, sagte Dunai. Sie lehnte in der Polizeiwache an der Wand eines jener Flure, die ihr ungeachtet ihrer Ähnlichkeit immer vertrauter erscheinen wollten. Den zehn Festgenommenen waren zwar die Belege für das Ableben des Verbrecherbosses vorgelegt worden, aber inzwischen war es halb zwölf, und noch verliefen die Verhandlungen über mögliche

Deals ohne konkrete Ergebnisse. »Habt ihr eine Idee, wo in Bellville das Haus liegt?«

»Tulip Way sieben. Sollen wir mit hinkommen?« Chardonnay klang erwartungsvoll und aufgeregt.

Dunai wollte das Angebot bereits ausschlagen, da überlegte sie es sich anders.

Im Auto erzählte Dunai Carl davon, wie die Leichen in Form eines Doppelkreuzes arrangiert worden waren. Da er den ganzen Rückweg vom Tatort über telefoniert hatte, war sie bislang noch nicht dazu gekommen. Er reagierte skeptisch. »Das halte ich für etwas weit hergeholt«, sagte er zu den Schlussfolgerungen von NIA und SASS. »Ich glaube noch immer, die Pagad steckt dahinter oder vielleicht sogar eine dieser Al-Kaida-Zellen, die sie alle hier im Land vermuten. Das ist zumindest logisch. Welches Motiv sollte der Zirkel haben, Cupido umzubringen?«

»Das ist nun einmal, was sie tun, Carl«, versuchte Dunai ihm zu erklären. »Männer wie ihn haben sie überall auf der Welt zu Tausenden getötet.« Dunai zögerte. »Außerdem werde ich den Gedanken nicht los, dass sie mich beschützen. Wenn wir beide Cupido hinter Gitter gebracht hätten, wären die Geheimdienste vieler Länder stinksauer auf uns gewesen, und sie wussten genau, dass ich fest entschlossen war, es trotzdem zu tun.«

Carl sah sie kurz von der Seite an, bevor er seinen Blick wieder auf die dunkler werdende Straße vor sich richtete. Der skeptische Ausdruck in seinem Gesicht verstärkte sich.

»Es ergibt Sinn, wenn man die Auswirkungen bedenkt. Durch den Mord an Cupido schützt der Zirkel mich als mögliches neues Mitglied. Auf diese Weise können die Geheimdienste lediglich einen allenfalls vage bekannten Gegner verdächtigen, an den sie aber einfach nicht näher herankommen, und da der Zirkel sie mit der Liquidierung eines ihrer wichtigsten Informanten demonstrativ herausgefordert hat, brauchen die Geheimdienstleute mich nun mehr denn je, um für sie den Zirkel auszuspionieren. Außerdem wollte der Zirkel vielleicht bei mir noch Pluspunkte sammeln, indem er einen Mann aus dem Weg räumt, den zu beseitigen bislang offenbar sonst keiner willens oder in der Lage gewesen ist. Und das einfach so.« Dunai schnippte mit den Fingern. »Ihrer Logik nach sollte mich das empfänglicher stimmen für die nächsten Versuche, mich als Doppelagentin anzuwerben, die tiefen Einblick in die Ermittlungen der NIA über den Zirkel gewinnen kann.«

»Schätze, auf irgendeine völlig verquere Weise macht das sogar Sinn.«

Carl schwieg die ganze Fahrt bis zur Roger Street, dann meinte er: »Wir werden dich da rausholen müssen, irgendwann in nächster Zukunft, das ist dir doch klar.« Seine Miene hatte sich verfinstert. »Je mehr Erfahrung du als Ermittlerin sammelst, je häufiger es Kontakte mit diesen verfeindeten Gruppen gibt und je besser du über die beiden Bescheid weißt, desto gefährlicher wirst du für sie. Wenn du da nicht rauskommst, bevor du zu tief drinsteckst, könnte es dich das Leben kosten«

»Genau deshalb habe ich mich ja auch entschlossen,

dir alles anzuvertrauen«, sagte Dunai leise. »Denn mir war schon klar, dass ich das nicht allein schaffe.«

Chardonnay mit ihren merkwürdig verwaschen-blauen Augen und den mausgrauen Locken und Jerome mit seiner auf Halbmast hängenden Jeans warteten vor dem alten Schuhgeschäft. Dunai stellte sie Carl vor, und dann fuhren sie weiter nach Bellville, das sich an die Hügel des nördlichen Stadtbezirks schmiegte.

Eine Querstraße nach einem großen Einkaufszentrum, das gerade um einen zusätzlichen Flügel erweitert wurde, hielten sie einen Moment lang vor der Nummer sieben im Tulip Way. Das Haus lag hinter einer mannshohen Mauer, deren Krone mit Elektrodraht gesichert war. Es besaß ein massives Holztor und eine Gegensprechanlage. Zwei Häuser weiter die dunkle Straße hinauf drehten sie und warteten in ihrem Auto auf Knowler und Hlope. Dunai hatte seit einer Woche nie länger als vier Stunden am Stück geschlafen und verspürte jenseits des Adrenalins, das durch ihren Kreislauf pulste, eine alles einhüllende Müdigkeit.

Die Polizisten trafen um halb eins ein, und Carl fuhr ihnen bis kurz vor das Tor entgegen. Knowler machte einen viel grimmigeren und wilderen Eindruck als noch vor zwei Stunden.

»Hey, Mann, was'n das für'n Tier?«, meinte Jerome von der Rückbank aus, als Knowler auf ihr Auto zukam.

»Nur Hlope und du?«, fragte Carl, nachdem der Captain seinen Kopf durch das Fahrerfenster gesteckt hatte.

»Fürchte, ja. Alle verfügbaren Leute sind in den Flats ausgeschwärmt, da dort nach dem Bekanntwerden von Cupidos Tod mit Gangkämpfen gerechnet wird. Und dann haben wir ja noch den Dauerstress mit den ausländerfeindlichen Aktionen in den Townships.«

Carl nickte. »Wir haben hier eine Situation mit drohender Geiselnahme, daher würde ich vorschlagen, wir geben uns am besten als Partygäste aus, verschaffen uns Zutritt und schnappen uns die Erwachsenen, bevor sie sich hinter einem Kind verstecken können.«

»Klingt gut«, erklärte Knowler. »Also los.«

Carl gab Dunai die Baby Glock, die er ihr gekauft hatte. Vollgeladen wog sie lediglich siebenhundertvierzig Gramm, was für sie den Umgang leichter machte als mit einer gewöhnlichen Glock. Bevor er aus dem Wagen stieg, schob Carl ein taktisches Lichtmodul auf seine Glock, das unterhalb des Laufs genau vor den Schutzbügel des Abzugs passte. Dunais Waffe war bereits mit einem solchen Licht ausgerüstet.

»Mann, ist das cool«, sagte Jerome vom Rücksitz aus.

»Ihr beiden bleibt hier, egal, was passieren sollte, verstanden?«, sagte Carl.

Die zwei Jugendlichen nickten eifrig. Ihre Augen leuchteten.

Dunai blieb bei Jerome und Chardonnay im Wagen, während Carl, Knowler und Hlope auf das Tor zugingen. Carl sagte etwas in die Gegensprechanlage, und es dauerte fast drei Minuten, bis das Tor mit einem Summton aufsprang. Knowler und Carl traten ein. Hlope blieb außer Sicht, steckte aber einen kleinen Gegenstand zwischen Tor und Rahmen. Mit dem R4-Sturmgewehr quer über der Brust spähte er dann durch den Spalt, der durch die Sperre entstanden war. Dunai sah, wie er sich wieder zurück hinter die Mauer duckte, abwartete, erneut einen Blick durch den Spalt warf und dann durch das Tor schlüpfte.

Sie wartete. Obwohl sie die Glock mit beiden Händen hielt, fühlte sie sich schwer an. Dann hörte sie Geschrei aus dem Haus, aber keine Schüsse. »Ihr bleibt hier«, sagte sie und stieg aus dem Wagen.

Ein kleiner Stein verhinderte noch immer, dass sich das Gartentor schloss. Sie drückte es mit ihrer linken Schulter auf, brachte die Glock mit beidhändigem Griff in Anschlag und schwenkte den Lauf der Waffe langsam den Weg entlang, auf dessen Pflaster aus der offen stehenden Eingangstür Licht fiel. Das Schreien und Rufen hatte noch immer nicht nachgelassen.

Die Glock schussbereit vor sich haltend lief Dunai den Weg hinauf. Sie hatte immer geglaubt, sich bei solchen Aktionen ziemlich albern vorzukommen, aber jetzt erschien es ihr kein bisschen melodramatisch. Sie stieg die wenigen Stufen hoch, die auf eine kleine offene Veranda führten, und presste sich dort neben die Tür gegen die Wand. Nachdem sie tief Luft geholt hatte, schielte sie um die Ecke, die Pistole in Gesichtshöhe vor sich ausgestreckt.

Knowler hielt seine Dienstwaffe auf sechs nebeneinanderliegende Männer gerichtet, denen von Hlope gerade Plastikfesseln angelegt wurden. Ein Mann war nackt, die anderen halb bekleidet. Vier Weiße, zwei Farbige.

»Ich bin's, Dunai. Ich komme rein«, rief sie und trat mitten in ein Szenario des Grauens. In dem Raum stank es nach Schweiß und Sex. Vier schwarze oder farbige Kinder im Alter von etwa vier bis zehn drängten sich nackt auf einem Sofa aneinander. Eines der Kinder weinte, während es in lauten Schluchzern nach Luft schnappte, was fast wie ein Schluckauf klang. Die dünnen Ärmchen eines kleinen Mädchens wiesen von den Schultern bis zu den Handgelenken viele horizontale Messerschnitte auf, und der kleinste Junge, der höchstens vier Jahre alt war, hob seinen Kopf, um sie aus einem Auge anzustarren. Das zweite war völlig zugeschwollen und stach wie eine Geschwulst hervor.

Einer der Männer auf dem Boden murmelte etwas, und Dunai sah im Umdrehen, wie DI Hlope ihm gegen den Kopf trat. Nur mit Mühe bezwang sie den Drang, es ihm nachzutun. Allerdings hätte sie es nicht bei einem Tritt belassen. Sie hätte ihn am liebsten getreten, bis seine Visage sich in Brei verwandelt hätte. Sie zwang sich dazu, ihre Aufmerksamkeit wieder den Kindern auf dem Sofa zuzuwenden, und ließ ihren Blick dann durch das gutbürgerlich eingerichtete Wohnzimmer wandern. Nirgends entdeckte sie etwas, mit dem sie die Kinder hätte zudecken können.

Sie ging aus dem Raum, vorbei an einer Küche und einem Badezimmer und fand Carl im ersten Schlafzimmer, wo er leise zu einem Mädchen sprach, das nackt und x-förmig ausgespreizt auf einem Bett lag, die Handgelenke und Knöchel mit dickem Seil an die vier Bettpfosten gebunden. Ihren Kopf hielt sie ihm zugewandt, während er versuchte, die Seile aufzuknoten. Ihre runden Kleinkinderbäckchen waren tränenüberströmt, und auf ihrem Gesicht lag blankes Entsetzen. Sie konnte nicht älter als sieben sein. »Großer Gott.« Dunai war gar nicht bewusst gewesen, dass sie laut geredet hatte, bis Carls Kopf in ihre Richtung schnellte. »Ich hab euch doch gesagt, ihr sollt im Auto bleiben.«

»Wir können helfen«, hörte sie in diesem Moment hinter sich und sah, wie Chardonnay und Jerome in den Raum traten. Dunai wollte ihnen schon Vorwürfe machen, weil sie nicht im Auto geblieben waren, erkannte dann jedoch, wie verlogen das wäre, und folgte ihnen stattdessen lieber zum Bett. Jerome band das Seil am Handgelenk des Mädchens los, während Dunai und Chardonnay jeweils einen Knöchel übernahmen.

»Zieht die Decken von den Betten«, sagte sie den beiden, sobald sie das Mädchen befreit hatten, »und bringt sie den Kindern im Wohnzimmer.«

Erst beim Verlassen des Raums bemerkte sie die Videokamera, die am Fußende des Bettes auf einem Stativ aufgebaut war. Sie musste sich zwingen, sie nicht zu zertrümmern, als sie daran vorbeiging.

Sie fand Jongilizwe im nächsten Raum. Er war ebenfalls nackt und sein rechtes Handgelenk war mit Handschellen an einen Bettpfosten gebunden. Er hatte sich am Kopfteil zu einer festen Kugel zusammengerollt. Erst als Dunai wieder und immer wieder seinen Namen rief, sah er zu ihr hinauf und blickte sie aus den Augen eines Siebenjährigen an, die so alt wirkten, wie sie noch keine Augen in ihrem Leben gesehen hatte.

»Ich bin hier, um dir zu helfen, Jongilizwe.« Sie zog eine Decke vom Bett und legte sie ihm um die Schultern. »Die Polizei hat die Männer gefasst, die das gemacht haben. Du bist jetzt in Sicherheit.«

Sie verließ das Zimmer und erklärte DI Hlope, der noch immer bei den sechs auf dem Bauch liegenden Männern stand, dass sie den Schlüssel für die Handschellen benötigte. Der Detective trat dem letzten Mann in der Reihe gegen den Oberschenkel. Er schrie auf. »Ihr habt die Lady gehört«, sagte Hlope und versetzte ihm einen weiteren Tritt. Ein halbnackter Mann, der als vierter in der Reihe lag, meldete sich. Dunai beugte sich runter und suchte vorsichtig, jeden Körperkontakt vermeidend, in seinen Taschen nach dem Schlüssel.

Jerome und Chardonnay hatten die Kinder auf dem Sofa mit Decken versorgt und saßen nun beschützend zu beiden Seiten des zusammengedrängten Haufens. Die Kleinste hatte sich auf Chardonnays Schoß eingekuschelt.

Im Flur kam Dunai an Carl vorbei, der das in eine Decke gehüllte kleine Mädchen auf dem Arm trug. Seine Gesichtszüge sahen aus, als wären sie aus Stein.

Draußen waren Polizeisirenen zu hören, als Dunai begann, Jongilizwe zu befreien.

»Sie haben Tsepo geholt«, sagte er, als sie sich auf das Bett setzte, um die Handschellen aufzusperren. »Haben Sie Tsepo gefunden?«

Dunai fiel es schwer, ihm in die Augen zu sehen, so durchdringend starrte er sie an.

»Ich habe ihn gefunden, Jongilizwe«, sagte sie. Seine Augen leuchteten auf, doch nun musste sie ihn mit der qualvollen Wahrheit konfrontieren. »Sie haben ihm zu viel Schlafmittel gegeben. Daran ist er gestorben.«

Auf dem Bett kniend, die Hände an den Hüften zu

Fäusten geballt, richtete Jongilizwe sich auf und stieß einen animalischen Schrei, halb Schmerz, halb Zorn, aus. Dunai ließ ihren Tränen freien Lauf. Sie hielt es für unsinnig und feige, jetzt zu versuchen, sich selbst die sie überwältigenden Emotionen zu verbieten. Sie beugte sich nach vorn und schlang ihre Arme um den Jungen. Eine ganze Weile verharrte er so auf seinen Knien, steif wie ein Brett, und gab diese sonderbaren Schreie und Schluchzer von sich. Dann stürzte er in Dunais Arme, vergrub sein Gesicht an ihrem Hals, und sie weinten beide gemeinsam.

Als die Sanitäter sie später voneinander lösten, fragte Dunai ihn noch rasch nach Mawien, bevor ihm die Beruhigungsspritze verabreicht werden konnte. Sie erklärte, dass Mawien ein kleiner Junge war, der seiner älteren Schwester, die sich sonst immer um ihn gekümmert hatte, von denselben Leuten weggenommen worden war, die auch ihn von Tsepo getrennt hatten, und dass seine Schwester verzweifelt nach ihm suche.

Jongilizwe nickte. »Er wurde krank«, sagte er. »Er wachte nicht wieder auf vom Schlafmittel, deshalb haben sie ihn weggeschafft.«

»Hast du eine Idee, wohin sie ihn gebracht haben?«

Der Junge schüttelte den Kopf.

»Wann war das, Jongilizwe?«

»Gestern.«

Dunai verließ ihn erst, als das Beruhigungsmittel zu wirken begann und er im Krankenwagen auf der Trage vor sich hindämmerte. Sie rannte zu Carl, der zusammen mit Knowler zur Einfahrt gegangen war, wo die sechs

Männer in einen Kleinbus der Polizei verfrachtet wurden, und berichtete ihm, was Jongilizwe erzählt hatte.

»Er könnte überall sein«, sagte Carl erschöpft.

»Das glaube ich nicht. Wir sind doch an der Baustelle dieses Einkaufszentrums vorbeigekommen. Die liegt nur einen Straßenblock entfernt. Wenn ich rasch jemanden loswerden wollte, wäre ich dahin gegangen.«

»Okay, also los«, sagte Carl.

»Ich hol noch Jerome und Chardonnay.« Sie fand sie in einem Krankenwagen, wo sie bei der Versorgung der Kinder halfen, und wenig später kletterten sie alle in Carls Geländewagen.

Captain Knowler und Hlope mussten als die für die Festnahmen verantwortlichen Beamten zum Revier zurück, um die erkennungsdienstliche Behandlung und Inhaftierung der sechs Männer zu leiten. Sie versprachen, alle ihnen zur Verfügung stehenden Mittel und Methoden anzuwenden, um herauszufinden, wo Mawien hingebracht worden war.

Dunai zerbrach sich derweil den Kopf, wie sie Hatum sagen sollte, dass sie Mawien zu spät gefunden hatten, bloß einen verfluchten Tag zu spät. Sie hatte das Bild des kleinen Jungen noch vor sich, wie er auf ihrem Wohnzimmerteppich saß und mit diesem feinen, schüchternen Lächeln zu ihr hochsah. Dieses Bild würde, sobald sie heute oder morgen seine Leiche finden sollten, für den Rest ihres Leben überlagert werden von starren, eingefallenen Gesichtszügen und milchig-toten Augen, das wusste sie genau. Und diese Augen waren es, die sie mehr als alles andere hasste. Ihr Anblick ließ sie auf lange Zeit einfach nicht los, denn selbst schwere Verletzungen konnten verheilen, aber am krassesten und schrecklichsten war der Tod in diesem grauweißen Film über den Augen.

Carl parkte und fischte zwei Taschenlampen aus dem Kofferraum, von denen er eine Dunai und die andere Chardonnay und Jerome gab. Er selbst benutzte das Lichtmodul an seiner Glock. Sie fanden das Wachhäuschen und hätten den Sicherheitsmann, der schon zu seinem Fahrrad laufen wollte, fast zu Tode erschreckt.

Nachdem ihm Carl aber seinen Ausweis gezeigt und den Grund für ihren nächtlichen Abstecher erklärt hatte, schien er froh darüber zu sein, dass etwas Abwechslung in die Eintönigkeit seiner langen Nachtschicht kam.

Er führte sie zu vier großen Bauschuttcontainern, und mithilfe einiger übereinandergestapelter Holzpaletten stiegen die beiden Männer in den ersten Behälter. Im dritten Container entdeckte Carl schließlich Mawien, und Dunais Herz schien ihr aus der Brust platzen zu wollen, als er rief: »Er lebt noch!«

Er reichte ihn dem Wachmann nach draußen, sprang dann selbst herunter und nahm das Kind sofort wieder in die Arme. »Sein Puls ist so schwach, ich habe ihn zuerst für tot gehalten, aber sein Herz schlägt noch.«

Dunai betrachtete Mawiens Gesicht, als sie zurück zum Wagen liefen. Er war so dürr, so winzig und so still. Er sah aus, als würde er jeden Moment einfach entschwinden, als würde der nächste flache Atemzug für immer ausbleiben.

Dunai blieb den ganzen Weg bis zum City Park Hospital über ihn gebeugt und wartete gebannt auf den nächsten Atemzug, und wieder den nächsten. Carl hatte schon angerufen, damit man sich auf ihre Ankunft vorbereiten konnte. Er hatte auch mit Philippe telefoniert und ihn gebeten, Hatum abzuholen und ins Krankenhaus zu bringen. Mutter und Tochter stürmten denn auch auf Carl und Dunai zu, als die durch die Tür traten, und versuchten beide, Mawien in die Arme zu schließen. Zwanzig Minuten nachdem sie ihn aus dem Müllcontainer geborgen hatten, übergab Dunai den Jungen an die Notfallmediziner. Hatum und Myasser wurde gestattet, während der Untersuchung an seiner Seite zu bleiben.

»Danke, Philippe«, sagte Dunai, als sie eine halbe Stunde später im Wartezimmer saßen und Kaffee tranken.

»Hab ich doch gern gemacht, Dunai«, sagte er und strahlte sie an.

»Du fliegst über Weihnachten zurück nach Frankreich, hab ich Recht?«, fragte Carl.

Philippe nickte. »Mein Flugzeug geht in sieben Stunden.«

Dunai bestand darauf, dass Philippe nach Hause fuhr, um vor dem langen Flug noch etwas schlafen zu können, und drückte ihn beim Abschied fest an sich. Dann nahm sie neben Carl Platz, der den Arm um ihre Schulter legte. »Ich sollte zu Jesse zurück«, sagte sie, plötzlich von furchtbaren Gewissensbissen geplagt. »Ich hab in der letzten Woche so wenig Zeit mit ihm verbracht, dabei hatten wir uns doch für die Tage bis Weihnachten so viel vorgenommen.«

Er sah sie von der Seite an und schüttelte den Kopf. »Du hast es geschafft, Dunai, weißt du das?«

»Was geschafft?«

»Diese Kinder gefunden.« Wieder schüttelte er seinen Kopf. »Ich hätte nicht gedacht, dass es dir gelingen würde. Und die Welt ist von Brandon Cupido befreit.«

»Da wären aber noch immer Daniels, die Chefs von Sharp Shift und all die Kinder, die sie verschachert haben.«

»Das wird jetzt alles wie ein Kartenhaus in sich zusammenstürzen«, prophezeite Carl.

Kurz nach halb zwei kam Myasser zu ihnen ins Wartezimmer.

»Er gesund werden«, berichtete sie ihnen, ergriff dann Dunais Hände und sagte: »Vielen Dank, Mr Carl, und vielen Dank, Dunai. Wir lieben Sie sehr.«

Dunai umarmte sie und trat dann einen Schritt zurück, um das Gesicht des Mädchens zu betrachten. »Wie geht es dir selbst, Myasser?«

»Ich viel Hoffnung haben«, erwiderte das Mädchen.

Dunai blickte ihr in die Augen und konnte darin tatsächlich diese Hoffnung sehen, eine Hoffnung voller unschätzbarer Kraft. Sie küsste sie auf die Wange, nahm dann Carls Hand und kehrte heim nach St. Mark's zu ihrem Sohn und ihren Tieren.

38

Dienstag, 24. Dezember

Dunai und Carl begleiteten Knowler und Hlope zu Wayne Daniels Anwesen in Newland. Sie fuhren sogar mit Sirene und Blaulicht, bis sie nur noch eine Querstraße entfernt waren, da sie nicht wussten, wie lange es dauern würde, bis die Presse Wind davon bekam, dass der bekannte Politiker verhaftet werden sollte.

Die Waisenhausdirektorin und ein Beamter der Innenbehörde hatten Daniels mit Cupidos Menschenhändlerring in Verbindung gebracht und Beweise dafür liefern können. Es war kurz vor fünf Uhr morgens, bei Sonnenaufgang, als sie den Wachposten an Daniels Tor passierten und die leicht geschwungene Zufahrt hinaufliefen.

Knowler und Hlope hatten einen der Sicherheitsmänner angewiesen, Daniels aus dem Bett zu klingeln, und so mussten sie keine fünf Minuten in der prächtigen Eingangshalle warten, bis ein wutentbrannter Daniels im Morgenmantel am oberen Ende der Treppe erschien.

»Was zum Teufel ist denn hier los?«, brüllte er nach

unten, bevor er Dunai und Carl in der Halle erkannte. »Nicht ihr beiden schon wieder«, bellte er und deutete anschuldigend mit dem Zeigefinger in ihre Richtung. »Diesmal werde ich dafür sorgen, dass ihr nie wieder Arbeit findet in dieser Stadt. Habt ihr mich verstanden? Ihr seid am Ende.«

Gefolgt von Carl begann Dunai die Stufen hinaufzugehen. Sie nahm sich Zeit und hoffte, bedrohlich zu wirken.

»Security!«, brüllte Daniels, aber der Wachmann wurde von Knowlers Dienstmarke in Schach gehalten.

»In Wahrheit sind allein Sie es, der hier am Ende ist«, entgegnete Dunai. »Wir haben Ihnen ja gesagt, dass Sie nicht damit durchkommen werden.« Dunai stieg weiter die Treppe hinauf, den Blick fest auf sein Gesicht gerichtet. »Tja, und heute ist der Tag gekommen, an dem Sie für Ihre Sünden büßen werden, Daniels, und Sie können mich dabei gerne als den Racheengel betrachten.« Nur selten hatte Dunai einen Satz mit so großem Vergnügen ausgesprochen.

Daniels Gesicht lief braunrot an, und einen Moment lang glaubte sie schon, er würde einen Herzinfarkt bekommen und sie so der Chance berauben, ihn erst vor Gericht und dann hinter Gittern zu sehen, und zugleich zu wissen, selbst einen nicht geringen Teil dazu geleistet zu haben, die Welt ein klein wenig sicherer zu machen.

Dann wandte er sich um und schien vor ihnen weglaufen zu wollen, aber Carl war schneller. Er packte eine Handvoll edelsten Hausmantelstoff und rammte Daniels gegen die Flurwand.

»Wie ich es Ihnen prophezeit habe«, presste Carl hervor. »Jetzt werden Sie die Knastberühmtheit spielen dürfen, und irgendwie bin ich mir sicher, es wird die Rolle Ihres Lebens werden.«

39

Jacob wusste nicht so recht, ob Dunai nur ein besonders glückliches Händchen hatte oder erheblich cleverer war, als er ursprünglich vermutet hatte. Egal, sie hatte jedenfalls dafür gesorgt, dass die Polizei, die Staatsanwaltschaft, mehrere internationale Geheimdienste und ein gewichtiger Teil des einheimischen organisierten Verbrechens sich an diesem Morgen ihre Brötchen ganz schön mühsam verdienen mussten. Jacob erfasste mit einem routinierten Blick die zahlreichen Presse- und Polizeiwagen, sowie all die Journalisten und Beamten, die den Bürgersteig und die Straße draußen vor der zweistöckigen Villa bevölkerten.

Wayne Daniels erschien in Handschellen auf der Zufahrt, und die Presseleute stürmten nach vorn. Knowler hätte ihn im Wagen wegbringen können, hatte aber lieber außerhalb des Geländes geparkt, sodass Daniels den langen Weg bis zum Tor zu Fuß überstehen musste. Eine Maßnahme, die für tiefste Erniedrigung sorgen sollte. Zwei Schritte hinter ihnen ging Dunai. Jacobs Blick konzentrierte sich auf die groß gewachsene, dunkelhaarige Frau mit den Sommersprossentupfern auf der Nase und diesen großen dunkelgrauen Augen, die so eindringlich aufleuchten und in einem den Wunsch wecken konnten, ein besserer Mann mit einem einfacheren Leben zu sein.

Sie sah grimmig, aber zufrieden aus. Ihr Job war erledigt. Sie hatte sich vorgenommen, zwei Flüchtlingskinder zu finden und ihrer Mutter zurückzubringen, und sie hatte sich, so machte es zumindest den Anschein, durch nichts davon abbringen lassen, dieses Ziel zu erreichen. Mehr denn je wollte er sie auf seiner Seite haben. Sie faszinierte Jacob geradezu. Hatte er doch nach über sechsmonatiger Beschäftigung mit ihr noch keine Ahnung, ob sie nun umgedreht werden konnte oder nicht. Sie tanzte nur nach ihrer eigenen Pfeife, und wer konnte schon wirklich sagen, wohin sie das führen würde?

Jacob kehrte dem Schauspiel den Rücken und ging zu seinem Wagen. Er war noch ein paar Schritte entfernt, als der SASS-Agent mit den sandfarbenen Haaren über die Straße kam, seine Arme vor der Brust verschränkte und sich gegen die Fahrertür lehnte.

»Jetzt haben Sie ja, was Sie wollten«, begrüßte er Jacob.

»Und das wäre?«

»Seit Jahren liegen Sie doch allen mit dieser Cerchio-di-Gaia-Gruppe in den Ohren, und keiner nimmt Sie ernst. Bis jetzt.«

Jacob erwiderte nichts. Er bemerkte einen ungewohnt respektvollen Ausdruck in Michaels Blick. Ein Agent mit einem Gespür dafür, schwerwiegende Sicherheitsgefahren auszumachen, noch bevor sie zu echten Problemen führten, war so viel wert wie zehn Außendienstleute.

Michael machte eine nachdenkliche Miene und sagte: »Die Welt könnte den gleichen Fehler begehen, den die Amerikaner gemacht haben, als sie sich völlig auf den Kommunismus als größte Gefahr für die westliche Gesellschaft konzentrierten und dabei von den Taliban keine Notiz nahmen. Denn wer stellte schließlich, ganz nüchtern betrachtet, die größere Bedrohung dar: eine kommunistische Supermacht oder eine kleine Gruppe von Fanatikern und Frauenhassern?«

Jacob unterließ die Bemerkung, dass Michael mit seiner Argumentation soeben die Begründung des Cerchio di Gaia für den eigenen gewaltsamen Kampf ungewollt gerechtfertigt hatte. Stattdessen nickte er nur, weil er hier zum ersten Mal erlebte, dass jemand abgesehen von ein paar wenigen Einzelpersonen in einer Handvoll Geheimdienste den Zirkel als reale Bedrohung wahrnahm.

Michael stieß sich vom Wagen ab. »Entweder Sie bringen sie auf unsere Seite, oder sie ist tot.« Er ging weg.

Jacobs Handy klingelte. Er stieg ins Auto und schloss die Tür, bevor er antwortete.

»Sie haben es mit Überrumpelungstricks bei der Marks versucht, und das hat nicht funktioniert«, sagte sein Führungsoffizier zu ihm. »Daher haben wir jetzt grünes Licht, alle für notwendig erachteten Anstrengungen zu unternehmen, die Frau an Bord zu holen, mit ausdrücklicher Zustimmung des Kabinetts, versteht sich. Ich möchte Sie am zweiten Januar in Pretoria sehen, um das Projekt entsprechend zu überarbeiten.«

»Ich werde dort sein.«

»Außerdem wurde Ihrem Antrag auf höchste Dringlichkeitsstufe stattgegeben. Die Operation Sphinx liegt jetzt ganz in Ihren Händen.«

40

Busi richtete die Fernbedienung auf den Plasmabildschirm und schaltete den Ton aus. Die Einstellung wechselte von Wayne Daniels in Handschellen, wie er, von Dunai dicht gefolgt, sein Haus verließ, zur Nachrichtensprecherin im Studio, hinter deren Rücken ein Bild mit den hässlichen Gesichtszügen des Mannes projiziert war.

»Wir haben es geschafft, Busi, und Dunai hat wirklich gut mit uns zusammengearbeitet.« Die Miene der Frau strahlte an diesem Morgen vor Freude. So sah eine Frau aus, die entweder lang und wirklich gut geschlafen hatte oder verliebt war oder die gerade ein Stück Schokolade essen wollte.

»Bloß ist das Projekt noch immer nicht Teil des Zirkels.«

Die Frau zuckte mit den Achseln. »Noch nicht, Busi, aber ich bin fester denn je davon überzeugt, dass sie sich uns anschließen wird. Sieh doch nur, was wir zusammen erreicht haben. Das begreift sie genau. Sie hat es erlebt, und sie wird nie in ihrem Leben damit zufrieden sein, eine sich abstrampelnde Privatschnüfflerin zu sein, wenn sie in Wahrheit die Welt um sich herum tatsächlich ändern kann.«

»Und wenn sie doch nicht will?«, wollte Busi wissen.

»Wir haben ganz bewusst einen indirekten Weg gewählt und uns zurückgehalten, aber ein Teil dieser ausländerfeindlichen Aktionen geriet dabei außer Kontrolle. Ich glaube, was sie braucht, ist ein etwas persönlicherer Druck.«

»Noch nicht, Busi. Wir haben gute Fortschritte erzielt. Unsere Leute sind alle wohlplatziert, und wir verstehen es schließlich, uns in Geduld zu üben.«

»Und wenn die NIA sie zuerst herumbekommt?«

Die Frau sah nun etwas ärgerlich aus und warf die Stirn über ihren haselnussbraunen, mandelförmigen Augen in Falten. »Wir wissen bereits aus ihrem psychologischen Profil, dass sie weitaus stärker dazu tendiert, sich unserer Sache anzuschließen, als sich mit einem Engagement innerhalb der herrschenden patriarchalischen Strukturen zufriedenzugeben.«

»Ihr psychologisches Profil warnt jedoch auch davor, dass sie die Wesenszüge des Lone Rangers besitzt, und der alte Maskenmann ritt ja nun bekanntlich auf eigene Kappe für Recht und Ordnung. Sie wird sich bestimmt für uns entscheiden, wenn der Druck nur persönlich genug ist.«

Die Frau schüttelte den Kopf. »Bis auf weiteres fahren wir zurück auf technische Überwachung in Echtzeit sowie Beschattung bei Außenkontakten. Eine Observierungskraft, ein wöchentlicher Bericht.« Die Frau richtete ihren Blick auf einen Punkt in der Ferne, was bedeutete, dass die Diskussion für sie beendet war.

»Ich hab nur noch eine Frage«, sagte Busi. »Wir behandeln dieses Projekt erheblich rücksichtsvoller, als wir das gewöhnlich tun. Könnte das womöglich mit der Tatsache zu tun zu haben, dass es sich dabei um deine Nichte handelt?«

Die Frau schwieg so lange, dass Busi schon glaubte, sie würde überhaupt nicht antworten. Dann sagte sie: »Ja, ich denke schon.«

Busi nickte. Sie besaß vollstes Vertrauen, was die Hingabe dieser Frau für die Sache, ihre Entschlossenheit und ihr Genie betraf. Solange sich niemand hinsichtlich der eigenen Motive etwas vormachte, war Busi daher zufrieden.

Die Blicke der beiden Frauen wanderten zu dem Plasmabildschirm, auf dem die Nachrichtensendung einer Werbung für Margarine Platz machte. Zu sehen war eine Schwarze, sehr hübsch, allerdings auch unnatürlich dünn, die in einem schneeweißen Kleid neben ihrer Tochter in einer blitzsauberen Küche stand. Sie steckten Kirschen auf den größten Schokoladenkuchen, den eine Frau jemals erschaffen hatte.

Heute war Heiligabend, und Busi würde sich ein Stück Schokoladenkuchen mit diesen dicken, glänzenden, in Zucker getränkten Kirschen gönnen. Busi seufzte vor Erleichterung auf. Das Leben hatte ihr viele Qualen abverlangt. Sie war gefoltert worden, hatte lange Phasen der Einzelhaft erlitten, und sie hatte zweifellos erst für die Befreiung der Schwarzen und nun für den Kampf der Frauen gegen ihre Unterdrücker viele Opfer gebracht, aber Diät zu halten war eine Sache, die sie einfach nicht ertragen konnte.

Eigentlich war Busi sogar nur allzu gerne bereit einzugestehen, dass eine Frau, die ohne Zögern zwei bewaffnete Polizisten mit nichts als einem Metallrohr angegriffen hatte, sich wie ein kleines Kind von großen, dicken, gezuckerten Kirschen in die Knie zwingen und trösten ließ.

41

Dunai hatte die Aussprache mit Barbara vor sich hergeschoben, da sie persönliche Konfrontationen hasste. Wer sich falsch behandelt fühlt, neigt leicht dazu, eine gewisse Selbstgerechtigkeit an den Tag zu legen. Und das war ihr zuwider. Solche Momente vorübergehenden Gedächtnisverlustes machten die Leute offenbar glauben, dass sie selbst noch nie so fahrlässig gehandelt hatten und auch niemals so fahrlässig handeln würden wie die Person, die sie gerade zur Rede stellten. In diesem Fall jedoch ließ die klärende Aussprache sich nicht vermeiden.

Mit Carls Hilfe hatte sie alle Bewohner zurück in das türkisfarbene Haus in der Chiappini Street gebracht. Jesse und die Tiere waren überglücklich. Gemeinsam hatten sie jedes Stück Weihnachtsdekoration aufgehängt, das sie finden konnten, hatten zu einem Afro-Dance-Mix bekannter Weihnachtslieder getanzt, Kekse und die obligatorischen Mince Pies mit Fruchtfüllung gebacken. Dann war Dunai die wenigen Meter zu dem lavendelfarbenen Haus nebenan gegangen.

»Du willst bestimmt mit mir reden«, sagte Barbara, als sie die Tür öffnete.

»Du weißt warum?«

Sie nickte. »Komm in die Küche. Ich habe gerade Tee aufgesetzt.«

»Ich wurde davon unterrichtet, dass man es dir erzählt hat«, sagte Barbara über ihre Schulter zurück.

»Natürlich wurdest du das.«

Barbara goss ihnen beiden Tee ein, und sie nahmen am Küchentisch Platz.

»Stimmt es?«, fragte Dunai.

»Ich kann dir keine Antwort darauf geben, bevor ich nicht weiß, was man dir erzählt hat.«

»Dass du vom Zirkel auf mich angesetzt wurdest.«

»Eine solche Terminologie benutzen wir nicht ...«

Dunai wartete. Barbara richtete sich in ihrem Stuhl auf. »Ich bin tatsächlich Mitglied im Zirkel, aber, nein, ich wurde nicht von ihm auf dich angesetzt. Wie du weißt, stamme ich von Sklaven ab, die hier in Bo-Kaap gelebt haben. Ich bin in diesem Haus bei meinen Eltern aufgewachsen, war also schon lange vor dir hier. Damit kann ich auch nicht hier im Auftrag des Zirkels auf dich angesetzt worden sein.«

»Das verstehe ich schon, aber gibst du Informationen über mich an sie weiter?«

Barbara schüttelte den Kopf und wirkte ein wenig betrübt. »Nein, das tue ich nicht, Dunai.«

»Aber du bist Mitglied des Cerchio di Gaia, ein Mitglied, das rein zufällig direkt neben mir wohnt und fünf Tage die Woche meinen Sohn betreut. Das ist mir dann doch eine wundersame Fügung zu viel.«

Barbara beugte sich vor und legte ihre zierlichen Arme

auf den Tisch. »Du trittst dem Zirkel nicht als Mitglied bei, Dunai, so etwas gibt es nicht. Du wirst ein Teil des Zirkels. Es ist schwer zu erklären, da wir alle in patriarchalischen Strukturen aufgewachsen sind, aber Cerchio di Gaia ist keine Organisation mit einem Vorstand, einem Verwaltungsbüro und einer Satzung über den Vereinszweck, der dann die Leute über irgendeine Art von Mitgliedschaft beitreten können. Vom Aufbau her ähnelt der Zirkel mehr einer Familie.«

Dunai war selbst gar nicht bewusst, dass sie die Augen verdrehte, bis Barbara erst einen erstaunten, dann einen leicht trotzigen Gesichtsausdruck aufsetzte. »Das soll überhaupt nicht schwärmerisch klingen. Jede Frau verfügt schon mit ihrer Geburt über das natürliche Anrecht, Teil des Zirkels zu werden. Die meisten Frauen entscheiden sich dabei aus zwei Gründen für ihn. Entweder sie haben in ihrem Leben traumatische Erfahrungen mit Gewaltakten gegen Frauen machen müssen, oder ihnen ist klar geworden, wie viel stärkere Wirkung sie erzielen können, wenn sie sich mit denen zusammentun, die solche Erfahrungen mit ihnen teilen.«

Dunai hob ihre Hand. »Der Zirkel hat gewaltbereite Bodyguards und hoch spezialisierte Vollstreckerinnen in seinen Reihen, und er schreckt auch nicht davor zurück, jeden zu beseitigen, der ihm in die Quere kommt. Diese Leute folgen einem äußerst entschiedenen Programm, Barbara.«

»Natürlich tun sie das. Da draußen findet ein Krieg gegen die Frauen statt, und jeder, der das leugnet oder es auch nur für eine Übertreibung hält, macht ganz einfach die Augen zu vor den Fakten. Wir haben für jedes Wahlrecht, für jedes kleinste Gesetz kämpfen müssen, aber noch heute verdienen die Frauen in Großbritannien für die gleiche Arbeit wie ihre männlichen Kollegen im Schnitt siebzehn Prozent weniger, und die US-amerikanische Regierung ist entschlossen, den Frauen das Recht zu nehmen, selbst über ihren eigenen Bauch zu entscheiden. Der Kampf für die Menschenrechte verläuft leider nicht in einer geraden Linie zum Besseren, er schlägt Haken, dreht sich mitunter sogar im Kreis, und wenn wir nicht sehr wachsam sind und uns klarmachen, dass wir hier den Kampf unseres Lebens kämpfen, dann werden wir untergehen. Es wäre dumm und naiv vom Zirkel, keine Vorkehrungen zu treffen und sich nicht ausreichend zu schützen.«

»Wusste Siobhan, dass du Teil des Zirkels bist?«

»Sie war diejenige, die mich darin eingeführt hat.«

»Läuft das so ab? Jemand, der dem Zirkel bereits angehört, muss dich einführen?«

»Mehr oder weniger. Wir kennen kein Regelwerk, keinen geheimen Handschlag. Schließlich richtet sich unser Zirkel an die halbe Weltbevölkerung, da müssen wir schon etwas pragmatischer vorgehen.«

»Hast du Siobhan vor oder nach meinem Einzug nebenan kennengelernt?«

Barbara zögerte einen Moment. »Davor. Lange davor.«

»Wie lange?«

»Bevor du geboren wurdest. Anfang Neunzehnhundertsiebenundsiebzig.«

»Da war sie schon schwanger.«

»Ja, das war sie«, sagte Barbara mit sanfter Stimme. »Sie war auf der Flucht vor der Geheimpolizei, deshalb ist sie nebenan eingezogen. Das Haus diente dem ANC als Unterschlupf. Es war heruntergekommen und schäbig, aber für etwa acht Monate waren sie dort in Sicherheit, bis kurz nach deiner Geburt.«

Dunais Verstand war sofort über das alles entscheidende Wort »sie« gestolpert. »Sie war mit meinem Vater zusammen?«

»Sein Name war Ben Adams. Er war ein Coloured.«

Dunais Blick schoss von der Teetasse zu Barbaras Gesicht hinauf. »Ein Farbiger?«

»Du bist in Zeiten der Apartheid großgeworden«, erklärte Barbara rasch. »Da muss es natürlich wie ein Schock wirken, wenn man erfährt, dass der Vater farbig ...«

»Mein Schock hat doch nichts mit rassistischen Nachwirkungen der Apartheid zu tun«, unterbrach Dunai sie. »Es liegt doch nur daran, dass in meinem Aussehen nichts auch nur im Geringsten auf einen farbigen Vater hindeutet.« Ein Bild trat ihr plötzlich vor Augen. Sie erinnerte sich daran, wie sie in dem Blumengroßhandel ihr Spiegelbild angestarrt hatte, nachdem sie auf Belindas Wunsch hin die dort deponierte Schminke und Verkleidung angelegt hatte. Innerhalb weniger Minuten hatte die olivfarbene Grundierungscreme und die schwarze Lockenperücke sie von einer Weißen in eine Coloured verwandelt, und es hatte keineswegs unpassend an ihr gewirkt, allenfalls etwas exotisch. Der Zirkel wusste Bescheid. Natürlich wussten sie Bescheid.

»Viele Coloured sehen eigentlich wie Weiße aus, Dunai.«

»Ja, aber sie haben dennoch einen gelblichen Teint. Ich habe graue Augen, einen eher rosafarbenen Teint und völlig glatte Haare. Da Siobhan selbst lockige braune Haare und tiefbraune Augen hatte, nahm ich an, mein Vater müsse weiß sein. Ich versuche nur gerade, dieses Bild in meinem Kopf zu korrigieren.«

»Ich verstehe, was du meinst«, sagte Barbara. »Weißt du, da fällt mir ein, dass ich mal in einer Zeitschrift von einem Fall in Großbritannien gelesen habe, wo ein schwarzer Vater und eine weiße Mutter Zwillinge bekamen und eines war pechschwarz und das andere schneeweiß.«

Dunai wäre beinahe laut herausgeplatzt vor Lachen. »Wir klingen vollkommen idiotisch.«

»Das tun die meisten Gespräche über Hautfarbe irgendwann«, sagte Barbara und lächelte erleichtert.

»Ben Adams«, sagte Dunai. »Weißt du, woher er stammte? Wie alt war er? Weißt du, wo er jetzt ist?«

Barbara schüttelte ihren Kopf. »Ich war erst zehn, als sie nebenan einzogen. Ich kann mich nur deshalb noch an sie erinnern, weil sie ein gemischtrassiges Paar waren und weil sie mich immer sehr freundlich behandelten. Siobhan war bereits schwanger. Sie war einundzwanzig, und ich denke, er dürfte etwa dasselbe Alter gehabt haben. Er besaß dieses Aussehen eines Coloured mit eher südostasiatischen Wurzeln. Du weißt schon, schlank und groß gewachsen mit hellbrauner Haut und glattem schwarzen Haar. Du besitzt sein Haar, Dunai, und seine

Nase und seinen Mund. Allerdings bin ich mir nicht sicher, ob ich mich wirklich richtig daran erinnere. Es ist schon so lange her, und sie haben hier auch nur so kurz gewohnt.«

»War er ebenfalls Aktivist in der Antiapartheidbewegung?«

»So haben Siobhan und er sich ja kennengelernt. Er sprach sogar in einigen Häusern hier in der Gegend. Hat die jungen Leute ermutigt, sich dem Kampf anzuschließen, und die Leute ihrerseits haben den Mund gehalten und nichts von ihrem Aufenthalt verraten.«

»Aber dann hat die Polizei es doch herausgefunden.«

»Offenbar«, sagte Barbara. »Denn auf einmal waren sie ganz plötzlich verschwunden.«

»War sie noch immer schwanger, als sie verschwunden sind?«

»Nein, du bist hier in Bo-Kaap geboren. Die alte Hebamme aus dem Steinbruch hat dich zur Welt gebracht.«

»Ich sammle im Sommer immer Lavendel vor ihrem Haus.«

Barbara nickte. Eine Weile sagte keine der Frauen ein Wort, dann durchbrach Dunai die Stille. »Warum hast du mir das nicht schon früher erzählt?«

»Du hast ja erst vor sechs Monaten das über Siobhan herausgefunden und hast anscheinend nicht unbedingt gerne darüber gesprochen. Ich dachte, du müsstest dich noch mit dem Gedanken vertraut machen und wärst noch nicht so weit, etwas über deinen Vater zu hören. Ich dachte, du würdest es mir schon zu verstehen geben, wenn du so weit bist.«

»Es ist also gar kein so großer Zufall, dass du dem Zirkel angehörst?«

»Nein«, sagte Barbara. »Siobhan kehrte Anfang der Neunziger aus dem Exil zurück, kam her und kaufte das Haus nebenan. Sie erinnerte sich noch an mich. Meine Eltern waren gerade gestorben und hatten mir das Haus hinterlassen. So wurden wir Freunde. Jahre später führte sich mich dann im Zirkel ein.«

Nach ihrer Rückkehr in das türkisfarbene Haus erzählte Dunai gleich Carl davon, was sie erfahren hatte. Sie wollte nicht warten. Während ihres Berichts hörte er irgendwann damit auf, Kekse vom Backpapier zum Auskühlen auf einen Rost zu legen. Als sie geendet hatte, kam er um die Küchentheke herum und legte seine Arme um sie. »Dein Leben ist wirklich ein richtiger Monumentalschinken«, sagte er. »Aber was soll's. Ich bin dabei.«

Beladen mit Süßigkeiten fuhren sie abends zur Weihnachtsfeier ins St. Mark's. Fast alle hatten etwas zu essen und zu trinken mitgebracht, und die langen aufgebockten Tische draußen quollen vor Leckereien über. Die alte Kiefer im östlichen Garten war mit Lichtern dekoriert, die bei Sonnenuntergang eingeschaltet wurden.

Jesse sah, wie Hatum ankam, und rannte zu ihr hinüber. Dunai und Carl folgten ihm.

»Ich etwas haben euch zu geben«, erklärte sie lächelnd, griff unter ihre Tobe und brachte einen kleinen Weihnachtsmann aus Plastik zum Vorschein.

»Prima, danke«, sagte Jesse und rannte über den Rasen davon.

Dunai umarmte Hatum und Myasser, und es freute sie, das Mädchen lächeln zu sehen. Es schien, als würde zum ersten Mal wenigstens etwas davon Wirklichkeit geworden sein, was Myasser sich erhofft und was ihr so klar vor Augen gestanden hatte.

»Wie geht es dir, Mawien?« Dunai ging in die Hocke, um mit dem kleinen Jungen zu reden. Er klammerte sich an Myassers Hand, hob jedoch sein Kinn und lächelte mit schüchternem Blick zu ihr hinauf. Er nickte.

»Was haben Sie denn da?«, wandte sich Carl an Yak und deutete auf das große Ölgemälde, das er trug.

»Ich bringe etwas für die Schwestern von diesem Haus«, sagte er.

»Oh, das wird ihnen bestimmt gefallen«, erklärte Dunai. »Hier ist Schwester Raymunda.«

Sie stellte ihr die Familie vor, und die Nonne war begeistert von Yaks Gemälde.

»Und das sind also unsere weit gereisten Gäste?«, fragte sie und ging weiter zu der Gruppe von Menschen, die hinter Yak standen. Dunai überließ ihm die Aufgabe, Zahra, Jacoub und die anderen vorzustellen, während Schwester Finbar sie beiseitenahm. »Deine Straßenkinder sind gerade eingetroffen, zusammen mit einer Tante Miena und einem Onkel Leonard. Sie wissen doch, dass sie hier nichts stibitzen dürfen, oder?«

»Sie arbeiten heute Abend nicht, Schwester.«

»Na, in diesem Fall müssen wir dem Herrn wohl auch für kleine Gaben dankbar sein. Im Übrigen werden wir mal sehen, was sich tun lässt, damit ihr Heim die Auflagen erfüllt und alles ordentlich angemeldet ist, sodass diese Kinder endlich mit dem Stehlen aufhören und zurück in die Schule gehen können.«

Dunai grinste die Schwester Oberin an. »Mir ist gerade aufgefallen, dass Sie wie ein geröstetes Marshmallow sind. Außen ganz hart und krustig, aber innen weich, überaus nachgiebig und süß.«

Schwester Finbar verzog den Mund und sagte: »Weich mag ich ja sein, Dunai, aber überaus nachgiebig und süß bestimmt nicht.« Mit diesen Worten stapfte sie über den Rasen davon.

Gegen neun Uhr versammelten sie sich alle auf dem Rasen neben der im Lichterglanz erstrahlenden Kiefer, um der Weihnachtsbotschaft von Schwester Finbar zu lauschen, in der sie auf die Geburt Jesu in einem Stall weit weg von der Heimat seiner Eltern einging und darauf, wie seine Mutter und sein Vater nach Ägypten hatten fliehen müssen, wo sie die ersten fünf Lebensjahre von Jesus als Flüchtlinge lebten.

Dunai sah in die gespannten Mienen um sie herum. Schwester Raymunda hatte einen Arm um Jongilizwes Schulter gelegt. Er hatte einen festen Platz in St. Mark's bekommen und würde nun eine psychologische Betreuung erhalten, die ihm bei der Verarbeitung seiner qualvollen Erfahrungen helfen und ihm die Chance auf ein normales Leben geben würde. Aber statt von tiefer Befriedigung nach einem glücklich abgeschlossenen Fall erfüllt zu sein, ließ Dunai ihren Blick ruhelos durch die Menge wandern, ständig in der Erwartung, irgendwo einen gut aussehenden dunkelhaarigen Geheimagenten oder einen mit sandfarbenen Haaren und zornig funkelnden Augen zu entdecken. Rechts am Rand stand eine Frau etwa eine Armlänge von den anderen entfernt. Dunai verlagerte ihr Gewicht und versuchte, einen besseren Blick auf sie zu bekommen, aber das Gesicht der Frau blieb im Schatten.

»Tu dir das nicht an«, flüsterte Carl ihr ins Ohr. Er legte seinen Arm um ihre Schulter. »Vergiss sie, konzentrier dich auf deine Familie.«

Dunai spürte, wie sich Jesses Rücken gegen ihre Beine drückte. Sie griff nach unten, um eine Hand auf seine Schulter zu legen, und lehnte sich an Carl. Er hatte natürlich Recht. Was auch immer die Zukunft ihr bringen mochte, heute war nicht der Abend, sich darüber Sorgen zu machen. Heute war ein Abend der Hoffnung.

Nachbemerkung der Autorin

Saartjie Baartman wurde 1810 von dem durchreisenden Schiffsarzt William Dunlop dazu überredet, Kapstadt zu verlassen und mit nach England zu fahren, wo ihr das Interesse medizinischer und anthropologischer Forscher gewiss sein sollte. Die ungewöhnlich ausladenden Hinterbacken und die angeblich stark verlängerten Schamlippen einiger Khoi-San-Frauen hatten die Neugier des Arztes geweckt. Laut Saartjies Aussage, versprach er ihr, »sie als reiche Frau zurückkehren zu lassen«.

In London wurde Saartjie erst von Forschern untersucht und anschließend als Hottentot Venus auf dem Bartholomew Fair and Haymarket in der Piccadilly 225 zur Schau gestellt, wo ihr Besitzer sie auf eine erhöhte Bühne führte, auf der sie halb nackt seinen Kommandos folgen und gehen, stehen, tanzen oder singen musste, während die Londoner, die einen Shilling Eintritt für dieses Schauspiel bezahlt hatten, sie anstarrten oder sich über ihren Hintern und ihr Geschlechtsteil lustig machten.

Vier Jahre später wurde sie nach Paris gebracht, erneut von Wissenschaftlern untersucht, von Künstlern porträtiert und dann einem »Dompteur wilder Tiere« übergeben, der sie nackt oder nur leicht bekleidet im Jardin des Plantes vorführte, einem innerstädtischen Park, der noch heute einen Zoo mit exotischen Tieren beherbergt. Zur Prostitution gezwungen starb Saartjie ein Jahr später mit sechsundzwanzig, fünf Jahre nachdem sie ihr Heimatland verlassen hatte. Baron Cuvier, der Leiter der Tieranatomie des Muséum national d'histoire naturelle fertigte einen Wachsabdruck ihres Körpers an und sezierte sie anschließend. Ihre Knochen wurden gekocht, ihr Gehirn und ihr Geschlechtsteil konserviert und gemeinsam mit ihrem Skelett im Musée de l'Homme noch bis 1974 öffentlich ausgestellt.

Nelson Mandela forderte 1994 die Rückführung ihrer sterblichen Überreste nach Südafrika. Acht Jahre dauerte der Streit in Frankreich, bis ein entsprechender Gesetzesbeschluss zustande kam. An einem sonnigen Wintertag im Mai 2002 wurde der Sarg mit ihren sterblichen Überresten in die südafrikanische Flagge eingeschlagen und von Khoi-San-Kindern begleitet in das Flughafengebäude von Kapstadt gerollt. Saartjie, die nie aufgehört hatte, um ihre Heimsendung zu bitten, wurde schließlich am 9. August 2002, dem Nationalen Frauentag Südafrikas, im Gamtoos River Valley auf dem Stammesgebiet der Griquas zur letzten Ruhe gebettet.

Glossar

Assagai/Assegai Traditioneller afrikanischer Wurfspieß, mit dem auch der berühmt-berüchtigte Zulukönig Chaka (1787?–1828, auch Shaka oder Tshaka) meist dargestellt wird. Chaka wird zudem für die Einführung einer Kurzversion des Assagais (der *Iklwa*) verantwortlich gemacht, einer reinen Stoßwaffe, die sich im Nahkampf als höchst effizient erwies.

Boet(a) Afrikaans; etwa: »Bruder«, »Brüderchen«, »Kumpel«

Bredie Eine Art Gemüseeintopf, benannt nach der jeweils dominierenden Gemüsesorte, Fleischeinlage wechselnd.

Civic Organisation Viele hundert, aus der Zeit des Antiapartheidkampfs stammende lokale, unabhängige Bürgervereinigungen, die im »South African National Civic Organisations« (SANCO) zusammengefasst sind.

D.A.S. Abk. für »Dead At Scene«, ein Tot-Aufgefundener

Denningsvleis Kapmalaiischer Lammtopf, langsam gegarter Eintopf

Djy's lekker deurie naai Slang/Afrikaans; etwa: »Das Täubchen will's besorgt haben.«

Hy's 'n bokkie Slang/Afrikaans; etwa: »Er ist ein richtig kleiner Süßer.«

Hy's kens gekekkel Slang/Afrikaans; etwa: »Der wird noch völlig zugegluckt.« »Die gluckt ihn noch völlig zu.«

Janjaweed Dt. auch »Dschandschawid«. Reitermiliz in Darfur, berüchtigt für ihre Brutalität.

Jislaaik Schreibweise auch »Jiss-like«. Ausdruck des Erstaunens. Etwa: »Wow!«, »Mann!«

Kraal Kreisförmiger Viehpferch, von Palisade eingefasst. Ursprünglich auch bezogen auf Siedlungseingrenzung.

Muti Traditionelle afrikanische Medizin

Pap Basisversion ist ein Brei aus eingekochtem Maismehl, als preiswertes Einzelgericht oder Beilage in diversen Variationen weit verbreitet.

Plekkie Slang/Afrikaans; etwa: »Plätzchen«, »Eckchen«

Shebeen Illegale Kneipe, vor allem in Townships zu finden. Ursprung im Irischen (»Krüglein«) und Schottischen für unlizenzierte Kneipe.

Sjambok »Nilpferdpeitsche«, ursprünglich aus Nilpferdhaut, heute meist Kunststoff, auch als Teil der Polizeiausrüstung bekannt.

Slaan hom in sy moer Slang/Afrikaans; etwa: »Reiß ihm den Sack auf.«

Spaza Inoffizielle kleine Läden mit Waren des täglichen Bedarfs häufig auch im eigenen Haus. Lindern den Ladenmangel vor allem in Townships und in ländlichen Gebieten.

Tobe Hemdartiger, weiter Überwurf mit langen Ärmeln und Kopftuch